Collection dirigée par Glenn Tavennec

L'AUTEUR

Rae Carson a travaillé aussi bien dans l'enseignement que dans la vente, et même dans un cabinet d'architectes, avant de se consacrer à plein temps à l'écriture. Son talent et sa première trilogie d'*heroic fantasy* ont enthousiasmé son éditeur américain, HarperCollins. Elle vit actuellement à Columbus, dans l'Ohio.

Dès sa publication, en septembre 2011, *La Fille de braises et de ronces* a reçu un accueil très chaleureux et unanime de la critique, des blogueurs et des libraires aux États-Unis et au Royaume-Uni. Les droits de la trilogie ont déjà été vendus dans plus d'une dizaine de pays.

RAE CARSON

La trilogie de braises et de ronces

LA COURONNE DE FLAMMES

Livre II

traduit de l'anglais (États-Unis) par Madeleine Nasalik

roman

Titre original : THE CROWN OF EMBERS

ISBN 978-2-221-12730-8 – ISSN 2258-2932
(édition originale : ISBN : 978-0-06-202651-4 Greenwillow Books, HarperCollins Publishers, New York)

1.

Les gardes, fébriles, me talonnent tandis que je remonte au pas de charge les couloirs du palais. Des caméristes, tabliers empesés et souliers polis comme des miroirs, se plient en deux sur mon passage. Au loin, je distingue un bruit sourd qui transperce les murs, aussi impétueux qu'un torrent, aussi assourdissant que le tonnerre. La foule scande mon nom.

Tournant à l'angle droit d'un mur, je percute un plastron étincelant. Deux mains m'agrippent solidement par les épaules et m'empêchent de basculer, mais ma couronne n'a pas cette chance. Cette monstruosité en or massif, incrustée d'un seul et unique rubis, tombe par terre avec un fracas épouvantable en m'arrachant la moitié des cheveux.

Hector, commandant en chef de la garde royale, me relâche et se gratte le cou, gêné.

— Votre couronne est une arme puissante, Majesté.

— Pardon de vous être rentrée dedans.

Lui et les soldats dont il a la responsabilité se sont rasé la moustache pour fêter notre récente victoire et je dois encore m'habituer à cette nouvelle version d'Hector, plus jeune que dans mon souvenir.

Ximena, ma nourrice aux cheveux gris, ramasse mon couvre-chef et l'essuie de sa manche. Pas de diadème raffiné pour moi. La tradition exige que je porte la couronne d'un monarque omnipotent.

— Je vous attends depuis plus d'une heure, proteste Hector tout en m'offrant son bras, et nous filons dans le couloir à la vitesse d'un cheval au galop.

— Le général Luz-Manuel m'a retenue. Il voulait à nouveau modifier l'itinéraire du défilé.

— Encore ?

— Il veut éviter le goulet d'étranglement, là où l'Avenida de la Serpiente rejoint la ruelle des marchands. Il prétend qu'un assassin caché dans la foule pourrait me transpercer d'une lance sans aucune difficulté.

— Mais les bâtiments sont très bas dans cette zone. Vous serez à l'abri des flèches, qui représentent le plus grand danger.

— C'est l'argument que je lui ai opposé. Il s'en est trouvé… mécontent.

— Je l'ai connu plus avisé.

— Je lui ai peut-être glissé un mot en ce sens dans la conversation.

— Il a dû apprécier, plaisante Hector avant d'ajouter à voix basse : Elisa, en ma qualité de garde du corps, je vous implore de reconsidérer votre position. Le monde entier sait que vous portez la Pierre Sacrée.

Je pousse un soupir. Oui, je suis à présent la cible des fanatiques religieux, des espions d'Invierne et même des trafiquants de pierres précieuses. Mais ma parade d'anniversaire présente une occasion unique où chacun, quel que soit son statut, lavandière, garçon d'étable, pêcheur à la peau tannée par le vent, peut voir sa reine – ou son roi. C'est une fête nationale que tous attendent avec impatience. Je ne peux pas priver mon peuple d'un événement pareil.

Et je refuse de me laisser gouverner par la peur. Le destin qui m'attend est celui d'une reine, c'est un destin que j'ai choisi en toute connaissance de cause. Qui a exigé de moi des sacrifices surhumains.

— Hector, je ne vais pas me terrer dans le sable comme une gerboise apeurée.

Ximena m'interrompt, de sa voix dont la douceur ne masque pas la détermination :

— Protéger Elisa, c'est parfois protéger ses intérêts. Elle doit apparaître en public et consolider son pouvoir dès les premiers mois du règne. Grâce à vous, Hector, et grâce à moi, elle sera en sécurité. Grâce au Destin, aussi. De grandes choses l'attendent…

Je fais abstraction de son monologue. Une multitude d'événements se sont produits au cours de l'année qui vient de s'écouler mais j'ignore toujours ce que me réserve mon avenir, tout comme je l'ignorais il y a dix-sept ans, à l'époque où le Destin a logé sa pierre au creux de mon nombril. Cette pierre me rappelle à tout instant que le Destin n'en a pas fini avec moi. Et cela me soulève le cœur.

— Je comprends, dame Ximena, argumente Hector, mais ne serait-il pas plus judicieux…

Je l'interromps :

— Hector ! J'ai pris ma décision.

— Fort bien, Majesté.

Ma gorge se noue sous l'effet de la honte. Pourquoi ai-je parlé à Hector sur ce ton ? C'est Ximena qui m'exaspère.

Quelques instants plus tard, nous atteignons les écuries où règne une odeur de crottin frais et de paille humide en cette journée caniculaire. Mon carrosse m'attend, une merveille d'acajou poli et de bronze façonné en arabesques. Des oriflammes bleues claquent au vent. Sur les portières est gravé mon blason – une couronne ornée d'un rubis qui repose sur un lit de roses sacrées.

Fernando, mon meilleur archer, se tient sur la plateforme arrière, son arc accroché à l'épaule. Il s'incline devant moi, le visage grave. Quatre chevaux piaffent, équipés de harnais ornés de pierreries. Je leur jette un regard méfiant tandis qu'Hector m'aide à gravir le marchepied.

Il présente sa main à Ximena et, malgré leur petit désaccord, ils échangent un regard de connivence presque féroce. Ils forment une équipe redoutable, mon garde du corps et ma nourrice. Parfois, j'ai l'impression qu'ils complotent dans mon dos.

Hector lance un ordre, le cocher fait claquer les rênes et notre équipage s'ébranle. Mes gardes royaux, étincelants dans leur armure d'apparat, se déploient tout autour de nous et martèlent le sol de leurs bottes tandis que nous quittons l'ombre de la cour pour affronter le soleil du désert.

À l'instant où nous enfilons la Colonnade, les premiers vivats se font entendre.

Des milliers de badauds se pressent de part et d'autre du carrosse, serrés en rang d'oignons, et agitent qui une main, qui un drapeau, qui un mouchoir. Des enfants perchés sur les épaules de leurs parents jettent en l'air des graines et des pétales de rose. Une banderole est tenue par six personnes : « Joyeux anniversaire à Sa Majesté la reine Lucero-Elisa ! »

— Oh !

— Vous êtes une héroïne, ne l'oubliez pas.

Mais je suis aussi une reine venue de l'étranger, arrivée au pouvoir par le hasard d'un mariage arrangé et de la guerre. La fierté s'éveille en moi de voir que le peuple m'accepte de tout son cœur.

Ximena se rembrunit soudain et elle se penche vers moi.

— Gravez ce moment dans votre mémoire et chérissez-le, ma perle, chuchote-t-elle. Un souverain ne jouit pas longtemps de la faveur populaire.

J'acquiesce, par respect et par habitude, les sourcils froncés. Ximena a le chic pour casser l'ambiance.

La Colonnade est flanquée d'hôtels particuliers dont les corniches en grès sculpté scintillent sous le soleil ; des pavillons en soie flottent au-dessous des terrasses verdoyantes. À mesure que nous quittons les hauteurs de la cité pour nous aventurer plus bas, sous les acclamations de la foule, les bâtiments perdent de leur superbe. Nous finissons par atteindre la périphérie où seules quelques rares maisons se détachent des ruines.

Je me détourne des cicatrices laissées par la guerre et je concentre mon regard sur la grande muraille qui nous protège du désert. En me tordant le cou, j'aperçois les soldats postés sur les remparts, prêts à bander leur arc.

La porte principale reste ouverte la journée afin de permettre les échanges commerciaux. Surplombée par la herse, notre voie pavée. De l'autre côté, les dunes mouvantes de mon si beau désert, polies par le vent, leurs angles émoussés par la lumière aveuglante de midi. Mon regard s'attarde sur cette étendue infinie lorsque nous nous engageons dans l'Avenida de la Serpiente.

Je ne peux plus éviter ce spectacle qui me déchire le cœur : le cercle extérieur de Brisadulce est une cicatrice sur le visage du monde, une cicatrice noire qui empeste le brûlé. C'est ici que l'armée d'Invierne a pénétré dans notre cité, ici que ses sorciers, les animagi, ont tout réduit en cendres en catalysant le feu projeté par leurs amulettes.

Une poutre couchée en travers des décombres et noircie sur toute sa longueur attire mon regard. L'une des extrémités est intacte, l'autre s'est racornie et a pris l'apparence d'un moignon rougeoyant. Une volute de fumée s'élève dans l'air. Ces vestiges d'une guerre remportée à un prix terrible pullulent dans le quartier. Des mois se sont écoulés, mais nous n'arrivons toujours pas à éteindre le feu qui couve sous les ruines. Le père Nicandro m'explique que seule la magie peut étouffer les incendies qu'elle a provoqués. La magie, ou le temps.

Ma cité va peut-être brûler durant un siècle entier.

Je plaque un sourire sur mon visage et j'agite fébrilement la main, comme si ma vie tout entière en dépendait, comme si un avenir glorieux se déployait devant mon peuple, comme si ces braises ne méritaient que mon mépris.

La foule est en délire. Ses applaudissements sonnent à mes oreilles comme une incantation et, au bout d'un moment, je me laisse gagner par son enthousiasme. Mon sourire devient sincère.

Les rues se rétrécissent et une marée humaine prend d'assaut le carrosse, qui avance toujours. Hector porte sa main à son fourreau et inspecte les badauds par la portière. Leur proximité ne me dérange pas, j'aime ces visages radieux, cette énergie débridée.

À l'approche de l'amphithéâtre, je sens une variation infime dans l'atmosphère. Les gardes balaient la foule du regard, non sans inquiétude.

— Il se passe quelque chose, murmure Ximena.

Je lui lance un regard alarmé et, d'instinct, j'effleure du bout des doigts ma Pierre Sacrée (elle se réchauffe en présence de personnes bienveillantes et devient glaciale dès que je cours un grave danger). Est-elle plus froide que d'habitude, ou mon imagination me joue-t-elle des tours ?

L'Avenida est parallèle aux volées de gradins de l'amphithéâtre qui forme un fer à cheval. Un mouvement soudain me fait lever la tête. En surplomb de la foule se dresse un homme vêtu d'une longue tunique blanche battue par le vent.

Ma Pierre Sacrée se fige et une onde glaciale me balaie l'échine alors que j'observe ses cheveux d'un blond très pâle, presque blanc, qui cascadent jusqu'à sa taille. Un rayon de soleil se réfracte dans un objet enchâssé au sommet de ce qui ressemble à un sceptre. Le choc me noue la langue et, le temps qu'Hector remarque cette silhouette incongrue, il est trop tard : le carrosse est arrivé à portée de tir. Il règne un silence irréel car tout le monde a reconnu l'animagus, le mage maléfique d'Invierne. La pierre qui surmonte son sceptre flamboie d'une lueur bleutée. Une Pierre Sacrée.

Je m'enlise dans une terreur sans fond et retrouve l'usage de mes cordes vocales.

— Fernando ! Tire ! Tue-le !

Mon archer s'exécute. Une flèche fend l'air et se découpe sur le bleu cristallin du ciel. L'animagus tend son sceptre et la pierre projette un flot de lumière qui entre en collision avec la flèche et la brise dans une gerbe d'étincelles.

Des cris s'élèvent. Hector s'agite, aboie des ordres. La moitié de ses hommes resserrent les rangs autour du carrosse, l'autre charge le sorcier. Entre-temps, la panique s'est emparée de la foule et mes soldats se retrouvent vite bloqués au milieu d'une cohue grouillante.

— Archers ! hurle Hector. Feu !

Des centaines de flèches sifflent dans les airs.

L'animagus pivote sur lui-même, toujours armé de son sceptre. Il façonne l'air qui l'entoure à sa volonté et j'ai le temps de voir une barrière se former autour de lui – comme une plaque de verre, un mirage qui trouble l'horizon – avant que Ximena ne se jette sur moi pour me faire un bouclier de son corps.

— Tous vers la reine ! Il faut battre en retraite !

Le carrosse reste immobile car la foule affolée nous cerne de toutes parts. Une voix sifflante résonne, amplifiée par l'architecture de l'amphithéâtre :

— Reine Lucero-Elisa, toi qui portes la seule Pierre Sacrée vivante au monde, tu nous appartiens de droit, tu es à nous.

Il descend l'escalier. Il vient me chercher. Je le sais, je le sens. Il va se frayer un chemin jusqu'à moi en brûlant mes sujets et…

— Tu crois nous avoir réduits à l'impuissance mais nous sommes aussi nombreux que les grains de sable du désert. La prochaine fois, nous viendrons à toi comme des fantômes dans un rêve. Et tu découvriras la porte de ton ennemi !

Un éclat de lumière attire mon regard. Hector a dégainé son sabre et il le brandit à bout de bras. Je me rends compte qu'il va s'ouvrir un chemin par la force dans la foule. Il n'hésitera pas à faire couler le sang d'innocents si cela lui permet de me sauver la vie.

— Ximena, lâche-moi ! Hector… il est capable de tout. Nous ne pouvons pas le laisser…

Elle me comprend instantanément.

— Ne bougez surtout pas !

Elle se rue à l'extérieur du carrosse et déboule dans la rue.

Le cœur martelant ma poitrine, je risque un coup d'œil dehors. L'animagus m'observe d'un regard avide tout en descendant le grand escalier, comme s'il avait pris dans son piège une souris appétissante. Ma Pierre Sacré, glacée, m'envoie des avertissements en continu.

Il aurait pu déjà me tuer, s'il l'avait voulu. Pourquoi ne frappe-t-il pas ? Toujours méfiante, je me mets debout dans le carrosse.

— Elisa, non ! hurle Hector.

Ximena s'est pendue à son bras mais il la repousse et se précipite vers moi. Soudain, il s'arrête net et son visage affiche une grimace de dépit : l'animagus l'a paralysé à l'aide de ses pouvoirs.

Glacée jusqu'à la moelle, je descends du carrosse, presque à mon corps défendant. C'est moi que le sorcier réclame ; je vais tenter de faire diversion pour gagner du temps, afin de permettre aux soldats de l'encercler, d'aider Hector à se défaire de son sortilège. *Courage, mon ami.*

Le soleil se reflète sur une armure familière qui semble se faufiler, discrètement, vers l'animagus. Cette vision me rassure et c'est la voix forte et le regard déterminé que je prends la parole :

— J'ai réduit tes frères en cendres. Tu vas connaître le même sort.

L'animagus répond à ma menace par un rictus mielleux.

— Rends-toi. Si tu te livres à nous, nous épargnerons ton peuple.

Un garde a réussi à se mettre à portée de tir en échappant, par miracle, à l'attention de l'animagus. Il tire une flèche de son carquois, bande son arc, vise…

Sois forte, Elisa. Garde tes yeux fixés dans les siens.

La flèche fend l'air dans un sifflement. Le sorcier se retourne, surpris, mais trop tard : la pointe s'est enfoncée entre ses côtes. Il titube et se tourne vers moi ; la douleur enflamme ses pupilles, ses épaules se voûtent et une tache écarlate s'étale sur sa tunique.

— Savoure ce spectacle, ma reine, gargouille-t-il. C'est le sort qui attend les sujets de Joya d'Arena si tu ne t'offres pas en sacrifice.

Hector me rejoint enfin. Il m'attrape par les épaules et m'entraîne à l'écart tandis que les soldats lancent leur assaut sur l'animagus. Sa Pierre Sacrée irradie à la façon d'un petit soleil ; ils ne vont pas le capturer à temps. Il va projeter son feu sur nous, il va brûler mon peuple dans sa chair. Je me surprends soudain à m'agripper à Hector et le repousse de toutes mes forces, car je ne peux pas supporter de voir mourir un autre de mes amis.

L'animagus braque son propre feu sur lui.

— Voilà la volonté du Destin ! hurle-t-il, les bras levés au ciel, et c'est une prière aux lèvres qu'il se transforme en torche vivante.

Une odeur de chair brûlée se répand dans l'air. C'est le sauve-qui-peut général. Les chevaux se cabrent et détalent, piétinant les imprudents qui se trouvent sur leur passage, entraînant le carrosse dans leur course folle.

— Protégez la reine ! s'époumone Hector.

Une bourrasque balaie l'amphithéâtre et éteint la flamme géante, envoyant des cheveux et des confettis de tissu dans le ciel. Le corps carbonisé de l'animagus bascule du haut de l'escalier et s'écrase par terre dans une gerbe de fumée et d'étincelles.

Le front sur le plastron d'Hector, j'attends la fin du chaos, les yeux fermés. Ma Pierre Sacrée se réchauffe petit à petit et j'avale de grandes goulées d'air.

— Il faut retourner au palais, suggère mon garde.

— Très bien.

Je me détache de lui et bombe le torse. Si je joue la comédie de façon assez convaincante, j'arriverai à me sentir forte.

Les soldats m'encerclent, sabre au clair, et nous entamons la longue marche qui mène au palais. Un fragment de tunique noircie atterrit à mes pieds.

2.

Je prie tout le long du trajet : je remercie le Destin d'avoir épargné ma vie et celle de mes gardes, je lui demande de ne pas nous retirer sa protection. À l'approche du palais, Hector nous donne l'ordre de faire halte.

La herse a été rabattue. Une foule immense se masse à l'extérieur du château. Certains vocifèrent, trépignent, s'accrochent à la grille ; d'autres se murent dans le silence, chargés de couverture, de baluchons, d'enfants en bas âge. Leur nombre grossit à mesure que de nouveaux arrivants se déversent des rues et des venelles voisines.

— Ils croient que l'ennemi nous attaque. Ils réclament notre protection entre les murs du palais.

— Ils n'ont peut-être pas tort, remarque Ximena. Peut-être que la guerre a éclaté à nouveau.

— Reculez, vite, souffle Hector. Mais sans mouvement brusque.

Je saisis immédiatement ce qu'il n'ose pas dire tout haut : si la foule me découvre, elle pourrait me lyncher.

Nous nous réfugions dans une ruelle serrée entre deux bâtiments. Hector ôte la cape cramoisie qui complète l'uniforme des gardes royaux et la retourne afin de mettre au jour la doublure, un peu moins voyante.

— Enfilez ça. Votre robe n'est pas très discrète.

La cape est imprégnée de l'odeur d'Hector – un mélange de métal enduit de graisse, de cuir vieilli et de vin épicé. J'attache l'agrafe qui referme le col et je m'adresse aux autres soldats :

— Retournez aussi votre cape, comme Hector. Ximena, peux-tu cacher ma couronne ?

Je me débarrasse du lourd attribut royal tandis que ma nourrice retire de mes cheveux les épingles qui le maintenaient en place. Elle tend un instant la couronne entre ses mains, pensive, puis se glisse derrière moi pour échapper au regard des soldats. Lorsqu'elle rejoint le groupe, nous remarquons tous que son jupon est déformé par une énorme bosse.

— Ça ne ressemble pas à une couronne, c'est déjà ça, s'excuse-t-elle en haussant les épaules.

— Et maintenant ? Si la herse empêche l'accès au palais, les écuries sont fermées elles aussi, forcément.

— Les cuisines ? suggère un garde.

— Ou la porte de service.

— La garnison a dû verrouiller toutes les issues, déclare Hector.

Je m'étonne. Un membre de la garde royale peut aller et venir comme bon lui semble, sans rendre de comptes à personne. Si Hector ne délègue aucun de ses hommes pour réclamer au palais une escorte plus nombreuse et une voiture sans vitres, ce n'est pas par caprice.

— Hector, quelqu'un aurait ordonné de boucler le palais avant que je ne sois en sécurité entre ses murs ? Ce n'est pas la foule qui présente le plus grand danger.

— Je ne veux pas prendre de risques, répond-il, le visage grave.

Je me frappe le front.

— Le tunnel ! Celui qui relie la suite du roi à la ruelle des marchands. Alejandro m'a dit que peu de personnes connaissent son existence.

Je ravale le souvenir douloureux de ces longues journées passées au chevet de mon mari agonisant. J'ai gravé dans mon cœur et ma mémoire chacun de ses mots afin de les transmettre, un jour, à son fils Rosario.

— Ce tunnel est en très mauvais état, réplique Hector. Je n'y ai pas remis les pieds depuis mon enfance.

— Essayons quand même.

Nous quittons la pénombre de la ruelle pour pénétrer sur une place baignée de soleil. Éperonnés par l'habitude, les gardes se mettent en formation.

— Non, non. Détendez-vous. Vous me faites trop penser à… des gardes royaux.

Ils se dispersent aussitôt en échangeant des regards embarrassés. Hector glisse un bras autour des mes épaules, comme si nous faisions une petite balade.

— Alors. Quelle chaleur depuis quelques jours, pas vrai ?

Sa remarque m'arrache un sourire, malgré la tension qui contracte ses épaules, la façon dont ses yeux explorent les rues que nous parcourons, sa main agrippée à la poignée de son sabre.

— Je préfère discuter fanfreluches. Quel est votre avis sur ces étoles brodées de pierres précieuses que l'on s'arrache chez les modistes ?

— Non, dit-il dans un éclat de rire, vous détestez les fanfreluches.

Nous atteignons le passage des marchands sans encombre. Un silence de cimetière règne sur la ville. Les échoppes sont vides ; aucune charrette à l'horizon. C'est jour de fête, cet endroit devrait en toute logique grouiller de chalands, d'acrobates, de mendiants, de vendeurs ambulants qui proposent aux passants des biscuits à la noix de coco, des dattes confites, des tourtes. Et pourtant, il n'y a pas âme qui vive. Des picotements dans la nuque, j'étudie les bâtiments qui nous entourent, m'attendant à voir quelques têtes apparaître dans le cadre des fenêtres. Raté.

La nouvelle a dû se répandre comme une traînée de poudre. *Les Inviernos sont là ! Et ils ont menacé la reine !*

— Alejandro m'a dit que l'entrée est située dans la maison d'un maréchal-ferrant.

— Oui. Au coin de cette rue… par ici.

Hector désigne un bâtiment en pisé. La forge est éteinte, des harnais sont accrochés à des chaînes vides.

— Salut à toi, forgeron ! lance-t-il sans me lâcher.

La porte s'entrouvre en grinçant sur ses gonds. Un homme chauve équipé d'un tablier en cuir noirci par la suie se poste sur le seuil et ses yeux s'écarquillent. Ses bras m'évoquent des troncs noueux.

— Mon cher Rialto ! s'exclame-t-il avec une jovialité artificielle. Ton chaudron est prêt. Une petite merveille, je dois le reconnaître. J'ai utilisé des feuilles de bronze qui m'étaient restées sur les bras, je vais pouvoir te faire un bon prix. Entre, entre donc !

Je cherche confirmation auprès d'Hector, qui hoche imperceptiblement la tête. Nous suivons le forgeron à l'intérieur de son atelier envahi par les épées, les grilles de cheminée, les pièges, les cuillères, les chandeliers, les gantelets. Un feu crépite dans un foyer en argile. Seul un forgeron peut supporter d'entretenir un feu par une chaleur pareille. Nous entrons en file indienne, il referme la porte et abaisse le loquet.

— Par ici, Votre Majesté. Pressez-vous, chuchote-t-il.

Il soulève le coin d'un épais tapis, révèle une trappe dans le sol et tire sur l'anneau de cuivre en lâchant un grognement. La trappe s'ouvre, un rayon de soleil frappe un escalier en bois branlant qui s'enfonce dans les ténèbres.

— Nous aurons besoin de lumière.

L'homme saisit un bougeoir sur la table et allume la mèche d'une bougie avant de me le confier.

— Soyez prudente, Majesté. Le tunnel est étayé par des poutres en bois. Un bois très vieux et très sec.

— Je passe devant, déclare Hector.

La première marche craque sous son poids. Avant de lui emboîter le pas, je me tourne vers ma nourrice.

— Ximena, retourne au palais avec les autres et poste-toi devant l'entrée principale. Les gardes vous laisseront entrer. Il faut qu'on vous voie sortir de cet endroit, ne serait-ce que pour ménager les apparences.

— Mais ma place est à vos côtés.

— Je suis en sécurité avec Hector.

Et, sans laisser à Ximena le temps de répondre, j'enchaîne :

— Votre nom, monsieur ?

— Mandrano. Garde royal au service de Sa Majesté le roi Nicolao, désormais à la retraite.

Je pose une main sur son épaule, aussi dure qu'un rocher.

— Merci, Mandrano. Vous avez rendu un fier service à votre reine aujourd'hui.

Il s'incline très bas. Plus de temps à perdre : je plonge dans l'escalier à la suite d'Hector, armée de ma bougie.

Sa main surgit des ténèbres, je m'y cramponne de toutes mes forces. Lorsque mes pieds touchent le sol, la trappe se referme et l'obscurité nous avale. Nous nous trouvons tous deux dans une flaque de lumière produite par la bougie. La flamme projette d'étranges dessins sur le visage d'Hector, estompe la cicatrice qui barre sa joue et adoucit son regard. Il fait enfin son âge – il est plus jeune qu'il n'y paraît.

— Hector, qui, à part vous et moi, possède l'autorité de verrouiller le palais ?

— Le comte Eduardo, le général Luz-Manuel et le majordome.

Il récite sa liste à une vitesse telle que je comprends qu'il a déjà réfléchi à la question.

— Personne n'a tenté de nous enfermer dehors, j'espère ?

— Une fois revenue au palais, il faudra faire preuve d'une grande prudence. De finesse stratégique, précise Hector.

Je lui donne la bougie, il m'ouvre la voie. Je m'accroche à sa ceinture. Dans ce tunnel étroit, mes épaules frôlent les poutres qui soutiennent le plafond. Nous soulevons beaucoup de poussière et une envie d'éternuer me chatouille les narines.

Quelque chose détale entre mes pieds qui émet une lueur aussi bleue que ma Pierre Sacrée et je pousse un petit cri. Hector se retourne.

— Un scorpion. Ils deviennent lumineux quand ils ont peur. Presque inoffensifs.

Presque inoffensifs, pas totalement. Je réprime l'envie de le signaler à Hector ; je préfère lui faire croire que je suis courageuse, et mentir.

— J'ai été surprise. Poursuivez, je vous prie.

Hector n'arrive pas à contenir le sourire amusé qui s'affiche sur ses lèvres.

— Remerciez le Destin que ce ne soit pas un rôdeur mortel, fait-il en écartant une toile d'araignée.

— Un rôdeur mortel ?

— Un scorpion beaucoup plus gros. Et très venimeux. Les rôdeurs mortels peuplent le désert de broussailles qui ceinture Basajuan. Je suis étonné que vous n'en ayez pas croisé quand vous meniez la rébellion.

— Quel dommage de ne pas avoir fait leur connaissance à cette époque. Ils auraient constitué des armes formidables.

— Pardon ?

— L'un des garçons du village élevait des vipères. Je lui ai donné l'ordre de les jeter dans un camp Invierno. Il n'est pas resté assez longtemps pour voir si les petites bêtes avaient fait des victimes, mais il a entendu pas mal de cris. Les scorpions auraient été plus efficaces encore.

Il reste silencieux un long moment, si bien que je redoute de l'avoir vexé.

— Hector ?

— Vous êtes une personne pleine de ressources inattendues, répond-il.

Nous atteignons un escalier tortueux. La marche du bas s'est affaissée, rongée par la pourriture.

— Cette galerie longe les murs du palais, chuchote Hector. Pas un bruit.

Il attend que j'acquiesce avant d'entamer l'ascension. La terre nue et le bois cèdent la place à la pierre et au mortier tandis que les marches ploient sous notre poids. Je distingue des signes de vie : bruits de pas, voix assourdies, eau qui coule dans les canalisations.

Nous arrivons au sommet de l'escalier. Hector soulève la bougie, qui éclaire un mur trop lisse pour être en pierre. Il l'effleure, son doigt laisse un sillage sombre sur la surface poussiéreuse. Un déclic, la porte coulisse, s'enfonce dans l'épaisseur de la paroi et s'ouvre sur une pièce plongée dans la pénombre.

— La garde-robe, murmure-t-il. Ne bougez pas, je vais voir ce qui se passe.

La lumière inonde notre cachette lorsqu'il ouvre la porte battante, puis il m'abandonne dans le noir. Mon cœur se serre, troublé. Cette armoire contenait autrefois les vêtements de mon mari. Que sont-ils devenus, je me le demande.

J'attends quelques secondes, l'oreille tendue. Si seulement Hector avait eu l'idée de me laisser la bougie…

C'est alors qu'il ouvre la porte. Je cligne des yeux, assaillie par le jour.

— La voie est libre.

Il m'aide à sortir de la garde-robe et je pénètre dans les appartements du roi.

La chambre à coucher de mon défunt mari est une pièce aux dimensions monumentales et au luxe tapageur. Sol en marbre, meubles en acajou poli, tapisseries suspendues à des moulures décorées à la feuille d'or… un immense lit à baldaquin revêtu de soie rouge trône au centre de la chambre à la façon d'un catafalque.

Je pourrais m'installer ici – j'en ai le droit, en ma qualité de monarque –, mais tout ce faste m'écœure. Jusqu'à l'indigestion. Par ailleurs, c'est ici que j'ai tenu la main d'un moribond, sur son lit funèbre, afin d'adoucir son trépas. Cette pièce n'est à mes yeux qu'une chambre mortuaire.

À quelques pas, je devine une petite porte qui fait communiquer cette chambre avec mes propres appartements – mon havre de paix. Je l'examine d'un œil nostalgique.

— J'ai vérifié, me rassure Hector. Il n'y a personne, à part Mara. Vous êtes en sécurité, pour l'instant.

Pour l'instant. *Il faudra faire preuve d'une grande prudence,* a-t-il dit dans le tunnel. Je serre les poings, prête à affronter un ennemi qui n'existe encore que dans mon imagination.

— Allons-y.

Nous avons devancé Ximena et les gardes. Je fais les cent pas dans mes appartements tandis qu'Hector monte la garde devant la porte, bras croisés et mâchoires serrées.

— Il faut que je fasse quelque chose. Je ne peux pas rester ici à me tourner les pouces.

Mara, ma dame d'atours, me fait signe d'entrer dans l'atrium baigné de soleil.

— Vous devez d'abord vous changer. Votre robe est blanche de poussière. Et je dois vous repoudrer le visage, vous recoiffer et... et...

Le désespoir qu'exprime sa voix m'incite à étudier Mara plus scrupuleusement. Aussi fine et aussi souple qu'un roseau, elle a dix-sept ans, tout comme moi.

— Et je viens de faire nettoyer le bassin d'ablutions ! ajoute-t-elle sans oser croiser mon regard. Vous ne souhaitez pas prendre un bain ?

— Plus tard.

Je ne proteste plus lorsque je vois sa lèvre trembler. Je m'approche d'elle et je la prends dans mes bras. Étouffant un cri de surprise, elle me serre sur son cœur.

— Tout va bien, Mara. Je t'assure.

— L'animagus aurait pu vous tuer, murmure-t-elle.

— Mais il a raté son coup.

Lorsqu'elle me lâche, elle affiche un air déterminé. Je me tourne vers la porte.

— Hector.

Il décroise les bras et se met au garde-à-vous.

— Je ne peux pas abandonner mon peuple. Ils vont être pris d'hystérie collective.

— Vous voulez ouvrir la herse.

— Ils doivent comprendre que leur reine va assurer leur protection, quoi qu'il advienne.

— Pour annuler un ordre donné par un membre du Conseil, vous devez donner l'ordre en personne. Mais il vous faut une escorte digne de ce nom. Attendez que dame Ximena revienne avec les autres gardes.

— Mon peuple assiège le palais en ce moment même.

Hector acquiesce, à contrecœur. Je m'adresse alors à Mara.

— Tu veux bien surveiller le prince Rosario ?

— Bien sûr. Soyez prudente.

Je me précipite dans le couloir avec Hector mais nous sommes immédiatement bloqués. Une horde de soldats déboule d'un corridor et nous dépasse dans une cacophonie d'armures cliquetantes. Ils portent la cape toute simple de la garnison du palais : ce sont les hommes du général Luz-Manuel.

— Hector ?

— Je ne comprends pas non plus, répond-il en dégainant son épée.

Un autre groupe s'approche par-derrière et nous nous écartons pour les laisser passer. Ils se déplacent avec une hâte telle qu'ils ne remarquent même pas leur reine.

Le soldat qui ferme le cortège est un peu plus jeune, un peu plus petit que ses collègues. Je l'attrape par le col. Il brandit son épée afin de se défendre mais Hector fait une parade habile. Le jeune soldat blêmit lorsqu'il me reconnaît.

— Majesté ! Je vous présente mes plus humbles excuses. Je n'ai pas vu…

Il se prosterne, incline le front. Hector le menace toujours de son arme.

— Où allez-vous ?

— À la grille principale, Votre Majesté. Nous sommes en état de siège.

J'échange un regard interloqué avec Hector. Les Inviernos, sûrement. Comment ont-ils réussi à s'infiltrer dans la ville ?

— Les citoyens de Brisadulce sont en pleine émeute, ajoute le soldat.

— Tu veux dire que nous défendons le palais contre notre propre peuple ? Dis-moi qui vous a donné l'ordre de fermer les grilles.

— Le… le comte Eduardo.

— Par billet scellé ou en personne ? l'interroge Hector, et je comprends ce qu'il sous-entend : si le comte a transmis son ordre par billet, le parchemin nous servira de preuve.

— Son conseiller, Franco, a relayé le message.

Franco. Je me suis fait un point d'honneur de mémoriser le nom et le poste de chaque membre de ma cour, mais celui-là, je ne le connais pas.

— J'exige que vous m'accompagniez à la grille. Au plus vite.

Dans la cour poussiéreuse règne une ambiance survoltée. Des archers sillonnent les remparts ; des fantassins attendent les ordres ; des soldats armés de lances sont postés près de la herse et repoussent les mains qui se tendent, aboyant des ordres à la foule massée à l'extérieur. Le grondement qui s'en élève m'indique que les émeutiers ont reçu des renforts. De très nombreux renforts.

— Merci, dis-je au jeune soldat. Tu peux rejoindre ton bataillon.

Il exécute une révérence et s'esquive. Hector désigne une silhouette sur les remparts.

— Le comte Eduardo.

Les poings sur les hanches, fier comme un coq, le comte observe la foule en contrebas.

— Allons le voir.

— Faites place à la reine ! hurle Hector.

Des soldats décampent sur notre passage. Nous montons quatre à quatre l'escalier qui mène au chemin de ronde.

Le comte fait des yeux ronds lorsqu'il m'aperçoit, mais il déguise très vite son embarras. C'est un homme aux épaules larges, au regard pénétrant et à la barbe noire bien taillée, grisonnant au niveau des tempes, presque séduisant.

— Quelle imprudence, Majesté, déclare-t-il. C'est trop dangereux.

— Avez-vous donné l'ordre de verrouiller le palais ?

— Non. Le majordome s'en est chargé.

Je dévisage le comte ; rien dans ses traits ne le trahit.

— J'exige que vous fassiez ouvrir la herse.

— Je ne suis pas certain qu'il s'agisse d'une bonne...

— C'est notre peuple. Pas notre ennemi.

— Ils sont en proie à la panique. Et la panique pousse à commettre des actes horribles.

— Comme refuser notre protection à ceux que nous sommes censés protéger ?

Il prend une profonde inspiration, ses narines se dilatent. Je dois me faire violence pour rester ferme. *Ne recule pas, Elisa.* En contrebas, la foule s'est tue. Ils ont dû m'apercevoir. Ils attendent de voir ce que je vais faire.

— Si tel est votre souhait, souffle le comte.

Je me tourne vers la foule massée devant la grille.

— Les citoyens de Brisadulce sont les bienvenus au palais. Levez la herse !

Mon ordre est répété par des dizaines de bouches. La herse est remontée dans un grincement retentissant. Les soldats de la garnison reculent de quelques pas et la foule se déverse dans la cour. La panique initiale est contenue très vite et, au bout d'un moment, les gens entrent par petits groupes, impatients mais disciplinés. Mes épaules s'affaissent sous l'effet du soulagement. Je ne regrette pas ma décision.

Le comte camoufle ses sentiments.

— Il y a beaucoup à dire sur les événements de la journée, pontifie-t-il.

— En effet. Je convoque une réunion d'urgence du Conseil.

Il s'incline, puis s'éloigne très dignement.

Je le suis du regard, étonnée par l'embarras qui a assombri son visage à l'instant où il m'a vue, par ses hésitations. Je tourne le dos à la cour qui se remplit peu à peu pour promener mon regard sur la ville.

Hector est resté près de moi. Il s'accoude au muret, nos épaules se frôlent.

— C'est votre première grande crise en tant que monarque. Vous vous débrouillez très bien.

— Merci.

En proie au doute, je contemple les toits de Brisadulce. Ils épousent le flanc de la colline et se déploient en terrasses, envahis de verdure et de plantes. Au-delà, l'océan s'étire jusqu'à l'horizon. On a l'impression qu'un peintre a barbouillé le ciel d'une teinte indigo.

— Hector, vous voyez ce moment où les nuages noirs s'accumulent et tout le monde se tourne vers les docks, pour voir si l'eau va les submerger et inonder les rues ? Si l'orage qui approche est en réalité une tempête ?

— Oui.

— C'est ce qui se passe en ce moment même. Le calme qui annonce la tempête.

3.

Les réunions du Conseil, c'est ma bête noire.

Une séance de travail s'impose : il faut régler l'incident de l'animagus avec fermeté. Le souci, c'est que le général et le comte exercent le pouvoir depuis des dizaines d'années quand moi, je ne suis qu'une débutante. Une reine de dix-sept ans qui a atterri sur le trône par décret royal, pas par droit du sang. Les bons jours, ils se renvoient la balle en faisant abstraction totale de ma personne. Les mauvais, ils me traitent comme un aoûtat qu'ils meurent d'envie d'écraser entre le pouce et l'index.

J'arrive bonne dernière. Mes gardes et mes dames de compagnie restent sur le seuil, l'accès de la salle étant autorisé aux seuls membres du Conseil. Mara m'adresse un sourire encourageant tandis que je pousse la lourde porte battante.

La salle du Conseil, avec son plafond bas et ses murs aveugles, me fait penser à un caveau. La flamme des bougies fixées dans les appliques vacille. Une table basse en chêne trône en son centre ; des coussins cramoisis font office de sièges. Dans ce silence pesant, difficile de ne pas sentir les fantômes des conseils passés se presser autour de moi.

Hector a déjà pris place, le visage grave. Nous évitons d'arriver ensemble, bras dessus bras dessous, afin de ne pas afficher notre complicité. Il me salue d'un mouvement de tête, froid et distant.

Le général Luz-Manuel, qui dirige mon armée, se lève pour m'accueillir. Ce petit homme voûté n'a aucun charisme, je n'arrive pas à m'expliquer son ascension dans la hiérarchie militaire. Ce que je sais, c'est que je ne dois surtout pas le sous-estimer.

— Vous avez eu raison de nous convoquer, Votre Majesté, déclare-t-il.

À côté du général est assise dame Jada, qui me lance un sourire extatique.

— Votre Majesté, je suis ravie que le général m'ait invitée une fois encore à partager vos réflexions !

Je suis stupéfaite par son insouciance ; elle n'a pas l'air de comprendre que l'heure est grave. En sa qualité d'épouse du bailli de Brisadulce, dame Jada participe aux réunions du Conseil depuis que les territoires de l'Est ont déclaré leur indépendance. Leur délégué ne nous honore plus de sa présence et nous n'osons pas nous retrouver à moins de cinq, le nombre sacré de la perfection. Dame Jada ne brille ni par son intelligence ni par sa perspicacité, hélas.

— Et je suis ravie que vous ayez accepté l'invitation du général.

Le comte Eduardo incline la tête, puis il déclare la séance ouverte en citant la *Scriptura Sancta* :

— « Lorsque les Cinq sont réunis, Je suis parmi eux. »

Je m'installe à la place d'honneur, en bout de table.

— Cela me préoccupe au plus haut point de savoir qu'un animagus a pu s'infiltrer à l'intérieur de notre cité, poursuit le comte d'une voix sévère, en échappant à nos services de surveillance. Et qu'il exige que nous livrions notre souveraine...

— C'est une menace sans fondement, intervient Hector. Ils ont essuyé une défaite terrible. Sa Majesté a éliminé neuf de ses semblables ce jour-là.

— Et pourtant, l'un d'eux en a réchappé, rétorque le général. Qui sait combien se terrent dans notre ville ? Combien se cachent dans les montagnes ? Il prétend qu'ils sont plus nombreux que les grains de sable du désert. Et s'ils lançaient contre nous une armée plus puissante que la précédente ?

— Vous ne croyez pas que la solution serait de nous soumettre à leurs exigences, ricane Hector.

Je gigote sur mon coussin, mal à l'aise. Le général hésite un instant.

— Bien sûr que non, finit-il par répondre.

— Il faudrait faire œuvre de diplomatie, suggère Eduardo. Notre plus grande faiblesse, c'est que nous ignorons tout d'eux. Et je suis certain que notre reine saurait les charmer...

Je l'interromps :

— Leurs ambassadeurs n'ont jamais été disposés à ouvrir le dialogue. Sauf à mandater une délégation à Invierne, j'ignore par quel moyen nous pouvons découvrir ce qu'il nous faut savoir. Mais ils ont toujours refusé d'accueillir les émissaires de mon père.

— Pareillement ici, précise Hector. Le roi Alejandro a dû essuyer plusieurs rebuffades.

— Il nous faudrait des espions.

— Nous ne pouvons pas équiper des espions pour un voyage aussi long. Les coffres du Trésor sont vides. Et nous n'aurions aucun moyen de communiquer avec eux. C'est trop loin, même pour des pigeons.

Un sentiment d'impuissance s'affiche sur nos visages et les murs de la salle semblent se refermer sur nous.

— Un problème plus immédiat se pose, enchaîne le comte. Cinq mois après la bataille de Brisadulce, notre nation commençait à peine à panser ses plaies. C'est un coup terrible qui nous a été porté aujourd'hui. Plusieurs personnes sont mortes dans la bousculade.

Avec un haut-le-cœur, je me rappelle l'effroi général, la cohue, le carrosse lancé à pleine vitesse. Je ne m'étais pas rendu compte que des gens mouraient autour de moi. Peut-être est-ce la stratégie développée par Invierne : nous plonger dans la terreur.

— Quelques âmes égarées peuvent même réclamer la tête de la reine.

— Allons bon ! s'agace dame Jada.

— Si la foule croit que livrer Sa Majesté à l'ennemi lui permettra d'assurer la sécurité de ses frères, de ses fils, de ses femmes, c'est ce qu'elle réclamera. Les habitants ont failli prendre le palais d'assaut ce matin, vous l'avez vu de vos propres yeux.

Ces mêmes habitants qui m'ont applaudie pendant le défilé, qui ont scandé mon nom, qui m'ont acclamée. Ximena avait vu juste.

Jada se tourne alors vers moi.

— Mais vous ne pouvez pas... faire quelque chose avec votre Pierre Sacrée ? Les vaincre une bonne fois pour toutes ?

— Si seulement, ma chère Jada. J'avais une amulette autrefois, ainsi que des pierres anciennes qui ont appartenu à des Élus morts et enterrés depuis longtemps. Je n'ai plus que ma pierre à moi. Avec l'aide du père Nicandro, je cherche un moyen de canaliser son pouvoir.

Je préfère ne pas signaler à Jada que je n'ai rien accompli de notable, à part éclairer ma pierre d'une légère lueur.

Le général Luz-Manuel se penche au-dessus de la table. C'est un politicien consommé et il marque une pause avant de prendre la parole.

— Une idée me vient. Majesté, nous devons aborder le sujet de votre régence.

Les paumes moites, je choisis de jouer l'idiote.

— Je ne suis pas la régente du prince. C'est à moi, et à moi seule, que revient la décision de confier le trône à Rosario, lorsqu'il atteindra la majorité. Le roi a fait de moi son unique héritière, il m'a nommée reine.

— Le roi était sur son lit de mort, il souffrait le martyre, il n'avait plus toute sa raison. Vous êtes très jeune, Majesté, vous n'avez pas encore atteint votre majorité. Et vous venez d'un pays étranger. Beaucoup remettent en question votre capacité à prendre les rênes de Joya d'Arena. Et la catastrophe d'aujourd'hui démontre que c'est vous qui avez besoin d'un régent. Cela rassurerait grandement le peuple.

— Je me suis battue pour cette nation comme si j'étais née sur son sol !

— Vous avez joué un rôle important dans un effort collectif, corrige le général sur un ton dégoulinant de condescendance. Mais des décisions difficiles vous attendent au tournant – augmenter les impôts pour assurer la reconstruction, par exemple. Vous allez découvrir que votre héroïsme ne vaut plus grand-chose lorsqu'il s'agit de se serrer la ceinture. La populace vous rendra responsable, Majesté, vous et vous seule. Elle exigera que vous soyez livrée à Invierne.

Je savais que les membres du Conseil n'avaient que peu de respect pour moi, mais là, je tombe de haut. Et ses mots me font mal, parce qu'il touche la vérité du doigt. Je suis une enfant, je manque d'expérience. Prendre la tête d'une petite faction rebelle, écraser les animagi grâce à ma Pierre Sacrée… ce sont des hauts faits, très certainement, mais gouverner un pays exige d'autres qualités.

Le regard de dame Jada passe de l'un à l'autre ; électrisée, elle ne perd pas une miette de notre échange. C'est une incorrigible commère et je me demande si Luz-Manuel l'a invitée dans l'espoir qu'elle ébruite l'idée de ma régence. Ou ce qui motiverait cette régence, à savoir mon incompétence.

Les yeux perdus dans le vague, le comte masse sa barbe. Il dévisage chaque membre du Conseil avant de poser son regard sur moi.

— Il existe une alternative. Ma chère reine, l'heure est venue de vous choisir un mari.

Cette histoire de régence n'était donc qu'un moyen détourné pour mettre sur la table une solution un peu plus acceptable : le mariage. Ils ont dû répéter cette saynète avant le Conseil.

— Oui ! s'exclame Jada. Un mari dont l'avis est unanimement respecté. Tout le monde accepterait votre autorité avec un prince consort à vos côtés.

— Le roi nous a quittés il y a moins de cinq mois, murmure Hector.

— La reine n'est pas concernée par la période de deuil rituelle, réplique Eduardo. Je ne veux pas manquer de respect aux défunts, mais Alejandro et Nicolao manquaient tous deux de poigne. Notre nation partait à vau-l'eau avant même la guerre. Votre Majesté, je vous implore de penser en priorité au bien-être de votre peuple. Choisissez un régent, ou un époux au caractère bien trempé, qui nous apportera la stabilité que nous réclamons à cor et à cri.

— La meilleure stratégie, enchaîne le général, ce serait de choisir un mari parmi les territoires du Nord. Ils ont subi d'énormes dommages pendant le conflit.

— Je vais dresser une liste, propose Jada. Nous la passerons en revue lors du prochain Conseil. Le seigneur Liano d'Altapalma me semble un parti intéressant. Et le comte Tristán de Selvarica, cela va sans dire ; il vient du Sud, mais nous ne pouvons pas l'écarter. Et aussi…

Je ne peux pas supporter le babillage de Jada, qui énumère tous les seigneurs du royaume. Je sais depuis longtemps que je dois me marier, dans l'intérêt de Joya d'Arena, mais mise au pied du mur je n'en ai plus du tout envie. Je veux aimer à nouveau comme j'ai aimé Humberto, ou du moins tisser une amitié sincère, semblable à celle que j'ai tissée avec Alejandro à la fin. Et je veux régner sur ce beau pays, pas parce que quelqu'un me tient par la main, mais parce que j'en suis capable. Moi. Elisa.

J'accepte d'étudier la liste de dame Jada lors de notre prochaine réunion. Cela me fait gagner du temps, c'est déjà beaucoup.

Le débat aborde le sujet de la reconstruction du pays. Des villages entiers le long de la route des caravanes ont été détruits par l'armée ennemie. Le prix qu'il faudra payer pour déblayer et rebâtir le pays va être faramineux. La grand-route qui traverse Puerto Verde est quasi impraticable après des années d'intempéries exceptionnelles. Les guildes des tanneurs et des tisserands sont au bord de l'émeute à cause de la pénurie de peaux et de laine, à présent que la province de Basajuan, qui a déclaré – et obtenu – son indépendance, n'est plus obligée de vendre ses moutons à la capitale.

La nation est dévastée. Même si nous avons gagné la guerre, les caisses sont vides, notre armée est affaiblie, notre peuple démoralisé. Le défilé anniversaire était censé regonfler l'espoir, montrer que notre vie retourne peu à peu à la normale.

Lorsque la réunion touche à son terme, je n'arrive pas à camoufler mon soulagement. Je me lève, un peu courbaturée, et je remercie tout le monde, puis Hector tire le verrou et ouvre la porte. Un courant d'air frais me frappe le visage.

Mes dames s'empressent autour de moi. Je retire ma couronne d'un geste brusque et je la jette entre les mains de Ximena. Mara éponge mon front luisant de sueur à l'aide d'un linge, redonne du volume à mes jupons.

— J'ai besoin de marcher un peu.

Ce qui signifie en réalité : j'ai besoin de réfléchir, loin des regards curieux et des soucis qui pèsent sur mes épaules. Les femmes s'écartent et Hector m'offre son bras.

— Seule.

— Je préfère vous accompagner.

— Cela ne me prendra que quelques minutes. Je vais prier dans les catacombes. Sans m'éloigner du périmètre sécurisé. Venez me chercher si je ne suis pas de retour lorsque les cloches du monastère sonnent l'heure.

— Soyez prudente, ma reine.

Je le rassure d'un sourire, puis je m'éloigne à grands pas.

Les pavés que je foule sont lissés par l'usure. Brisadulce a été bâtie il y a plus de deux mille ans, après que le Destin a ramassé nos ancêtres dans sa miséricordieuse main droite pour les arracher à leur monde ravagé par les fléaux et les déposer ici-bas. Tout en marchant, je passe ma main sur le mur rugueux, tranquillisée par sa solidité. J'imagine le palais perché sur cette péninsule de calcaire, cernée par l'océan et par le désert. Mon nouveau foyer est un endroit ancré dans le temps et l'espace, immuable, oppressé par de furieuses tempêtes de sable et des ouragans quelques semaines par an.

Le salut de la cité réside dans ses entrailles. Mon précepteur m'a raconté qu'au temps jadis, avant l'arrivée de notre peuple, notre grand désert de sable était une mer intérieure. Un cataclysme s'est produit qui a précipité cette masse d'eau loin, très loin sous la surface. Désormais, ses flots se croisent avec l'océan au-delà des grottes qui alimentent en eau fraîche ma belle capitale, cette oasis de verdure au cœur d'un paysage aride.

C'est dans les catacombes, construites de façon à tirer parti de ces excavations naturelles, que je retrouve une solitude qui m'est chère.

Le garde qui surveille l'entrée ne semble pas surpris de me voir. Il accompagne sa révérence d'un sourire.

— Ravi de vous voir saine et sauve, Votre Majesté. On m'a raconté ce qui s'est passé.

— Merci, Martín. Comment se porte votre femme ?

C'est le benjamin de la garde royale, et j'ai du mal à croire qu'un garçon à peine plus âgé que moi puisse être marié et attendre si tôt un héritier.

— Elle approche de son neuvième mois. Et elle maudit la chaleur du désert chaque jour que le Destin fait. Si c'est une fille, elle veut l'appeler Elisa, déclare-t-il, penaud, en décrochant une torche du mur.

— Oh. Euh… eh bien, ce serait un honneur. Fille ou garçon, vous devez me promettre de me présenter l'enfant dès qu'il arrivera au monde.

Il se frappe le torse de son poing – c'est ainsi qu'il me jure loyauté.

— Je m'y engage, Votre Majesté.

Quelle chose étrange d'être reine. Décontenancée, je tiens la torche à bout de bras et je descends l'étroit escalier qui baigne dans la fraîcheur. Ma robe traîne sur les marches, mais peu m'importe. Je prie à chaque pas et je demande au Destin de bénir l'enfant de Martín, un enfant qui s'appellera peut-être Elisa, et de faire de cette petite Elisa une fillette charmante, svelte et accomplie.

Une lueur orangée se répand dans le passage. Je me baisse vivement pour éviter de me cogner contre la voûte et je pénètre dans la Galerie des crânes, une cathédrale d'ossements. Des crânes entassés à la manière de briques s'élèvent vers un plafond qui s'enfonce dans les ténèbres. Une rangée de crânes plus massifs sont enchâssés au milieu du mur ; les mâchoires grandes ouvertes maintiennent des bougies votives. Des cages thoraciques encadrent de larges ouvertures creusées dans le mortier à intervalles réguliers.

Franchissant le seuil du troisième tombeau, je m'enfonce dans le caveau du roi Alejandro de la Vega, où flotte une odeur de rose et d'encens. Je fixe ma torche dans un support en cuivre et j'attends que ma vue s'accoutume à la pénombre. Je distingue dans le lointain la rumeur de la rivière souterraine qui frappe la paroi des cavernes. Le choc fait vibrer l'air humide et la flamme de ma torche oscille.

Cinq cercueils en pierre trônent sur des socles géants, seuls trois sont éclairés par la lueur qu'émet la torche. L'un contient la dépouille du père d'Alejandro, un autre celle de sa première femme, morte en couches.

Dans le troisième repose Alejandro, mon mari.

Un étendard en soie recouvre son cercueil. Il est en parfait état, contrairement aux étendards qui habillent les autres cercueils, abîmés par le temps, ou peut-être par l'humidité qui me donne envie d'éternuer.

— Bonjour, Alejandro.

Mon murmure résonne tout autour de moi.

— J'ai vu un homme s'immoler aujourd'hui. J'ai pensé à toi, à la façon dont ils t'ont brûlé.

Je pose la main sur le cercueil et, une fraction de seconde, j'imagine que je sens le cœur d'Alejandro battre sous la pierre. Ma main se détache du cercueil et je poursuis :

— Le Conseil souhaite que je me remarie, je pense que je ne peux pas y échapper. Notre union n'était qu'un simulacre, je le sais. Pourtant, à la fin, nous sommes devenus amis, d'une certaine façon. Tu as même reconnu que nous aurions pu nous aimer, avec le temps. Ou était-ce là une dernière gentillesse à mon égard ?

J'ai moi-même frôlé la mort aujourd'hui, j'essaie de me réconcilier avec cette vérité. L'animagus aurait pu braquer son feu sur moi. J'aurais pu mourir jeune, comme la plupart des Élus avant moi.

— Tu as été un homme bon et un roi sans envergure. Hésitant, craintif, irréfléchi. Mais je me demande à présent si je ne t'ai pas jugé trop durement. Je dois te dire, car je dois le dire à quelqu'un, que je suis… angoissée. À l'idée d'être reine. Je ne suis pas sûre d'avoir les compétences requises. Ximena me répète que je suis la seule monarque de l'histoire à porter la Pierre Sacrée. Mais je n'ai que dix-sept ans. Et si j'étais aussi calamiteuse que toi ? Peut-être que…

La Pierre Sacrée se fige. Je sens des éclairs glacés se propager dans mes veines, engourdir mes doigts et mes orteils. Je tourne sur moi-même, cherchant d'où vient le danger.

Un courant d'air balaie le caveau. Ma torche s'éteint et je me retrouve dans l'obscurité.

D'instinct, je me mets à prier, je demande au Destin sa protection face à ce danger encore inconnu. La pierre, en se réchauffant, réchauffe mon abdomen, juste assez pour dénouer ma respiration, me donner le temps de réfléchir.

Il me faut une arme. N'importe quoi, pourvu que je puisse me défendre. Un étendard en soie flotte dans le courant d'air. Je l'attrape par ses glands et je le tire vers moi. Une volute de poussière s'élève, je suis prise d'une envie terrible de tousser. La bannière est longue, presque deux fois ma taille. Marmonnant ma prière, je la plie en deux, puis à nouveau en deux.

Et maintenant, que faire ? S'aventurer hors de la crypte armée en tout et pour tout d'un étendard, c'est une stupidité sans nom. Durant la période que j'ai passée dans le désert, j'ai appris qu'il vaut mieux prendre ses jambes à son cou plutôt que se battre.

Deux des cercueils, laissés vides, attendent leurs occupants permanents. J'ai très envie de me faufiler à l'intérieur, de croiser les bras sur ma poitrine et de fermer les yeux. Je rampe jusqu'au cercueil le plus proche et je m'accroupis. Je dois rester cachée jusqu'à l'arrivée d'Hector, qui va venir me chercher. Rien de plus simple.

Une forme bouge dans l'obscurité.

Mon sang ne fait qu'un tour. Quelqu'un est ici, quelqu'un m'a suivie dans le caveau. Je m'écarte d'un bond mais je suis trop lente.

Un éclat de lumière jaillit sur une lame. Je brandis mon étendard à la façon d'un bouclier.

L'acier s'enfonce dans la soie, lacère mon avant-bras. La peau cède sous la lame, la douleur me déchire jusqu'à l'épaule.

Je lâche mon bouclier improvisé et je recule à pas précipités, mais je heurte un socle et la lame plonge à nouveau. Je pousse un hurlement ; l'arme ricoche sur ma pierre et s'enfonce dans mon estomac. La douleur est inexprimable.

Une substance tiède s'étale sur mon ventre, coule le long de mes cuisses. Je m'effondre sur les dalles, ma joue atterrit dans une flaque de sang – mon propre sang.

Ma dernière pensée, je la consacre à Alejandro. Il va être surpris de me revoir si vite.

4.

J'ai l'impression d'émerger d'un rêve – un rêve où se confondent lumière, chaleur et souffrance.

Je devrais ouvrir les yeux, je n'y arrive pas. Je devrais pousser un cri, mes cordes vocales restent bloquées. Perdue dans le désert de mon propre esprit, au cœur d'une étendue de sable aveuglante.

... *mourante...* C'est la voix du général, assourdie, comme venue d'outre-tombe. ... *le prêtre... rituel de l'extrême-onction.* Le général veut que je rende mon dernier souffle. Je le sais avec certitude, même dans cet endroit perdu, inondé de lumière.

Mais je me révolte.

Et plus tard, peut-être beaucoup plus tard : *Elisa ?... Hector... elle a bougé la main !* La voix haut perchée de Rosario cette fois-ci – quelqu'un qui veut que je vive à tout prix. Je concentre toute mon attention sur ses paroles, je m'y cramponne comme à une bouée.

De la chaleur. Une pression. Une main ! On me serre la main.

Cette main devient mon univers. Je me fraye un chemin dans le sable, la lumière et la chaleur, je convoque toute la force que j'ai en moi pour serrer à mon tour la main de Rosario.

Le second réveil est plus tangible, ma perception plus aiguisée, la douleur beaucoup plus supportable. Mes paupières, scellées par une croûte, refusent de s'ouvrir. J'ai la tête aussi lourde qu'une pastèque. Une douleur aiguë irradie de mon abdomen, à gauche de la Pierre Sacrée.

La scène de l'attaque me revient. L'obscurité, la lame luisante, le poignard qui s'abat sur moi…

Suffit. La douleur signifie que je suis en vie. Je préfère me concentrer là-dessus…

Même les yeux fermés, je sais que je suis étendue dans mon lit. Une brise fraîche caresse ma peau fiévreuse, transportant une fragrance de freesia et d'hibiscus. Le voilage du balcon murmure au gré de ses va-et-vient, l'eau gargouille dans mon bassin d'ablutions.

Quelqu'un m'a trouvée, quelqu'un m'a ramenée ici. Ce quelqu'un m'a sauvé la vie.

Je perçois un mouvement près de mon épaule. Les muscles de mon estomac sont tenaillés par un spasme involontaire qui envoie une onde de douleur dans ma poitrine. Je me force à me détendre, à respirer normalement, et je tourne la tête pour voir ce qui se passe à mon chevet. Me parvient une bouffée de parfum – des cheveux fraîchement lavés –, une haleine tiède.

Ce parfum, je le reconnaîtrais entre mille. Rosario, mon petit prince. Je le soupçonne d'avoir échappé une nouvelle fois à la vigilance de sa nourrice.

La tête me tourne lorsque je me redresse mais cela ne me décourage pas et mes lèvres trouvent le front du garçonnet. Il se blottit contre moi et me transmet sa force. Je reste lucide un long moment. Percluse de douleurs. Heureuse d'être en vie.

J'émerge à nouveau de ma torpeur et mes yeux s'ouvrent sans difficulté. J'essaie de m'asseoir, pourtant j'abandonne très vite, mes muscles refusent de coopérer. Et si la dague de l'assassin avait provoqué une blessure plus profonde ?

Rosario n'est pas là, en revanche des soldats montent la garde dans ma chambre. L'un est posté au pied de mon lit, deux autres arpentent le balcon, deux flanquent la porte, un dernier surveille l'accès de la salle d'eau.

Je bredouille, d'une voix éraillée que j'ai bien du mal à reconnaître :

— Bonjour.

Les soldats se mettent au garde-à-vous et l'un s'approche de moi. Hector, que j'identifie à ses épaules puissantes.

— Elisa ? chuchote-t-il.

Des questions se collisionnent dans mon esprit. Qui a volé à mon secours ? Ont-ils mis la main sur mon agresseur ? Mon état est-il critique ? Et Mara et Ximena, où sont-elles ? Rosario est-il vraiment venu se pelotonner contre moi au beau milieu de la nuit, ou n'était-ce que le fruit de mon imagination ?

J'ouvre la bouche, rien n'en sort. Je reste désespérément muette.

— Votre Majesté ? s'inquiète Hector. Êtes-vous en mesure de me dire comment vous vous sentez ?

Les soldats retiennent leur souffle. La tension est à son comble. Ils attendent une réponse tout en craignant que je sois incapable de la donner.

— Tempête de sable.

J'ai lâché une espèce de grognement. Ce n'est pas ce que mes hommes attendaient, ils échangent des regards inquiets. Je prends une inspiration qui m'arrache les poumons et je répète :

— Une tempête de sable. Comme si je m'étais perdue. Et écorchée vive.

Hector pousse un soupir de soulagement.

— Et vous avez l'air en piteux état, déclare-t-il.

Son insolence arrache aux soldats des protestations scandalisées mais j'éclate de rire, un rire qui sonne comme un éternuement.

Hector lance quelques ordres :

— Allez avertir le général Luz-Manuel et le comte Eduardo sur-le-champ. Dites-leur que Sa Majesté a repris conscience.

En entendant le nom du général, j'ai le vague souvenir qu'il est venu assister à ma veillée funèbre. Mon imagination, encore une fois ?

— Je vais chercher Ximena et Mara, ajoute Hector. Je les ai forcées à prendre un peu de repos, à manger un morceau.

— Merci. Attendez ! Combien de temps…

— Trois jours.

— Et l'assassin ?

Les mots me viennent plus facilement, même si ma vision se trouble.

— Volatilisé, m'apprend Hector. Nous avons cherché partout.

— Est-ce qu'Invierne est impliqué ? Y a-t-il un lien avec la menace de l'animagus ?

— C'est ce que pensent les autres membres du Conseil. Et le peuple tout entier. Le comte Eduardo a fait placarder des affiches à travers toute la ville pour inciter les gens à se déplacer en groupes. Plusieurs quartiers ont réclamé des renforts militaires.

— C'est vous qui m'avez trouvée dans les catacombes ? Qui m'avez sauvé la vie ?

Il se fige. Je donnerais beaucoup pour décrypter l'expression qu'affiche son regard.

— Je vous envoie vos dames de compagnie, déclare-t-il avant de quitter mes appartements à grandes enjambées.

Je sombre peu à peu dans la léthargie quand Ximena et Mara déboulent dans ma chambre, talonnées par un homme aussi fin qu'un roseau que j'identifie aussitôt, le médecin royal. Aucun signe d'Hector.

Ximena me mange de baisers.

— Oh, ma perle. Nous avons cru… nous avions peur… quel bonheur de vous voir réveillée.

Mara fait gonfler mon oreiller sans croiser mon regard. Je remarque pourtant une larme au coin de sa paupière, qu'elle essuie d'un revers de main.

— Vous vous souvenez du docteur Enzo ? demande-t-elle.

— Bien entendu. Il a pris soin du roi… après sa blessure.

Mes dames s'écartent et le docteur Enzo se penche sur moi afin de procéder à son examen. Il a un nez crochu et une fine moustache qui frémit d'exaltation tandis qu'il m'étudie.

— Je suis surpris de vous voir consciente si tôt. Vous devez être complètement aveugle. Vous y voyez quelque chose ?

Le docteur Enzo n'est pas homme à s'embarrasser d'amabilités.

— J'ai l'impression que ma vue s'améliore.

— Des nausées ?

— Des vertiges, surtout. Docteur, pouvez-vous me dire…

— Juste ici, assène-t-il en désignant de l'index l'endroit où mon agresseur a frappé. Par chance, le scélérat a mal visé. Le poignard est parti de travers. Il n'a frappé aucun organe vital. Il y a un muscle ici… – il trace une ligne imaginaire au-dessus de mon nombril – qui a failli être tranché. Si vous restez alitée deux à trois semaines, vous vous rétablirez correctement. Quoi qu'il en soit, vous garderez une cicatrice monstrueuse. M'autorisez-vous à consigner par écrit votre convalescence ? C'est une blessure absolument fascinante.

— Il n'a pas raté son coup.

— Pardon, Majesté ?

— Ce gibier de potence n'a pas raté son coup. La lame a ripé sur ma pierre.

Quelqu'un pousse un cri de surprise. Les soldats échangent un regard interloqué et je m'esclaffe presque. Aucun acte de sorcellerie ne m'a sauvé la vie. Aucune intervention du Destin. C'est le hasard qui a joué, purement et simplement.

— Il vous a aussi entaillé l'avant-bras, poursuit le docteur Enzo. Vous avez perdu beaucoup de sang, mais j'ai suturé la plaie avec un certain savoir-faire. Ma plus belle réussite à ce jour. D'ici quelques années, il n'en restera qu'une cicatrice à peine visible. Vous vous êtes également cogné l'arrière de la tête. Votre crâne est intact mais votre visage a formidablement enflé. Vous pouvez souffrir de lésions irréversibles.

J'ai du mal à digérer cette information, prononcée d'une voix détachée. *Des lésions irréversibles.* Mon cœur se serre. Je ne me distingue ni par ma beauté ni par mon talent pour les magouilles politiques, encore moins par ma duplicité. Ce qui me fait sortir du lot, c'est mon érudition et mon intelligence. Mon cerveau représente mon seul et unique atout, mon seul et unique motif de fierté. Des dégâts, irréversibles ou mineurs, et mon monde s'écroule.

— Quand le saurai-je ? S'il y a des… lésions ?

Cette conversation devrait rester confidentielle. Est-il sage de révéler aux gardes que leur reine n'est peut-être plus en état de régner ?

— Le fait que vous ayez repris connaissance, c'est très bon signe, conclut Enzo en me tapotant l'épaule.

Je ne suis pas rassurée mais la fatigue me submerge et mes yeux se referment de leur propre gré. Non. Je me force à ouvrir les paupières. J'ai assez dormi.

— Docteur, demandez à l'un de mes hommes de faire venir mon majordome.

Le majordome doit me donner son rapport au plus vite. Le comte Eduardo et le général Luz-Manuel ont dû prendre les rênes en mon absence et s'ils n'ont aucun scrupule à m'attaquer de manière frontale, jusqu'où iront-ils alors que je suis au plus mal ?

Il arrive moins de dix minutes plus tard. C'est un homme excentrique qui raffole des dentelles, des falbalas et des couleurs vives, mais j'admire son calme et sa dignité tandis que les soldats le fouillent. C'est sûrement la première fois, depuis qu'il occupe ce poste de haut rang, qu'il est traité avec une pareille grossièreté. J'essaie d'atténuer l'humiliation par un compliment :

— Merci d'avoir répondu aussi vite à ma convocation.

Sans se laisser le temps de finir sa révérence, il bafouille :

— Majesté, la garnison vient de réprimer une nouvelle émeute. Ils ont procédé à plusieurs arrestations.

J'essaie de me redresser, mais la douleur est trop vive et me laisse retomber sur mon oreiller.

— Une nouvelle émeute ? Comment ça ?

— Il y a eu trois soulèvements populaires suite à la hausse des impôts. Très vite matés par la garnison, mais la colère monte…

La chambre tourne autour de moi. Des émeutes ? Une hausse des impôts ? Comment ai-je pu oublier que les impôts ont été augmentés ? *Des lésions irréversibles…*

— Rappelez-moi les détails de cette hausse d'impôts.

— Le Conseil l'a validée pendant que vous étiez indisposée.

— En ont-ils le droit ?

— D'après l'article 67 de la *Concordancia,* lorsque la santé du souverain l'empêche d'accomplir ses devoirs, le membre le plus ancien du Conseil doit voter en son nom.

— Le général dispose donc de deux voix.

— En effet.

Je me cramponne de toutes mes forces à mes draps ; une douleur aiguë me vrille l'avant-bras et je me force à desserrer ma prise. Peut-être aurais-je voté en faveur d'une augmentation des impôts. Peut-être ont-ils pris la bonne décision. Les caisses ne vont pas se remplir toutes seules.

Je demande d'une toute petite voix :

— Et Hector, à qui a-t-il donné sa voix ?

— Il s'est abstenu, Votre Majesté.

Je plonge sous ma couette, rassurée, sans trop comprendre pourquoi.

— Merci pour ce compte rendu, cher majordome.

Il s'apprête à quitter la chambre, mais je le retiens.

— Votre Majesté ?

— L'autre jour. Le jour où l'animagus s'est donné la mort. Avez-vous donné l'ordre de barricader les entrées du palais ?

— Non, Majesté.

— Qui, alors ?

— Le général Luz-Manuel.

Le soldat a mis en cause le comte qui a rejeté la responsabilité sur le majordome. Il me manque une pièce du puzzle, non ?

— Le général vous en a-t-il donné l'ordre sans intermédiaire ?

— Non, Votre Majesté. Sa Grâce en a chargé son émissaire et conseiller, le seigneur Franco. Un homme très estimé. Ai-je commis une erreur ?

Franco, une fois encore. Je dois rencontrer cet homme au plus vite.

— Non, vous avez bien fait. Je suppose que la ville a été fouillée de fond en comble ?

— Aucun autre Invierno n'a été débusqué, mais la possibilité d'une autre attaque a mis le feu aux poudres.

Brisadulce se divise, se morcelle. Je le sens du fond de mon lit aussi sûrement que si je me tenais sur les remparts en compagnie d'Hector, aussi sûrement que j'assistais à toute la scène.

— Merci. Vous pouvez disposer.

Le docteur Enzo affirme que je ne suis pas en mesure d'assurer mes rendez-vous et, à sa demande, le majordome annule tous mes engagements. Je reste allongée des heures durant et je me demande comment tenir mon rang de souveraine envers et contre tout. Ma première décision est de convoquer le seigneur Franco, cet homme mystère qui a ordonné le bouclage du palais. On m'apprend qu'il a rallié les propriétés du comte Eduardo, situées dans le sud du pays, afin d'y superviser la reconstruction.

Je réclame alors auprès du général Luz-Manuel une explication concernant la hausse des taxes. Il proteste de sa bonne foi. La reine ne devait pas survivre à cet attentat ; peut-on lui reprocher d'avoir pris cette décision avec la rapidité qu'exigeait la situation quand tant de citoyens au chômage attendent fébrilement les emplois que cette hausse va créer ?

Même si ses arguments tiennent la route, je n'arrive pas à gommer de mon esprit le souvenir, peut-être factice, de cet homme à mon chevet, attendant ma mort avec impatience. Quelque chose d'autre prend forme derrière ce masque placide de politesse et de diplomatie.

Le prince Rosario me rend souvent visite au début, il quitte ses appartements en catimini avec la complicité tacite des gardes. Une fois certain que ma vie n'est plus en péril, ses visites s'espacent. Je ne m'en formalise pas. Difficile de le garder à mon chevet sans avoir la liberté de lui ébouriffer les cheveux ou de faire une rapide partie de cartes.

La nouvelle s'est propagée comme une traînée de poudre, même si je n'ai fait aucune annonce officielle : je me lance en quête d'un mari, ça n'est plus un secret pour personne. Des cadeaux – envoyés par mes prétendants, toujours issus de la noblesse – affluent des quatre coins du royaume. « Des pendants en saphir assortis au bleu de votre Pierre Sacrée », explique une lettre ; « Vous qui êtes une érudite, vous trouverez sous ce pli un exemplaire plusieurs fois séculaire de la *Belleza Guerra* », précise une autre. Se permettant pour certains une familiarité déroutante, ces étrangers connaissent tout de ma personne ; ils font pleuvoir sur moi des présents inestimables dans l'espoir d'attirer mon attention. Personne ne sait que faire de ces cadeaux. Ximena les entasse dans un coin de l'atrium. Nous les trierons plus tard.

Je reçois aussi des missives qui me perturbent grandement. Un tanneur me juge responsable de la pénurie de peaux et réclame mon abdication. Une jeune veuve avec quatre enfants à charge me supplie de lui trouver un travail. Un acolyte qui officie au monastère de Puerto Verde m'envoie une rose fanée et déclare que la sorcellerie blasphématrice de la Pierre Sacrée noircit mon âme et tourne en dérision notre sacrement le plus précieux. Plusieurs lettres prétendent aussi que je devrais autoriser les territoires du Sud à prendre leur destin en main, sur l'exemple des provinces de l'Est. L'une va même jusqu'à proclamer l'autonomie du Sud.

Le général Luz-Manuel m'assure que les auteurs de ces lettres seront traqués sans relâche, que ces menaces seront traitées avec tout le sérieux qu'elles exigent. Paradoxalement, ses promesses me remplissent d'inquiétude.

Chaque nuit, je revis mon agression. Dans mes cauchemars, les catacombes sont un vaste espace vide et ténébreux. J'avance à tâtons, les bras tendus, quand j'aperçois une lueur sinistre. Les catacombes se transforment en brasier, la lame enflammée de mon assassin plonge dans mon estomac et me déchire en deux, je me mets à hurler, à hurler de toutes mes forces…

Il se trouve toujours quelqu'un à mon chevet quand je me réveille. Mes dames me consolent avec des paroles rassurantes et le contact frais de leurs mains, me jurant dans un chuchotis que je suis en sécurité. Mais je ne retrouve pas le sommeil tant que Ximena ne m'a pas lu quelques pages de la *Scriptura Sancta*, tant que Mara ne m'a pas servi un verre de vin épicé, tant qu'Hector n'a pas inspecté le balcon.

Un après-midi, une échauffourée se produit sous mes fenêtres. J'entends des cris, le tintement de l'acier, le bruit de bottes martelant le sol.

Près de moi, Ximena ne lève pas le nez de son ouvrage de broderie. Elle se contente de me lancer un regard interrogateur.

Hector déboule dans ma chambre.

— Elisa ! J'ai besoin de votre aide !

— Qu'y a-t-il ?

— C'est une exécution. J'ai tenté de m'y opposer, mais le général Luz-Manuel…

— Qui va être exécuté ? Pourquoi ?

— Martín. Le général l'a déclaré coupable de complicité avec Invierne et de tentative d'assassinat sur votre personne. Il l'a condamné à mort par décapitation. Elisa, c'est l'un de mes hommes. Je l'ai formé moi-même. Jamais il ne vous ferait de mal.

— Martín ne pourrait pas… Il allait donner mon nom à son bébé…

J'essaie de me mettre debout alors que Ximena m'empêche de quitter le lit ; je me débats.

— Vous devez vous reposer !

— Hector, aidez-moi à me lever. Faites-moi sortir d'ici, quitte à me trimballer dans vos bras.

Le sang qui bouillonne dans mes veines oxygène aussi mes pensées et je puise un grand plaisir dans cette nouvelle lucidité.

Je pourrais annuler l'exécution par décret royal, mais le temps nous est compté. Martín risquerait alors de rentrer dans l'histoire comme le complice de l'assassin de la reine – sauf si je me déclare publiquement convaincue de son innocence.

Ximena s'écarte, impassible, tandis qu'Hector me soulève et me serre contre lui comme une petite fille. Ma chemise de nuit froufroute sur ses genoux.

Ma chemise de nuit ! Je ne peux pas me présenter à mes sujets dans une tenue pareille.

— Ximena, ma robe de chambre, s'il te plaît, dis-je en enroulant mon bras autour du cou d'Hector. Pressez-vous !

Il franchit la porte et s'engouffre dans le couloir en ordonnant aux autres soldats, d'un geste du menton, de nous suivre. Ximena lui emboîte le pas, ma robe de chambre sur les bras. Tandis que le chevalier galope dans les couloirs labyrinthiques et dévale un escalier, je lui explique :

— L'assassin était déjà là quand je suis arrivée dans les catacombes. J'ignore combien de temps il s'est tenu en embuscade. Des journées entières, peut-être. Il a pu s'y introduire n'importe quand.

— Je sais. Mais le général a un grade supérieur au mien, et quand j'ai réclamé que le Conseil se réunisse pour étudier la sentence, il a avancé la date de l'exécution sans même…

— Dépêchez-vous, au lieu de parler.

Son allure rapide déclenche une douleur lancinante entre mes côtes. Nous atteignons enfin la cour. Encadrée par le porche, une foule nombreuse s'amasse autour d'un échafaud. Le bourreau, masqué d'une cagoule, se tient le torse bombé, nu à partir de la ceinture. Un rayon de soleil frappe la lame de la hache posée sur son épaule.

Mon propre étendard, orné d'une couronne, claque au vent.

— Posez-moi par terre, Hector.

— Vous pouvez tenir debout ?

— Il le faut. Ximena, ma robe de chambre.

Hector m'obéit, avec toute la délicatesse dont il est capable. Mes genoux flanchent sous mon poids et je m'appuie au mur pour ne pas perdre l'équilibre. La peau fraîchement cicatrisée sur mon ventre m'apparaît soudain trop fine, trop tendue comme celle d'un tambour. Ximena drape la robe de chambre sur mes épaules et en noue les pans, à la façon d'une cape. Il va falloir que cela fasse l'affaire. J'esquisse un pas mal assuré vers l'avant.

— Retenez-moi si je tombe.

Le souffle court, le sang battant à mes tempes, je cherche Martín du regard. Les soldats ne vont pas tarder à le conduire ici. Lorsque le bourreau lève sa hache, je comprends que, au-delà du mur de spectateurs, le sort de Martín est scellé : il a déjà la tête sur le billot.

— Non !

— Au nom de Sa Majesté, la reine Lucero-Elisa de…, tonne l'exécuteur.

— Arrêtez ! aboie Hector. Sur ordre de la reine !

Le bourreau lève la tête, surpris, mais trop tard. La hache s'abat avec un sifflement et tombe sur le billot.

5.

Les badauds attroupés au pied de l'échafaud ne comprennent pas tout de suite ce qui s'est passé. Ils pivotent comme un seul homme vers moi.

Je reste figée sur place, comme statufiée, tandis que Ximena réajuste fébrilement ma robe de chambre. Un innocent est mort en mon nom, sous l'emblème conquérant de mon règne.

Quelques personnes retrouvent leurs esprits et tombent à genoux. Le reste de la foule les imite, à la façon d'une vague, et je vois enfin l'échafaud dans son intégralité. Le corps supplicié de Martín s'est affaissé, le cou n'est plus qu'un moignon sanglant. Où est passée la tête ? Je comprends soudain que je regarde le corps mutilé d'un homme que je considérais comme mon ami et un haut-le-cœur me saisit.

— Envoyez-moi le général Luz-Manuel sur-le-champ.

J'espère avoir parlé d'une voix assez impérieuse. Je pivote sur mes talons, préparant une sortie théâtrale pour cacher les larmes qui coulent sur mes joues, mais mes jambes se dérobent sous moi. Ximena et Hector me rattrapent de justesse. Ils m'aident à franchir le seuil et me traînent jusqu'au couloir plongé dans une ombre perpétuelle. Hector n'essaie plus de donner le change, il me recueille dans ses bras. Une substance chaude et visqueuse imbibe mes pansements.

— Je crois que j'ai arraché mes points de suture.

— Oh, ma merveille, murmure Ximena. Oh, Elisa.

Le docteur Enzo m'attend dans mes appartements. Il me lance un regard noir.

— Je suis allée le chercher, explique Mara d'un air contrit.

Hector me dépose sur le lit et se détourne lorsque le médecin soulève la chemise de nuit afin d'examiner l'étendue des dégâts. Il enlève le pansement, ce qui m'arrache un petit cri.

— Fallait-il vraiment que vous…, grommelle-t-il.

— Gardez vos reproches pour vous, merci.

Le médecin marmonne quelques excuses hypocrites tout en palpant mon abdomen. Étonnamment, la douleur est supportable.

— Fascinant. Permettez-moi une question : avez-vous déjà été gravement blessée ?

— Je me suis cassé deux ou trois côtes. Je me suis arraché un ongle. J'ai souffert d'une mauvaise infection après avoir été griffée par un Invierno. Ils enduisent leurs ongles de poison, vous savez.

Il triture ma plaie et éponge le liquide qui suinte à l'aide d'un linge.

— Quand vous vous êtes cassé les côtes, au bout de combien de temps avez-vous pu marcher normalement ?

Voilà qui mérite réflexion. C'est Humberto qui a pris soin de moi à l'époque. Je me souviens de la fois où il a glissé de la feuille de duerma dans ma soupe, en guise de somnifère, et ce souvenir déclenche un soupir.

— Il m'a fallu une journée. La douleur était vive, mais pas insoutenable.

— Et cette douleur, elle vous a gênée longtemps ?

— Un peu moins d'une semaine.

Le nez d'Enzo remue sous l'effet de la nervosité. Il m'évoque un chien de chasse qui flaire sa proie. Il étudie mon estomac un long moment et je me rends compte que c'est ma pierre qui l'intrigue, pas ma blessure. Il laisse ses doigts en suspens au-dessus de mon nombril ; il n'ose pas.

— Vous pouvez toucher. Ça ne me gêne pas.

Le docteur n'attendait que ma permission. Il trace des petits cercles de l'index, avec déférence, sur la facette supérieure de la pierre.

Je sens son index entrer en contact avec la Pierre Sacrée, qui ne réagit pas et continue à palpiter. Quel moment étrange. Personne ne la touche jamais, à part moi. Même Ximena et Mara restent à distance respectueuse quand elles m'habillent.

— On dirait un cœur qui bat, s'émerveille Enzo.

Il retire tout à coup son doigt, comme si la pierre l'avait brûlé.

— Qu'y a-t-il, Enzo ?

— Votre Majesté, ce que je crois, enfin, je ne suis sûr de rien, mais il semblerait… il m'apparaît que vous vous rétablissez trop vite.

— Et ce serait lié à la Pierre Sacré ?

— Je ne m'explique pas autrement le fait que vous ne montriez aucun signe d'infection, que vous ayez pu vous tenir debout alors que votre paroi abdominale a été sectionnée, et qu'après cette sortie ô combien inconséquente je n'aie à remplacer que deux points de suture.

Je ne suis guère versée dans les arts thérapeutiques et je dois le croire sur parole. Il faudra que je repense à ce qu'Enzo vient de me dire dans le sanctuaire obscur de la nuit. J'affronte la douleur les dents serrées tandis qu'il me recoud. Ximena le met dehors, puis elle remonte la couverture jusqu'à mon menton à l'instant où le général Luz-Manuel se présente à la porte.

— Votre Majesté.

Il me salue bien bas et se redresse sans attendre que je l'y invite. Je m'étonne une fois encore de voir un homme aussi insignifiant à la tête de mon armée.

— Général, je suis profondément contrariée par l'exécution d'un homme que je considérais comme un sujet loyal et dévoué.

Contrariée, le mot est faible, mais je continue à me méfier de lui.

— En effet, Votre Majesté, cela a été un choc et une déception pour chacun d'entre nous.

— Je me suis mal exprimée, général, pardonnez-moi. J'avais l'intention de vous faire part de mon désaccord personnel face à la décision que vous avez prise d'exécuter ce pauvre bougre.

— Vous avez traversé une terrible épreuve, Majesté, dit le militaire d'une voix dégoulinant de sollicitude. D'abord l'animagus, puis cette agression, vous devez être accablée. Mais je vous garantis que nous avons mené une enquête des plus sérieuses.

— Pas si sérieuse que ça.

— Ma reine, nous avons exploré chaque…

— Vous avez pourtant omis d'interroger l'unique témoin de ce crime… Il ne vous est pas venu à l'esprit que j'étais présente pendant la tentative d'assassinat ?… Loin de moi l'idée d'être cassante avec vous, mon cher général, mais je suis épuisée, et immensément triste. Ce qui est fait est fait, mais promettez-moi que personne d'autre ne sera châtié sans que j'en sois informée et que je donne mon accord. Je suis certaine que vous comprenez ma volonté d'être impliquée dans ces décisions.

— Bien entendu, Votre Majesté. Si cela peut apaiser votre esprit et favoriser votre convalescence.

Je serre les mâchoires. Le général ne va pas se soumettre à mes ordres parce que ma contribution est utile, ni même parce que je suis sa reine. S'il accepte de me consulter, c'est que ma santé lui tient à cœur, c'est bien ça ?

Il s'apprête à quitter mon chevet quand je l'interpelle :

— Attendez.

Il se retourne vivement et un éclair d'agacement, que j'imagine peut-être, traverse ses traits.

Destin, que dois-je dire à cet homme ? Comment lui faire comprendre que je suis sa souveraine, qu'il me doit obéissance ? Que même si je suis issue d'une terre étrangère, le peuple de Brisadulce est mon peuple ?

La Pierre Sacrée vibre en réaction à ma prière et une réponse germe dans mon cerveau. Ma voix se teinte de mélancolie lorsque je prends à nouveau la parole.

— J'ai perdu tant d'êtres chers lors du conflit qui nous a opposés à Invierne. Comme tout le monde. Mais si nous avons survécu, c'est parce que notre armée s'est battue avec un courage et un altruisme à toute épreuve. Et personne n'a combattu plus vaillamment que les gardes royaux, qui ont tenu l'envahisseur à distance malgré d'immenses pertes humaines. Je refuse qu'on mette leur probité en doute ou qu'on leur manque de respect. En fait, je défendrai chacun d'eux bec et ongles, jusqu'à mon dernier souffle, comme ils m'ont défendue. Suis-je assez claire ?

Le général me dévisage comme s'il prenait ma mesure, une protestation sur le bout des lèvres. Je sais que ma tirade a fait mouche car Hector et ses hommes, qui n'ont pas perdu un mot de notre échange, bombent le torse. La fierté se lit dans leur regard. J'espère qu'ils en informeront tous leurs camarades.

Le général s'incline, un peu plus bas cette fois-ci, et prend congé.

À la seconde où la porte se referme derrière lui, ma combativité s'évanouit. Je n'arrive pas à saisir les motivations de cet homme. Essaie-t-il de me discréditer ? Tente-t-il de s'emparer du pouvoir en profitant de mon retrait des affaires publiques ? Cherchait-il un bouc émissaire en vue d'apaiser la peur de la cour, ou pensait-il sincèrement que Martín méritait de mourir ? Une larme roule sur ma pommette. *Martín, pardonne-moi, je suis arrivée trop tard.*

Je ferme les yeux pour m'enfoncer dans un sommeil salutaire lorsque Hector s'approche de moi.

— Votre Majesté ? Je souhaiterais prendre des nouvelles de la famille de Martín, de sa femme, dit-il d'une voix chargée d'émotion. Afin de m'assurer qu'ils ne manquent de rien.

— Bien entendu.

— Je reviens dès que possible.

— Prenez tout votre temps. Vous méritez un répit, vous n'avez pas quitté mon chevet une minute… Dites-moi, le général Luz-Manuel m'a-t-il rendu visite quand j'étais… indisposée ?

— Très souvent. Il a apporté des bougies de prière et vous a veillée des heures durant.

Je doute qu'il ait prié pour ma guérison.

— Je ne l'ai jamais laissé seul avec vous, ajoute Hector. Pas une seule fois.

Je le remercie d'un signe de tête, faute de mieux.

Cette nuit-là, mon cauchemar suit un autre scénario. Cette fois-ci, je porte une torche qui m'enveloppe de sa chaleur et de sa lumière. Je me crois en sécurité.

Une brise légère soulève mes cheveux, mais le vent devient violent, il souffle en bourrasques. La torche s'éteint, l'obscurité m'entoure. La Pierre Sacrée devient glace.

La lame reluit, brûlante et cruelle, et frappe…

C'est mon propre cri qui me réveille.

— Elisa ?

Je me cramponne à Hector. Il prend ma main dans les siennes et la presse de toutes ses forces, comme pour étouffer la panique.

Les battements effrénés de mon cœur s'apaisent, ma respiration ralentit. Le soleil frappe la porte-fenêtre du balcon à l'oblique : j'ai dormi tard dans la matinée.

Lorsque je m'en sens capable, je balbutie :

— Avez-vous pris contact avec la femme de Martín ?

— Les gardes ont fait une collecte. Je suis allé la voir ce soir. Malgré tout ce qui s'est passé, elle… elle était reconnaissante, raconte-t-il la gorge nouée.

— Je suis désolée de n'avoir pu lui sauver la vie.

— Merci d'avoir essayé.

Hector serre ma main une dernière fois avant de me lâcher. Je la glisse sous ma couette, vaguement déçue. Il reste très distant depuis que j'ai frôlé la mort. Ximena ou Mara m'auraient, elles, tenu la main aussi longtemps que nécessaire.

Il s'adosse contre sa chaise et croise les bras, comme pour mettre un mur entre lui et moi.

— C'est monnaie courante chez les soldats, de faire des cauchemars après les combats, affirme-t-il. Surtout s'ils ont été blessés. Il est parfois bénéfique d'en parler.

— Vous faites des cauchemars ?

— Oui.

— Et vous en parlez à quelqu'un ?

— Non.

— Mais vous aimeriez que je parle du mien.

— Je ne veux pas vous forcer.

— Pourquoi ne pas faire un troc ? Mon cauchemar contre le vôtre.

Hector se plonge dans ses pensées. Lorsqu'il se tourne vers moi, il n'est plus du tout dans le même état d'esprit.

— Vous feriez mieux de discuter de vos rêves avec Ximena ou Mara.

— Bonne idée. Merci pour ce conseil.

Les jours qui suivent, je remâche ce que m'a dit Hector. Je tente, à deux reprises, de parler de mes rêves à Ximena mais les mots restent bloqués. C'est moins la peur que la honte qui me muselle. Je ne peux pas supporter d'étaler cette faiblesse, cette impuissance, au grand jour. Je suis reine désormais. Il me faut être forte, courageuse.

Arrive une nuit où la lame est froide et aiguisée sur ma peau, et son contact provoque une éruption dans mon estomac. Le cauchemar met en scène un endroit différent, un couteau différent – et une victime différente. Je suis pieds et poings liés lorsque l'arme frôle le cou d'Humberto. « Tu aurais pu me sauver, Elisa », déclare-t-il une seconde avant que la lame ne tranche sa veine. Du sang tiède jaillit par flots et asperge ma couronne, qui s'est matérialisée entre mes mains.

Cette fois-ci, mes cris sont interrompus par des vomissures qui m'étouffent.

Mara et Ximena se précipitent vers moi pour nettoyer les dégâts. J'essaie de me mettre debout mais elles m'en empêchent. Je les repousse avec une énergie que je ne soupçonnais pas. Je me cramponne à la colonne du lit et pose mes pieds par terre. Je chancelle, mais mes jambes tiennent bon.

— Trouvez Hector. Je vais me laver. Et ensuite... et ensuite... ensuite, je dois retourner aux catacombes. Ce soir.

Les vomissures forment une croûte froide qui plaque ma chemise de nuit sur ma peau, mes narines sont infestées par la puanteur. Je n'ai pas le choix. Je dois affronter la peur avant qu'elle ne me dévore de l'intérieur.

Avec l'aide de Mara, j'effectue une toilette rapide. Ximena me présente une robe, que je refuse.

— Un pantalon. Et ma blouse en lin. Pour être plus libre de mes mouvements.

Hector arrive tandis que Ximena finit de lacer mes bottes. Je me lève pour le saluer, gênée d'abréger la seule nuit de repos qu'il s'autorise.

— Pardon de vous réveiller.

— Une reine n'a pas d'excuse à présenter à son garde. Où allons-nous ?

— Aux catacombes. Je dois... je dois revoir cet endroit.

— Nous les avons fouillées une dizaine de fois. En pure perte.

— C'est nous qui n'avons rien trouvé, ou le général ? Pardonnez-moi, je ne lui fais pas confiance.

Hector reste bouche bée. J'en profite pour enchaîner :

— Et puis... il y a autre chose. Comme un souvenir qui semble m'échapper.

— Dans ce cas, répond Hector, allons-y. Mais laissez-moi vous porter si la fatigue se fait sentir.

— Bien sûr. Merci.

Le rouge me monte aux joues et je me détourne. Mais c'est tête haute que j'accueille mon escorte – Hector, Ximena, Mara et quelques gardes – qui forme un cercle protecteur autour de moi. Nous quittons mes appartements sur la pointe des pieds et descendons au rez-de-chaussée à la hâte.

Une sentinelle que je vois pour la première fois se tient à la place de Martín. Une colère sourde bouillonne en moi que je réprime aussitôt, car ce malheureux n'y est pour rien, il ne fait que son devoir. Je réponds à sa révérence par un signe de tête. Hector tient à s'aventurer le premier dans l'escalier. Les marches sont traîtresses et mes jambes aussi peu solides que de la confiture de dattes, mais je pose une main sur son épaule et je me sers de lui comme d'une béquille.

Les mâchoires béantes de la Galerie des crânes semblent ricaner dans la lueur vacillante des bougies. Je sens Mara se raidir près de moi et cela me réconforte de savoir que je ne suis pas seule à être transie d'épouvante.

Ma peur se dissipe lorsque nous pénétrons dans le tombeau d'Alejandro. Le décor de mes cauchemars a bien changé. Il y fait clair et chaud, dans une atmosphère parfaitement paisible. Je sens le regard de mes compagnons peser sur moi tandis que je déambule parmi les cercueils, frôlant de la main les étendards à l'étoffe soyeuse. J'ignore ce que j'espère trouver lors de cette expédition nocturne. Lorsque le bout de ma botte croise une tache sombre qui macule la dalle en pierre, je me pétrifie.

Mon sang.

Du bout des doigts j'explore ma blessure, puis la bosse qui orne mon crâne. Dans ma chute je me suis cogné la tête, m'a expliqué le docteur Enzo. Malheureusement, il se trompe. Je suis tombée sur le flanc. Maintenant que j'ai les yeux rivés sur cette tache, je me rappelle très clairement que ma joue baignait dans une flaque formée de mon propre sang. Comment expliquer, dans ce cas, la présence de cette formidable protubérance à l'arrière de mon crâne ? Que s'est-il réellement passé ici ?

Je marmonne :

— Il y a quelque chose… dans mon souvenir…

Je ne sais pas trop ce que je veux dire. Que je ne me suis pas cogné la tête ? C'est pourtant évident. Peut-être ai-je voulu me relever, peut-être suis-je tombée une seconde fois. J'ai perdu tellement de sang, c'est un miracle si mon esprit garde encore des traces de cette agression.

— Elisa ?

Je lève la tête, tirée de ma réflexion par la voix d'Hector. La lumière qu'émettent les torches creuse ses joues. La lumière… la façon dont elle se déplace… mon rêve ne montrait pas du tout la même chose.

— Je ne sais pas. On dirait… Votre torche.

Hector attend la suite, habitué au cheminement tortueux de mon esprit. *Concentre-toi, Elisa !*

— La flamme ne bouge pas.

— C'est vrai, répond-il. Elle reste immobile.

Je ferme les yeux et je me laisse bercer par le mugissement de la rivière souterraine. Me revient alors en mémoire le souffle d'air qui a effleuré mon visage avant de souffler la torche. Mes idées sont plus claires que jamais.

— Dans mon rêve – non, dans mon souvenir – il y avait une brise. Non, pas une simple brise. Un gros courant d'air. Ma torche était enfoncée dans le mur. Et le courant d'air l'a éteinte.

Ce n'est pas grand-chose, un détail insolite, mais mon statut de reine contraint les membres de mon escorte à me prendre au sérieux et à lui accorder toute leur attention.

— Je dirais que quelqu'un a ouvert la porte en haut, suggère Ximena.

— Et si quelqu'un est passé à côté de la flamme ? lance l'un des gardes. Très vite ?

— Sa Majesté a parlé d'un courant d'air, s'énerve Mara. Passer à côté d'une torche, cela ne l'éteint pas.

— Peut-être bien qu'il avait des flatulences. Vous avez vu ce qu'on mange à la caserne ?

— Fernando ! lâche Hector.

J'ai du mal à résister à cette plaisanterie, pourtant de mauvais goût. Du coup, chacun joint son rire au mien. Ce petit moment de détente me fait un bien fou.

Je finis par reprendre haleine et je dis tout haut ce que tout le monde pense sûrement tout bas :

— Nous pouvons en conclure qu'une porte secrète mène à ce caveau.

6.

Repensant au tunnel qu'Hector et moi avons emprunté afin de regagner le palais en catimini, j'en déduis que ma nouvelle maison doit receler une multitude de secrets, la plupart enfouis dans les oubliettes du temps.

Ximena entreprend de sonder le mur du bout des doigts.

— S'il y a une autre entrée, il faut la trouver coûte que coûte, grommelle-t-elle.

Je ne peux que lui donner raison : comment laisser sans surveillance un accès au palais royal ?

Les autres lui prêtent main-forte et ma nourrice les pilote avec une efficacité exemplaire. Je brûle d'envie de joindre mes forces aux leurs mais m'appuyer contre le cercueil pour rester droite exige déjà de moi des efforts surhumains.

— En silence, ordonne Ximena. Et faites-moi signe dès que vous entendez un bruit suspect, que vous sentez un déplacement d'air.

Ce n'est pas une surprise de découvrir que ma nourrice est une experte en passages secrets. Elle doit connaître autant de manières de s'échapper d'une forteresse que de tuer un homme.

Mara rampe à quatre pattes quand elle s'exclame :

— Je sens quelque chose. Un courant d'air, peut-être.

Je me relève trop vite et une douleur aiguë me transperce le flanc. Aussitôt, Hector est à mon côté et m'offre son épaule.

— Dans quelle direction ? demande Ximena.

— Difficile à dire. Je l'ai senti sur ma joue gauche.

L'un des soldats s'accroupit près de Mara, une torche à la main. La flamme frôle dangereusement le pompon d'un étendard.

— Attention, grogne ma nourrice.

Mara et le garde font courir leurs doigts sur les dalles, à la recherche d'une fente suspecte.

— Et si on appuyait dessus ? propose le garde. Dans la bibliothèque de mon père, l'une des pierres de la cheminée déclenche un mécanisme qui ouvre une porte.

Ils appuient donc sur les dalles, un peu n'importe comment. Rien.

— Essayez le piédestal. Celui au cercueil vide.

Tous s'agglutinent autour, les torches brandies à bout de bras. Je ne vois plus rien et je pousse un soupir exaspéré.

— Tout va bien ? chuchote Hector.

— Juste un peu de frustration. Je déteste être réduite à l'impuissance. Et j'ai peut-être traîné tout ce petit monde jusqu'ici au beau milieu de la nuit pour rien…

— Un loquet ! s'exclame Ximena. Caché sous le socle. Voyons voir si je peux...

Le cercueil se soulève de quelques millimètres. Plusieurs gardes s'écartent d'un bond lorsque le piédestal pivote sans un bruit. Un courant d'air saumâtre balaie le caveau, une torche s'éteint ; les autres clignotent, mais leur flamme résiste.

Cramponnée au bras d'Hector, je jette un coup d'œil par-dessus l'épaule de Mara. Là où trônait le cercueil, il y a maintenant un trou béant. Des marches en pierre tapissées d'une mousse poisseuse s'enfoncent dans l'obscurité.

— Beurk, lâche Mara.

— Quelle infection ! renchérit Ximena.

— Vous avez vu juste, Votre Majesté, déclare Hector d'une voix forte. Vous avez eu raison de suivre votre instinct, et raison de faire confiance à Martín.

Ses paroles me mettent du baume au cœur. Hector est depuis toujours mon meilleur allié. Mon regard croise le sien et je lui adresse un petit signe ; j'espère qu'il comprend qu'en cet instant j'ai pour lui une gratitude infinie.

— Eh bien, prouvons son innocence en voyant où ce tunnel nous mène.

Les soldats se pressent au sommet de l'escalier, impatients de se risquer dans l'inconnu.

— Un petit instant. Mara, retourne à mes appartements. Présente tes excuses aux éventuels visiteurs. En sortant, dis à la sentinelle que je ne souhaite pas être dérangée pendant ma prière.

Mara acquiesce sans prendre la peine de masquer son soulagement et deux gardes l'accompagnent sur ordre d'Hector, qui se tourne ensuite vers moi :

— Prête ? Vous êtes sûre ?

— C'est la seule solution si je veux me ressaisir.

À mon grand étonnement, Ximena ne proteste pas. Elle se contente de scruter mon garde au visage impénétrable.

Fernando prend la tête du petit cortège, torche levée à hauteur de visage, Hector le suit de près. Lorsque vient mon tour, je prends bien garde à marcher sur la plante des pieds afin de ne pas glisser. L'humidité chatouille mon visage et fait frisotter les cheveux à mes tempes. Nous allons forcément croiser un plan d'eau, la rivière souterraine est toute proche ; son rugissement nous accompagne partout, en fond sonore.

L'escalier forme une hélice raide et étroite. Ses parois sont recouvertes de la même substance verte et visqueuse et je refuse de les toucher, même pour garder l'équilibre. Il est plus facile de m'appuyer sur l'épaule d'Hector et de me reposer entièrement sur lui.

— Il y a des traces de pas dans la vase, affirme Fernando. Quelqu'un est passé par ici.

— Il n'y avait pas d'empreintes dans le caveau, remarque Hector.

— Le sol n'était-il pas trop propre, par hasard ? Qui est arrivé en premier pour mener l'enquête ?

Hector marque un temps d'arrêt et je le percute. Il reprend sa route sans mot dire. Peut-être se retient-il d'accuser le général en présence de ses hommes.

Lorsque l'escalier débouche sur une galerie exiguë, mon estomac palpite sous l'effet de la douleur. Le sol sablonneux est creusé de rides ; on dirait une plage après le reflux d'une vague.

— Ce passage est rempli d'eau à marée haute, explique Hector. Voici la laisse de haute mer, ajoute-t-il en montrant un banc de barnaches qui s'accrochent à la paroi à hauteur de genou.

Je ravale ma déception. Toutes les traces laissées par ceux qui nous ont précédés ici auront été nettoyées par la marée et il est peu probable que nous trouvions une preuve permettant de remonter la piste de l'assassin.

Fernando pousse un cri et nous sursautons de concert.

— Excusez-moi, lance-t-il à la cantonade. Un crabe.

Je bénis aussitôt mes bottes, imperméables à la vase, au sable, aux bestioles qui rampent. Quelque chose attire mon regard sur le mur.

— Qu'est-ce que c'est que ça ?

Fernando braque sa torche dessus et révèle des caractères gravés dans la pierre. Les lettres sont à peine plus grandes que mon petit doigt. Ma Pierre Sacrée se réchauffe, comme si elle reconnaissait un vieil ami.

— C'est écrit en Lengua Classica, s'émerveille Ximena. Un extrait de la *Scriptura Sancta*.

Je traduis à voix haute :

— « La porte qui mène à la vie est étroite et petite, et rares sont ceux qui la trouvent. »

Ximena effleure les lettres du bout des doigts. À une époque, avant de devenir ma nourrice, elle travaillait comme scribe au monastère d'Amalur. Elle porte un intérêt déférent aux textes anciens, tout comme moi.

— Regardez cette boucle ici. Et la fioriture au bout de l'accent. Ce style de graphie n'est plus utilisé depuis des siècles.

— Ce message concerne-t-il ceux qui entrent ou ceux qui sortent ? Quelle direction « mène à la vie » ?

— Il n'y a qu'une seule façon de le découvrir, réplique Hector.

Le tunnel de calcaire se rétrécit encore, les gardes ont du mal à y passer leur armure. Il fait frais, c'est certain, mais j'ai douloureusement conscience de l'épaisseur de roche qui nous sépare de l'air libre. Il y a là des milliers de tonnes de pierre. Une ville entière vaque à ses activités au-dessus de nos têtes. Je suis gagnée par la nervosité lorsque Fernando annonce :

— Un autre escalier.

Cet escalier-là est droit et taillé de façon approximative, comme par une hache géante. Je suis ravie de constater que les marches sont sèches et propres.

— Fernando, ordonne Hector, range ton flambeau.

Le soldat cache sa torche derrière son dos, Ximena fait de même, et nous nous rendons compte qu'une troisième source de lumière, ténue mais visible, éclaire l'escalier.

— Vous croyez qu'il débouche sur l'extérieur ?

— Nous sommes descendus trop bas. Je crois que nous nous trouvons en dessous des Bas-Fonds, à moins que je ne fasse erreur.

Les Bas-Fonds. Le quartier le plus dangereux de ma cité, le plus mal famé. Une zone de non-droit qu'aucun monarque n'a réussi à assainir, grouillant d'une faune interlope : femmes de mauvaise vie, mendiants et malfaiteurs en tous genres, lesquels forment une société à part.

— Votre Majesté, me dit Hector d'une voix déterminée, si je sens le danger approcher, je vous ferai sortir d'ici, contre votre gré s'il le faut.

— Je vous promets de n'opposer aucune résistance. Allons-y.

L'ascension met mon ventre à la torture et je ralentis le groupe. Je ne m'agrippe plus à Hector, ce serait un risque inconsidéré vu les dimensions de la galerie. La rumeur de l'eau devient assourdissante, la lumière plus intense et, très vite, les torches se révèlent inutiles. D'où pareil éclat peut-il provenir ?

L'escalier débouche sur un palier. Fernando laisse échapper un cri de surprise et ma langue se noue lorsque je m'aventure dans la lumière.

Nous sommes arrivés sur une corniche en pierre. Sous nos pieds se déploie une caverne monumentale. La rivière souterraine épouse les courbes de ses parois ; l'eau est aussi claire que du cristal, même si une rumeur constante indique la présence de rapides. Sur notre gauche, la muraille est creusée d'excavations reliées entre elles par des échelles ou des passerelles en cordages. Le sol de la caverne accueille d'immenses cabanes construites à l'aide de bois flotté et de planches récupérées sur des épaves.

Il règne dans cette caverne une ambiance de ruche. Une femme assise sur le seuil d'une des excavations cuisine au-dessus d'un feu. À l'extérieur de la cabane la plus imposante, deux barbus, le visage tanné par les éléments, raccommodent à quatre mains un filet de pêche. Au bord de la rivière, un groupe d'enfants pieds nus jouent avec des bâtons et une balle en cuir.

La lumière se déverse par des crevasses envahies de verdure : des plantes grimpantes, quelques fougères et du lierre par paquets qui frôle le sommet des cabanes. Je chuchote :

— C'est un véritable village. Sous nos pieds.

— J'ignorais l'existence de cet endroit, ajoute Hector sur le même ton.

La structure de la caverne amplifie nos murmures et les transporte jusqu'aux cabanes. Tous se figent en plein geste, les regards se tournent vers nous. Des dizaines de visages reflètent mon propre choc.

Hector porte la main à son sabre. Lui et Fernando se placent devant moi pour me dissimuler aux regards. Trop tard.

— La reine ! hurle une voix.

J'entends des cris étranglés, des ustensiles qui s'entrechoquent, des gens qui détalent.

— Il faut que l'on vous fasse sortir d'ici, dit Hector, et vite.

Fernando s'arme de son arc et tire une flèche de son carquois. Il attend le signal de son commandant pour se poster au bord de la corniche, bander l'arc et viser la foule.

— Pas tout de suite ! Ils ont plus peur de nous que l'inverse, vous ne le voyez pas ?

— Halte ! hurle Hector. Au nom de la reine.

L'affolement collectif cesse pour laisser la place au sifflement du vent et à la rumeur de l'eau. Je remarque des bandages, un bras en écharpe, une jambe maintenue par une attelle, une tête empaquetée dans un pansement maculé de sang bruni.

— Nous avons capté leur attention, Votre Majesté. Voulez-vous prononcer un discours ? Ou préférez-vous battre en retraite ? C'est l'option que je re…

— Hector, ces gens sont blessés.

— Ils ont dû prendre part aux émeutes.

— On dirait qu'ils ont fait la guerre.

— Une émeute, ça ressemble beaucoup à la guerre.

Je suis prise de nausée quand je comprends que les blessures de ces malheureux leur ont sûrement été infligées en mon nom. Me voilà à nouveau en guerre. Je n'ose croire que mon peuple est devenu mon ennemi.

— Sont-ils armés ? Peuvent-ils nous atteindre à cette distance ?

— Je ne vois pas d'armes. Pour l'instant nous avons l'avantage car nous sommes en hauteur.

J'avance d'un pas. Hector s'écarte aussitôt mais je devine qu'il a dégainé son sabre. Fernando balaie la foule du regard, prêt à frapper à tout instant.

Ma confiance grandit, ce qui m'étonne, jusqu'à ce que je prenne conscience que cette caverne me rappelle le camp où j'ai planifié des mois durant la guerre contre Invierne. Comme les rebelles du désert, ces gens-là sont pauvres mais dignes, blessés mais fiers.

— Pour une surprise, c'est une surprise.

Ma voix se répercute sur les parois de la caverne. J'esquisse un sourire qui, je l'espère, va les mettre en confiance, mais je ne vois que la peur autour de moi. Une femme harponne un petit garçon et l'attire contre elle.

L'honnêteté, c'est la meilleure stratégie. Je décide donc d'être honnête avec eux :

— Je pourrais envoyer un bataillon de soldats pour faire évacuer cet endroit. Il est évident que vous avez déjà causé quelques troubles à l'ordre public, mais je suis prête à pardonner. Si vous vous cachez ici afin d'échapper à la hausse des impôts ou de commercer loin de la rapacité des guildes, nous pouvons parvenir à un arrangement.

La méfiance collective ne s'atténue pas, loin de là. Je tente une approche différente :

— Avez-vous un chef avec lequel je peux entamer les pourparlers ? Sinon, vous devez nommer un représentant sans perdre un instant.

Une voix s'élève de la foule :

— Votre Majesté !

Fernando braque la pointe de sa flèche sur un vieillard qui s'est approché en claudiquant. Les cheveux fins et gris, le visage buriné, il s'aide pour avancer d'un long bâton aussi noueux que la main qui le tient, poli par les vagues.

— Vous êtes le chef de cette communauté ?

— Non, Votre Majesté. C'est Lo Chato, notre chef, mais il n'est pas là. Il doit rentrer ce soir.

Flageolant sur mes jambes, je m'agrippe à Hector.

Lo Chato. Ce nom ne m'est pas inconnu. C'est ainsi que se faisait appeler l'animagus qui m'a interrogée alors que j'étais prisonnière d'Invierne. Des mois plus tard, tout me revient : sa peau glabre, ses yeux d'un bleu aussi profond que la Pierre Sacrée, ses longs cheveux blancs. Je repense à la grâce surnaturelle de ses mouvements, à sa voix sifflante qui s'insinuait dans mon esprit, et un frisson de dégoût me parcourt l'échine. Il ressemblait comme deux gouttes d'eau au sorcier qui m'a menacée du haut de l'amphithéâtre.

Étrange d'entendre le nom d'un vieil ennemi quelques jours après que l'un de ses frères s'est offert en sacrifice dans ma cité…

— Quand ce village souterrain a-t-il été fondé ?

— Il est presque aussi vieux que Brisadulce. Mais nous autres des Bas-Fonds vivons et travaillons également à la surface. Nous sommes les loyaux sujets de Votre Majesté.

— Je suis ravie de l'apprendre. Quand Lo Chato sera de retour, dites-lui que je le réclame au palais. Il ne lui sera fait aucun mal. Je souhaite juste échanger quelques mots avec lui. Je demanderai au majordome de l'introduire sans le faire attendre.

Le vieil homme incline la tête, sûrement la seule révérence que son corps abîmé autorise.

— Sachez, Majesté, que c'est une personne discrète, solitaire. Votre invitation va attiser sa méfiance.

— Dans ce cas, tâchez de le convaincre. Ma déception sera immense s'il ne vient pas.

Je marque un temps d'arrêt, de façon à leur montrer que je ne plaisante pas, avant de leur souhaiter une bonne journée et de tourner les talons.

— Tyran ! hurle un homme dans la foule.

Les villageois font piteuse mine et évitent mon regard ; du coup, je ne peux pas localiser l'élément perturbateur.

— Fernando, tirez une flèche en l'air.

Le soldat s'exécute. Il décoche une flèche qui se plante avec un bruit sourd dans le sol, aux pieds du vieillard. Les pennes vibrent sous l'impact et la foule a un mouvement de recul.

— N'ajoutez pas la sédition à la longue liste de vos méfaits.

Ma menace reste suspendue en l'air. Je m'engage dans le tunnel, Hector et Ximena sur mes talons. Sur le chemin du retour, je trébuche plus d'une fois, perdue dans mes pensées. C'était un petit groupe – soixante personnes, à peine. Pourquoi sont-ils si peu nombreux ? Le secret du village serait-il si bien gardé ? Ont-ils escaladé la corniche et exploré le passage vers les catacombes ? L'élément perturbateur exprimait-il l'opinion du groupe tout entier ?

Ce qui me trouble le plus, c'est ce mystérieux Chato. Mon assassin, peut-être. Et je l'ai invité sous mon toit. La *Belleza Guerra*, dont les préceptes résonnent sans cesse en moi, consacre un chapitre entier à l'art de contrôler ses ennemis, de les tenir à portée de main. Je sais que j'ai raison d'agir comme je le fais – à condition de rester prudente.

Le temps d'arriver à la tombe d'Alejandro, je suis hors d'haleine et j'ai très mal aux côtes. Mon rêve, ce serait un verre de vin épicé et une bonne nuit de sommeil.

Fernando me demande la permission de rester dans les catacombes.

— J'aimerais m'amuser un peu avec ce mécanisme, dit-il en désignant l'ouverture sous le cercueil. Découvrir comment il s'ouvre de l'intérieur, s'il a été souvent utilisé.

— Faites donc. Il faut établir ici la plus étroite surveillance.

— Je m'en charge.

— Je vous fais porter votre petit déjeuner. Pas le petit déjeuner de la caserne, rassurez-vous.

De retour dans mes appartements, je ne prends même pas la peine de me mettre en chemise de nuit. Ximena me déchausse, je dénoue mon pantalon et je m'effondre sur mon lit. Cette chère Mara a eu la bonne idée de changer les draps ; encore tièdes, ils embaument la lessive, et j'enfouis mon nez dans l'oreiller, qui sent bon l'eau de rose. En toute franchise, il n'y a pas plus bel endroit au monde que mon lit.

Je pars lentement à la dérive quand une idée me réveille en sursaut. Je chasse le sommeil d'un battement de paupières.

— Hector ?

— Votre Majesté, lance-t-il depuis le pied du lit.

— Avez-vous des contacts dans les Bas-Fonds ?

— Je vais me renseigner, Votre Majesté.

— Et arrêtez de me donner du « Votre Majesté » à tout bout de champ. Cela me hérisse le poil.

— Loin de moi l'intention de vous transformer en hérisson, déclare-t-il avec une emphase affectée.

— Si cela arrive, je n'aurais d'autre choix que de suivre l'exemple du général et d'ordonner votre exécution. Qu'on lui coupe la tête !

Catastrophe. Je rougis, honteuse du caractère inconvenant de ma plaisanterie – le cadavre de Martín n'a pas encore refroidi, après tout –, mais Hector éclate d'un rire qui résonne jusqu'au bout de mes orteils.

— Ma vie est depuis toujours entre vos mains, Elisa, ajoute-t-il d'une voix douce.

Des picotements me parcourent les bras, une douce chaleur se répand sur mes joues et nos regards se croisent.

Ne te fais pas d'illusions, Elisa. Il parle de son devoir, de sa mission. Bien sûr que sa vie est entre mes mains. Il est garde royal, après tout, et un garde royal doit se transformer en bouclier humain dès que sa souveraine est en danger.

— Vous êtes un excellent ami, Hector. Et je suis heureuse de vous savoir à mes côtés.

— C'est un honneur.

7.

La soirée est bien avancée et le soleil darde des rayons languissants sur le balcon. Assises en tailleur sur mon lit, Ximena et moi sommes cernées par des parchemins aux caractères fanés et des rouleaux poussiéreux – des vieux plans récupérés à ma demande dans les archives du monastère. Cela fait des heures que nous sommes plongées dans leur étude. L'un des plans détaille les travaux dans la salle du trône, un autre s'attarde sur l'annexe du monastère, aucun ne signale de tunnels secrets ni de communautés souterraines. Je les repousse d'un geste exaspéré.

Un objet tombe de l'un des parchemins – un petit rouleau de vélin aux rebords brunis. Ma curiosité piquée à vif, je brise de l'ongle le cachet en cire et mes doigts se tachent d'une substance noire lorsque je déroule le document sur mon genou.

Il s'agit d'un plan de Joya d'Arena. Il n'est fait nulle part mention d'Orovalle, mon royaume natal. Cette vallée luxuriante qui s'étend au-delà des Cimes Neigeuses n'était pas encore découverte à l'époque où les cartographes ont tracé ce planisphère. Ce qui signifie que cet artefact inestimable que j'ai exposé imprudemment à la lumière et à l'air doit dater de plus de cinq siècles. La raison m'ordonne de le retourner sans tarder aux archives, afin qu'il soit nettoyé et conservé dans les meilleures conditions, mais je n'arrive pas à en détourner le regard.

Les régions situées à l'est – le royaume de Basajuan, sur lequel règne mon amie Cosmé – sont qualifiées de « colonies ». Seuls les territoires du Nord et du Sud sont clairement définis. Cela ressemble beaucoup à la situation actuelle, je m'en rends compte. La terre fertile de Joya d'Arena me rappelle un sablier – fragile en son centre, là où l'océan et le désert prennent ma capitale en tenaille.

Mais Joya d'Arena n'est plus seule. J'ai des alliés à présent, qui protègent mes frontières – mon père et ma sœur au nord, Cosmé à l'est. Je me sens plus en sécurité.

— Ma perle, j'ai quelque chose à vous dire, déclare Ximena.

Je dévisage ma nourrice. De la poussière macule sa joue, des mèches de cheveux gris se sont détachées de son chignon. Elle prend une profonde inspiration, comme pour se donner du courage.

— J'ai fait quelques recherches sur la Pierre Sacrée. Depuis votre coma.

Je me redresse un peu trop vite et plusieurs parchemins tombent par terre.

— Je t'écoute.

— Je n'ai pas besoin de vous rappeler la prophétie dans l'*Afflatus* d'Homère : « Il ne pouvait savoir ce qui l'attendait aux portes de l'ennemi et il fut mené, comme un porc sous le couteau du boucher, dans le royaume de la sorcellerie. »

Je rétorque d'une voix neutre, de peur de la braquer :

— Le père Alentín pense que j'ai réalisé cette prophétie quand les Inviernos m'ont capturée.

— Je n'y crois pas vraiment.

— Allons bon.

— C'est le terme « porte » qui m'a fait tiquer. Dans la Lengua Classica, c'est un usage archaïque qui se traduit parfois par « chemin ». Comme dans « étroit est le chemin qui reconstruit l'âme », pour citer la *Scriptura Sancta.*

— Continue.

— C'est ce même mot que nous avons trouvé gravé sous les catacombes.

— Je ne suis pas certaine de comprendre où tu veux en venir.

Pourtant, mon cœur bat la chamade. Ximena s'apprête à me révéler quelque chose. Quelque chose d'important.

— J'ai étudié cette unité linguistique du temps où j'étais scribe. J'ai parcouru les quatre livres des écritures sacrées et j'ai noté dix occurrences. À cinq occasions, le vocable désigne la porte – ou le chemin – de l'ennemi. Dans les cinq autres, il s'applique à un concept positif. La vie, la reconstruction, la guérison. Ce n'est pas un hasard si chaque référence apparaît cinq fois.

— Le nombre sacré de la perfection.

— Tout à fait. Cela prouve que la volonté du Destin entre en jeu. Le hasard n'y a pas sa place. J'ai toujours cru que les textes sacrés fonctionnaient par paraboles. Le chemin qui reconstruit l'âme représentait à mes yeux la façon dont chacun mène son existence. Le chemin de la foi, peut-être. Mais j'ai réfléchi. Et si… et si cet endroit existait vraiment ? Et s'ils existaient l'un et l'autre ?

Ma Pierre Sacrée vibre, manifestement d'accord avec cette interprétation.

— Des endroits qui existent vraiment. La porte de l'ennemi, et la porte qui mène à la vie.

— Je ne peux pas en jurer, ma perle, mais je poursuis ma réflexion.

— Le père Nicandro saura peut-être t'aiguiller. Il m'a donné son aide en sous-main par le passé. Il a également une excellente maîtrise de la Lengua Classica, et je lui voue une entière confiance.

— J'irai le consulter. J'en suis à un point de mes recherches où je dois obtenir l'accès à des zones réservées des archives.

— Ximena, et si cet endroit existait vraiment ? Et si je devais m'y rendre en personne ? Et si régner sur Joya d'Arena n'était pas ma mission sacrée ?

Il y a un an, ma nourrice aurait tâché d'apaiser mes peurs en enfilant des banalités – ou en me gavant de gâteaux. Aujourd'hui, elle plante dans le mien un regard qui traduit de la détermination. Voire une certaine fébrilité. Je frémis des pieds à la tête.

Un bruit de verre qui se brise, un choc sourd.

Ximena se précipite dans l'atrium ; je file derrière elle.

Mara est pliée en deux au bord du bassin d'ablutions, les mains plaquées sur le ventre. Plusieurs objets d'ordinaire rangés sur ma coiffeuse, parmi lesquels mon flacon de parfum, gisent éparpillés au sol. L'odeur sucrée du freesia m'agresse les narines.

— Il y a un problème ? Que se passe-t-il ?

— Je… en secouant votre robe… ma…

— Sa cicatrice, explique Ximena. Elle s'est rouverte.

Cette cicatrice, c'est un animagus qui l'a gravée dans sa chair en la brûlant au moyen de son sceptre. Pour me protéger, pour me donner le temps de faire fonctionner ma Pierre Sacrée, Mara s'était jetée dans les griffes des sorciers d'Invierne. Elle a bien failli y laisser la vie. Depuis ce jour, je n'ai pas accordé la moindre pensée à ses blessures, je l'avoue.

J'envoie l'un des gardes quérir de toute urgence le docteur Enzo. Mara s'effondre sur les dalles. Ximena dénoue son corset et révèle une blouse souillée de petits points rouge vif qu'elle retrousse sans s'embarrasser de pudeur.

Je n'arrive pas à réprimer un cri d'horreur. Ximena a exposé une cicatrice noueuse, large d'environ quatre doigts, qui s'étale en travers du ventre de Mara. Des bourrelets de peau ont avalé son nombril. Du sang perle le long d'une plaie.

— Cette fois-ci, c'est profond, déplore Ximena en tamponnant le sang à l'aide de la blouse. Mais la plaie est propre. On va la recoudre sans problème.

— Cette fois-ci ? Cela lui arrive souvent ?

— J'oublie tout le temps, halète Mara, de mettre l'onguent dessus.

— Quel onguent ? Où ça ?

— Un petit pot sur une étagère près de son lit, m'apprend Ximena.

— Je reviens.

Et je galope jusqu'à la chambre de mes dames d'atours. C'est une pièce exiguë dotée d'une fenêtre de belle dimension et de quatre lits superposés, munis chacun d'une étagère qui sert à ranger des effets personnels. Quelques robes toutes simples sont suspendues à des patères fixées en dessous de la fenêtre ; à cela s'ajoute une écritoire sur lequel des chandelles à demi fondues prennent la poussière. On doit s'y sentir à l'étroit.

Je repère un petit pot en terre cuite sur une étagère. Inutile de soulever le couvercle, les effluves poivrés de l'eucalyptus me montent déjà à la tête.

Je traverse l'atrium au pas de course quand mon pied rencontre un objet pointu. Manquant de perdre l'équilibre, je baisse les yeux pour identifier le coupable.

L'une des anciennes Pierres Sacrées, morte depuis longtemps. Après l'avoir utilisée pour décupler le pouvoir de ma propre pierre et vaincre les animagi, je l'ai serrée avec les autres dans le coffret à bijoux sur ma coiffeuse. Mara a dû la faire tomber tout à l'heure.

Je la ramasse et je l'étudie de près. Aussi sombre qu'un lac de montagne, elle est en piteux état, fendue en deux. Dans la lumière de l'atrium, je distingue une étincelle, comme le fantôme d'un éclair, un fragment de perfection intacte au cœur du joyau brisé.

Je confie le pot d'onguent à Ximena, je pose la pierre abîmée sur la coiffeuse et je m'accroupis à côté de Mara.

— Ça ne fait pas trop mal, prétend-elle. C'est arrivé sans prévenir, voilà tout.

— Ne l'écoutez pas, rétorque Ximena. La déchirure est profonde et elle ne doit surtout pas bouger avant l'arrivée du docteur Enzo. L'onguent va permettre à la peau de ne pas se dessécher.

On frappe à la porte. Je retourne au pas de course dans ma chambre. Un soldat observe l'importun à travers le judas.

— C'est le majordome, pour une urgence.

Le majordome choisit très mal son moment.

— Faites-le entrer.

Je lisse mon pantalon froissé. Je n'ai pas pris le temps de faire ma toilette ni de me changer, je le regrette amèrement. Fidèle à sa réputation de dandy parfumé et pommadé, le majordome arbore un veston en velours agrémenté d'une chemise aux dentelles froufroutantes. Comme d'habitude, son habit est trop petit d'une taille et les boutons du veston menacent de céder aux assauts de sa bedaine. Il exécute une courbette servile.

— Pardonnez cette intrusion, Majesté. Je sais que vous ne souhaitez voir personne, mais une délégation envoyée par la reine Cosmé de Basajuan vient tout juste d'arriver. Je les ai installés dans la suite des dignitaires. Ils réclament une audience dans les plus brefs délais.

Des émissaires envoyés par Cosmé ! J'espère qu'elle a mandaté des amis, des gens qui me sont chers et que je n'ai pas vus depuis le désert.

— Vous avez bien fait de m'en aviser. Veillez à ce qu'ils ne manquent de rien. J'arrive aussi vite que possible.

Ximena surgit sur le seuil de l'atrium, le pot d'onguent à la main.

— Très bien, Majesté. Si vous êtes prête à recevoir des visiteurs, ajoute le majordome avec une nouvelle courbette, pouvons-nous planifier d'autres obligations ? Plusieurs dames de haut lignage se sont proposées pour vous aider – une reine ne peut décemment se contenter de deux dames d'atours ! Et Sa Grâce le comte Tristán de Selvarica réclame à cor et à cri une audience privée. Aussi, une émeute a éclaté hier dans le passage des marchands à cause de la pénurie de blé et le bailli souhaiterait vous entretenir d'une présence militaire accrue dans les Bas-Fonds…

Je lui fais signe de se taire.

— Plus tard. Veillez pour l'instant au bien-être de nos hôtes.

Le majordome s'esquive sans ajouter un mot. Je fronce les sourcils, inquiète. *Une nouvelle émeute.* Voilà un problème à régler dans les plus brefs délais.

— Vous allez devoir prendre un bain, dit Ximena. Et mettre des vêtements propres.

— Pas le temps pour un bain.

— Vous ne pouvez pas vous habiller toute seule avec cette blessure !

— Je vais m'occuper de Mara. Toi, défroisse mes jupons et dégrafe le corset.

Je m'empare du pot, dont je dévisse le couvercle, et je regagne l'atrium. L'onguent a une texture qui rappelle à la fois la cire et la confiture de dattes.

Ximena ramasse ma robe, qui est restée à l'endroit où Mara l'a fait tomber. Je m'accroupis près de la jeune femme et je plonge deux doigts dans l'onguent.

— Je ne suis pas d'accord, Elisa, proteste-t-elle. Vous êtes ma reine. Vous ne devriez pas…

— Pas de simagrées. Dois-je éviter la plaie ?

— Non. C'est aussi un désinfectant. Ça va piquer, mais… vous n'êtes pas obligée, vous savez…

Je la réduis au silence en appliquant de l'onguent sur sa plaie. Elle siffle entre ses dents.

Ce contact me procure une sensation étrange. Au niveau de la brûlure, sa peau est sèche, fripée. Je masse délicatement les lèvres de la plaie en faisant abstraction du sang qui se mêle à l'onguent. Je m'interdis d'éprouver du dégoût et je répète en mon for intérieur : *Mara est comme ça à cause de moi. Elle l'a fait pour moi.*

Mara, mutique, ferme les yeux et se laisse aller contre le mur.

— Votre robe est prête, annonce Ximena.

Je serre le bras de Mara, puis je me lave les mains. Ximena m'habille avec son efficacité coutumière. Je m'assieds au bord du lit et elle se charge d'enfiler mes bas, car mon état ne me permet pas encore de me plier en deux. Tandis qu'elle s'affaire, j'ôte la barrette qui retient ma natte et je laisse mes cheveux flotter sur mes épaules.

— Le majordome a raison, n'est-ce pas ? Deux personnes à mon service, ce n'est pas assez.

— Vous servir est un privilège, ma merveille. Mais de temps à autre, quand l'heure presse, ou s'il arrive un petit incident, comme aujourd'hui, ce serait une bonne idée d'avoir une personne de plus. Voire deux.

Sur ce, Ximena me tend une paire de pantoufles en peau et glisse dans ma chevelure un peigne de nacre.

— Je vais en parler au majordome.

— Je vous fais confiance pour prendre la bonne décision.

Ximena plante alors un baiser sur ma joue et m'aide à me mettre debout.

— Vas-tu rester ici, aux côtés de Mara ?

— Je suis sûre qu'elle va très bien se débrouiller toute seule.

— Cela me rassurerait de te savoir à ses côtés.

Ainsi débarrassée de ma nourrice, je quitte mes appartements, les gardes sur mes talons. Lorsque notre troupe s'engage dans le couloir, ils m'encerclent, dans un crissement de cuir et le cliquetis des épées.

Hector nous rejoint au premier coin de mur. Les gardes le laissent pénétrer leur cercle afin qu'il me tienne compagnie. J'accepte volontiers le bras qu'il m'offre.

— Je viens d'apprendre pour la délégation. Vos sentiments ?

— Heureuse et impatiente de voir de vieux amis.

— J'ai du mal à imaginer Cosmé en reine. Je le revois toujours avec sa coiffe de chambrière.

— Moi, je la revois avec ses bottes et sa cape de nomade, en train de soigner les blessés et d'enseigner aux plus petits à manier leur lance-pierres.

— Elle m'a toujours impressionné par ses multiples talents.

— En effet.

Je ne compte plus les fois où j'ai regretté de n'être pas aussi talentueuse que Cosmé.

Sur le seuil de la suite des dignitaires, les gardes s'écartent et me laissent passer. Je frappe à la porte. Un jeune garçon vient ouvrir ; son visage s'éclaire lorsqu'il m'aperçoit, même si je ne le reconnais pas tout de suite.

— C'est la reine Elisa, s'exclame-t-il par-dessus son épaule, et je l'attrape par le bras.

— Comme tu as grandi, Matteo.

— Je vais avoir quatorze ans le mois prochain !

Les yeux écarquillés, il nous laisse entrer. La suite, qui compte deux grands lits, est aussi spacieuse que mes appartements. La salle d'eau est fermée en partie par un rideau en velours, mais je repère une penderie et une immense baignoire en bois.

— Bonjour, Elisa, lance une voix familière.

Une silhouette repousse le rideau et mon regard se pose sur le visage radieux du père Alentín, ce prêtre rebelle qui est devenu mon mentor dans le désert. L'émotion me noue la gorge. Il porte la tunique traditionnelle en laine brute ; sa manche vide – il est manchot – est agrafée à l'épaule.

— Ma chère enfant. Que cette séparation a été longue.

Il me prend dans ses bras avec une spontanéité désarmante. Je m'accroche à lui, inhalant l'odeur de poussière et de fumée qui imprègne sa tunique, retenant à grand-peine mes larmes.

— Je suis heureuse de vous revoir.

— Je prie pour toi tous les jours.

— Moi aussi ! Comment se porte Cosmé ?

— Elle s'efforce avec des fonds limités d'établir un gouvernement stable et de construire une garnison sur la frontière avec Invierne. Elle montre les crocs à quiconque se met en travers de son chemin. Elle remet les nobles à leur place.

— La routine, donc.

— Elle te transmet son affection. Elle a employé le terme « respect », ce qui revient au même.

J'esquisse un sourire. À une époque, Cosmé ne nourrissait pour moi aucun respect.

Soudain, Alentín se rembrunit.

— Elisa, il y a autre chose. Une chose que tu dois savoir.

— Ah oui ?

Il se tourne vers la salle d'eau et s'écrie :

— Tu peux sortir maintenant.

— Quoi ? Qu'est-ce que… ?

Un jeune homme surgit à son tour de derrière le rideau. Grand et maigre, la mâchoire anguleuse et le nez en bec d'aigle, il est d'une beauté austère. Il porte un cache noir sur l'œil.

Belén.

Le traître. Celui qui m'a livrée à Invierne. Qui a cru ainsi accomplir la volonté du Destin.

— Bonjour, Elisa, murmure-t-il.

J'ai la gorge nouée. Avant de me trahir, Belén était mon ami. Une fois qu'il a pris conscience de son erreur, il a risqué sa propre vie pour sauver la mienne, c'est vrai, mais cela ne fait pas de lui le bienvenu.

Et je lui demande d'une voix froide :

— Qu'est-ce que tu fabriques ici, Belén ?

Il baisse la tête, gêné. Alentín s'approche de lui et le réconforte d'un geste.

— Il s'est repenti. Mais il reste impopulaire à Basajuan, tu l'imagines aisément. Le tribunal réclame son exécution, cependant Cosmé ne peut s'y résoudre. Elle a envisagé d'exploiter ses talents d'éclaireur, afin de le missionner en territoire ennemi. Par malheur, ses retours en ville sont de plus en plus périlleux. Il y a eu une rixe dans les écuries...

— Pourquoi l'envoyer ici ? Pourquoi me l'envoyer à moi ?

— Parce que je l'ai demandé à Cosmé, intervient Belén. Dans la *Scriptura Sancta*, il est dit que s'amender, c'est un feu sacré qui purifie l'âme. Et c'est ce que je veux faire : me faire pardonner mes erreurs passées, mettre ma vie à ton service... je t'en supplie, Elisa.

— Je me laisse le temps de la réflexion.

Il camoufle aussitôt sa déception.

— Merci.

Je suis prise d'une envie subite de décharger ma colère sur quelqu'un. Cosmé n'aurait pas dû missionner Belén sans tenir compte de mes sentiments sur le sujet. Alentín n'aurait pas dû, de son côté, donner sa bénédiction à ce plan. Et pourtant, je suis contrainte d'accepter cette présence empoisonnante chez moi, puisque Belén est envoyé à Brisadulce à titre officiel.

J'ai déjà du mal à maintenir ma crédibilité à la cour. Que se passera-t-il si je suis manipulée par mes alliés, mes amis ? S'ils se déchargent de leurs problèmes sur moi ? Je m'adresse à Belén et à Alentín sans chercher à cacher ma froideur :

— À partir de ce moment, vous devrez m'appeler Majesté. Et me vouvoyer.

— Bien entendu, Votre Majesté, répond le traître.

Je me tourne alors vers Alentín :

— Êtes-vous ici en qualité d'ambassadeur ?

— Effectivement, avoue-t-il, soudain raide. La reine Cosmé souhaite vous informer d'un incident qui s'est produit sur la place du marché et solliciter votre avis. Un animagus est apparu pour exiger que vous vous livriez de votre plein gré à Invierne avant de s'immoler par le feu.

— Il s'est passé la même chose ici !

— Nous l'avons appris deux minutes à peine après notre arrivée.

Le sang bat à mes tempes. Deux événements identiques à quelques jours d'intervalle, cela implique une organisation, une volonté. Quelle cause peut bien valoir deux martyrs ? Que me veut Invierne ?

Et tu reconnaîtras la porte de ton ennemi.

— Belén ?

— Oui, Votre Majesté ?

— Délégation ou non, si je sens que tu caresses le projet de nous faire du mal, à moi et à mon peuple, je te ferai jeter au cachot et juger pour trahison. À moins qu'Hector ne te tue en premier.

Je me moque de savoir si Belén a ou non une réponse à cela, car je tourne les talons et me dirige vers la porte. Mes gardes se postent tout autour de moi.

Sur le seuil, je marque une pause.

— Un service hebdomadaire se tient demain au monastère. Vous, Belén et Matteo, vous devriez y assister.

— Oui, Eli… Votre Majesté.

Mes anciens amis me considèrent comme une étrangère et un vide grignote petit à petit mon cœur. C'est lorsque je regagne mes appartements que j'identifie cette sensation : la solitude.

8.

Mara est allongée sur mon lit et le docteur Enzo s'affaire au-dessus d'elle, un pansement entre les mains. Les gardes ont détourné la tête, par politesse.

— Mara ! Comment te sens-tu ?

— Comme si je venais de me fendre en deux.

— Il s'en est fallu de peu, plaisante Enzo. Recoudre des tissus cicatrisés, c'est un processus compliqué et délicat. Sept points de suture cette fois-ci, plutôt discrets grâce à une nouvelle aiguille que j'ai commandée.

« Cette fois-ci » ? J'aimerais poser quelques questions sur les fois précédentes, quand Ximena déboule de l'atrium.

— J'ai tout rangé. Mara a fait un beau désordre quand elle est tombée.

— Qui fait partie de la délégation ? demande Mara en me serrant la main. Quelqu'un du campement de père Alentín ? J'espérais tant…

— Alentín en personne. Mais il n'est pas venu seul, je vais te le dire tout à l'heure.

Le docteur Enzo rabat la blouse de Mara sur son pansement et se redresse.

— Ne surmenez pas cette jeune femme. Repos pendant une semaine. Les pansements doivent être changés tous les jours, l'onguent appliqué chaque fois. Voulez-vous que je jette un coup d'œil à votre blessure ? J'ai entendu dire que vous ne gardez pas le lit, malgré mes recommandations. Je suis sûr que votre guérison avance. J'ai consulté certains dossiers aux archives, et…

— Plus tard, Enzo. Merci.

Le docteur quitte mes appartements tout en grommelant.

Mara se met en position assise, tant bien que mal. Je l'aide comme je peux et elle pose le pied par terre.

Je raconte à mes dames d'atours l'entrevue avec Alentín. Ximena m'écoute, le front soucieux. Lorsque Mara apprend que Belén est ici, au palais, elle s'effondre sur le lit, comme frappée par la foudre.

Ma nourrice fait les cent pas.

— Cela ne me dit rien qui vaille. Les animagi doivent être aussi nombreux qu'ils le prétendent pour qu'Invierne les sacrifie avec une telle facilité. Et Belén. Il faut le surveiller de près. Ce qui signifie qu'il est nécessaire d'affecter certains des gardes royaux à la suite des dignitaires. Après le bouclage du palais, je ne sais pas si la garnison mérite notre confiance.

— Ce qui implique, ajoute Hector, d'avoir moins d'hommes assignés à votre protection.

Posté près de la porte, Fernando se racle la gorge. Il a dû venir ici directement après avoir exploré les catacombes. Mes gardes ne se reposent donc jamais ?

— Mon commandant ?

— Oui ?

— Aucun des gardes ne rechignerait à travailler deux fois plus.

Ses camarades acquiescent comme un seul homme.

— Je suis content de l'apprendre, répond Hector. Il faudra s'y résoudre.

Dans le silence qui suit, je sais ce que tout le monde pense : avant la guerre, la garde royale comprenait soixante membres. Désormais, ses effectifs sont réduits à trente-deux. Trente et un, car nous avons perdu Martín.

Si ma garde était trop nombreuse, je perdrais la confiance de ma cour, qui la considérerait comme une milice personnelle. À l'heure actuelle, ses rangs sont trop clairsemés. Cela me rend faible, vulnérable, et tout le monde en a conscience.

Je signale au majordome que je me sens prête à expédier les affaires courantes. Mon premier objectif, c'est régler le problème de la vague d'émeutes, mais il préfère que je fasse passer les premiers entretiens à mes prétendants, en commençant par le comte Tristán de Selvarica. Le comte est à Brisadulce pour le Gala de la Délivrance, qui se tient la semaine prochaine, et il harcèle littéralement le majordome.

J'accepte de le recevoir le lendemain à la première heure et le majordome se liquéfie de soulagement.

Le jour suivant, je me lève aux aurores et je m'installe à ma coiffeuse. Ximena entreprend d'arranger mes cheveux en une sculpture de boucles et de frisettes. Nous laissons Mara dormir du sommeil du juste. Je soulève mes cheveux pour que ma nourrice puisse attacher le fermoir d'un collier orné d'un saphir – un bijou que j'ai hérité de la reine Rosaura –, lorsqu'elle remarque :

— Vous êtes très nerveuse ce matin. Très agitée.

J'ai l'estomac noué, je le reconnais.

— Oui. Ximena, les menaces de l'animagus, la tentative d'assassinat – tout cela m'a grandement affaiblie.

— En effet.

— J'ai pour l'instant deux arguments en ma faveur : le siège vacant au Conseil, que tous les nobles du royaume se disputent, et mon propre mariage. Mon pays part à vau-l'eau. Je dois forger des alliances solides. Je ne peux pas me permettre de mauvaises décisions !

— Trois arguments.

— Trois ? Comment cela ?

— Hector, en sa qualité de deuxième officier du royaume, a un siège au Conseil. Il est jeune et amène. Il a l'amitié d'une reine. Il est de lignée modeste, mais noble. En un mot comme en cent, c'est le meilleur parti du royaume. Vous pourriez l'épouser et en tirer un profit énorme.

— Oh. Oui, bien entendu.

Je cligne des yeux. Pourquoi n'ai-je jamais envisagé cette possibilité ?

On frappe à la porte et, un instant plus tard, un garde annonce l'arrivée du comte Eduardo. Je me compose un sourire lorsqu'il pénètre dans l'atrium.

— Ah, Majesté, quel plaisir de vous voir remise !

Son parfum musqué me picote les narines tandis que nous échangeons un baiser de bienvenue.

— Les affaires du royaume me manquaient.

— Oui, j'ai ouï dire que vous alliez commencer à passer vos prétendants sur le gril aujourd'hui. Je me suis rendu disponible pour venir vous offrir mon conseil pendant ces entretiens.

— Vous n'auriez pas dû, Votre Grâce. Je vais me sentir coupable de vous tenir à l'écart d'affaires plus importantes.

— Notre royaume a désespérément besoin de stabilité. C'est peut-être la décision la plus importante que vous prendrez au cours de votre règne. Je vous soutiendrai jusqu'au bout.

Le comte me tapote l'épaule, affichant l'expression soucieuse d'un père qui prend les intérêts de sa fille à cœur. Une petite voix m'incite à le chasser au plus vite. *Réfléchis, Elisa !*

Je baisse les yeux, emplie d'un respect factice, et son visage s'éclaire.

— Dans ce cas, je vous remercie infiniment. Mais je ne suis pas encore tout à fait prête. Vous voulez bien me retrouver dans mon étude ?

— Très certainement, Votre Majesté. Vous allez porter votre couronne, n'est-ce pas ?

— Je n'avais pas l'inten…

— Il est essentiel que vous receviez vos prétendants parée des symboles de votre fonction. Les convenances l'exigent.

Je pousse un grognement en mon for intérieur, en pensant à la migraine qui va me tomber dessus avant l'heure du déjeuner.

— Vous avez raison, Votre Grâce.

— À tout à l'heure.

Avec une courbette, le comte me fausse compagnie.

À peine la porte s'est-elle refermée derrière lui que je lance à la cantonade :

— Le comte doit quitter mon bureau dans les plus brefs délais.

— Je m'en charge, ma perle, déclare Ximena. Il me faut un peu de temps – vous devrez supporter sa compagnie au début. Mais vous serez très vite débarrassée de lui.

— Merci.

Lorsqu'elle place la couronne sur ma tête, j'envisage une fraction de seconde de commander aux orfèvres royaux quelque chose de plus léger, de plus féminin, mais les finances du royaume ne permettent pas une pareille dépense. Ce serait une insulte de m'offrir une couronne quand je ne peux pas me permettre d'embaucher plus de gardes.

Ximena glisse des épingles à cheveux dans la doublure mais rien n'y fait : la couronne glisse et appuie de tout son poids sur mon oreille.

— J'ai l'impression d'avoir un deuxième front.

Je tourne la tête à titre d'expérience et, aussi sûr que deux et deux font quatre, la couronne glisse encore plus. Ximena tente de limiter les dégâts. *Pas de mouvements brusques, Elisa.* Me voilà prête à accueillir mon futur.

Je me suis rendue dans mon étude à pas timides après le décès d'Alejandro. C'est une pièce baignée de lumière aux murs lambrissés, pourvue de deux immenses fenêtres égayées de fougères en pot. Je ne m'y sens pas encore à ma place. Assise au bureau, je me fais l'effet d'un imposteur, mais je m'y sens mieux que dans la salle de réception peuplée d'échos et de courants d'air, avec ce trône qui provoque des lumbagos.

Hector se place à ma droite, le comte à ma gauche. Des gardes flanquent les fenêtres et la porte. Mon secrétaire a pris place à un bureau plus modeste, blotti dans un coin de la pièce, et s'est armé de sa plume. Je n'aperçois que le sommet de son crâne, une pile de documents qui s'entassent au bord de mon propre bureau le masque à ma vue. Je suis censée lire et signer chaque feuille. Le découragement guette.

Comment une reine traite-t-elle ses prétendants ? À l'époque où j'étais princesse d'Orovalle, grosse et solitaire, où je nourrissais un amour déraisonnable pour les parchemins, quiconque souhaitait me courtiser négociait d'abord avec mon père, en coulisses. Désormais, c'est moi qui dois mener les négociations. Chacun de mes prétendants a un objectif en vue : un nouveau titre, de meilleures opportunités commerciales, le pouvoir. Ils auront beau clamer le contraire, aucun ne sera intéressé par moi, et par moi seule.

Combien de temps vais-je endurer la valse polie des sous-entendus qui précède immanquablement la signature du contrat de mariage ? Dois-je négocier moi-même le dédale juridique que représente un traité de mariage royal ? Je veux éviter à tout prix un faux pas qui autoriserait Eduardo à venir à ma rescousse.

— Le voilà, déclare un garde.

Je me redresse dans mon fauteuil, aussi altière que possible.

Un petit homme aux tempes dégarnies, aussi rond qu'un tonneau, fait son entrée. Les yeux écarquillés, l'air grave, il s'incline très bas. Des gouttelettes de sueur s'accumulent sur sa lèvre supérieure.

— Votre Majesté, chuchote le comte, permettez-moi de vous présenter le seigneur Liano d'Altapalma. J'ai pris la liberté d'apporter quelques changements minimes à votre emploi du temps, explique-t-il, afin de recevoir mon ami ici présent. Je sais combien vous avez hâte de faire connaissance avec ces grands seigneurs.

J'hésite entre protester ou feindre une reconnaissance sans bornes. Est-ce une pratique répandue, à Joya d'Arena, de chambouler les rendez-vous du souverain sans l'en aviser ?

J'arrange mes traits en un masque impénétrable.

— Bienvenue, seigneur Liano.

L'ami du comte se redresse mais ne pipe mot. Me revient-il de prendre les rênes de la conversation ?

— Le seigneur Liano est l'hériter de la couronne Altapalma jusqu'à ce que son frère aîné engendre un fils, précise Eduardo. C'est un observateur dévoué des rites sacrés et un chasseur accompli.

— Je chasse le pécari, bredouille Liano. J'ai gagné le tournoi annuel trois années de suite.

— Impressionnant.

— Et je tanne moi-même les peaux ! Mes peaux sont d'une souplesse hors du commun. Je fabrique mes propres armes. Et… et je suis grand maître de la Société de promotion de l'élevage du pécari, souligne-t-il en bombant le torse.

— Que d'accomplissements.

Je ne peux pas épouser cet homme. Impossible. Même si la survie de mon pays est en jeu. Je préfère encore abdiquer.

On frappe à la porte. Liano sursaute.

Un échange à voix basse, puis un garde s'approche du comte.

— Pardonnez-moi, mais Votre Grâce est requise pour une affaire très urgente. Une lettre en provenance de vos propriétés.

Eduardo blêmit et prend congé en toute hâte. Je respire mieux. *Merci, Ximena.*

Je me tourne vers Liano.

— Je suis contrainte d'abréger notre entrevue, mon seigneur. J'ai bien peur que ce cher comte n'ait été trop enthousiaste, car j'ai un autre rendez-vous d'ici quelques instants.

Liano perd toute contenance – on dirait un enfant à qui on vient de retirer sa sucette – et je m'empresse d'ajouter :

— Mais il me tarde de discuter plus avant de… de la chasse au pécari. Assisterez-vous au Gala de la Délivrance ?

— Bien entendu, Votre Majesté.

— Dans ce cas, j'aurai grand plaisir à vous revoir.

Une fois Liano parti, je me tourne vers Hector, qui réprime à grand-peine un fou rire.

— Je ne peux pas, Hector. Pas lui.

— Vous pouvez trouver mieux, c'est vrai.

Un nouveau coup, une nouvelle conversation murmurée, et mon garde ouvre la porte en grand afin d'accueillir le comte Tristán.

Un petit homme élégant, coiffé d'un chapeau garni de plumes, exécute une révérence avec de grands moulinets du bras.

— Je vous présente Sa Grâce, le comte Tristán, cavalier hors pair, jouteur émérite, la fierté de Selvarica !

Le héraut s'écarte pour laisser place au fameux comte, qui fait son entrée d'un pas résolu. Grand et svelte, il se déplace avec la grâce étudiée d'un danseur. Ses traits sont un peu trop délicats pour révéler une beauté virile, ses cheveux noirs, qui rebiquent au niveau de la nuque, un peu trop lustrés, mais son regard traduit son intelligence et son enthousiasme. Je ne l'avais pas imaginé aussi jeune. Je me surprends à lui retourner son sourire timide.

Le comte Tristán s'incline, se redresse, me scrute.

— Euh, bonjour. Bienvenue.

— Merci. Eh bien, Votre Majesté. C'est… vous êtes… excusez-moi, d'ordinaire je m'exprime plus clairement. C'est que vous êtes beaucoup plus belle que dans mon souvenir.

Je tente d'évaluer sa sincérité. À la périphérie de mon champ de vision, je remarque qu'Hector croise les bras.

— Gardez pour vous vos compliments ridicules, Votre Grâce. Nous savons vous et moi que la cour m'a jugée ingrate, et c'est sans appel.

— C'est vrai. La rumeur vous a décrite comme enrobée, pas très bien habillée et très directe. Vous ne mâchez pas vos mots, je le reconnais.

Nous avons tous deux décidé de jouer la carte de la franchise.

— La rumeur n'a pas tort quant à mon style vestimentaire, je vous l'assure. Sans mes fidèles dames d'atours, je serais vêtue de jambières en cuir et d'une tunique en poils de chèvre.

— Cela vous irait à ravir, je n'en doute pas.

Je m'attends à ce qu'il balaie d'une phrase faussement rassurante les rumeurs concernant mon tour de taille et je suis à la fois déçue et soulagée qu'il ne dise rien.

J'ignore sur quels sujets enchaîner. Du coin de la pièce me parviennent les grattements fébriles de la plume du secrétaire, qui consigne sur parchemin notre échange. Je l'imagine en train d'écrire : ...*en poil de chèvre.*

Le poids de ma couronne a provoqué un mal de crâne atroce et la frustration me submerge.

— Comte Tristán, que me vaut l'honneur de votre visite ?

Le comte a l'élégance de perdre son sang-froid.

— J'espérais que nous apprendrions à nous connaître. Ce n'est un secret pour personne que mon peuple tirerait un profit considérable si je devais... m'allier à... Votre Majesté. Mais rien ne presse. Je vous propose, tout simplement, de nous rencontrer de temps en temps pour voir si l'un apprécie la compagnie de l'autre.

— Rien de plus ? Pas de requêtes, pas de faveurs ?

— Il y a bien une chose, c'est vrai.

— Quelle est-elle ?

— Au Gala de la Délivrance, me ferez-vous l'honneur de m'accorder deux danses ?

Destin tout-puissant, je vais devoir danser. Je ne sais pas danser.

Mon visage doit trahir mon effroi car le comte Tristán recule d'un pas. L'inquiétude se lit dans ses yeux.

— Je vous demande bien pardon, Votre Majesté. Peut-être est-ce trop effronté de ma part…

— Oui, je vous accorde deux danses. Mais j'ai l'intention de mettre votre dévouement à l'épreuve en vous écrasant les pieds.

— Il me tarde. Sachez pourtant qu'on ne me marche pas sur les pieds aussi facilement.

Je résiste vaillamment à son sourire même s'il ne me laisse pas indifférente, je l'avoue. Je me tourne vers un garde :

— Accompagnez le comte, je vous prie, ainsi que son… – *messager ? assistant ?* – et monsieur jusqu'à leurs appartements, assurez-vous qu'ils ont tout ce dont ils ont besoin.

Si le comte est déçu, il camoufle avec talent sa déception.

— Nous nous reverrons au Gala, Votre Majesté.

Il m'offre une révérence parfaite ; son serviteur en fait autant et ils quittent la pièce, escortés par le garde.

— Il a cru à une plaisanterie quand vous avez parlé de lui écraser les pieds, déclare Hector, et nous échangeons un sourire furtif.

Le secrétaire griffonne quelques notes à la va-vite. Enregistre-t-il tout ce qui se dit entre ces murs ?

— Monsieur le secrétaire ?

Il se fige en plein mot. Une tache d'encre macule le bout de son nez.

— Votre Majesté ?

— J'ai soif. Auriez-vous l'amabilité de me chercher un verre d'eau ?

Il comprend que je me débarrasse de lui et fronce les sourcils avant de se faire une raison.

— Bien entendu, Votre Majesté.

Une fois seule avec Hector, je m'adresse à lui sans ambages :

— Qu'avez-vous pensé du comte ? Un peu mieux que Liano, non ?

Hector devient pensif. C'est ce que j'aime chez lui, cette réflexion, cette capacité de recul. Il ne prend la parole qu'à bon escient.

— Le comte Tristán occupe la première place sur la liste de dame Jada, mais j'ai dans l'idée que ce choix tient plus à sa popularité qu'à ses qualités objectives. Selvarica est un petit territoire constitué essentiellement d'îles. Difficile d'accès, très peu peuplé. Je ne vois pas ce que le comte peut offrir à la couronne. Je pense que vous méritez mieux. Par ailleurs, Eduardo et Luz-Manuel préfèrent tous deux que vous vous alliez à un seigneur du Nord.

Il débite sa tirade sans aucune émotion, comme s'il citait un texte universitaire.

— Mais que pensez-vous de lui ? Quel genre d'homme est-ce, à votre avis ?

Les secondes s'écoulent. Je sens son regard posé sur moi mais je garde les yeux vrillés sur mes mains. Ma peau mate tranche avec le bleu de ma robe ; l'ongle de mon pouce droit est rongé. J'aurais dû demander à Mara de me le limer.

Enfin, Hector brise le silence.

— Il a hérité jeune. Il doit le crédit dont il jouit à la cour, à son intelligence et à son charme. Les dames lui trouvent fière allure. Je n'en sais pas plus.

Je tente de décrypter les émotions d'Hector. Il m'a l'air plus déterminé que jamais. Nous échangeons un long regard.

— Je sais que je dois me marier dans l'intérêt de Joya d'Arena, en faisant abstraction de mes sentiments. Il est donc stupide de concevoir l'espoir... mais c'est plus fort que moi... j'espère que je vais épouser un homme bon. Comme Alejandro. Je sais qu'il ne m'aimait pas, mais c'était mon ami.

Le soupir qui m'échappe sonne comme un sanglot. Un éclair – de pitié, sûrement – traverse le regard de mon garde.

— Je doute qu'il existe dans tout Joya d'Arena un homme qui vous arrive à la cheville. Mais si un tel homme existe, nous le trouverons. J'en fais le serment.

Le majordome surgit dans le bureau sans être annoncé. Hector se redresse de toute sa hauteur.

— Majesté ! Il est là. Lo Chato des Bas-Fonds. Souhaitez-vous lui donner audience ? Dame Jada attend dans l'antichambre. Elle peut attendre encore.

La surprise me fait sursauter, ma couronne – cet instrument de torture – glisse sur mon front. Je la retire d'un geste rageur en m'arrachant quelques cheveux dans le même élan et je la pose sur mon bureau. Trop petite, trop faible pour la porter.

— Est-il venu seul ?

— Oui, Votre Majesté.

— Faites-le entrer.

Le majordome s'incline et quitte la pièce.

— Tenez-vous prêts, lance Hector aux gardes.

Des mains se portent aux poignées des épées ; des regards déterminés se posent sur l'entrée. Hector dégaine ses dagues.

Le majordome revient et déclare sur un ton aussi sec que formel :

— Votre Majesté, Lo Chato des Bas-Fonds.

Une silhouette d'une taille impossible entre sans un bruit dans la pièce, vêtue d'une longue cape noire. Un capuchon masque son visage. Lo Chato met un genou en terre, baisse la tête et patiente, toujours muet.

— Levez-vous.

J'espère qu'il n'a pas remarqué que ma voix chevrote, et je pose l'index sur ma pierre, espérant une onde de chaleur, ou même un frisson, qui me dira si cet homme est un allié ou un ennemi. Rien, aucune réaction.

L'homme se relève.

— Montrez votre visage.

Il repousse son capuchon. Je sais déjà, à la pâleur de ses mains, à sa grâce surnaturelle, qu'il va me révéler quelque chose

Des yeux aussi verts que la mousse, des traits à la finesse de chat, des cheveux très longs, couleur de miel.. il ne faut qu'une fraction de seconde à mes gardes pour l'encercler, la pointe de leur arme dirigée sur lui.

L'homme ressemble à s'y méprendre à un animagus. Mon avant-bras est parcouru d'une douleur, un souvenir fantôme, celui d'un sorcier enfonçant ses griffes dans ma chair. J'inspecte ses mains, redoutant qu'il n'ait des griffes en métal insérées sous les ongles.

Ses ongles sont incrustés de terre, rien de plus, et d'autres détails le distinguent des animagi que le Destin a mis sur mon chemin : des rides à peine visibles lui barrent le front, la peau de son nez pèle et ses yeux sont injectés de sang, signe de fatigue. Des yeux qu'il n'a pas bleus, d'ailleurs. Pas plus qu'il n'a les cheveux blancs.

Ce n'est donc pas un sorcier qui me fait face. Je savoure ce petit soulagement sans perdre l'essentiel de vue : un Invierno a mené une vie clandestine entre les murs de ma cité et pris la tête d'une communauté formée de mes propres sujets.

Le majordome se tient à distance respectueuse, le regard braqué sur la créature qu'il vient d'escorter.

— Mon cher majordome, le secrétaire va bientôt revenir d'une course dont je l'ai chargé. Détournez-le de son chemin, je vous prie. Et ne révélez à personne, pas même à dame Jada, la nature de cet entretien.

— Fort bien, Votre Majesté.

Il s'éclipse, trop content de s'en tirer à si bon compte. L'un des soldats referme la porte. L'Invierno me dévisage sans se départir de son calme.

— Je vous remercie d'être venu.

— Je ne fais qu'obéir à un ordre de Votre Majesté.

Il parle la Lengua Plebeya à la perfection, sans même trahir cette impatience propre aux animagi.

— En quel honneur un Invierno se sentirait-il obligé de m'obéir ?

— Je suis le sujet loyal de Sa Majesté.

Loyal ? Je n'y crois qu'à moitié.

— Lo Chato, est-ce votre vrai nom ?

— C'est un titre.

— Ils sont nombreux, les Inviernos, à porter le titre de Chato ?

— Nous comptons plus de Chato que Brisadulce de comtes.

— Et votre nom ?

— Mon nom, dans le langage du Destin, signifie « celui qui dérive doucement au gré du vent devient aussi puissant que l'orage ».

L'un des gardes étouffe un ricanement.

— C'est un nom commun à Invierne. Mais les gens de mon village m'ont surnommé Storm.

— Expliquez-moi pourquoi vous vivez dans une grotte sous les Bas-Fonds.

— Je suis venu à Joya d'Arena en qualité d'ambassadeur. J'ai fréquenté la cour du roi Alejandro de nombreuses années. Au début de la guerre, j'ai jugé préférable d'entrer en clandestinité.

— Hector, reconnaissez-vous cet homme ?

Hector l'étudie, concentré.

— Peut-être.

— Peut-être ?

— Il est possible que ce soit l'ambassadeur. Je note certaines similitudes. L'homme dont je me souviens avait pourtant les cheveux plus foncés.

— Je vois. Vous prétendez être un sujet loyal. C'était malgré tout une fuite très peu glorieuse.

— Très juste, Votre Majesté. Ce n'est pas le peuple de Joya que je fuyais, mais le mien.

— Pourquoi cela ?

— J'avais échoué, voyez-vous. Malgré plusieurs années de négociations en vue d'obtenir un port, mes efforts se sont soldés par un fiasco. Un dilemme s'est présenté à moi : soit je retrouvais ma patrie couvert de honte et j'étais exécuté, soit je trouvais un nouveau foyer ici.

— Cruel dilemme.

— Mes semblables sont partisans d'une mort honorable. Ce besoin incompréhensible de m'accrocher à la vie me consterne.

— Pourquoi n'avez-vous pas réclamé l'asile politique ? demande Hector. Le roi vous l'aurait accordé.

— Le roi n'aurait pas pu me protéger. Il fallait que je disparaisse comme une ombre. Vous l'ignorez, n'est-ce pas ? votre cité grouille d'espions à la solde d'Invierne.

Storm sourit pour la première fois – un rictus nonchalant qui fait se dresser mes cheveux sur ma tête. Les gardes échangent des regards interloqués. Je feins la désinvolture :

— L'espionnage est un sport que tout le monde pratique. Mon propre père, le roi Hitzedar d'Orovalle, a infiltré plusieurs espions dans cette cour.

— Majesté, ceux d'Invierne se comptent par centaines. Ils vivent ici, dans cette ville.

— Des Inviernos, tout comme vous ? Ou des citoyens de Joya qui se retournent contre Sa Majesté ?

— L'un et l'autre.

— Les Inviernos seraient immédiatement identifiés parmi la population, répond Hector.

Storm hausse les épaules et projette son regard au loin, comme lassé. Je me penche vers lui.

— N'est-ce pas, Storm ? Ils seraient immédiatement identifiés ?

— À Joya et à Orovalle, vous vous ressemblez tous avec votre peau incrustée de crasse, vos cheveux noirs et vos yeux de la même couleur que le bois pourri, crache-t-il. Vous êtes comme des rats qui rampent sur le sable. Nous autres, Inviernos, nous sommes un peuple bariolé, et aussi nombreux que les étoiles du ciel. Il est rare de trouver parmi nous un individu qui pourrait passer pour l'un des vôtres, mais nous en avons trouvé. Et nous les avons convertis en espions.

— Vous prétendez être un sujet loyal mais vous semblez tenir mon peuple en mépris.

— Vous êtes un peuple méprisable. Je suis loyal par nécessité, pas par amour.

— Difficile de croire que vous n'avez fait aucune avancée diplomatique auprès de mon mari, charmant comme vous l'êtes.

— C'est tout à fait le genre de sarcasme dont votre peuple est friand. Vous dites une chose quand vous en pensez une autre. Les Inviernos chérissent trop l'honnêteté pour adopter ce travers, en accord avec la volonté du Destin.

Je n'ai ni le temps ni l'énergie de me lancer dans un débat doctrinal. Je devrais éprouver de la colère, mais c'est la fascination qui s'empare de moi.

— L'animagus qui s'est sacrifié… vous en avez entendu parler, je suppose ?

— Tout le monde dans la région en a entendu parler.

— Vous le connaissiez ? Saviez-vous ce qui se tramait ?

— Non, mais cela ne m'a pas surpris. Les animagi ne dédaignent pas ce genre de démonstration.

— Êtes-vous celui qui a tenté de me tuer ?

— Non.

— Si votre vie est en péril, pourquoi répondre à ma convocation ?

— Je suis venu vous avertir, ma reine. Il m'est apparu qu'une mise en garde serait prise au sérieux si elle venait de moi, plus que si elle sortait de la bouche édentée d'un va-nu-pieds des Bas-Fonds, finit Storm avec son sourire cruel.

— Et cet avertissement, quel est-il ?

— Vous êtes en grand danger, Majesté. J'ai vu les signes, je sais qu'Invierne frappera à nouveau. Bientôt. Cette fois-ci, il n'y aura pas d'armée contre laquelle vous défendre. Ils vous attaqueront comme des esprits, sous le couvert de la nuit, et il sera trop tard lorsque vous devinerez le danger.

L'animagus a prononcé des paroles similaires. Je ravale le jet de bile qui monte dans ma gorge.

— Pourquoi ? Pourquoi me mettre en garde ?

— J'aime ma vie. Mon village clandestin se fait un beau profit en récupérant les épaves échouées. Les gens que je dirige sont crasseux et stupides, mais ils me traitent avec respect, voire dévotion. Tous mes besoins sont satisfaits. Je n'ai aucun intérêt à ce que les choses changent et je sais que la cité de Brisadulce connaîtra la stabilité si vous restez sur le trône.

— Les Inviernos vont découvrir qu'assassiner Elisa n'est pas aussi facile qu'ils l'espèrent, gronde Hector.

Storm éclate de rire ; ce rire, on dirait du verre qui se brise.

— Qui a parlé d'assassinat ? Pas moi. Invierne la veut vivante. Mais je peux vous garantir que si l'un de ces innombrables espions s'empare d'elle, elle regrettera qu'il ne l'ait pas tuée.

— Cette audience est terminée. Emmenez-le au donjon.

Les gardes maîtrisent Storm, mais il s'exclame :

— Me jeter aux fers, Votre Majesté, c'est signer mon arrêt de mort. Et si Invierne me trouve pour m'exécuter, vous n'apprendrez plus rien de moi. Je sais que vous êtes curieuse. À notre sujet. Au sujet de cette chose dans votre nombril.

— Et si je vous laisse regagner votre caverne ?

— Venez me rendre visite quand vous le souhaitez, posez toutes les questions que vous voulez. Je vous l'ai dit, je suis votre loyal sujet. Vous n'avez rien à craindre de moi.

Je fais mine d'examiner un instant sa proposition.

— Vous êtes libre. Mais Storm, en accord avec la volonté du Destin, je dois faire preuve d'honnêteté et vous dire que j'attends avec impatience la première occasion de vous abattre.

Un éclair – de peur ? – passe sur son visage et il s'incline. Les gardes le relâchent. Il remet son capuchon et quitte le bureau d'un pas léger.

— À bientôt, Votre Majesté. Prenez garde à vous.

Je me tourne vers mes soldats et je chuchote :

— Suivez-le.

Mes hommes temporisent quelques secondes, puis l'un d'eux se lance à la suite de Storm.

— Il me semble qu'il s'agit bel et bien de l'ancien ambassadeur, dit Hector en rengainant ses dagues, même si ses cheveux ont changé. Dans mon souvenir, il était infect.

— Cette supériorité arrogante doit être une spécificité de son peuple. Les animagi que j'ai rencontrés avaient tous cette même morgue.

— Vous devriez faire savoir qu'il se trouve ici. Si ce qu'il dit est vrai, ses pairs s'occuperont de lui.

Hector s'appuie à mon bureau. De le voir ainsi détendu, je m'autorise à chasser la tension de mes membres.

— Je vous remercie de m'avoir épaulée, Hector. J'avoue que j'étais dans mes petits souliers.

— Vous l'avez maté comme un guerrier émérite.

— Parce que vous assuriez mes arrières.

— C'est un honneur.

— Pensez-vous qu'il a dit la vérité ? Sur les espions ? Sur ses motivations réelles ?

— Alejandro et moi, nous avons remarqué que les Inviernos sont incapables de mentir. Ils préfèrent se taire plutôt que travestir la vérité. Storm a tort sur un point, cependant. Quelqu'un veut vous voir morte, vos blessures l'attestent.

D'instinct, mes doigts vont à la rencontre de ma pierre, puis ils explorent mon corset et parcourent les sillons de ma cicatrice, encore fraîche. Une autre possibilité me traverse l'esprit et je tressaille.

— Qu'y a-t-il ?

— Hector, et si ce n'était pas une tentative d'assassinat ? Et si mon agresseur avait voulu me prendre vivante ?

Ses yeux s'assombrissent encore. Sans détourner le regard, il s'adresse au garde qui ferme la marche.

— Lucás, sors d'ici et va surveiller le couloir.

— Oui, mon commandant.

La porte s'ouvre dans un grincement de gonds et se referme avec un bruit sourd.

Hector et moi nous retrouvons seuls.

9.

Je prends soudain conscience du silence qui s'est installé autour de nous : pas d'armures qui tintent, pas de bruit de pas, pas de conversations étouffées. On n'entend plus que nos deux souffles. C'est la première fois que je me retrouve seule – réellement seule – dans une pièce avec quelqu'un depuis des semaines. J'ai l'impression de partager un secret avec Hector.

— Je ne souhaite pas parler de ce qui s'est passé ce jour-là devant mes hommes, déclare-t-il.

— Pourquoi ? Que s'est-il passé ce jour-là, Hector ? Est-ce vous qui m'avez trouvée dans les catacombes ?

— Le général m'a retenu après la séance du Conseil. Je me suis laissé distraire. Je ne vous ai pas suivie tout de suite. Elisa, j'implore votre pardon.

— Racontez-moi.

— Vous êtes partie et je m'apprêtais à vous emboîter le pas, mais le général m'a rattrapé. Il voulait discuter d'une nouvelle rotation près de l'amphithéâtre – une collaboration entre la garde royale et ses propres soldats. Il m'a retenu une bonne dizaine de minutes.

— Je vois.

— Je me suis laissé distraire. Cela n'arrivera plus.

— Je ne suis pas fâchée.

— Vous vous mettez rarement en colère. Même quand le bon sens l'exige.

— Je me mets en colère tout le temps !

— Pas contre moi.

— Non, pas contre vous. Je vous ai dit ce jour-là que j'avais besoin de solitude, l'avez-vous oublié ?

— Non.

— Comment serais-je en colère puisque j'ai obtenu ce que je désirais ? C'est moi qui ai commis une erreur. Vous m'aviez mise en garde. J'ai provoqué une avalanche d'ennuis, surtout pour vous.

Hector s'apprête à protester, mais je lève la main et je plante mon regard dans le sien.

— Vous pensez que Luz-Manuel avait une idée en tête quand il vous a retenu ?

— Comment aurait-il pu savoir que vous vous rendiez aux catacombes ?

— Eh bien, j'en avais fait une habitude. Peut-être attendait-il simplement le bon moment.

— Il y a encore quelques semaines, jamais je n'aurais envisagé cette possibilité. Je l'ai toujours considéré comme un sujet loyal qui donnerait volontiers sa vie pour son pays.

— Et aujourd'hui ?

— Aujourd'hui je vais m'assurer que vous ne vous retrouvez jamais seule, même dans votre propre palais.

— Alors… c'est vous qui m'avez trouvée ?

— Je vous ai appelée, mais vous ne m'avez pas répondu, et pour cause. Ensuite j'ai vu votre pied dépasser de l'un des socles. J'ai couru vers vous et… Elisa, je vous ai crue morte. L'hémorragie avait stoppé. Je l'ai constaté au combat : un soldat blessé ne saigne plus avant de pousser son dernier soupir. Mais ensuite… vous avez respiré. Avec une force surprenante. Je vous ai prise dans mes bras et je vous ai amenée au docteur Enzo en toute hâte.

— Merci.

Nous échangeons un long regard. Hector a des cils courts mais épais, une petite tache de rousseur au coin de l'œil gauche, et une balafre qui lui barre la joue. Ses yeux sont les plus pénétrants qu'il m'ait été donné de voir – à croire qu'il recèle un univers entier en lui.

— Je crois que la Pierre Sacrée vous a protégée. Ou qu'elle a facilité votre guérison. Enzo n'avait pas saisi la gravité de votre blessure avant de nettoyer la plaie. Au début, il a cru que la bosse sur votre crâne expliquait votre coma.

— Est-il possible que mon assassin ait su comment me blesser sans me tuer ? Y avait-il une preuve qu'il avait l'intention de me prendre vivante ?

— Peut-être. Votre visage était barbouillé de sang, même si vous étiez à bonne distance de la flaque. Et il y avait des traînées sur le sol. Je me suis dit que vous aviez réussi à ramper avant de perdre connaissance. Mais si…

— Mais si on m'avait traînée par terre ? Et si, en venant me chercher, vous aviez coupé mon ravisseur dans son élan ?

— Un enlèvement, cela ne s'improvise pas. Cela implique de se rapprocher de sa proie. Au plus près. Il faut que les malfaiteurs vous arrachent à vos gardes du corps...

Une idée germe en moi. Je la considère sous différents angles.

— Elisa ?

Le menton levé, je m'adresse à Hector d'une voix impérieuse :

— Apprenez-moi à me défendre. Je ne veux pas devenir un soldat d'élite. Montrez-moi simplement comment survivre à une agression. Montrez-moi comment on esquive des coups. J'apprends vite, et bien, si je m'en donne la peine.

— Je n'en doute pas. Mais votre blessure ? Ne devriez-vous pas... ?

— Nous allons commencer tout doucement.

— Si vous étiez née à Joya, de toute façon, vous auriez appris les fondamentaux de l'autodéfense.

— Nous aurons besoin d'espace. Et d'intimité.

— Les appartements d'Alejandro ? Il y a assez de place, surtout si on déplace le lit.

— Excellente idée.

Le lendemain, les gardes réaménagent les appartements du roi pour nous faire plus d'espace. Ils poussent le lit colossal contre le mur. Plusieurs tapis jonchent le sol dans un arc-en-ciel de couleurs et de textures ; Hector empêche ses hommes de les retirer.

— Il est plus probable qu'une attaque se produise dans l'enceinte du palais, nous allons donc nous entraîner sans déplacer les tapis. Et il n'y a pas que les assassins qui m'inquiètent. Une reine peut aussi être victime d'une foule prise d'hystérie. Focalisons-nous sur la lutte corps à corps.

Hector congédie tous ses hommes à l'exception de Fernando, qu'il charge de surveiller la porte. Les autres regagnent leurs postes habituels dans mes appartements.

J'ai laissé quartier libre à Mara. Quant à Ximena, elle va assister à la séance d'entraînement. Elle s'assied au bord du lit. Hector l'observe avec une méfiance muette. La tension est palpable, mais Ximena est ici à sa place.

Je me plante face à Hector, nerveuse, tandis que mon cœur s'emballe. C'est idiot, je m'en rends bien compte, mais j'ai peur de me ridiculiser devant lui.

Il dégaine son épée et esquisse un pas dans ma direction.

— Si un ennemi se précipite sur vous, comment réagissez-vous ?

Les scénarios défilent dans ma tête. Je cherche une arme ? Je fais une feinte pour le désarmer ? Un croche-pied ? J'insulte sa mère ?

— Je prends mes jambes à mon cou. Aussi vite que possible.

— Excellent ! C'est la décision à prendre. La fuite doit toujours être pour vous un réflexe. Ce que vous apprendrez ici ne servira qu'à faire face à l'imprévu, si votre premier recours tombe à l'eau. Compris ?

— Compris.

Je jette un coup d'œil à Ximena, qui approuve.

— Pour commencer, j'aimerais que vous vous habituiez à tenir un poignard.

De sa ceinture il tire une dague toute simple, courte et légère, munie d'une poignée en bois. À force d'être polie et aiguisée, la lame miroite.

La lame.

Ma bouche s'assèche.

Hector fait pirouetter la dague, l'attrape entre le pouce et l'index et me la présente, la poignée vers l'avant.

— Allez. Prenez-le.

J'essuie ma paume moite sur mon haut-de-chausses et, le cœur battant la chamade, je saisis l'arme. La poignée est froide.

— Vous devriez avoir un poignard sur vous à tout instant. Quitte à refaire votre garde-robe. Si vous cachez votre arme, vous aurez l'avantage de la surprise… Je vais vous montrer où frapper votre agresseur pour lui infliger des blessures importantes. Vous remarquerez que la lame est crantée. Elle cause de très gros dégâts à l'aller comme au retour.

Prise d'un haut-le-cœur, j'avale péniblement ma salive.

— Et comme vous êtes menue, je vais vous montrer comment faire levier pour frapper avec un maximum de force. Il y a quelques astuces…

Je lâche la dague, qui rebondit sur un tapis puis atterrit avec fracas sur les dalles en pierre, et je me frotte à nouveau les paumes sur mes vêtements, comme pour effacer ce contact.

— Elisa ? Que…

— C'est au-dessus de mes forces. Désolée.

— Vous m'étonnez. L'idée vient de vous. Et c'est une idée excellente.

— Je ne me sens pas capable d'utiliser un poignard.

— C'est l'arme de défense idéale !

— Non, rétorque Ximena, vous vous trompez.

Ma nourrice se laisse tomber lourdement au sol. Elle s'approche de nous d'un pas pesant, et je suis impatiente de voir ce qu'elle va faire.

Elle ramasse la dague et la rend à Hector.

— Attaquez-moi.

— En êtes-vous certaine, ma dame ?

— Ayez pitié de mon grand âge, quand même.

Hector hausse les épaules puis, à la vitesse de l'éclair, feinte vers la gauche et frappe de son arme à droite, en l'orientant vers le ventre de ma nourrice. Elle l'esquive et agite le bras. Hector pousse un grognement, sa dague atterrit à nouveau par terre. Ximena le retient fermement par le poignet. La manche de sa blouse est déchirée. Leurs regards se croisent.

— La garde royale s'entraîne au combat corps à corps, vous savez donc tout aussi bien que moi combien il est facile de désarmer son adversaire. Plus encore quand l'adversaire en question ne maîtrise pas le maniement du poignard. Ce qui signifie, en définitive, que l'ennemi met la main sur une arme pour son seul profit.

Ximena desserre son étreinte. Hector se masse le poignet, soucieux.

— J'y suis pourtant allé doucement.

— Et je vous en remercie, répond-elle, une étincelle dans le regard.

Hector se tourne ensuite vers moi.

— Votre nourrice fait une remarque très judicieuse, mais je tiens à vous enseigner comment vous défendre contre une attaque à l'arme blanche, même si vous n'êtes pas armée.

— Entendu.

— Pour l'instant, nous allons étudier la manœuvre de fuite la plus facile. Venez par ici, retournez-vous.

Soudain mal à l'aise, je cherche du regard l'assentiment de Ximena, qui m'encourage.

Je m'approche d'Hector, je pivote sur moi-même et il se colle contre moi, drapant le bras gauche en travers de ma poitrine et bloquant mes bras. Je suis prise au piège. Ma tête se cale, tout naturellement, sous son menton. Le parfum animal du plastron en cuir brut me prend à la gorge.

— L'instinct chez un agresseur, explique-t-il, c'est de neutraliser le plus vite possible les bras et les mains de sa victime, qu'il considère comme des armes potentielles. Quant à la victime ainsi maîtrisée, son instinct, c'est de se sentir impuissante.

— Je comprends. Je pourrais vous écraser le pied.

— C'est exactement ce qu'il faut faire. Le cou-de-pied est constitué de centaines d'os. En le piétinant un bon coup, vous pouvez faire des ravages. Allez-y, essayez. Pas trop fort, s'il vous plaît.

Je m'exécute en enfonçant mon talon dans son pied, un peu à contrecœur. Je ne vois pas comment je pourrais lui faire mal à travers le cuir de sa botte, mais il me relâche instantanément. Lorsque je me retourne, je le vois sourire d'une oreille à l'autre.

— Maintenant que vous m'avez estropié, que faites-vous ?

— Je prends mes jambes à mon cou ?

— Comme si une tempête de sable était à vos trousses. Recommençons.

Cette fois-ci, lorsque son bras m'entoure, le mouvement est plus lent, plus délibéré.

— Le secret, chuchote-t-il au creux de mon oreille, c'est d'être impliquée à cent pour cent dans votre geste. Pas d'atermoiements. Comprenez-vous, Elisa ? Il faut parfois écraser les autres pour s'en sortir.

Soudain, Hector resserre le nœud coulant que forme son bras et ma respiration se bloque.

— Je comprends, dis-je, étranglée à moitié.

— Dame Ximena, auriez-vous l'obligeance d'apporter quelques coussins ?

Ma nourrice doit savoir ce que me prépare Hector car elle s'accroupit aussitôt près de lui et recouvre son pied droit d'un coussin.

— Écrasez mon pied de toutes vos forces.

— Non ! Je refuse…

— J'insiste.

Une bonne prise d'élan et j'enfonce mon talon dans son pied avec toute la violence dont je suis capable.

Avec un grognement, Hector me libère.

Je me retourne. Cassé en deux il me regarde, les yeux agrandis par la stupeur.

— Excellent ! lance-t-il.

— Ça me fait mal à moi aussi.

— C'est pour cela que j'ai demandé à Ximena d'apporter des coussins. Vous devez être prête à souffrir un peu sur le court terme.

— Les coussins vous protègent vous. Sans eux, je vous aurais réduit le pied en bouillie.

— Vous êtes trop petit bras pour ça.

Je reste bouche bée avant de comprendre qu'Hector cherche à me provoquer. Et il y parvient

— Ximena, apporte-moi d'autres oreillers, s'il te plaît. Hector va en avoir besoin.

— Vous vous croyez capable d'apprendre cette manœuvre plus vite que Rosario, du haut de ses sept ans ?

— Je prends le pari.

Nous consacrons quelques minutes supplémentaires au même exercice, en variant les angles d'attaque, puis Hector m'apprend à disloquer la rotule d'un agresseur potentiel. Lorsque Ximena propose une pause, mes talons sont endoloris, les muscles de mes mollets sont parcourus de tremblements et la cicatrice qui barre mon ventre me picote.

À ma grande surprise, je découvre que je m'amuse. Je me sens forte, en dépit de la fatigue. Puissante, même. Vivement la prochaine leçon.

10.

J'ai négligé le père Alentín et la délégation de Cosmé assez longtemps pour qu'ils se sentent insultés – d'autant plus que le prêtre aide Ximena dans ses recherches sur la Pierre Sacrée. C'est dans ce contexte que je décide d'organiser un dîner en petit comité dans ma salle à manger privée, désireuse de me détendre en agréable compagnie, d'échanger quelques anecdotes, de redécouvrir le plaisir de la convivialité.

Le majordome ne l'entend pas de cette oreille : il me demande d'ajouter à la liste des convives le comte Tristán et son bras droit, le héraut aux manières raffinées, ainsi que dame Jada, dont la voix au Conseil va valoir très cher si nous ne lui trouvons pas très vite un remplaçant. Il a raison, d'un point de vue stratégique. Du coup, mon impatience se transforme en effroi. Pour une fois que je pouvais passer un moment agréable en me débarrassant de mes oripeaux de reine.

J'arrive la dernière, délibérément, parce que je ne peux pas supporter de caqueter à tort et à travers en attendant d'être servie. Comme le veut la tradition à Joya d'Arena, la table du repas est basse et les convives sont installés sur de confortables coussins. Un court instant, j'envisage – et ce n'est pas la première fois – d'établir par édit royal l'usage généralisé de tables et de chaises dignes de ce nom.

Hector et Ximena s'installent de part et d'autre de moi. Dans ce contexte, leur présence me crispe. J'adresse un signe de tête au père Alentín et à Belén, tous deux assis de l'autre côté de la table. Dame Jada a pris place face à moi et, après m'avoir saluée avec chaleur, elle se remet à dévorer du regard, sans vergogne, le comte Tristán, placé à côté d'elle par le plan de table. Le comte n'en a cure : il ne voit que moi.

Je pousse un long soupir tout en portant à mes lèvres un verre de vin rosat ; je m'attends à une soirée assommante. Si la liste des invités se limitait à Alentín et à Belén, je saurais quoi dire, comment me comporter. Je ne leur tiens plus aucune rigueur. Par chance, le comte Tristán se charge d'engager la conversation :

— Dame Ximena, vos recherches au monastère portent-elles leurs fruits ?

Mauvais choix. Tout le monde se fige. Belén se fait aussi menaçant qu'un nuage noir.

Le comte balaie l'assistance d'un regard inquiet.

— J'ai dit quelque chose, n'est-ce pas ? Quelque chose qu'il ne fallait pas ?

— Ce n'est rien, pépie dame Jada. Il faut juste briser la glace. N'est-ce pas, Votre Majesté ?

Je lui réponds d'une voix incolore :

— Votre Grâce, dites-moi, je vous prie, qui vous a parlé des études de Ximena.

Tristán échange un regard embarrassé avec son héraut.

— Je me promène souvent la nuit dans les couloirs du palais, quand tout le monde est endormi. Ces derniers temps, je me rends au monastère pour prier. Et, la nuit dernière, j'ai vu dame Ximena en compagnie de l'ambassadeur de Basajuan. J'ai pensé… je sais qu'elle était scribe, à une époque… enfin bref, je me suis lancé dans l'étude des textes sacrés il y a peu, et je me suis dit que nous pouvions discuter…

Un excellent mensonge se façonne dans mon esprit et j'éclate de rire. Un rire contraint qui ne bernera personne, mais il n'en faut pas plus pour que les traits du comte se détendent.

— Je n'avais pas l'intention de vous alarmer, Votre Grâce. C'est que nous avons choisi de ne pas l'ébruiter. Peu de gens savent que les archives du monastère de Basajuan ont été endommagées au cours du conflit contre Invierne. Nous collaborons avec Basajuan afin de restaurer un maximum de documents.

— Je suis ravi de l'apprendre. Ce sont des petits gestes qui alimenteront une amitié solide avec la reine Cosmé. Ce qui est vital, maintenant que son pays forme un bouclier entre nous et Invierne.

Je lève illico mon verre.

— En effet. Buvons à l'amitié qui lie Basajuan à Joya d'Arena.

Les autres m'imitent et font poliment chorus.

— Cependant, à votre place, ajoute le comte, je passerais les archives au peigne fin pour me renseigner sur la Pierre Sacrée.

Je fixe les yeux sur lui. Soulève-t-il ces sujets innocemment, sans songer à mal ? Ou dans un but précis ?

— Pourquoi cela ?

— Eh bien, d'une part, à cause de l'animagus, celui qui s'est immolé au sommet de l'amphithéâtre. Invierne ne recule devant rien pour obtenir cette pierre. Je dois avouer que cela attise ma curiosité, et je ne suis pas le seul. La ville bruisse de questions. Le royaume tout entier.

— Serait-ce la peur qui les anime ? suggère dame Jada. Sa Majesté a détruit plusieurs de leurs sorciers les plus redoutables grâce à sa pierre.

— Cela fait deux mille ans que chaque siècle assiste à la naissance d'un Élu. Pourquoi recourir à la violence maintenant ?

Il faudrait que je m'interpose, que je me rappelle à leur bon souvenir, mais je reste la langue nouée. Ils parlent de moi comme si je n'étais pas là. Des milliers de discussions semblables se déroulent sans doute aux quatre coins du pays. En tant que reine, j'appartiens un peu à tout le monde.

— Vous savez ce que je pense ? me lance Jada.

Je lui réponds, non sans sincérité :

— Votre opinion m'intéresse au plus haut point.

— Je crois qu'ils veulent récupérer ces terres.

— Vraiment ?

— Je ne serais pas à la hauteur de ma tâche si je ne connaissais pas l'histoire de mon propre pays, affirme

Jada. Quelques siècles après que le Destin a installé les premières familles ici-bas, c'est ce que mon précepteur m'a expliqué, l'une a succombé à l'ambition et fait main basse sur les terres et les ressources naturelles en forgeant des alliances et en livrant bataille. Les autres familles se sont liguées pour les chasser. Ils ont fui dans les étendues sauvages, la malédiction du Destin sur leur tête, pour y devenir les Inviernos.

« Ils ont été chassés, poursuit-elle, de force. Chacun sait que Brisadulce est la plus belle ville du monde. Je pense qu'ils veulent la récupérer.

Jada connaît certes l'histoire de Joya d'Arena par cœur, mais elle a une vue très partiale de notre capitale. Brisadulce est une cité isolée, malmenée par les éléments, forcée d'importer la majorité des biens qu'elle consomme. Elle est implantée sur une terre impraticable, voire stérile. Je ne m'explique pas pourquoi les Inviernos ne jettent pas plutôt leur dévolu sur la cité de Puerto Verde ou sur les collines fertiles qui composent les territoires du Sud.

— Une théorie fort bien conçue. Vous avez sûrement raison.

Ximena s'étrangle en avalant une gorgée de vin.

Le maître queux fait son entrée, suivi de plusieurs domestiques chargés de plateaux. Au menu, pibil au poulet, tortillas de maïs, fruits frais. Les biscuits à la noix de coco me mettent l'eau à la bouche. Ils sortent tout juste du four : le glaçage au miel a eu à peine le temps de fondre.

Dame Jada bat des mains.

— Du pollo pibil ! Le plat préféré du roi, paraît-il.

— En effet, répond Hector. La première fois qu'il en a mangé, c'était chez mon père. Un été, le navire du roi Nicolao a été pris dans une tempête et s'est échoué sur un récif. Lui et le prince Alejandro se sont établis à l'hacienda le temps que la coque soit réparée. C'est ainsi que nous nous sommes rencontrés.

— Vous avez dû lui faire grande impression, remarque le père Alentín, pour qu'il fasse de vous son page. Et, plus tard, le commandant de sa garde. Vous êtes le plus jeune à avoir été nommé à ce poste.

— C'était un hasard, en grande partie.

— Comment cela ?

— J'avais deux frères aînés et nous avions pour habitude de nous mesurer à l'épée – des épées d'enfant – dans la cour. Le matin de l'arrivée d'Alejandro, l'un d'eux m'a fait tomber et l'autre a commencé à me taquiner, en me piquant de la pointe de son arme. Sans penser à mal, comme cela s'était déjà produit des dizaines de fois. Alejandro avait assisté à toute la scène depuis la fenêtre de sa chambre et il a déboulé dans la cour en les sommant de me relâcher parce qu'il venait de me nommer page, et comment ces deux gredins osaient-ils s'en prendre au page royal ?

Je laisse échapper un gloussement.

— Il a cru qu'il vous sauvait la vie.

Les yeux d'Hector s'embuent sous le coup de l'émotion.

— Je n'avais que douze ans à l'époque et, tout naturellement, je baisais la trace de ses pas.

— En fin de compte, vous êtes devenus amis pour de bon.

— Oui, très vite. Il souffrait de la solitude, il était fils unique. Cela lui a fait le plus grand bien d'avoir près de lui un garçon un peu plus jeune, qu'il pouvait battre à l'épée. Ceci dit, sa supériorité n'a duré que deux ou trois ans, ajoute-t-il d'un ton hautain.

— Il ne connaissait pas guerrier plus redoutable que vous, il me l'a dit.

— Vraiment ?

— Mais oui. Il m'a souvent parlé de vous sur son lit de mort. Vous êtes peut-être devenu son page par accident, mais le commandement de la garde, vous ne le devez pas au hasard. C'est la décision la plus facile qu'il ait jamais eu à prendre, m'a-t-il confié.

— Fabuleux ! s'exclame dame Jada, et sa remarque me fait sursauter. Le pibil est succulent. Mes compliments au maître queux.

L'espace d'un instant, j'ai cru qu'Hector et moi, nous étions seuls dans la pièce. J'aimerais tant gommer cette femme de mon champ de vision et réclamer d'Hector des détails sur son enfance, mais c'est mon invitée et je dois coûte que coûte lui accorder mon attention.

— Merci. Il prépare en ce moment même des pâtisseries très particulières, d'après une recette que j'ai rapportée d'Orovalle.

— Oui, l'amour que vous portez aux pâtisseries est connu de tous, rétorque Jada.

M'insulte-t-elle délibérément ? Mais non, elle continue à mâchonner son pibil, imperturbable dans son extase.

C'est Belén, le traître, qui lui répond :

— Sa Majesté porte un amour plus grand encore à la soupe de gerboise.

La soupe de gerboise constituait notre ordinaire à l'époque nous avons parcouru ensemble les étendues arides du désert. Je préférerais me laisser mourir de faim plutôt que d'en manger à nouveau. Lorsque je pose les yeux sur Belén, je constate qu'il réprime à grand-peine un sourire.

— Mais la soupe de gerboise, proteste Jada, c'est si... commun.

J'avale une bouchée de tortilla avant de déclarer d'une voix pontifiante :

— Parfois les mets les plus humbles sont les plus savoureux, qu'en dites-vous ?

Elle hoche la tête, comme pénétrée de cette vérité profonde.

— Le plat national de Selvarica s'appelle la sendara de vida, déclare le comte Tristán. C'est une carambole marinée dans du miel et du citron, puis grillée sur des braises saupoudrées de poivre. Absolument divin. Si Vos Grâces m'honorent un jour d'une visite, mon cuisinier se fera un plaisir de vous le préparer.

J'échange un regard avec Ximena, qui blêmit.

— Sendara de vida. Cela se traduit par « porte de la vie ».

— La recette porte le nom d'une ancienne légende.

Je me tourne vers le comte et je m'exclame avec un enthousiasme que j'espère naturel :

— Oh, racontez-la ! J'aimerais en savoir plus sur Selvarica.

À l'autre bout de la table, le père Alentín perd patience. À côté de moi, Hector repose son verre de vin et s'appuie à la table avec une désinvolture étudiée.

Le comte se lance dans un monologue.

— C'est tout à fait apocryphe, mais la légende prétend que le Destin a créé deux portes, l'une conduisant à l'ennemi, l'autre à la vie. La porte qui mène à la vie, la sendara de vida, se trouve quelque part à Selvarica, et plus d'un cadet de noble lignage s'est lancé à sa recherche, dans l'espoir de faire ses preuves et de faire fortune. Aucun n'est revenu riche à millions, bien entendu, mais nombreux sont mes compatriotes à donner du crédit à cette légende. Quiconque trouvera cette porte s'assurera la vie et le bonheur éternels.

Un silence pesant s'abat sur l'assistance.

— Étonnant que cette légende ne soit jamais parvenue à mes oreilles, grommelle Alentín.

Tristán hausse les épaules.

— J'en avais vaguement entendu parler enfant, mais Iladro me l'a rappelée. N'est-ce pas, Iladro ?

Le héraut vêtu de fanfreluches devient cramoisi sous nos regards. La plume de son couvre-chef tremblote lorsqu'il hoche la tête.

— En effet, Votre Grâce, articule-t-il d'une voix prudente qui contraste avec son timbre claironnant. La légende reste populaire dans les villages les plus reculés de nos îles.

Sa réponse achevée, il engouffre un biscuit, sûrement pour signifier au comte qu'il n'a plus envie de prendre la parole.

— Apocryphe, marmonne Ximena.

— Un ou deux manuscrits anciens y font allusion, reprend le comte. C'est ainsi que l'on sait que cette légende n'a aucun fondement, si je ne me trompe. Elle n'apparaît dans aucune des écritures sacrées, pas une seule fois.

— Très juste, répond ma nourrice, mais sa voix n'arrive pas à masquer son scepticisme.

— Apocryphe, qu'est-ce que cela ? demande Jada.

— Les Apocryphes sont un ensemble de textes présentés comme inspirés directement de la voix du Destin, explique Hector, mais dont un certain nombre d'érudits et de prêtres ont démontré le caractère farfelu. Ils n'ont rien de divin, donc, mais ils présentent un grand intérêt en tant que documents historiques. Ils en disent long sur les mœurs et les coutumes en vigueur à l'époque où ils ont été rédigés.

Je me tourne vers ma voisine.

— Et vous, dame Jada ? En tant qu'épouse de notre cher bailli, parlez-moi des plats – ou des légendes – typiques de Brisadulce qu'une reine doit absolument connaître ?

Cette chère Jada rejette ses épaules en arrière et ouvre grand la bouche afin de se lancer dans un laïus indigeste.

— Sa Majesté devrait demander à son maître queux de lui concocter…

Elle est interrompue par un bruit étrange.

— Iladro ? lance le comte.

Plié en deux au-dessus de la table, le héraut est pris de convulsions. Son regard se voile de larmes, des plaques écarlates criblent son visage.

Ximena se rue vers lui dans un froufrou de jupons. D'une main elle saisit sa fourchette, de l'autre elle lui ouvre la mâchoire.

Hector m'empoigne par le bras et me force à me mettre debout. Dans le même geste, il dégaine sa dague.

— Elisa, recrachez ce que vous avez dans la bouche. Tout de suite.

Du poison. Mon corps se recouvre d'une pellicule de sueur froide.

— Je… il n'y a rien.

Ximena fourre le manche de la fourchette dans la gorge du héraut.

— Purgez-vous, mon seigneur. Cela pourrait vous sauver la vie.

Et il ne se le fait pas répéter deux fois, il vomit par spasmes du pollo pibil teinté de rouge et des boulettes de pâte à demi digérées sur la table, devant moi. Des remugles acides montent dans l'air.

— Le biscuit ! s'exclame Belén. Il est le seul à en avoir mangé.

Le maître queux fait irruption en hurlant :

— Ne touchez plus à rien ! Le goûteur vient de…

Il avise les dégâts et son visage change de couleur. *Trop tard,* semble-t-il penser. Je décide de prendre les choses en main.

— Dame Jada, allez chercher le docteur Enzo. Vite.

Jada saute sur ses pieds et quitte la pièce en trombe.

— Est-ce qu'il va… ? balbutie Tristán. Oh, Iladro, pourquoi…

Hector enroule son bras autour de mes épaules et s'éloigne de la table, sa dague à la main. Comme si une épée était d'une utilité quelconque contre le poison.

— De l'eau ! s'exclame Ximena.

Un verre apparaît devant elle. Elle en vide le contenu dans la bouche d'Iladro, qui s'étrangle. Il recrache l'eau mais Ximena lui hurle quelque chose et il s'empresse de la ravaler, comme si sa vie en dépendait – ce qui n'est pas impossible. Elle le force ensuite à vomir une fois encore.

— Venez, Elisa, ordonne Hector.

— Non.

— C'est trop dangereux !

— Votre épée ne me protégera pas d'un empoisonneur. Ximena, reste avec Iladro jusqu'à l'arrivée d'Enzo. Les autres, suivez-moi.

Je quitte la salle à manger et les autres m'emboîtent le pas en désordre.

Dans les cuisines règne un chaos indescriptible. Des domestiques paniqués jettent de la nourriture, récurent des plats, nettoient des ustensiles. Une puanteur âcre se mêle à des relents de pain brûlé. Au sol, près d'une planche à découper, est étendu un homme que je vois pour la première fois. Raide mort. Les yeux exorbités, les membres tordus par la terreur et la souffrance. Des vomissures teintées de sang s'écoulent du coin de sa bouche et forment une flaque sur les dalles. Une fille de cuisine, cachée derrière le tournebroche, n'arrive pas à en détacher son regard ; des larmes ruissellent sur ses joues. Les gardes, cornaqués par Belén, bloquent toutes les issues.

— Silence !

Et le silence se fait, les yeux s'écarquillent de peur.

— Tout le monde, contre le mur. Et vite !

Bousculade. Dans la précipitation, ils en viennent presque aux mains mais ils réussissent au bout du compte à s'aligner avec discipline le long du mur. Je marche de long en large devant eux.

— Qui a préparé les biscuits ?

On entendrait une mouche voler. Une voix timide s'élève.

— Moi, Majesté. Avec Felipe.

Je me retourne. C'est la petite cuisinière qui a parlé.

— Vous les avez empoisonnés ?

— Oh non, Majesté. Jamais je ne…

— Où est Felipe ?

— Je l'ignore.

Elle s'obstine à fuir mon regard et sa coiffe cache son visage. Agacée de ne pouvoir lire son expression, je lui relève le menton.

— Quand l'as-tu vu pour la dernière fois ?

Elle cligne ses yeux embrumés de larmes.

— Je n'en sais trop rien. Peut-être… juste avant de servir le dîner ? Il m'a dit qu'il allait chercher du vin pour… pour imbiber les poires. Mais… oh non.

— Oh non quoi ?

— Il n'y a pas de poires au menu. Sur le moment, occupée comme je l'étais, je n'ai pas remarqué… Comment aurais-je pu prévoir… ?

Son regard exprime sa frayeur, mais aussi son innocence. Je suis tentée de la croire. Sans détourner les yeux, je lance un ordre :

— Belén, le cellier.

— Tout de suite, Majesté.

Je recule d'un pas, les poings serrés. Ce forfait ne peut rester impuni. Qu'arrivera-t-il quand Brisadulce apprendra qu'un empoisonneur a réussi à infiltrer mes appartements privés ? Comment le peuple pourrait-il accepter de confier son destin à une reine incapable de faire régner l'ordre parmi ses domestiques ? Cela pourrait déboucher sur une crise politique majeure.

Il faut frapper fort. Marquer les esprits.

Je fais les cent pas en me rongeant l'ongle du pouce. Je pourrais renvoyer ces gens, les chasser du palais. Voilà qui marquerait très certainement les esprits. Le souci, c'est que la plupart d'entre eux – tous, peut-être – sont innocents, c'est une évidence. Je ne peux pas prendre de mesures radicales, faute de preuves.

Belén apparaît sous l'arche qui mène au cellier. Je devine que les nouvelles ne sont pas bonnes.

— Il est ici.

— Que personne ne quitte les cuisines. Hector, Tristán, avec moi.

Ensemble, nous nous engageons dans l'escalier. L'air y sent le bois mouillé et la poix. Le long des marches, je remarque une rampe qui sert à déplacer plus aisément les tonneaux.

Belén est penché au-dessus d'un cadavre. Un jeune garçon, cette fois-ci. Couché sur le flanc, il a le bras replié dans une position qui est tout sauf naturelle. Des vomissures maculent sa blouse.

Dans son poing, un morceau de parchemin.

Hector se penche et déplie les doigts crispés.

— Une note.

— Lisez.

— « Mort aux tyrans. » Rien de plus.

— Hélas.

Avec un cri d'angoisse, Tristán se précipite vers le cadavre et lui assène un violent coup de pied qui déplace le corps. Un bras frappe le sol avec un bruit sourd, on entend un craquement.

— Tristán, ressaisissez-vous.

Tremblant de rage, le comte se tourne vers moi. Une tache brunâtre, que je n'avais pas vue avant, souille sa tunique en lin.

— Iladro, mon héraut… il pourrait… il est peut-être…

— Mon chirurgien personnel est à ses côtés. Iladro est entre de bonnes mains.

— Oui, Votre Majesté. Merci.

— Je ne suis pas convaincu, murmure Belén.

— Pas convaincu ?

— Ce Felipe sait-il lire et écrire ? Si oui, est-ce là son écriture ?

— Belén a raison, conclut Hector. C'est trop commode, de le trouver avec ce parchemin froissé dans la main.

— Hector, voulez-vous mener une enquête approfondie sur ce garçon ? Peut-être que sa famille sait quelque chose.

— Comptez sur moi.

— Merci. Je dois faire une démonstration de force. Un étalage inoubliable du courroux royal. Tristán, que me conseillez-vous ?

Il plisse les yeux, comprenant que je le mets à l'épreuve.

— Je vous suggère de faire fouetter le personnel pour négligence. C'est une sanction sévère, très certainement, mais le corps guérit plus vite que l'âme. Vous devez montrer que vous savez riposter vite, et bien.

Je prends une profonde inspiration afin de ne pas perdre contenance. Oui, faire donner le fouet en place publique. Atroce, mais moins qu'une exécution ou un renvoi collectif.

— Merci, Votre Grâce. Allez donc voir comment se porte Iladro.

Tristán exécute une révérence brouillonne et s'éclipse.

— Vous sentez-vous capable de donner un ordre pareil ? me demande Hector d'une voix douce. Je peux m'en charger, si vous le souhaitez.

— Non. C'est un ordre que je dois assumer. Je suis reine, non ?

Le personnel des cuisines est toujours aligné contre le mur, sous l'œil vigilant de mes gardes. Alentín, assis au bord de la cheminée, est plongé dans une prière. Dame Jada, qui est allée chercher le docteur Enzo, ne perd pas une miette de la scène, les yeux ronds comme des soucoupes, sans doute impatiente de raconter ses aventures à toutes ses amies. Je ne peux plus supporter cette commère.

— Felipe s'est donné la mort. Sa culpabilité ne fait aucun doute. J'ignore si l'un d'entre vous a conspiré avec lui. Néanmoins, vous avez fait preuve d'une négligence impardonnable en servant les plats trop vite après l'intervention du goûteur. Demain matin, vous serez donc menés dans la cour du palais. Là, on vous donnera le fouet devant la cour rassemblée.

Je distingue des regards terrifiés, mais aussi quelques soupirs de soulagement. Des innocents vont subir un châtiment qu'ils ne méritent pas pour que j'en tire un bénéfice politique. Quel genre de personne peut donner un ordre pareil sans états d'âme ? Le général Luz-Manuel, par exemple. Un monstre...

Un garde s'éclaircit la voix.

— Majesté, combien de coups de fouet ordonnez-vous ?

Bon sang, des coups de fouet. Je n'y connais rien, moi, aux coups de fouet. Hector vole à ma rescousse.

— Je vous suggère dix par personne, Votre Majesté.

— Oui, en effet. Dix chacun.

Je vais devoir assister au supplice. Donner un caractère officiel à la punition. Des larmes perlent au coin de mes paupières. Je dois partir d'ici, et vite, avant de perdre tout empire sur moi-même. L'air hautain, je m'adresse à un garde :

— Enfermez-les dans le donjon jusqu'à l'heure de leur châtiment. Les autres sont libres de partir.

Et je me précipite, aussi majestueusement que possible, dans le couloir.

Hector me rejoint en quelques enjambées.

— Permettez-moi de vous escorter.

— Je vous en prie. Il fallait que je quitte cet endroit.

— Vous avez rendu un jugement honnête.

— Merci.

Lorsque nous arrivons sur le seuil de mes appartements, Hector ne cherche plus à camoufler son inquiétude.

— Est-ce que tout va bien, Elisa ?

— Je me fais horreur.

— C'est normal. Mais ne vous inquiétez pas. À moi, vous ne me faites pas horreur.

Là-dessus, il disparaît.

11.

Je fais les cent pas dans ma chambre en attendant la venue du docteur Enzo et j'implore le Destin d'épargner Iladro. La Pierre Sacrée m'inonde de sa chaleur réconfortante.

Mara m'observe en se tordant les mains.

— Ça ne serait pas arrivé si je ne m'étais pas blessée, marmonne-t-elle. Si c'était moi qui avais cuisiné…

Jusqu'ici impassible, Ximena l'attrape par les épaules et la secoue vigoureusement.

— Ce n'est pas le rôle de la dame d'atours de préparer à manger pour huit personnes. Pour la reine, passe encore. Mais pas pour les dîners officiels. Tu es une aristocrate désormais, Mara. Une noble.

Je fusille ma nourrice du regard. Qu'elle arrive à se focaliser sur un détail aussi trivial alors qu'un homme se débat entre la vie et la mort, cela me dépasse.

Mara pose sur moi un regard hébété.

— Vous auriez pu mourir. Le goûteur n'en a pas réchappé.

— C'est vrai.

J'ai l'impression de vivre un cauchemar éveillé. Le goûteur qui passait au crible les plats qui m'étaient servis à Orovalle, à l'époque où je n'étais que princesse, est mort lui aussi. Les combattants de l'armée du Malficio se sont sacrifiés par centaines au nom de l'espoir que je leur ai procuré. Puis il y a eu Humberto. Le roi Alejandro. Ce malheureux Martín. Combien de cadavres laisserai-je dans mon sillage avant de mourir moi-même ? Combien de vies fauchées ? Sera-ce le seul héritage que je laisserai derrière moi, un héritage de sang ?

Je donnerais cher pour qu'Hector soit à mes côtés en ce moment. J'ai besoin de sa présence rassurante, de son intelligence incisive, mais c'est un besoin que je dois mettre en sourdine. Ma satisfaction ne pèse rien face à la nécessité de trouver des réponses aux mystères qui se jouent sous mes yeux.

Le docteur Enzo est annoncé par des relents de poivron pourri avant de l'être par les gardes.

— Iladro ? Quelles sont les nouvelles ?

— Il va s'en tirer. Il souffrira sûrement de maux d'estomac le restant de ses jours, ajoute le médecin. Il a vomi du sang, ce qui signifie que le poison a attaqué la paroi…

— Un poison de quel type ?

— Des baies de duerma, à mon avis. Il va sûrement faire dodo vingt-quatre ou quarante-huit heures.

— Un jour, j'ai empoisonné un animagus à l'aide de baies de duerma. Sa réaction n'avait aucune commune mesure avec celle d'Iladro. Il s'est borné à perdre connaissance.

— Vous aviez utilisé des baies fraîches ? Leur toxicité est plus grande lorsqu'elles sont séchées et réduites en poudre. La poudre de duerma n'a aucun goût, ou presque. Mélangée à de l'alcool, je la soupçonne d'être hautement corrosive.

— Nous avions du vin pour accompagner le repas.

— Du vin, cela ferait l'affaire.

— Ce qui expliquerait pourquoi le poison n'a pas fait effet sur le goûteur aussi vite que sur Iladro. Il n'avait pas bu de vin.

— Ingénieux, n'est-ce pas ?

Ses accents admiratifs me laissent un goût amer.

— Merci, Enzo. Excellent travail, comme à votre habitude.

Je congédie le médecin d'un geste et je retourne à mes fébriles allées et venues. Contrairement à la première, cette tentative d'assassinat était stupide. Mal planifiée. N'importe qui aurait pu manger ces gâteaux. N'importe qui aurait pu être empoisonné. Il y a un indice caché là, quelque part. *Réfléchis, Elisa !*

Les grillons entament leur sérénade nocturne et le soleil s'éclipse derrière les remparts. Ximena allume les bougies placées sur ma table de chevet ; Mara étend une chemise de nuit propre sur le lit, puis elle va chercher ma brosse à cheveux. Il est encore trop tôt pour accomplir ces petits rituels. Je m'apprête à leur confier des tâches inutiles, histoire de les tenir occupées, lorsque Hector fait son retour.

— L'employeur de l'assassin ?

— Aucune trace. La famille ne savait rien. Mais un homme leur a donné de l'or hier. Un étranger. Grand, jeune, les cheveux plaqués sur le crâne avec de l'huile d'olive. Il a prétendu qu'il devait de l'argent à Felipe. Ils se sont débarrassés de cet or aussitôt qu'ils ont appris ce qui s'est passé.

— Il a accompli son méfait contre monnaie sonnante et trébuchante !

— Le « Mort aux tyrans » devait vous effrayer – en cas d'échec.

— Peut-être le poison visait-il un autre convive. Le comte, par exemple. Ou Alentín. Il est tout de même ambassadeur.

— Des biscuits à la noix de coco, Elisa. Votre gourmandise préférée. Du poison à base de duerma, à en croire Enzo. C'est une denrée rare à Brisadulce. Il faut traverser le désert pour s'en procurer. Ouvrez les yeux. L'assassin vous adressait un message.

— Il sait que j'ai empoisonné l'animagus de la même manière.

— Vous avez aussi empoisonné la moitié de l'armée d'Invierne, vous l'avez oublié ?

— Hector, si ce poison m'était destiné, quelqu'un veut ma mort pure et simple. Au contraire des Inviernos, qui me veulent vivante.

— Cette possibilité m'a traversé l'esprit.

— Ce qui signifierait que mes ennemis sont plus nombreux que prévu.

Le visage fermé, Hector ne répond rien. Pour la première fois, je remarque une ombre sur sa mâchoire. Il est toujours rasé de près, ainsi que l'exige le règlement de la garde royale. Soit il a oublié aujourd'hui de s'acquitter de cette tâche, soit le temps lui a manqué. Cela lui donne l'allure d'un féroce mercenaire.

Je sursaute lorsque Ximena pose la main sur mon épaule.

— J'aimerais tant vous emmener loin d'ici, ma perle. Il y a trop de gens à Brisadulce. Trop d'ambitions qui s'opposent, trop de noirs desseins.

— Non ! Je refuse de fuir. Toi, Papá et Alodia, vous avez eu la bonne idée de m'envoyer ici pour me mettre à l'abri du danger, l'as-tu oublié ? Vous m'avez forcée à épouser un homme qui ne m'aimait pas. Cet homme repose dans les catacombes. Et j'ai moi-même frôlé la mort plus d'une fois. Fuir d'ici, ce serait… non, je refuse de fuir à nouveau.

Ximena répond à mes accents stridents et à la méchanceté qui suinte de mes paroles par un calme olympien. Les bras croisés, elle s'appuie à la colonne du lit, qui grince tant qu'elle peut.

— Et si je vous proposais une voie plus constructive ?

— Que veux-tu dire par là ?

— Il y a quelque chose dans le domaine que j'explore en ce moment qui pourrait nécessiter un long voyage, déclare-t-elle avec un entrain forcé. Peut-être pourrions-nous l'inclure comme une étape dans la tournée que le Conseil vous engage à faire dans le royaume.

Ximena fait allusion, à mots couverts, à la porte. Celle qui « mène à la vie ». Et elle ne veut pas entrer dans les détails en présence des gardes.

— J'ai trouvé la conversation du comte particulièrement stimulante ce soir, juste avant que son héraut ne soit foudroyé par le poison, ajoute Hector.

— En effet, répond Ximena.

Dans le silence qui suit, je sais que nous pensons tous la même chose. La légende racontée par le comte présente des ressemblances troublantes avec l'adage gravé dans les souterrains. *La porte qui mène à la vie est étroite et petite, et rares sont ceux qui la trouvent.*

— Notre ami des Bas-Fonds saurait peut-être éclairer notre lanterne.

— Et peut-être aura-t-il des informations de première main sur le méfait de ce soir, renchérit Ximena.

La perspective de revoir Storm me fait frémir des pieds à la tête et c'est avec une bonne dose de réticence que je déclare :

— J'irai lui rendre visite demain matin.

Hector pousse un soupir exaspéré.

— N'en faites rien. La caverne m'est un territoire inconnu, je ne saurai pas où poster les gardes. Et il y a le problème de l'acoustique… impossible d'y tenir une conversation privée, avec tous ces échos.

Je veux protester, lui rappeler que je refuse d'être gouvernée par la peur, mais je retiens ma langue. En ignorant ses conseils, j'ai bien failli me faire tuer.

— Vous allez vous obstiner, gémit-il, j'en ai bien peur.

— Au contraire. Je me disais que pour une fois, j'allais vous obéir.

Il reste bouche bée quelques instants avant de retrouver son flegme habituel.

— Dans ce cas, mes hommes iront le quérir à la première heure demain matin.

— Merci. Et ramenez-le, de gré ou de force.

— Avec grand plaisir.

Mara s'approche de moi en brandissant la brosse.

—Je n'ai rien compris à vos petites manigances mais je m'en moque. Tout ce que je sais, c'est que je vais vous préparer votre petit déjeuner demain matin, et vous ne laisserez rien dans votre assiette.

Après m'être délectée de l'omelette préparée par Mara – agrémentée de fromage de chèvre, d'oignons émincés et de poivrons rouges –, je dois assister au châtiment des commis de cuisine. Puisque tout le palais est rassemblé dans la cour, Hector va réussir à infiltrer l'Invierno ni vu ni connu, mais ce n'est qu'une maigre consolation.

Entourée d'une horde de gardes et de courtisans, je traverse la cour au rythme lent d'un tambour. Une foule immense s'ouvre sur mon passage. Je porte une robe ornée de dentelles lie-de-vin et de riches broderies, mais je regrette ce choix dès que la sueur s'accumule au creux de mes aisselles. Je m'efforce de garder la tête haute, malgré le poids de ma couronne.

C'est là que Martín a été exécuté, la même estrade, la même foule. Les accusés sont déjà en place. Ils forment un cercle, les mains entravées au-dessus de leur tête et fixées à un pilori creusé dans le tronc d'un gigantesque banian. Ils y tiennent facilement à douze. Ils sont torse nu, même les femmes.

Les mâchoires serrées, je gagne l'estrade et je prends place sur le trône en bois, flanquée de mes dames d'atours. D'ici, j'ai une vue imprenable sur le pilori et sur l'océan de spectateurs. Certains se bousculent, de peur de rater quelque chose. Un petit garçon est perché sur les épaules de son père. Une onde de peur – ou d'excitation, qui sait – parcourt la foule.

Un homme s'approche de moi, un coussin rouge entre ses mains grandes comme des battoirs, et s'agenouille devant le trône. Est-ce le même qui a décapité Martín ? À l'instar des suppliciés, il ne porte qu'un pantalon. Un capuchon noir masque son visage, des cicatrices blanches couturent ses épaules et son torse aux muscles saillants. Sur le coussin sont exposés divers instruments de torture : une canne, une badine en bois de saule, un martinet et un fouet en cuir lové dans le velours à la façon d'un serpent. Je remarque le fragment de métal fixé à l'extrémité du fouet et ma gorge se noue.

D'une voix aussi usée que sa peau, le bourreau chuchote :

— Majesté, je vous enjoins à choisir la méthode qui vous semble la plus appropriée.

Il me faut un moment pour saisir la portée de ses paroles et le désespoir m'étouffe soudain. Choisir, bien sûr.

Les instruments sont disposés par ordre croissant, du moins dangereux au plus ravageur. Je ne veux pas blesser ces malheureux pour de bon, mais je ne peux pas choisir non plus la technique la moins douloureuse.

— La badine.

L'homme aux cicatrices se tourne vers le public et lève haut la badine, qui se courbe sous son propre poids. La foule rugit pour signifier son accord.

Je me force ensuite à ne pas détourner le regard tandis qu'avec lenteur et méthode il fouette mes domestiques. La badine frappe la peau nue avec un bruit humide et des larmes me montent aux yeux. Des traces rouges s'impriment sur leur chair et ils s'arc-boutent dans l'espoir d'échapper aux coups, mais le pilori les maintient solidement en place. Le bourreau est très minutieux, il vise juste et varie l'angle de frappe. Quelques-uns restent impassibles, d'autres succombent à la douleur et leurs cris me transpercent le cœur. Un garçon, le benjamin du groupe, pleure toutes les larmes de son corps, la joue plaquée contre le banian.

Je suis pierre. Je suis glace. Rien ne m'atteint.

Seul le maître queux reste debout après le dixième coup. Les autres s'affaissent, retenus à la verticale par leurs entraves.

L'homme aux cicatrices revient me voir. Le sang dégoutte de la badine.

— Vos ordres ont été exécutés, Votre Majesté.

— Merci.

— Souhaitez-vous vous adresser à vos sujets ?

Non, bien sûr que non. Je n'ai qu'une envie, jeter ma couronne aux orties et me pelotonner dans mes oreillers.

À cet instant, le garçonnet juché sur les épaules de son père, non loin du pilori, crache sur la petite cuisinière qui a préparé les biscuits avec Felipe. Un crachat visqueux glisse le long de sa joue et atterrit sur sa poitrine dénudée.

Je me mets debout d'un bond. Le silence s'abat sur la foule.

— Nous considérons que ces gens ont payé le prix de leur négligence. Quiconque s'avisera de leur faire du mal, de les insulter ou même – à ce moment, je lance un regard noir au garçonnet – de leur cracher dessus regrettera amèrement son geste.

Je tourne le dos à la masse des spectateurs et je m'approche de Ximena pour lui chuchoter à l'oreille :

— Je tremble de tous mes membres et j'aurais bien besoin de ton bras pour effectuer une sortie mémorable.

Si seulement Hector était là… Je me sens beaucoup plus forte quand il est à mes côtés.

Ma nourrice m'offre aussitôt son bras et nous franchissons l'estrade ensemble avec une dignité que j'espère toute régalienne. L'omelette de Mara me pèse sur l'estomac.

12.

Hector me retrouve dans mes appartements et m'annonce que l'Invierno a refusé de se soumettre à ma convocation. En conséquence de quoi, ses hommes l'ont arrêté. J'ai juste le temps d'ôter ma couronne et d'enfiler une robe plus sobre avant de quitter à nouveau ma chambre dans la précipitation. Tant mieux : cela m'évitera de ressasser les événements de la matinée.

C'est la première fois que je mets les pieds dans le donjon. C'est le point culminant du palais, du haut de ses remparts la vue balaie d'un côté l'immense désert et les murs de Brisadulce, les Bas-Fonds, les docks et les flots outremer de l'autre.

Le donjon est bâti en calcaire dont le gris tranche avec le grès corail des autres tours, moins imposantes. Il s'élève comme un phare dans le ciel. Je souhaite bien du courage au malheureux qui voudra s'évader d'ici. Il n'y a qu'un seul escalier, qui fait office d'entrée et de sortie.

C'est un groupe hétéroclite qui m'accompagne : un prêtre manchot, une nourrice grisonnante, un chevalier. À la dernière minute un prince d'à peine sept ans est venu grossir nos rangs. Hector a dû annuler leur leçon quotidienne d'escrime et le petit Rosario a voulu se joindre à nous dès l'instant où il a appris ce qui se tramait. Je maudis notre imprudence. Nous ne sommes pas assez discrets. Le bruit qu'un prisonnier de premier plan est détenu au donjon se propagera d'ici la fin de la journée.

Avant de franchir le passage voûté qui tient lieu d'accès principal, j'attrape Rosario par l'épaule.

— Votre Altesse, êtes-vous sûr de vouloir venir ? Il y a un Invierno là-bas, qui ressemble beaucoup… – *aux animagi qui ont tué votre Papá* – aux autres Inviernos que nous avons croisés.

Rosario porte la main à la poignée de son épée en bois et déclare avec gravité :

— Je n'ai pas peur.

— Eh bien moi, j'ai peur. Un petit peu.

— Je vais vous protéger. Comme Hector.

Le garçonnet a pour idole mon garde, et sa vénération est encore plus flagrante depuis la mort de son père.

— Cela me rassure beaucoup. Merci.

Mon regard croise celui d'Hector, lequel hausse les épaules. Si Rosario se sent capable d'affronter un Invierno, il serait cruel de le lui interdire.

À la seconde où nous quittons la cour baignée de soleil pour nous aventurer dans l'ombre projetée par le donjon, des relents d'urine auxquels se mêle une odeur de transpiration et de paille pourrie nous assaillent de toutes parts. Les gardes qui surveillent l'entrée délaissent leur partie de cartes et se mettent au garde-à-vous. Ce sont les hommes de Luz-Manuel, pas des gardes royaux, et ils nous observent d'un air méfiant. J'espère qu'ils suivront mes ordres et qu'ils ne crieront pas sur les toits l'identité du prisonnier.

Hector gravit le premier l'escalier grinçant qui zigzague contre le mur en moellons. L'architecture interne du donjon consiste en une enfilade de paliers en bois soutenus par des poutres plus ou moins massives ; ces plateformes sont étagées à intervalles réguliers. Dans le clair-obscur qui filtre par les meurtrières, je distingue des silhouettes, une dizaine par plate-forme. Des misérables vêtus de haillons, sales, émaciés, sans âge. Impossible de dire depuis combien de temps ils croupissent là. Chacun d'eux est enchaîné au mur, à bonne distance de l'escalier.

L'un des détenus, une femme à la chevelure hirsute, se débat comme une diablesse et me crache dessus. Le crachat atterrit sur une planche, à quelques centimètres de mon pied. Ximena veut lui donner une bonne correction mais je l'en empêche.

— Elle souffre bien assez.

Un autre malheureux, un homme au visage mangé par une barbe grise, punit la harpie d'un coup de pied bien appliqué.

— Certains n'ont pas oublié, déclare-t-il avec un accent qui révèle un ouvrier des docks. Non, nous n'avons pas oublié ce que vous avez fait pour nous, Majesté.

Hector me pousse un peu plus loin et je n'ai pas la présence d'esprit de remercier cet homme, de lui dire combien ses paroles me réchauffent le cœur.

Je me demande ce qui a amené ces pauvres âmes à croupir dans cet endroit infâme. Ces gens ont forcément commis des crimes horribles. Lorsque nous arrivons au sommet, je suis hors d'haleine. Était-il judicieux d'amener l'Invierno ici ? Il n'y a pas mort d'homme s'il a refusé de répondre à ma convocation.

La dernière plate-forme, la plus élevée, est aussi la plus accueillante. Des percées supplémentaires amènent de l'air frais et de la lumière, il y a un grabat et un seau, mais Storm ne semble pas sensible à ces détails. Il arpente sa geôle comme un prédateur en cage, tout en grâce féline et en fureur rentrée. Les chaînes qui entravent ses chevilles, cachées par sa longue cape noire, grincent à chaque pas.

Lorsqu'il aperçoit notre petite troupe, un grognement rauque sort de sa gorge. Un frisson me parcourt l'échine. C'est un bruit qui n'a rien d'humain.

Une petite main se glisse dans la mienne. Cette menotte, c'est la seule preuve que Rosario n'est pas aussi rassuré qu'il aimerait le prétendre. Malgré tout, il foudroie son ennemi du regard.

— Bonjour, Storm.

L'Invierno vrille son regard vert forêt dans le mien.

— Truie puante, gronde-t-il. Nous avions un accord.

— Que vous avez rompu. Vous avez refusé de répondre à ma convocation.

— Je vous aurais volontiers reçue dans mon village.

Amusée par son audace, j'éclate de rire.

— Vous comprenez sûrement que je me trouve dans une position délicate. Par deux fois, on a attenté à ma vie. La première non loin du village souterrain où vous avez établi domicile. Je ne voulais prendre aucun risque.

— Et pourtant vous n'avez pas hésité à mettre ma vie en danger en m'amenant ici. Je serai mort avant deux jours. Vous m'avez tué.

— Entre votre vie et la mienne, je choisis la mienne. Sans l'ombre d'une hésitation.

— Je ferais de même à votre place, concède Storm, soudain moins combatif.

— J'hésite entre vous relâcher ou vous transférer dans une autre prison. Oui, j'hésite.

D'un mouvement du menton, le captif désigne mes compagnons.

— Qui sont ces gens ? L'estropié et la vieille femme ? Je ne reconnais que le commandant et le prince.

— L'estropié, comme vous l'appelez, est mon ami Alentín, la vieille femme mon amie Ximena.

— Ils doivent compter beaucoup pour que vous les ameniez ici… qu'attendez-vous de moi ?

— Parlez-nous de la porte qui mène à la vie.

Les yeux écarquillés, Storm cale ses cheveux dorés derrière ses oreilles et ce geste me frappe par sa normalité, son caractère humain. Sans crier gare, il nous tourne le dos.

— Prenez-moi avec vous.

— Pardon ? Vous prendre où ?

— Dans le Sud. Quand vous partirez à sa recherche.

— À la recherche de quoi ? Nous n'avons encore rien décidé…

— Vous irez. J'en mettrais ma main à couper. Telle est la volonté du Destin.

— Je perds patience, Storm. Dites-moi ce que vous savez ou vous quitterez ce donjon entre quatre planches.

— La porte de la vie est un endroit de mystère et de pouvoir au-delà de l'océan, consent-il à m'expliquer, la bouche en cul de poule. Mais il est impossible d'y accéder. Seuls les Élus du Destin peuvent la trouver, et rares sont ceux qui peuvent la franchir.

— Quel intérêt y aurait-il à la franchir ?

— Elle ouvre sur le *zafira.*

La Pierre Sacrée réagit avec une intensité inattendue. Je me plie en deux, la respiration coupée, tandis qu'elle projette des ondes brûlantes dans mon corps. *Que se passe-t-il, ô Destin ? Qu'essaies-Tu de me dire ?*

— Elisa ! s'exclame Hector. Ximena, venez m'aider…

— Tout va bien. Accordez-moi un instant.

Hector s'écarte de moi, comme à regret. Ma respiration retrouve un rythme normal et je me redresse lentement, trempée de sueur. La Pierre Sacrée palpite. Rosario me serre si fort la main que je ne sens plus mes doigts.

L'Invierno m'observe, les paupières mi-closes ; on dirait un chaton repu.

— Oh oui, vous irez.

— Qu'est-ce que c'est que ce zafira ? l'interroge Ximena.

Il lui jette un regard qui suinte le mépris. Elle répète sa question dans la Lengua Classica, en ajoutant une conclusion de son cru :

— Si vous nous faites des cachotteries, vous moisirez ici le restant de vos jours, ou vous finirez assassiné, c'est selon.

S'il est surpris de l'entendre parler sa langue, il ne le montre pas.

— Le zafira est l'âme du monde, la magie qui s'écoule sous nos pieds. Les animagi s'en servent pour recharger leurs amulettes. Mais ceux qui franchissent la porte peuvent convoquer le pouvoir du zafira sans intermédiaire, au-delà de la barrière du monde physique. C'est un pouvoir qui dépasse l'entendement.

— D'où tenez-vous ces informations ? D'un texte sacré ? D'une légende ?

— Mon peuple détient ce savoir depuis la nuit des temps, mais nous en avons été séparés. Pendant plus de mille ans nous avons dû faire appel au zafira à travers l'écorce du monde et notre puissance se limitait à une fraction de sa splendeur passée.

— C'est donc cela, murmure Hector, que veulent les Inviernos. Ils ont réclamé des années durant le droit d'administrer un port ouvert sur la mer. Ils veulent partir à la recherche du zafira.

Je me tourne vers Storm.

— Est-ce la vérité ?

— Oui.

— Pourquoi ne le révéler que maintenant ?

— Je vous l'ai déjà dit. Je suis le sujet loyal de Sa Majesté.

— Ce doit être terriblement dégradant de se soumettre à une truie.

— Terriblement.

Je réfléchis un instant. Storm est trop précieux pour que je le perde.

— Je vais vous rendre votre liberté. Vous serez reconduit à votre village sous bonne escorte. La prochaine fois, vous répondrez sans faute à ma convocation.

— Fort bien, Majesté.

Je tourne les talons, suivie de mon petit cortège. Alentín et Ximena doivent brûler d'envie de retourner aux archives et d'y chercher des documents qui traitent du zafira. Mais Rosario se pend à mon bras. Ses yeux m'implorent, sa lèvre supérieure tremble.

— Qu'y a-t-il, Votre Altesse ?

Le garçonnet prend son courage à deux mains, cligne férocement des yeux et se plante face à l'Invierno.

— Vous êtes un monsieur très, très méchant.

Ayant ainsi épanché son cœur, il me lâche la main et dévale l'escalier du donjon. Hector et moi échangeons un regard interloqué.

— Je crois que Rosario… en avait gros sur le cœur.

— C'est faux, déclare Storm. Je ne suis pas mauvais. Je me suis toujours efforcé de suivre la voie du Destin.

— De la bouche des innocents se déverse la vérité.

Nous descendons l'escalier ventre à terre, passons devant les soldats interloqués, toujours plongés dans leur jeu de cartes, et cherchons du regard le petit prince.

Il est seul dans la cour, le soleil éclaire les larmes qui ruissellent sur ses joues et qu'il essuie d'un geste exaspéré. Nous ralentissons le pas afin de lui laisser le temps de retrouver ses esprits.

Je m'adresse à lui comme si de rien n'était.

— J'ai une leçon qui m'attend avec le chevalier Hector, mais le père Alentín va peut-être avoir le temps de vous emmener aux cuisines pour une part de gâteau à la noix de coco.

Il hoche la tête, puis il se rue sur moi et m'entoure la taille de ses bras. Il me laisse lui ébouriffer les cheveux avant de se détacher et de glisser sa main dans celle d'Alentín. Le prêtre m'adresse un clin d'œil par-dessus son épaule tandis que ce tandem improbable sautille en direction des cuisines.

— Un enfant remarquable, note Ximena.

— Remarquable, c'est le mot. Mais je crains parfois qu'il ne soit… traumatisé. Il a vu son père mourir brûlé, après tout.

— Alejandro était traumatisé, lui aussi, répond Hector, le front soucieux. Peut-être est-ce le prix du pouvoir.

Comme je m'y attendais, au lieu d'assister à la leçon d'autodéfense que doit me dispenser Hector, Ximena se précipite aux archives. Fernando est chargé de surveiller la porte, les autres soldats regagnent leur poste dans mes appartements. Je porte la même tenue que la dernière fois : un haut-de-chausses à l'étoffe souple, une tunique large, des bottes en cuir.

Hector fait les cent pas, préoccupé. Je cherche un moyen de rompre le silence.

— Euh… je vais devoir vous écraser à nouveau le pied ?

— Non. Aujourd'hui, vous allez apprendre quelles parties du corps doivent être sacrifiées pour défendre les autres.

Le ton est sec, presque brutal, le regard assombri.

— Par exemple, mieux vaut bloquer une épée à l'aide de l'avant-bras et se briser quelques os plutôt qu'avoir la gorge tranchée. Et je vais vous montrer à quel endroit de l'avant-bras précisément, afin de ne pas se vider de son sang. Après cela, je vous indiquerai certains points de pression, ces endroits du corps où vous pouvez déclencher une douleur intense avec un minimum d'efforts. Et ensuite…

— Hector.

— … nous allons faire des exercices d'assouplissement pour élargir la palette de vos mouvements, surtout au niveau des bras et des épaules. Il est plus facile d'échapper à un agresseur sans dommages si…

— Hector !

— … les membres sont déjà plus flexibles. Il faut que vous appreniez à considérer vos coudes, votre front, même votre menton, comme autant d'armes à votre disposition. Après quoi…

— HECTOR ! Stop. Vous ne pourrez pas m'apprendre tout cela en un après-midi.

— Ne perdons pas de temps. Commençons par les points de pression, puis nous aborderons…

D'un pas rapide, je referme la distance qui nous sépare et je prends son visage entre mes mains. Hector se fige. Nous nous observons un long moment. Sa peau est chaude contre mes paumes. La frénésie s'évapore peu à peu de son regard.

— Hector, il faut que vous ayez les idées claires, pour moi. Je compte sur vous.

— Je ne peux pas vous abandonner comme j'ai abandonné Alejandro, murmure-t-il avant de décoller mes mains de son visage, non sans douceur. C'était mon meilleur ami. Je l'ai laissé mourir. Dans mes rêves…

— C'est votre cauchemar, n'est-ce pas ? Celui que vous ne vouliez pas me raconter ? Vous rêvez de la mort d'Alejandro.

— Non. Pas de la sienne… Elisa, vous prenez des risques inconsidérés. Chaque jour qui passe. Comme aujourd'hui, en interrogeant vous-même l'animagus. Le sorcier qui s'est immolé aurait pu vous blesser, s'il le souhaitait. Jamais nous n'aurions pu l'arrêter. Vous avez failli mourir dans les catacombes. Et le poison…

— Vous m'avez sauvé la vie dans les catacombes.

— Cela aurait pu être évité.

Cela aurait pu être évité, j'en conviens, et je rougis jusqu'aux oreilles sous l'effet de la honte. Hector est l'homme le plus honorable que je connaisse, dévoué à son pays, à sa fonction, à ma personne. Je l'ai empêché d'accomplir sereinement sa mission.

— Vous m'avez conseillé d'annuler la parade. Vous m'avez conseillé de ne pas me rendre seule dans les catacombes. Vous ne pouvez pas être tenu responsable de mon entêtement.

— Et pourtant, votre entêtement me plaît.

Brusquement, il me lâche les mains. Je les laisse retomber, froides et insensibles.

— Donnez-moi mon congé, assène-t-il.

— Non.

— Je n'ai pas réussi à vous protéger. Quelqu'un d'autre devrait…

— Je ne veux personne d'autre.

Mes paroles restent en suspens dans l'air, leur vérité me frappe de plein fouet. *Je ne veux personne d'autre.*

—J'ai été stupide, J'avais tellement peur de paraître faible. D'agir comme… comme Alejandro. J'ai pris de mauvaises décisions. Hector, vous avez toute ma confiance. Il vaudrait mieux que je suive vos conseils. À partir de ce jour, je m'y engage. Mais si je passe l'arme à gauche, vous serez renvoyé, n'en doutez pas.

Encore une plaisanterie douteuse. Affichant un sourire piteux, j'attends sa réponse. Au bout d'un moment, Hector secoue la tête d'un air contrit et me retourne mon sourire :

— Dans ce cas, pendant cette séance, nous allons nous limiter aux exercices d'échauffement pratiqués par la garde royale. En plus d'étirer et de renforcer vos muscles, vous y puiserez calme et apaisement.

— Parfait. Du calme et de l'apaisement, j'en rêve.

— Tournez-vous. Je vais guider vos mouvements.

Il se poste derrière moi et lève doucement mon bras droit. L'atmosphère n'est plus la même. Je suis douloureusement consciente de sa proximité, de la chaleur que diffuse son corps, de son parfum si particulier (huile de vison et gel de rasage à l'aloès, à parts égales), du contact de ses doigts… Et j'en conclus qu'exécuter la lente chorégraphie des exercices d'échauffement sous la conduite d'Hector, cela n'a rien de calme ni d'apaisant. Bien au contraire.

13.

Ce soir-là, j'envoie Mara se coucher tôt. Ximena m'aide à enfiler ma chemise de nuit puis elle part étudier au monastère, jusque tard dans la nuit, des documents poussiéreux en compagnie de Nicandro et d'Alentín.

En dépit des derniers événements, en dépit de mes soucis quotidiens, en dépit des doutes que je nourris envers le Destin, la *Scriptura Sancta* m'offre toujours un réconfort bienvenu et j'attends avec impatience, chaque soir, le moment de la retrouver pour en lire quelques pages avant de souffler la bougie.

Ce soir, je suis trop agitée. Les mots se brouillent sur la page. Après avoir parcouru la même phrase à plusieurs reprises sans en saisir le contenu, je jette le parchemin sur ma courtepointe, récupère le bougeoir en cuivre sur la table de chevet et me dirige vers l'atrium.

Sur le seuil, je m'adresse aux gardes.

— J'aimerais un peu d'intimité, s'il vous plaît.

Ils tournent aussitôt le dos.

L'eau qui circule dans le bassin d'ablutions miroite et je n'ai pas besoin de regarder par la lucarne pour savoir que la lune est pleine, ou presque. La flamme de la bougie projette des myriades d'éclats qui dansent sur la surface.

J'installe le bougeoir sur le bord du bassin. Mon regard se pose sur mon miroir – et sur ma propre image. Mon teint resplendit dans la lumière de la bougie. Pour un peu, je me sentirais belle.

J'allume la lampe à huile qui se trouve sur ma coiffeuse. Les angles de la Pierre Sacrée se distinguent sous le tissu de ma chemise de nuit en soie lavande. Je fais glisser les bretelles sur mes épaules, le vêtement tombe à mes pieds et j'étudie, non sans curiosité, le reflet de mon corps dénudé. J'autorise mon regard à s'attacher à mes seins. Ximena m'a souvent répété que les hommes seraient hypnotisés par ma poitrine. Je n'ai jamais remarqué quoi que ce soit de semblable, mais je n'y connais rien. Mara répète que je suis d'une ignorance crasse dans les choses de l'amour…

— Elisa ?

Je pivote sur mes talons, paniquée.

Mara se tient dans l'encadrement de la porte qui s'ouvre sur la chambre des domestiques, décoiffée, les paupières lourdes de sommeil.

— J'ai entendu un bruit. Tout va bien ?

Elle m'a vue nue des centaines de fois, mais j'ai la vague sensation qu'elle m'a surprise en flagrant délit d'indécence.

— Tout va bien. Je n'arrivais pas à dormir.

Elle me regarde un instant, songeuse, puis elle me fait signe de m'approcher.

— Venez donc vous asseoir avec moi un instant.

Je ramasse ma chemise de nuit qui forme une flaque sur le carrelage, je l'enfile à la hâte et je rejoins Mara dans sa chambre.

Toujours amoindrie par sa blessure, elle s'installe avec mille précautions sur l'un des lits superposés – celui du bas – et tapote le matelas à sa gauche.

— Asseyez-vous, suggère-t-elle, comme si les rôles étaient inversés. Vous pouvez tout me dire, vous savez.

— Je le sais.

Un rai de lumière blafarde se risque par la fenêtre et frappe le mur. Ce sont la pénombre et son silence patient qui, ensemble, m'incitent à lui poser la question qui me brûle les lèvres.

— Mara, tu as déjà eu un amoureux ?

— Oui. Deux.

— Ah.

J'ai du mal à croire que quelqu'un d'aussi jeune ait déjà deux conquêtes à son palmarès. Je n'ai qu'une envie, la harceler de questions – comment c'était ? est-ce que l'un des deux lui a brisé le cœur ? –, mais je n'ose pas ouvrir la bouche.

— Je peux vous raconter, si vous voulez, propose-t-elle.

— Oui, je veux bien.

— Le premier, j'avais à peine quinze ans. Lui en avait deux de plus et c'était sa première fois, tout comme pour moi. Il m'a conté fleurette une semaine ou deux. C'était le plus beau garçon du village. Un jour, j'ai emmené les moutons de mon père paître dans un canyon. Il m'a suivie, et j'ai trouvé que c'était la chose la plus romantique au monde. On a commencé à s'embrasser, puis on s'est déshabillés, et je me suis rendu compte que les cailloux me rentraient dans le dos, qu'il faisait très froid, que les moutons avaient décidé de baguenauder… mais je n'ai rien dit, j'ai serré les dents, et c'était fini au bout de quelques minutes. Le lendemain, au village, il a fait comme si je n'existais pas. On n'a échangé qu'une phrase ou deux au cours de l'année qui a suivi.

— Eh bien… je suis navrée.

— Ce n'était pas si terrible que ça. Vous savez, mon père était le prêtre du village. Très à cheval sur la discipline. Il répétait qu'il pouvait deviner si une fille avait perdu sa virginité rien qu'à sa démarche. Après, j'ai fait très attention à la façon dont je marchais, et il n'a rien remarqué. J'étais exactement la même qu'avant. Un peu plus sage, peut-être.

— Tu en as souffert ? D'être ignorée ?

— Oui. Je m'en suis voulu de ne pas avoir attendu, de ne pas avoir trouvé le courage de dire non, de le repousser. Mais ça n'a pas duré. On a tous les deux fini par rencontrer quelqu'un d'autre.

— Ah oui ?

—Julio était un peu plus âgé. Pas aussi beau que le premier, mais mille fois plus gentil. À une époque je vendais chaque semaine au marché des biscuits au fromage de chèvre et aux pignons de pin recouverts d'abricots et nappés de miel, que je faisais moi-même. Il en achetait toujours plusieurs, il restait pour discuter. Son petit manège a duré des mois, puis il m'a embrassée. Et des mois après notre premier baiser, on a fait l'amour. Ça nous arrivait souvent. Aussi souvent que possible. Il comptait demander ma main à mon père.

— Que lui est-il arrivé ?

— Il a été tué quand des Inviernos ont brûlé notre village. Juste avant que je ne vous rencontre dans le camp du père Alentín.

— Oh, Mara.

— Il me manque beaucoup mais je sais aussi que j'ai eu une chance phénoménale. J'aurais pu tomber enceinte car on ne prenait aucune précaution. Et mon père m'aurait battue s'il l'avait découvert, ajoute Mara en montrant la cicatrice qui lui barre le sourcil. J'en ai une autre comme ça, entre les omoplates. Mais Julio s'en fichait, de mes cicatrices ; il me trouvait belle.

— Parce que tu l'es.

— Mais oui ! Même avec ces horribles marques. Julio me disait toujours qu'il aimait mon sourire. Et mon nez ! Reconnaissez-le, mon nez est parfait.

— Il est parfait, ton nez.

Elle pose sa tête sur mon épaule. Ses cheveux embaument le chèvrefeuille. Elle poursuit d'une voix chevrotante :

— De temps à autre, je me demande si je vais finir par accepter la cicatrice que m'ont faite les animagi. Car la cicatrice d'une brûlure, c'est particulièrement répugnant. J'hésite à reprendre un amant. Je ne pourrais pas supporter qu'un homme que j'aime soit… dégoûté par moi. Et je me demande si ce que j'ai partagé avec Julio peut se produire plus d'une fois dans une vie. Peut-être que j'ai épuisé mon stock d'amour.

— Cela m'inquiète aussi.

— J'aimais beaucoup Humberto, soupire Mara. Il était toujours souriant, toujours de bonne humeur. Je n'avais pas compris que vous étiez ensemble avant que vous ne m'en parliez.

— Nous n'étions pas ensemble.

— Vous n'avez jamais... ?

— Jamais.

Et elle comprend instantanément que ce « jamais » ne concerne pas qu'Humberto.

— Vous n'y couperez pas. En tant que reine, c'est inévitable. Vous allez vous marier et tout le monde voudra un héritier, ou même deux.

— Tu présentes ça comme un calcul politique.

— Parce que c'est un calcul politique. Une fois mariée, vous pourrez prendre un amant. C'est monnaie courante chez les têtes couronnées, d'après ce que j'ai compris.

— Ce serait au-dessus de mes forces. Quand j'ai épousé Alejandro, il avait une maîtresse. J'en ai beaucoup souffert. Même si notre relation était platonique.

— Je comprends.

Mara reprend sur un ton malicieux :

— Peut-être que vous aurez de la chance. Que vous épouserez un homme à la fois riche, puissant, sage et excellent amant !

Je n'arrive pas à réprimer un gloussement.

— Et si vous demandiez à vos prétendants de tomber leur pantalon pour pouvoir inspecter la marchandise ?

— Mara !

— Vous pourriez faire un édit royal.

Je lui lance un oreiller et ma gêne la fait rire. Elle finit par se calmer.

— Vous êtes belle aussi, vous savez. Quand vous êtes concentrée sur quelque chose, vous rayonnez. Et des cheveux comme les vôtres, n'importe quel homme se damnerait pour s'entortiller dedans.

Comme douée d'une vie propre, ma main caresse la natte que Ximena a tressée avant le coucher. J'ai toujours aimé mes cheveux, épais, noirs et lustrés. Un homme y serait-il sensible ?

— Rien ne vous oblige à avoir une première fois comme la mienne, conclut ma dame d'atours.

Et je lui réponds, histoire de détendre la conversation :

— Si jamais je croise ce jeune homme, je vais… euh… lui remonter méchamment les bretelles.

— Oh, vous l'avez déjà fait. C'était Belén.

— Belén ? Je pensais… lui et Cosmé…

— Oui. Mais c'était après.

J'ignorais que Belén et Mara se connaissaient avant que nous fondions le Malficio. J'espère qu'elle ne souffre pas trop du fait qu'il soit arrivé sans préavis au palais.

— Je peux m'assurer que tu ne le rencontres pas pendant qu'il séjourne ici.

— Pas besoin. Tout cela, c'est du passé. Nous sommes même redevenus amis quand nous avons vécu dans le camp du père Alentín. Et vous, ma reine, vous avez besoin de repos. Demain vous attend une journée chargée.

Elle se met debout, je l'imite. Spontanément, je la prends dans mes bras. Elle hésite un court instant, puis elle me serre sur son cœur et je chuchote au creux de son oreille :

— Merci.

Après avoir regagné mon lit et soufflé ma bougie, le sommeil se fait désirer. Trop de pensées se bousculent, il règne une chaleur infernale dans la chambre… et je suis terrifiée par la perspective de partager un jour ma couche avec un homme qui n'est rien de plus qu'un étranger, un allié militaire, une personne sans aucun sentiment pour moi.

Le lendemain, escortée d'Humberto et de plusieurs gardes, je me rends à mon étude, où je dois recevoir d'autres prétendants, quand le comte Eduardo se jette sur notre passage.

— Puis-je me joindre à vous, Majesté ?

— Mais je vous en prie, dis-je à contrecœur.

Eduardo est vêtu de façon formelle, comme à son habitude ; ses épaulettes dorées le désignent à la fois comme noble de haut rang et membre du Conseil. Un mélange de suif et d'huile de palme qui chatouille mon nez m'informe que sa barbe, taillée avec soin, a subi quelques retouches il y a peu.

— J'ai ouï dire que vous vous êtes rendue au donjon hier, enchaîne-t-il.

— Hmmm.

— Et que le jeune prince faisait partie de l'expédition.

Une fois encore, je maudis ma légèreté. Je n'aurais pas dû envoyer Storm au donjon. À présent, je dois jouer cartes sur table ou attiser les soupçons. Et empêcher Eduardo de chercher ses réponses auprès du petit Rosario.

Comme je garde le silence, il poursuit :

— Les gardes ont parlé d'un homme. De haute stature,

encapuchonné. Il n'est resté que quelques heures avant d'être escorté vers la sortie par la garde royale.

— Oui, la description est fidèle.

Que dire ? La vérité ne fera qu'amener des questions supplémentaires sur l'identité réelle de l'Invierno. Je ne suis pas encore prête à révéler l'existence de la caverne sous les Bas-Fonds, ni le fait que j'utilise Storm pour en apprendre plus sur la Pierre Sacrée.

Ce qui m'amène à la douloureuse prise de conscience que je ne fais pas confiance au comte Eduardo. Il fait partie de mon propre Conseil, c'était un allié précieux durant la guerre. Mais mon instinct me conseille la prudence.

— Votre Majesté…

— Eduardo, il y a des choses dont je dois vous informer, mais j'ai bien peur qu'un échange entre deux portes ne rende pas justice à ce que je dois vous dire. Pouvons convoquer une réunion du Conseil dans les meilleurs délais ? Dans deux jours, peut-être ?

— Il y a le Gala de la Délivrance.

— Mais bien sûr. Merci de m'avoir rafraîchi la mémoire. Et le lendemain, tout le monde sortira épuisé des festivités. Dans quatre jours, alors ?

J'ai piégé Eduardo avec habileté. Les sourcils froncés, il hoche la tête.

— J'en informe les autres membres, dit-il, et je prends les dispositions nécessaires.

— Merci, Votre Grâce.

— Une dernière chose avant de vous laisser vaquer à vos affaires. Le seigneur Liano a exprimé le désir pressant de vous revoir. Vous me rendriez une faveur immense en lui accordant une danse au Gala.

— Avec plaisir.

— Nous nous reverrons donc au Gala, Majesté, conclut le comte en exécutant une courbette, puis il s'éloigne à grands pas.

Tout mon souffle me quitte d'un coup.

— Situation très bien gérée, murmure Hector une fois que nous sommes à bonne distance.

— Merci. Hector, nous avons quatre jours. Quatre jours pour forger une histoire plausible.

— Nous y arriverons. D'une façon ou d'une autre.

— Vous et moi, nous devrions rencontrer…

— Elisa ? s'exclame soudain Hector.

Il pivote sur ses talons à la vitesse de l'éclair et se place devant moi. Une flèche qui m'était destinée se fiche dans son épaule. Il laisse échapper un cri, son visage devient blême et, sans accorder d'attention à la hampe plantée dans sa chair, il me pousse contre le mur.

— Vers la reine ! hurle-t-il, et mes gardes m'encerclent avec une virtuosité qui résulte d'un long entraînement.

Hector se tient prêt à affronter l'ennemi, l'épée à la main, et je vois alors que la flèche est située bien plus bas. En dessous de l'omoplate. Entre ses côtes. Un sang écarlate s'étale sur sa tunique.

Une flèche traverse le couloir dans un sifflement et heurte un bouclier. Une autre s'enfonce dans le mollet d'un garde, qui pousse un râle.

Une pluie de projectiles s'abat sur nous. Nous sommes pris au piège.

— Dois-je voir d'où elles viennent ? demande un garde. Tenter une percée ?

— Non ! aboie Hector. Ils essaient de nous attirer, justement. Ne bouge surtout pas. Ils ne vont peut-être pas nous attaquer à découvert.

Ainsi, nous prenons notre mal en patience. Hector me coince contre le mur. Des gouttes de sueur se forment à la naissance de sa nuque, il est aussi blafard qu'un Invierno. Je prie fébrilement, sous un déluge de flèches qui ne se tarit jamais. *Je t'implore, ô Destin. Pas Hector. Épargne-le. Protège tous mes gardes du danger.*

C'est alors qu'une idée folle se présente à moi.

— Hector, et si on appelait à l'aide ?

— Mais oui, bien sûr !

Nous nous mettons à crier, à tue-tête et en chœur, et je crie plus fort que tous les autres. Au bout d'un certain temps j'entends un bruit de pas précipités, le cliquetis du métal. On vient à notre secours.

Hector semble se vider de son sang, goutte après goutte. La tête me tourne. *Ne t'avise pas de t'évanouir, Elisa.* Quelque chose dans l'odeur qui nous cerne, chaude et métallique, me rappelle à la réalité. C'est une odeur familière. L'odeur de la guerre.

Je sais ce que Cosmé ferait à ma place.

— Hector, il faut que je casse la hampe de la flèche.

— Attendez… quoi ?

La douleur fait chevroter sa voix. Pourvu que la flèche ne se soit pas enchâssée dans l'os.

— Elle vous empêche de bouger le bras. Vous risquez votre vie à chaque mouvement. Permettez-moi.

— Dépêchez-vous.

Même si j'ai observé Cosmé plusieurs fois dans notre camp de renégats, je n'ai jamais cassé de flèche moi-même.

J'empoigne la hampe les mains tremblantes. Cosmé avait toujours le geste vif et précis.

— Cassez-la plus bas, siffle Hector. Aussi près de mes côtes que possible.

Je pose une main sur son dos. Le bruit des combats se rapproche. *Ne réfléchis pas, Elisa. Agis.* Lâchant un grognement, je brise la flèche en deux. Le bout cassé m'entaille la paume, je m'en débarrasse et j'essuie le sang sur mon jupon.

Hector oscille sur ses pieds. D'instinct, je l'attrape par la taille et le soutiens. Il s'appuie un instant contre moi avant de se redresser, le souffle court.

— Ça va. Tout va bien.

Je sais qu'il a un mental d'acier, mais je crains que son corps ne l'abandonne.

Autour de nous, c'est une cohue indescriptible. Je vois des lames qui miroitent, des bras qui frappent, un bouclier en bois.

— Vers la reine !

Je reconnais la voix. C'est la voix du comte Tristán, qui se fraie un chemin jusqu'à nous, accompagné d'hommes portant l'uniforme bleu ciel et ivoire de Selvarica. Nos agresseurs, en revanche, me sont étrangers. J'en compte cinq mais, dans le chaos ambiant, je ne peux pas en jurer. Ils sont sales, mal rasés et vêtus de loques mais leurs armes, paradoxalement, semblent de grande qualité.

Tristán les repousse à une vitesse phénoménale, une dague à la main, une épée dans l'autre. Il se bat avec grâce ; sa technique de combat m'évoque un ballet. Ils ne laissent pas aux agresseurs le temps d'armer leur arc et ils ne font aucun quartier.

Les renforts arrivés, Hector ordonne à trois de ses gardes d'explorer le côté opposé du couloir, ils partent au petit trot. Le garde blessé a du mal à rester debout et Hector lui fait signe de se rapprocher de moi.

— Ne t'engage pas dans la bataille. Défends la reine.

Seuls deux agresseurs restent en lice. Hector se rue sur l'un et lui transperce la poitrine. Toujours cabriolant, Tristán brandit son épée et s'apprête à embrocher l'autre quand je hurle :

— Il me le faut vivant !

Il abaisse son arme, atterrit sur ses pieds avec souplesse et frappe la tempe de l'agresseur de la poignée de son épée. L'homme s'effondre par terre et la Pierre Sacrée diffuse enfin une douce chaleur.

Mes gardes, Hector, Tristán et les hommes de Selvarica partagent ensemble ce moment de soulagement et de triomphe auquel j'ai assisté des dizaines de fois. Des corps inertes jonchent le couloir. Tristán en pousse un du bout de sa botte.

— Des mercenaires ? s'étonne-t-il.

Hector confirme d'un signe de tête.

— De piètres combattants, mal organisés. Il y a de fortes chances qu'ils ne connaissent pas le commanditaire.

— Comment expliquez-vous que des loqueteux se soient procuré des armes aussi sophistiquées ?

— Il va falloir interroger celui que Sa Grâce a assommé… mais il ne pourra peut-être pas nous dire…

Hector vacille sur ses jambes. Je me précipite vers lui et je glisse son bras en travers de mes épaules. Le sang qui macule sa tunique laisse son empreinte sur ma nuque et tache mon corset. Mon garde perd connaissance dans mes bras.

— Allez chercher le docteur Enzo ! Dites-lui de nous retrouver dans la chambre du commandant. Tristán, pouvez-vous nous escorter jusqu'à la garnison ?

— Bien sûr, répond le comte avant de s'adresser à ses soldats. Surveillez cet homme, ligotez-le. Roulez-le sur le flanc, au cas où il évacuerait le contenu de son estomac.

Et nous nous engageons dans le couloir. Hector pèse de tout son poids sur mon épaule, ses pieds traînent par terre. Mes pas malaisés impriment un rythme à ma prière intérieure : *pas Hector, pas Hector, pas Hector.*

14.

Le temps d'arriver chez lui, Hector a perdu définitivement connaissance. Tristán le soutient avec moi jusqu'à la chambre qui lui est réservée. Des gardes nous aident à l'étendre sur son lit.

Le docteur Enzo nous rejoint, échevelé, deux assistants vêtus de blouses grises sur les talons.

— Trop de sang, murmure-t-il. Mettez-le sur le côté et découpez sa manche. Et vous, lance-t-il à un garde, allez me chercher de l'eau chaude et des linges propres, beaucoup de linges. Il faut éponger tout ce sang si je veux situer exactement la source de l'hémorragie une fois que j'aurai retiré la flèche. Votre Majesté, écartez-vous, s'il vous plaît. Je vous suggère de commencer à prier.

Les yeux fixés sur la silhouette d'Hector, je me laisse tomber par terre au pied du mur et je me recroqueville sur moi-même. Tristán s'assied près de moi.

— Vous tenez beaucoup à votre garde.

— Hector… c'est l'un de mes amis les plus chers.

— Je vais rester à vos côtés et prier avec vous, si vous m'y autorisez.

— Merci.

Le docteur Enzo demande à l'un de ses assistants d'allumer un grand feu et de faire chauffer un tisonnier. Tandis que Tristán récite sa prière à mi-voix, ma main dans la sienne, j'ai toutes les peines du monde à me concentrer sur ce qu'il dit. Glacée d'horreur, je regarde le docteur Enzo s'armer de ce qui ressemble à un long rasoir et tailler la chair dans laquelle s'est fichée la pointe de la flèche.

— Intéressant. Très intéressant.

J'interromps sans ménagement la prière de Tristán par un :

— Quoi donc ?

— Elle a failli fendre la côte. Au niveau du poumon. Je ne peux pas la pousser de l'autre côté. Je vais devoir l'enlever en tirant dessus. Le problème, c'est que la pointe est crantée, cela risque de provoquer des dégâts plus importants encore.

Hector est trop pâle, sa respiration trop ténue. Il ne survivra pas à une blessure aussi profonde.

Je me plonge dans la prière ; il faut bien que je m'occupe. Appuyée à Tristán, je prie avec ferveur, les yeux fermés, le calme trompeur de la Pierre Sacrée irradiant dans chacune de mes cellules. Je garde les yeux fermés lorsque Hector pousse un râle qui m'apprend qu'Enzo a retiré la flèche. Et même lorsque le tisonnier chauffé à blanc siffle sur la chair, lorsque l'odeur de sang brûlé envahit la chambre.

Le docteur et ses assistants ramassent des chiffons souillés et passent la serpillière près du lit quand Tristán me secoue doucement par l'épaule.

— Je dois aller voir l'homme que j'ai assommé. Découvrir ce qu'il sait.

— Faites donc. Et merci. Merci d'être venu à notre secours. D'être resté avec moi un moment.

— Je peux vous laisser ici sans inquiétude ?

— Je suis en sécurité dans la garnison avec mes gardes.

— Bien sûr. Avec votre permission.

Et Tristán quitte la chambre d'Hector.

La chambre d'Hector. C'est la première fois que je me retrouve ici. Je l'explore du regard, sans être surprise par l'austérité du décor. Le lit, l'armoire, le tapis de laine vierge à mes pieds, tout dénote une simplicité élégante ; les lignes pures et les couleurs douces sont la signature d'un artisan talentueux. À l'un des murs est suspendu un tableau, la seule tache de couleur, qui représente un vignoble où des rangées de ceps alourdis de grappes ventrues ondulent sur des collines caressées par le soleil couchant. Plusieurs parchemins, et même quelques grimoires, sont empilés sur la table de chevet à côté d'une bougie à demi fondue – la seule manifestation de désordre.

C'est ici qu'Hector trouve le repos. Et, à en juger par la profusion de manuscrits, ici qu'il passe le peu de temps libre que lui laisse sa charge. Dans l'air flotte son parfum, un mélange d'huile pour polir le cuir et de gel de rasage à l'aloès, avec une trace de sueur.

Le médecin se dirige vers la porte suivi de ses assistants, les bras chargés d'une charpie ensanglantée.

— Majesté, je dois apporter des soins à l'autre garde. J'ai cru comprendre qu'il était touché à la jambe.

— Ne partez pas tout de suite. Et Hector ?

— Il a perdu trop de sang, la flèche a abîmé son poumon. Il a sombré dans le coma. Il y a peu de chances qu'il survive, malgré mon talent phénoménal.

Ma vision se trouble, je me sens soudain oppressée.

— Allez-vous rester à son chevet, Majesté ? me demande le chirurgien d'une voix inhabituellement douce.

Je m'entends répondre :

— Oui.

— Dans ce cas, j'ai laissé de l'infusion d'ortie sur la cheminée. Lorsqu'il reprendra conscience – si cela arrive un jour –, faites-le boire. Le sang coagulera plus vite et l'ortie apaisera la douleur. Je prends des dispositions pour que personne ne vous dérange. Il lui faut un repos total. Si vous devez sortir, demandez au garde posté à la porte de prendre votre place afin de surveiller sa… santé. Je reviens un peu plus tard pour vérifier les sutures et les pansements.

Il referme la porte derrière lui et je remarque à peine son départ. J'observe le visage d'Hector, la frange de ses cils, sa bouche entrouverte, la barbe de plusieurs jours qui ombre son menton. *Il y a peu de chances qu'il survive.* Je rampe dans sa direction, je m'agenouille au pied du lit et je me cramponne à sa main. Aucune réaction de sa part.

Un trou béant s'est ouvert dans ma poitrine. Je pose mon front sur sa main. *Ô Destin, aide-le à guérir. Ne l'abandonne pas aux mains de la mort.* Ma Pierre Sacrée émet une vibration, mais je sais que ce n'est pas suffisant. Je ne compte plus les fois où le Destin s'est détourné de moi alors que je priais pour la vie d'un être cher.

Je donnerais ma propre vie, mon propre souffle, si c'était possible. C'est un homme bon, un homme honnête et droit. Il mérite de vivre.

Je m'imagine répandre ma propre force vitale dans le corps d'Hector, par le truchement de nos mains jointes, et refermer ainsi sa blessure. La Pierre Sacrée se transforme en brasier. Je pousse un cri perçant lorsqu'une onde brûlante me ravage la colonne vertébrale.

Au bout d'un moment, la douleur s'atténue et cède la place à un autre élément, une lumière fraîche et liquide qui filtre du sol et se déverse dans le joyau. Je frémis de tous mes membres.

L'espoir allume une étincelle fragile en moi. J'ignore d'où provient cette lumière, j'ignore comment j'ai réussi à la canaliser mais mon corps vibre tout entier, troublé par ce potentiel, par cette puissance latente, comme si ce pouvoir qui s'accumule en moi était un rocher tout près de se détacher d'une falaise.

Destin, que dois-je faire ? L'index d'Hector est parcouru d'un mouvement convulsif. Je serre sa main encore plus fort, mon attention concentrée sur cette puissance qui s'épanouit en moi.

Rien. Toujours rien.

Réfléchis, Elisa ! À voix haute, je récite les écritures sacrées :

— La porte qui mène à la vie est étroite et petite, rares sont ceux qui la trouvent. Car la miséricordieuse main droite du Destin est une main qui guérit ; béni soit celui qui cherche la renaissance, car il la trouvera.

La force qui éclot en moi se met peu à peu à tourbillonner, puis elle me quitte au compte-gouttes, je sens que je la transmets à Hector. Mon cœur martèle ma poitrine, entre fébrilité et espoir. Que puis-je ajouter ?

La prière du Service !

— Prends ma vie, ô Destin, en tant qu'offrande consacrée, bénie et digne. Fais de moi ton serviteur... – le pouvoir semble s'affaiblir – Non ! Pitié, non.

J'étudie le visage d'Hector afin de graver chaque détail dans ma mémoire. Et soudain, il s'impose à mon esprit. Le verset idéal. Mon cœur se dilate sous l'effet d'une certitude aussi irrésistible qu'une déferlante et je chuchote :

— Car l'amour est plus beau que les rubis, plus doux que le miel, plus savoureux que le vin des rois. Et il n'existe pas un amour plus fort que l'amour de celui qui donne sa vie pour un ami. Mon amour est comme du parfum versé sur...

Mon pouvoir se répand à l'intérieur d'Hector. Il s'arcboute, ses paupières s'ouvrent sur des globes oculaires injectés de sang puis il s'affaisse sur le lit.

À peine ai-je le temps de remarquer qu'il respire plus facilement, que la couleur revient à ses joues, ma vue se trouble. Mon rythme cardiaque ralentit dangereusement. Trop. Suis-je en train de mourir ? Ai-je sacrifié ma propre vie pour sauver celle d'Hector ?

Un marché équitable, me dis-je avant de m'effondrer sur le lit, la joue collée à l'avant-bras d'Hector.

Lorsque je reprends mes esprits, je sens une main posée sur ma tête, des doigts emmêlés à ma natte dénouée. Des doigts masculins, puissants, couverts de cals. Ils caressent ma tempe, s'attardent sur ma joue, effleurent mes lèvres.

Je cligne des yeux pour en chasser les larmes. Hector est réveillé et il me regarde avec une expression indéchiffrable. Il ne retire pas sa main, au contraire, il semble revendiquer ce contact.

Il n'y a pas de mots pour décrire mon soulagement.

— Vous êtes restée, dit-il d'une voix rauque.

— Et je ne suis pas morte ! Comment vous sentez-vous ?

— Comme si le capitaine Lucio m'avait souffleté dans le dos avec son gantelet. Bizarre, non ? Ce devrait être pire.

— Ça a marché !

— Qu'est-ce qui a marché ?

— Ma Pierre Sacrée. Je savais qu'elle avait des propriétés curatives, pas que je pouvais les appliquer à quelqu'un d'autre.

La main d'Hector se détache de mon visage et il se redresse avec une grimace de douleur.

— Vous pensiez donner votre vie pour moi. Il y a du sang séché sur vos vêtements. Mon sang, n'est-ce pas ? Elisa, je vous en supplie. N'échangez jamais, jamais votre vie contre la mienne.

— Je ne pouvais pas vous laisser mourir. Je préfère…

Quelqu'un frappe à la porte, nous nous détachons d'un bond.

— Entrez ! s'exclame Hector tout en posant sur moi ce regard impénétrable.

Le docteur Enzo fait son entrée dans la chambre et se fige aussitôt, bouche bée.

— Voilà qui est inattendu.

Je brise un silence gêné :

— Votre savoir-faire ne serait-il pas plus formidable que votre réputation ne le laisse prétendre ?

Le regard du médecin passe de moi à Hector.

— Je reconnais que mes compétences sont grandes, répond-il, mais ceci n'est pas le résultat de mes soins.

— Un miracle, docteur ?

— Vous l'avez guéri, Majesté. Par un moyen ou un autre.

— Je me suis endormie. Il s'est produit quelque chose pendant mon sommeil… Il faut que je retourne à mes affaires. Je dois me charger des préparatifs pour le Gala. Enzo, assurez-vous que votre patient ait assez de repos. Je vais trouver des gardes qui m'escorteront jusqu'à mes appartements.

— Puis-je consigner cet incident ? me demande Enzo. Le *Journal des anomalies médicales* serait fasciné…

Je me lève et je quitte la chambre d'Hector en refermant la porte. Un verset du Destin résonne en moi. *Mon amour est comme un parfum…*

Je m'agenouille, submergée par le soulagement, l'émotion, la fatigue et l'acceptation d'une vérité aussi déchirante qu'elle est absolue : je suis amoureuse, complètement, irrévocablement, du commandant de ma garde royale.

Merci, ô Destin. Merci de l'avoir sauvé.

Je me redresse et je me retrouve entourée de plusieurs soldats. L'un d'eux n'est autre que Fernando, dont le regard m'évoque un chiot apeuré.

— Le chevalier Hector... ? lance-t-il, la voix pleine de trémolos.

— Tiré d'affaire. Il me faut une escorte.

Fernando ordonne à ses hommes de me conduire là où je le souhaite puis il se poste près de la porte d'Hector, les bras croisés, les traits fixes. Je ne suis pas la seule à aimer le commandant.

La nuit est tombée mais mon lit a beau me tendre les bras, je sais que le sommeil se dérobera à moi. Je demande aux gardes de m'accompagner jusqu'au monastère.

Notre petite troupe s'engage dans des couloirs silencieux. La lumière des torchères fait reluire les tuiles vernissées et projette des ombres fantastiques sur les dalles que nous foulons. J'imagine des spadassins embusqués dans la pénombre. Chaque bruit, chaque chuchotis est une flèche qui fend l'air, un poignard que l'on tire de son fourreau.

Nous pénétrons dans le monastère, un endroit qui ne dort jamais. Éparpillés dans le temple, les fidèles sont agenouillés sur les bancs de prière et un acolyte en robe de bure s'occupe des bougies sur l'autel. J'inhale le parfum réconfortant des roses sacrées. Je ne risque rien ici, dans ce lieu de culte.

J'ouvre la porte qui mène aux archives et je surprends Ximena, Alentín et Nicandro assis à la table du copiste, absorbés dans l'étude d'un parchemin si ancien que ses rebords sont noircis par l'âge.

Après les remerciements d'usage, je demande aux soldats de monter la garde à l'extérieur avant de refermer la porte sur eux.

Le trio d'érudits lève la tête, surpris par mon arrivée, et Ximena affiche une mine épouvantée.

— Elisa ? Est-ce du sang sur votre corset ?

— Oui. Celui d'Hector. Nous avons été attaqués dans le couloir devant mon étude. Des assassins à gages. Tristán est venu à notre aide. Mais tout le monde est hors de danger.

— Et les mercenaires ? Savez-vous qui les a embauchés ? Ont-ils été tués, capturés ? Il y en a sûrement…

— Plus tard. Distrayez-moi avec quelque parchemin poussiéreux ou quelque sagesse ancestrale. Je vous en supplie.

Les trois érudits se consultent du regard, puis Nicandro me fait de la place en déplaçant une lampe à huile.

— Je vais vous montrer nos trouvailles.

Je m'installe sur le tabouret qu'il a désigné, un peu gênée.

— Ce que vous avez sous les yeux, déclare-t-il en me montrant le parchemin du doigt, c'est le *Blasphème de Lucero.*

— Lucero, c'est mon deuxième prénom.

— Ce document a été présenté à la canonisation il y a plus d'un siècle, mais il a été rejeté par un concile.

— Pas seulement rejeté, corrige le père Alentín. Interdit.

— Il y a un siècle ? Cela veut dire..

— C'était l'Élu précédent.

Lucero. L'Élu auquel j'ai succédé. Même s'il a vécu cent ans avant moi, je me sens plus proche de lui que de quiconque et c'est d'une voix tremblante que je demande :

— Pourquoi ce document a-t-il été interdit ?

— Sa construction est catastrophique, explique Ximena. Il a été rédigé par la main d'un illettré ; dans l'original pullulent les fautes d'orthographe et de grammaire. Le conseil a refusé de croire que le Destin puisse s'exprimer dans une langue aussi malhabile.

J'inspecte le parchemin. L'encre a perdu ses pigments mais l'écriture reste nette, parfaitement lisible.

— J'ai donc sous les yeux une copie.

— La copie de la copie d'une copie, précise Nicandro. L'original est perdu à tout jamais. Personne n'a jugé bon de le préserver.

— Et vous estimez que le concile avait tort ? Que ce n'est pas un écrit blasphématoire, mais un texte aussi légitime qu'un autre ?

— Non, affirme Ximena.

— Tout à fait, répond Alentín en même temps.

Ils échangent un regard furieux, sans hostilité.

— Ajouter un nouveau texte aux saints canons, soupire Ximena, c'est une démarche sérieuse. Cela pourrait bouleverser des siècles de traditions, de croyances. Je préfère être sûre à cent pour cent avant d'y voir les mots du Destin.

— Mais vous reconnaissez que c'est possible, s'indigne Alentín. Nous en avons des preuves flagrantes.

— Je le reconnais, oui.

— Ah ah !

Alentín donne l'impression d'avoir remporté une énorme victoire et je suis estomaquée lorsque Ximena lève les yeux au ciel. C'est la première fois que je la vois se conduire avec une telle inconvenance.

— Dites-moi. Que voyez-vous dans ce texte pour le considérer comme un texte saint ?

Nicandro s'éclaircit la voix.

— Maître Lucero était un villageois jeune et pauvre. Il ne savait ni lire, ni écrire. Le prologue nous explique qu'il a raconté sa vision à un ami qui l'a retranscrite à la hâte sur une peau de mouton. Il s'est avéré que l'ami en question ne savait pas très bien écrire lui non plus. Le manuscrit, si l'on peut l'appeler ainsi, a été confié au monastère voisin, mais l'histoire n'a jamais été vérifiée. Lucero s'est volatilisé. Les moines l'ont cherché des années durant.

— Et les prêtres ont déclaré qu'il s'agissait d'un tissu de mensonges.

— Sa disparition a arrangé beaucoup de monde, grommelle Ximena. Il n'a pu répondre à aucune question, personne n'a pu authentifier sa Pierre Sacrée.

— Mais cela n'arrivait pas pour la première fois, rétorque Alentín. Il y a trois siècles, un autre garçon a disparu du monastère d'Altapalma sans accomplir sa mission. Nul ne sait ce qu'il est advenu de lui.

— Pourquoi devrions-nous prendre le message de ce garçon au sérieux ?

— Lucero savait des choses, explique Nicandro. Des choses qu'un garçon analphabète issu d'un village reculé ne pouvait pas savoir. Je ne vais pas rentrer dans les détails, mais il y en avait assez pour m'interpeller. Assez pour que je poursuive ma lecture. Et je suis arrivé à ce passage, juste ici. Tenez, Majesté. Lisez.

— « La porte qui mène à la vie est petite et étroite, et rares sont ceux qui la trouvent. » Rien de nouveau ici. Cela reprend mot pour mot la *Scriptura Sancta.*

— Continuez, me conseille Ximena.

— « Seul le champion pourra la franchir et trouver le zafira, car cette inépuisable source de pouvoir lui sera attribuée. Et tout le pouvoir de ce monde s'abattra sur sa personne et il obtiendra l'éternelle vie, en accord avec la volonté du Destin. Personne n'osera le braver et ses adversaires s'effondreront, en vérité un millier d'ennemis plieront le genou devant sa puissance. »

Tout le pouvoir de ce monde. Ma pierre bourdonne en réaction à un mot familier et envoie une décharge dans ma colonne vertébrale.

— Le zafira, répète Ximena.

— Dont nous a parlé l'Invierno, enchaîne Alentín.

— Comment un va-nu-pieds qui n'a bénéficié d'aucune éducation connaîtrait-il ce mot ? s'interroge Nicandro. Personne ne l'utilise depuis l'arrivée ici-bas des premières familles. Il est plus ancien encore que la Lengua Classica.

— Quelle est la nature du zafira, exactement ?

— L'*Afflatus* explique que la magie circule sous la surface de ce monde et qu'une fois toutes les quatre générations le Destin désigne un champion qui portera sa marque et combattra la magie par la magie. Cela, vous le savez déjà.

J'aime la mélodie que Nicandro imprime à sa voix quand il cite les écritures. Ces accents me renvoient à notre caverne dans le désert et aux leçons qu'il me dispensait, assis sur un tas d'argile, traçant des lettres dans le sable.

— Les écritures sacrées et les Inviernos disent la même chose : le zafira, c'est la magie qui irrigue ce monde.

— Les animagi sont capables de convoquer cette magie quels que soient le lieu et l'heure. Ils n'ont qu'à arroser la terre de quelques gouttes de sang. Mais à en croire Storm, le zafira serait un endroit spécifique.

— Le *Blasphème de Lucero* parle d'une faille dans le monde d'où jaillit la source du pouvoir. Il doit parler d'une zone où la magie est plus accessible, ou peut-être plus concentrée.

— « Seul le champion trouvera le zafira »…

À peine ces mots ont-ils franchi mes lèvres que je sais que je veux le trouver, ce zafira. Plus que tout au monde. Mais comment ? Une reine ne peut pas se payer le luxe de tout abandonner sous prétexte qu'elle a une quête à mener.

— Vous êtes le champion, reprend Nicandro. Ce qui signifie que votre détermination sera mise à l'épreuve. Que vous devez prouver votre valeur. Mais cela veut aussi dire que seul celui qui porte la Pierre du Destin pourra franchir la porte. En toute sincérité, cela m'a l'air périlleux.

— C'est peut-être cela, Elisa, dit Ximena, une lueur féroce dans le regard. La clef qu'il vous faut pour gouverner. Pour embrasser enfin l'existence que le Destin a en réserve pour vous.

Elle a raison, sans aucun conteste. Avec ce genre de pouvoir, je serais capable de désamorcer les manœuvres du Conseil. Tenir mes ennemis en respect. Protéger mon royaume.

— Et Elisa…, ajoute Nicandro d'une voix sombre, il vaut mieux que vous ne parliez à personne du *Blasphème*. C'est un texte interdit, après tout.

— Et malgré la censure qui le frappe, il y avait un exemplaire sur les étagères du monastère.

— Euh… non. C'est l'exemplaire du père Alentín.

Alentín m'adresse un sourire malicieux. Voici un homme qui n'a pas hésité à voler l'exemplaire le plus ancien connu à ce jour de l'*Afflatus* lorsqu'il a fui le monastère de Basajuan. Comment s'étonner qu'il ait en sa possession le *Blasphème* ?

— Il faut démarrer les préparatifs, ma perle, ajoute Ximena. Nous pourrions prendre la route…

Je l'interromps en levant une main rouge du sang d'Hector.

— Je vais d'abord y réfléchir.

15.

Je n'ai guère le temps de me repencher sur notre nouveau projet car un soleil aussi chaud qu'aveuglant se lève sur le jour du Gala de la Délivrance. Je passe la matinée à valider des modifications de dernière minute tout en répétant le discours que je vais prononcer à l'ouverture du bal. L'après-midi, je relate à Mara et à Ximena la guérison miraculeuse d'Hector, non sans omettre le détail le plus pertinent, mes sentiments à son égard. Ximena ne se sent plus de joie : j'ai enfin trouvé un moyen de contrôler le pouvoir de la Pierre Sacrée.

— Le Destin a quelque chose de glorieux en réserve pour vous, me dit-elle, les pupilles brillantes.

Si elle comprend que je lui cache quelque chose, elle n'insiste pas. Le soulagement est immense lorsque arrive le moment de m'habiller pour le Gala, car cela signifie que je vais avoir autre chose à faire qu'éviter son regard pénétrant.

Même si mon garde personnel sera à mon bras – le docteur Enzo a jugé Hector en état de me servir de cavalier –, même si des soldats seront postés à chaque entrée, même si des archers d'élite seront stationnés dans les coupoles en surplomb de la salle de bal, même si chaque invité sera fouillé des pieds à la tête, Ximena ne veut négliger aucun détail. Elle me présente un corset taillé dans une peau aussi raide que du cuir brut.

—Je l'ai fait faire sur mesure, déclare-t-elle avec un sourire satisfait. Il devrait repousser la lame d'une dague, ou du moins limiter les dégâts. Et il est coupé de façon à tenir sous une robe.

Elle frappe du poing le corset, qui sonne creux, et le bruit me fait tressaillir. J'ai déjà l'impression d'être privée d'oxygène.

Lorsqu'elle me sangle dans ce carcan, je tente de me convaincre que ce n'est pas pire que mon corset habituel, avec ses épaisses baleines.

Cela semble grandement amuser Mara.

— On dirait l'armure d'Hector. Moins la place pour la poitrine.

— Très drôle, dis-je en la fusillant du regard.

Je me calme très vite quand j'aperçois mon reflet. J'ai le plus grand mal à reconnaître la fille qui me renvoie mon regard. Elle semble si forte dans cette armure. Je rejette mes épaules en arrière et je me tiens bien droite, le menton fier.

Ma robe en satin aigue-marine glisse dessus avec une facilité surprenante. Cette nuance, plus prononcée que mes couleurs de prédilection, me fait un teint rayonnant et contraste joliment avec ma peau mate et mes cheveux sombres.

Ximena me sculpte un chignon et laisse flotter quelques mèches qui vont encadrer mon visage. Mara trace une ligne de khôl sur mes paupières qui met en valeur l'amande de mes yeux. Elle recule d'un pas, fière du résultat.

— Je me suis entraînée sur la lingère, confie-t-elle.

Le regard de Ximena se voile de larmes lorsqu'elle dit :

— Vous avez tout d'une reine, ma perle.

— Le plus beau parti du royaume, renchérit Mara.

Le visage que me renvoie le miroir m'est totalement inconnu. Il a les traits ciselés. Et ces yeux… si grands, si sombres, si spectaculaires ! Les yeux de quelqu'un qui a beaucoup vu, et beaucoup souffert.

Ximena arrange le drapé de ma robe, pour la rendre plus fluide.

— Vous êtes prête, ne manque que le chevalier Hector.

— D'abord, j'ai quelque chose pour vous.

Je fais signe à mes dames d'atours de me suivre et je récupère dans ma table de chevet les cadeaux que j'y ai cachés à leur intention. Chacune reçoit un petit paquet emballé dans une peau souple.

Mara déballe le sien, le visage fendu d'un sourire, et pousse un cri de surprise.

— Un cartable à épices ! Avec de la marjolaine, de la cannelle… et du safran ! Oh, Elisa ! Par quel miracle avez-vous pu vous procurer du safran ?

— Il y a certains avantages à être reine. À toi, Ximena.

Ma nourrice déballe son cadeau et découvre un ouvrage relié de cuir, richement orné.

— *Le Guide spirituel de l'homme du peuple.* Il doit dater de plus de deux siècles.

— Regarde à l'intérieur.

Elle feuillette le livre.

— Oh, mon trésor ! Des enluminures !

Elle passe le doigt sur les lettres peintes à la feuille d'or, caresse le liseré de roses sacrées qui chatoient sous la lumière.

— Jamais je n'ai possédé d'objet aussi précieux.

Je suis heureuse de voir le bonheur arboré par le visage de mes fidèles amies. J'ouvre grand les bras et nous nous retrouvons coincées dans une étreinte maladroite.

— Joyeuse fête de la Délivrance !

Nous finissons par nous détacher l'une de l'autre. L'émotion est palpable. Mara s'éloigne et je découvre qu'Hector se tient sur le seuil de la chambre.

C'est la première fois que je le vois dans sa tenue de membre du Conseil. Il porte toujours la cape rouge de la garde royale mais il a laissé ses boucles en liberté sur son front et troqué son plastron et ses cuissardes contre une tunique blanche complétée d'un haut-de-chausses noir. Un fourreau bat sa cuisse, qui renferme une épée de gentilhomme, pas une rapière de soldat. Sans la masse de son armure, je constate combien ses épaules sont larges, combien le soleil l'a bruni.

Il semble vulnérable. À découvert. Et, paradoxalement, plus fort que jamais. Il n'a pas la beauté d'Alejandro, car il n'y a en lui rien de délicat, mais il n'a pas non plus le côté brut, mal dégrossi, d'Humberto. Son menton est trop lisse et trop massif, ses sourcils sont trop arqués, ses muscles semblent façonnés au burin. Tout en lui respire la force et l'élégance.

Le silence s'éternise. Depuis combien de temps suis-je plantée là, bouche béante ? Je finis par retrouver ma voix :

— Joyeuse fête de la Délivrance, Hector.

— Vous êtes très belle.

— Merci. Votre tenue vous met aussi en valeur.

— Je vous ai apporté quelque chose.

— Ah oui ? Vous n'étiez pas obligé.

Je remarque enfin la boîte qu'il tient dans sa main, une boîte assez grande. Un peu plus tôt, j'ai chargé un page de lui livrer une fibule en argent – un cadeau auquel tous les gardes ont eu droit. J'ignore encore tant de choses à son sujet et je n'arrivais pas à trouver un cadeau plus personnel. Les yeux fixés sur la boîte, je regrette d'avoir pris cette histoire de cadeaux à la légère.

— C'est de notre part à tous, annonce-t-il. La garde royale, Ximena et Mara.

Je me tourne vers mes dames d'atours. Mara affiche le sourire d'une petite fille qui s'apprête à dévorer une part de gâteau.

— Allez-y, m'encourage Ximena. Ouvrez.

Hector me tend la boîte et nos doigts s'effleurent lorsque je la prends à deux mains. Je tire sur la ficelle et, en enlevant le papier d'emballage, je découvre un coffret en acajou luisant. Le sceau de la famille Vega est gravé sur le couvercle que je fais basculer, la gorge nouée.

À l'intérieur, posée sur un coussin de velours, une couronne en or blanc ornée d'arabesques aussi aériennes que de la dentelle. Assez légère pour ne pas me donner de migraines et, en même temps, mille fois plus solide que mes diadèmes de princesse. Elle est largement digne d'une reine.

Ce qui me coupe le souffle, ce qui fait poindre les larmes à mes yeux, ce sont les Pierres Sacrées enchâssées dans le métal précieux. Entre le cobalt et le noir, certaines sont à peine plus grandes que des éclats. En son centre trône la pierre la plus massive, celle qui est restée intacte malgré la gigantesque fêlure qui barre sa surface.

Le joaillier qui a conçu cette merveille s'est inspiré des joyaux brisés pour tisser ce thème à travers les volutes d'or. L'ensemble, quoique délicat, dégage un mélange de puissance et d'audace. C'est la couronne d'une amazone, d'une guerrière.

Ximena la sort de son écrin pour la poser sur ma tête. Elle me va à la perfection. Je me réfugie dans l'atrium et j'étudie mon reflet dans le miroir. Des éclats de saphir pur dansent dans la lumière.

— Nul monarque dans l'histoire du monde n'a porté pareille merveille.

— Vous en êtes seule digne, répond Hector.

Nos regards se croisent dans le miroir. Je détourne la tête la première.

— Merci. Merci à tous. Mais comment…

— Les cadeaux envoyés par vos prétendants durant votre convalescence. Nous en avons vendu plusieurs, nous avons fait fondre les bijoux. Hector nous en a soufflé l'idée. Mara a prêté main-forte à l'orfèvre. Chaque garde s'est fendu de quelques piécettes.

— C'est une splendeur.

— Allez la montrer à toute la cour, ma perle.

À l'occasion du bal de la Délivrance, la salle des banquets a été métamorphosée. Des guirlandes de roses sont suspendues aux lustres, d'où elles diffusent leur parfum capiteux. Des chandeliers imposants ont été placés sur le rebord des fenêtres, comme autant de constellations. Des tables basses qui s'alignent près du mur, recouvertes de nappes en soie, ploient sous le poids d'un buffet servi dans des plats en argent. Tout autour sont disposés des coussins qui accueilleront les invités.

Des musiciens jouent de la vihuela et de la douçaine sur une estrade en bois, des centaines de personnes trompent l'attente en bavardant, tous dans leurs plus beaux atours. Les invités arrivent encore en flot continu et ils sont fouillés méticuleusement, mais rien ne semble doucher leur enthousiasme. Les vêtements chatoyants donnent l'impression d'un jardin en fleurs où se déploient des hibiscus corail, des belles-de-nuit jaunes, des bougainvillées bleu ciel. Les femmes ont emprisonné leur chignon dans des filets ornés de joyaux ; les hommes arborent de longues étoles frangées de broderies d'or. Ce soir, tous se doivent de briller, tous doivent accrocher la lumière.

Personne n'ose danser. C'est à moi qu'il appartient d'ouvrir les festivités.

À l'instant où j'apparais sur le seuil, le silence s'abat sur l'assistance. Hector marque un temps d'arrêt afin de donner à mes sujets l'opportunité de m'admirer. Je suis toujours accrochée à son bras, il me serre discrètement la main.

Les invités se prosternent mais tous les regards sont fixés sur ma nouvelle couronne. J'affiche un sourire provocateur et je leur laisse le temps – quelques secondes, pas plus – de comprendre pleinement ce qu'ils ont devant les yeux, puis je leur demande de se relever. Hector et moi traversons lentement la salle. Parmi les remarques étouffées qui s'élèvent de la foule, je distingue les mots « Pierre Sacrée » et « sorcellerie ». Mon sourire ne s'efface pas : je sais que la couronne a bouleversé les esprits.

Le trône placé d'ordinaire sur l'estrade a été déménagé dans une pièce voisine pour donner la place d'honneur à la monumentale Main du Destin, un chef-d'œuvre de marbre qui n'apparaît qu'une fois par an. Ma Pierre Sacrée bondit, au comble du bonheur. Je la calme d'une pression du doigt.

L'homme qui a sculpté la Main du Destin, Lutián le Statuaire, a consacré sa vie à cette œuvre. On raconte que l'esprit du Destin avait soufflé sur lui et qu'il maniait le burin avec une ferveur telle qu'il se laissait à peine le temps de manger, de boire et de dormir. Lorsqu'il acheva son œuvre, à l'âge de vingt et un ans, il la jugea parfaite et il fut fauché illico par une crise cardiaque. Il portait une pierre vivante, tout comme moi, et sa mission a consisté à façonner dans le marbre cette main géante.

Avec l'aide d'Hector, je gravis les marches qui mènent à la Main du Destin. Je négocie les doigts monumentaux avec mille précautions, car ils sont recourbés et parcourus de sillons, dans un souci confondant de réalisme. Je déploie ma robe en éventail et je m'assieds en tailleur au creux de cette immense paume.

Les yeux fermés, bras levés, je déclame la prière de la Délivrance :

En Toi nos ancêtres ont placé leur confiance ;
ils T'ont appelé et Tu les as libérés.
Oui, d'un Monde à l'agonie Tu les as sauvés ;
en Toi ils ont placé leur confiance, Tu ne les as pas trahis.

Donne-nous Ta bénédiction, ô Destin, tandis que nous célébrons Ta main ;
Ta miséricordieuse main droite est éternelle.

— Selah ! tonne la foule.

Les musiciens retournent à leurs instruments, des danseurs s'aventurent au centre de la salle, le bal de la Délivrance peut officiellement commencer.

En contrebas de la sculpture, Hector me fait signe de le rejoindre. La coutume veut que le monarque reste assis dans la Main du Destin pendant plusieurs danses, afin d'absorber sa bonne fortune et ses bénédictions. Mais je cours trop de risques en restant aussi longtemps en hauteur.

Cramponnée à la main d'Hector, je descends les marches en prenant garde à ne pas m'emmêler dans ma robe. À peine ai-je posé le pied au sol que je suis abordée par mon premier partenaire.

— M'accorderez-vous cette danse, Votre Majesté ? me demande le prince Rosario.

Il exécute une révérence, la main tendue, d'une galanterie exquise.

— Je vous l'accorde volontiers, cher prince.

Rosario m'arrive à peine à la taille et je dois résister à l'envie de mener, mais il semble prendre son rôle très au sérieux, si bien que je le laisse me guider sur la piste de danse.

— Votre nourrice vous a-t-elle suggéré de m'inviter ?

Il lève la tête ; ses yeux couleur cannelle – si semblables à ceux de son père – brillent sous la frange épaisse de ses cils.

— Non, mais Carilla veut danser avec moi.

D'un geste du menton, il désigne une fillette coiffée d'anglaises et vêtue de fanfreluches en satin qui se tient discrètement dans un coin. Elle n'a pas plus de neuf ans. Rosario fronce le nez.

— Elle essaie de m'embrasser à tout bout de champ. C'est abominable.

— Alors vous lui avez dit que votre devoir de prince vous obligeait à danser avec moi.

— Même si vous êtes fort maladroite, danser avec vous, c'est mieux qu'avec Carilla.

— Excellente décision. Vous ferez un roi très sage.

— Oui. Plus sage que Papá. Tout le monde le dit.

Mon cœur se brise et je change de sujet.

— Je vous propose de traverser la salle en dansant, pour vous retrouver aussi loin que possible de Carilla à la fin de la chanson.

— Bonne idée ! s'exclame le garçonnet.

Entre deux pas de danse je l'interroge sur ses études, qui le rebutent, et sur les leçons d'escrime dispensées par Hector, qu'il adule. Nous rions à nous en tenir les côtes lorsqu'il me parle de son poney préféré, lequel arrive à flairer une datte à travers trois couches de vêtements. Et pas une fois je ne lui écrase le pied.

Lorsque les musiciens cessent de jouer, Rosario fait une révérence.

— Je vous remercie de m'avoir accordé cette danse, Votre Majesté.

— Ce fut un plaisir, Votre Altesse.

Plusieurs danseurs nous applaudissent, comme s'ils avaient assisté à une saynète attendrissante. Ce n'est pas faux, en quelque sorte. J'espère que cela les a mis en joie de voir leur reine et son héritier s'amuser ensemble.

Une main m'attrape par le coude. Hector, le visage soucieux, chuchote :

— Je vous en prie, ne vous enfoncez pas dans la foule pendant que vous dansez. Restez plus au bord, là où je peux vous voir.

— Je ne me rendais pas compte… excusez-moi.

Les musiciens entament un boléro cadencé. Hector n'est qu'à quelques centimètres de moi et mon cœur papillonne.

— Dansez avec moi.

— Très bien, Majesté.

Le cœur gros, je me dis qu'il n'accomplit que son devoir, puis mes pensées se brouillent lorsqu'il passe sa main autour de ma taille et m'attire vers lui. Son regard s'arrime au mien, sa main gauche glisse lentement le long de mon bras, ses doigts s'entremêlent aux miens et il m'entraîne au milieu des danseurs.

Nous nous tenons à distance respectueuse. Je m'imagine collée contre lui, le visage enfoui dans son cou, mais le boléro exige une certaine distance et nous nous conformons à la règle. Je concentre mon attention sur la main calée au creux de mes reins.

— Où en est votre blessure, Hector ?

— J'ai oublié de m'en préoccuper.

Que répondre à cela ? Au bout d'un moment, Hector risque une question à son tour :

— De tous vos prétendants, y en a-t-il un qui a retenu votre attention ?

— Je n'en ai rencontré que quelques-uns, mais le comte Tristán pourrait faire l'affaire. Il est intelligent, et charmant. Et… et je crois qu'il m'apprécie, lui aussi.

— Vous pensez qu'il pourrait être à la hauteur ?

— Peut-être. Je ne sais pas si le Conseil donnera son accord. Il vient du Sud, après tout. Mais c'est un homme de valeur, j'en suis sûre.

— J'en suis ravi pour vous. Vous pourriez trouver pire. Et je lui serai toujours reconnaissant d'être venu à notre aide.

Je hoche la tête, en tâchant de camoufler ma déception. C'est mal de ma part, j'en conviens, mais je ne veux pas qu'Hector se réjouisse de me voir m'attacher à un mari potentiel.

Les danseurs se pressent autour de nous et Hector s'assure qu'aucun d'eux ne nous frôle. Il se penche alors vers moi :

— Je me demande si l'étiquette accepte qu'une reine danse avec son garde.

Mon cœur est de plus en plus lourd. Cet homme n'a que son devoir à l'esprit, c'en est désespérant. Je lève la tête et mes lèvres effleurent par mégarde son menton quand je chuchote :

— Je m'en moque.

— Puis-je vous interrompre, Votre Majesté ? lance un intrus.

Le comte Tristán. Il semble si nerveux que je m'adoucis immédiatement.

— Bien entendu, Votre Grâce, répond Hector. Sa Majesté m'entretenait de questions de sécurité mais notre conversation est achevée.

Mon garde me pousse dans les bras du comte, qui me rattrape de justesse. J'ai le temps d'apercevoir une dernière fois son visage impénétrable avant qu'il ne disparaisse dans la foule.

Le boléro s'emballe.

— Je me demande qui oserait risquer la colère du Destin en vous agressant le jour de Sa fête capitale, déclare le comte.

— Comment se porte Iladro ?

— Beaucoup mieux, merci. Il ne peut avaler que de petites portions et il reste faible, mais son état s'améliore de jour en jour. Je prie pour qu'il se rétablisse entièrement. Si le Destin peut guérir le chevalier Hector, il doit Lui rester assez de clémence pour épargner mon héraut.

— Vous êtes très pieux, Tristán ?

— Depuis peu seulement. À la mort de mon père, j'ai puisé un grand réconfort dans les services hebdomadaires, et notamment le Sacrement de la Douleur. Je trouve la piqûre très apaisante. Elle incite à la méditation et elle m'aide à savourer le moment présent, à oublier la pression que je vis au quotidien.

Sa réponse est parfaite, presque trop. Je n'aurais pas mieux répondu moi-même. Je lui lance un regard méfiant.

— Selvarica dispose-t-elle de son propre monastère ?

— Non. Mais ma plus grande fierté, mon plus grand accomplissement, serait d'en bâtir un avant ma mort. J'y travaille d'arrache-pied. Jusqu'ici, nous n'avons pas réussi à attirer un prêtre dans notre modeste contrée.

— Pourquoi ?

— En toute honnêteté, je l'ignore. Peut-être parce que nous sommes éloignés de tout. Pourtant, Selvarica est un endroit paradisiaque. Une île très fertile cernée par une mer d'un bleu de quartz. Un climat d'une douceur incroyable. La chaîne de montagnes piège assez de nuages pour nous fournir en eau toute l'année. Des cascades tombent de falaises verdoyantes. Il y a une profusion de fleurs. En vérité, Selvarica est le jardin du Destin.

— Ça m'a l'air magnifique.

— Je souhaiterais vous la faire visiter un jour.

— Je pourrais me fendre d'une visite officielle. Le Conseil m'a suggéré de faire le tour du royaume après la saison des ouragans. Ils aimeraient en faire une affaire d'État. Un événement exceptionnel.

— Vous n'avez pas l'air très enthousiaste !

— J'ai envisagé de leur imposer des exigences déraisonnables. Pour les punir de me faire subir ce genre d'épreuve. Refuser de voyager dans une simple voiture, par exemple. Un palanquin luxueux sinon rien !

— Ainsi que moult trompettes. Une véritable armée de hérauts.

— Et des fruits frais à volonté. Imaginez mes crises de colère si je n'ai pas mes fruits préférés.

— Une tenue propre toutes les deux heures, aussi. Une reine doit se sentir fraîche à tout instant.

Le boléro s'achève et je me rends compte que j'ai apprécié de passer ce moment avec le comte.

— Merci, Majesté. Vous n'êtes pas aussi mauvaise danseuse que le prétend votre réputation, déclare-t-il en m'embrassant le bout des doigts, le regard espiègle.

— Vous n'êtes pas trop déçu ?

— Pas du tout. Mais vous avez oublié de m'écraser le pied.

Sur cette plaisanterie, il se retourne et disparaît parmi les danseurs, non sans avoir décoché un sourire ravageur qui fait pétiller ses yeux.

Je cherche Hector du regard et je l'avise près du buffet, en grande conversation avec une jeune femme que je ne reconnais pas. Elle porte une robe verte au tissu souple, sa peau de porcelaine scintille grâce à quelques touches de poudre irisée. Une longue boucle noire cascade sur son épaule nue.

Je la scrute, accablée. Jamais je ne serai aussi jolie.

Le chevalier Liano, ce mufle au regard éteint, me réclame ensuite une danse. Je l'écoute avec une patience héroïque tandis qu'il me régale d'anecdotes palpitantes sur les pécaris, qu'il décrit avec affection comme des créatures semblables à des porcs qui abondent sur la propriété de son frère. Et lorsqu'il tente d'imiter le bruit que font ces animaux en frottant leurs défenses, je suis forcée de conclure que, parfois, l'habit fait vraiment le moine.

J'espère que le comte Tristán va venir à ma rescousse – je lui ai promis deux danses, après tout. Hélas, c'est Eduardo qui me trouve le premier. Brutal, les mouvements heurtés, il me broie la main. Le parfum qui imprègne sa barbe me monte à la tête. Je plaque un sourire factice sur mon visage mais mon assurance s'écroule lorsque je remarque Hector non loin de nous, la créature enchanteresse dans ses bras. Leur conversation est entrecoupée d'éclats de rire, même s'il tourne souvent la tête dans ma direction, pour ne pas faillir à sa mission.

Je n'arrive pas à masquer mon soulagement à la fin de la chanson. Après avoir salué Eduardo, j'attire l'attention d'Hector et je lui montre le buffet le plus proche afin de lui signifier que je vais me rafraîchir. Même si la table n'est qu'à quelques mètres de moi, je dois repousser trois prétendants en répétant les excuses de rigueur : je me remets encore de ma blessure, j'ai besoin de me ménager, mille mercis pour cette invitation.

Un valet m'offre un verre de vin frais que j'accepte avec reconnaissance. Tous les mets servis ce soir ont été goûtés des heures plus tôt, puis une nouvelle fois avant d'être présentés aux convives.

Tout en buvant mon vin à petites gorgées, je repère Mara parmi les danseurs. Elle tourbillonne, elle virevolte, et je souris de la voir si gaie. Avec sa robe jaune pâle, elle resplendit. C'est la robe la moins fastueuse de toutes et cette sobriété lui va à ravir. Du coup, les femmes qui l'entourent paraissent vulgaires, en comparaison.

— Mara a l'air de s'amuser, me glisse Hector à l'oreille.

Je tressaille, et j'espère qu'il n'a pas remarqué ma réaction.

— Elle le mérite. Tout comme vous. Allez danser. Amusez-vous. Si votre blessure le permet, bien sûr... Je vous protégerai du danger. Je me tiens prête à voler à votre secours.

Hector s'esclaffe.

— Je me contenterai d'observer les festivités d'ici. Est-ce Belén qui danse avec Mara ?

J'observe attentivement le partenaire de ma dame d'atours. Un bandeau lui cache l'œil. Pas de doute, il s'agit bien de Belén.

— Oui, c'est lui.

Je suis prise d'une furieuse envie d'aller lui jeter mon vin au visage afin de lui faire comprendre ce que je pense de la manière dont il a traité mon amie. Mais si Mara est capable de lui pardonner, je me dois d'en faire autant.

— Ils semblent se connaître, remarque Hector. Et être en bons termes.

— Ils sont amis depuis fort longtemps.

Mara dit quelques mots à Belén, qui lui répond d'un éclat de rire. D'autres danseurs les entourent et je les perds de vue.

Un mouvement attire mon attention. Le chevalier Liano fonce droit vers moi ; sa démarche déterminée contraste crûment avec son air bovin. Du regard je cherche Tristán, en espérant qu'il me tire de ce mauvais pas. Las, mon sauveur reste introuvable.

— Qu'y a-t-il ? demande Hector.

— Vous voulez bien m'accompagner ? J'ai besoin de prendre l'air. Les jardins, peut-être ?

16.

Hector m'offre son bras, que j'accepte avec gratitude. Nous nous retournons à l'instant où le courtaud Liano s'exclame :

— Majesté !

— Ne vous arrêtez surtout pas.

— Dois-je en déduire que la danse que vous avez accordée à Liano ne vous a pas laissé un souvenir impérissable ? plaisante Hector.

— J'ai appris que le meilleur endroit où transpercer un pécari d'un coup de lance, c'est la gorge, juste au-dessus du poitrail.

— Si jamais le besoin se fait sentir de refroidir ses ardeurs, demandez-lui de vous raconter la fois où il est tombé sur une maman puma dans sa tanière. Cela l'occupera une bonne demi-heure, d'un seul souffle.

Les portes battantes qui mènent aux jardins s'ouvrent sur la délicieuse fraîcheur du crépuscule. Tandis que nous remontons le sentier, je me délecte du parfum entêtant des belles-de-nuit. Aussi robustes que de la mauvaise herbe, elles s'enroulent autour des treillages et des fougères. Livrées à elles-mêmes, elles étoufferaient tout ce qui les entoure. Les jardiniers les entretiennent car elles déploient la nuit leurs pétales arachnéens pour exhiber fièrement des étamines qui brillent d'une lumière plus vive que les lucioles.

— Hector, pourriez-vous… ou plutôt, croyez-vous qu'il est sûr pour moi de marcher seule un instant ?

— Je ne vois pas ce qui l'empêcherait. C'est un jardin cerné de murailles et j'ai posté des gardes aux endroits stratégiques. La bienséance exige également que je me tienne ici, à la vue de tout le monde. Promettez-moi, tout de même, de rester à portée de voix.

— Cela va sans dire.

Enfin seule, je déambule dans ce jardin parsemé d'étoiles, soudain prise d'ivresse – grisée par le verre de vin, par la brise qui me caresse la peau, par la proximité de l'homme que j'ai laissé derrière moi. Une fontaine chantonne à proximité. Des rires et de la musique me parviennent, assourdis.

Un palmier s'agite étrangement. J'entends des chuchotis précipités, une respiration haletante.

Il n'y a sûrement aucun danger. Tous les invités ont été fouillés, aucune arme n'a été trouvée, il y a un garde posté à chaque issue. Pourtant, c'est la bouche sèche et la main tremblante que j'interroge ma Pierre Sacrée. M'envoie-t-elle un signe, un avertissement ? Non, rien. Du bout des doigts, j'écarte les feuilles du palmier.

Un homme me tourne le dos, uni dans une étreinte passionnée avec quelqu'un d'autre, une personne plus menue dont les bras délicats auréolent sa tête. Un couple pris en flagrant délit. Je n'arrive pas à retenir le gloussement qui monte à mes lèvres.

Ils se tournent vers moi, leur visage se découpe sur le vert du feuillage. Je pousse un cri de surprise.

Tristán. En galante compagnie. Avec Iladro, son héraut.

Ils posent tous deux sur moi un regard épouvanté. L'émotion m'a paralysée. Sans me quitter des yeux, le comte déclare :

— Iladro, mon cher, aller donc calmer votre estomac avec un verre d'eau.

Le héraut se détache de lui, exécute une révérence confuse et galope en direction de la salle de bal. Le silence semble durer une éternité. Le comte finit par s'éclaircir la voix.

— Majesté, je jure sur la *Scriptura Sancta* que tout ce que je vous ai dit est vrai.

L'indignation me dénoue la langue.

— Que je suis d'une beauté à peine croyable ? Que vous aviez l'intention de me courtiser ?

— Oui.

— Est-ce que vous aimez les femmes, au moins ?

— Pas de cette manière, non. Mais il n'y a pas besoin d'aimer les femmes pour prendre la mesure de vos qualités.

— Vous m'avez menti, depuis le début. Peut-être pas par les mots, mais vous aviez l'intention de me berner.

— Je vous présente mes excuses les plus sincères, souffle le comte, contrit. Iladro est l'amour de ma vie, mais le comte Eduardo annexe petit à petit mon territoire et mon pays a désespérément besoin…

— Je vous demande de vous retirer dans vos appartements.

Le comte veut protester, mais il dêcide de m'obéir sans faire de vagues. Il disparaît dans l'obscurité.

Soudain, je me sens très seule. Je ravale mes larmes un long moment, tentant d'étouffer l'humiliation qui bourgeonne dans ma poitrine. L'humiliation de découvrir qu'un homme ne me trouve pas désirable. D'ailleurs, éveillerai-je le désir chez un homme un jour ? Jamais, peut-être.

Je vérifie que mon khôl n'a pas coulé puis je me redresse et, la tête haute, je retourne aux côtés de mon garde personnel.

C'est avec un soulagement visible qu'il accueille mon retour.

— J'ai vu le comte Tristán, m'apprend-il. Il avait l'air très pressé. Il n'a même pas remarqué ma présence.

— Nous… nous nous sommes disputés.

— Je suis navré de l'apprendre.

— Ce n'est rien.

Hector ne se laisse pas duper aussi facilement. Lorsque je m'accroche à son bras, il pose une main compatissante sur la mienne.

— Retournez à l'intérieur et dansez.

— Pardon ?

— Amusez-vous, me conseille-t-il d'une voix où perce l'urgence. Dansez avec les plus grands gentilshommes du royaume. Laissez-les vous flatter tant et plus.

— Mais il n'y aura rien de sincère. Aucun ne me veut moi. Mon trône, oui. Le prestige. Le pouvoir. Mais pas moi en tant que personne.

— Elisa... je...

— Vous avez raison. Je vais y retourner et accomplir mon devoir de reine. Qui sait ? le chevalier Liano cache peut-être une personnalité captivante.

— J'ai entendu dire qu'il avait troqué son arbalète contre un javelot pendant une partie de chasse, soupire-t-il, afin de donner au pécari une chance de mourir en guerrier.

— Quel noble cœur !

— Il sera ravi de vous parler de cet épisode.

Le reste de la soirée, j'interprète mon rôle de reine. Je vide un autre verre de vin qui anesthésie la blessure que m'a infligée Tristán, je plaque un sourire factice sur mon visage et je m'efforce d'épargner les orteils de mes partenaires. On me couvre de louanges : une beauté aveuglante, un sourire magnifique, une danseuse exceptionnelle. On me complimente sur ma robe, sur ma guérison, sur ma vision politique. On m'offre ses services personnels, on suggère des accords commerciaux, on me supplie d'augmenter les impôts, on m'implore de réduire les taxes.

Un peu plus tard, quand je regagne mes appartements, Ximena m'aide à ôter ma robe.

— Alors, ce bal ? Avez-vous passé un bon moment ?

J'ai épuisé mon stock d'amabilités et le sarcasme me vient tout naturellement.

— Un très bon moment. Excellent.

— Cela vous remontera sûrement le moral d'apprendre que vous avez reçu une lettre d'Orovalle. Elle vient d'arriver au pigeonnier.

Et elle tire de la poche de sa chasuble un petit étui qu'elle laisse tomber dans ma main. Mon cœur s'emballe lorsque je reconnais le blason de la lignée de Riqueza – un soleil éclatant – gravé sur le cuir. De la part de Papá. Ou de ma sœur, peut-être. Cela fait plus d'un an que je suis sans nouvelles d'eux, exception faite de quelques brefs messages de ce type, via pigeon. J'ouvre le cylindre, je brise le sceau en cire et je déroule le parchemin, impatiente. Le plaisir me submerge lorsque je reconnais l'écriture ourlée de ma sœur.

Très chère Elisa,

Je suis heureuse d'apprendre que tu te rétablis à bon rythme. Je prie pour toi tous les jours.

Je t'écris aujourd'hui car les conseillers de Papá exigent que je me lance sans tarder à la recherche d'un mari. Ils m'ont suggéré de faire mon choix parmi les nobles les plus influents de Joya d'Arena, afin de renforcer davantage les liens qui unissent nos deux royaumes. Ximena m'a mentionné, dans une lettre, un certain Hector, le commandant en chef de la garde royale, en me le recommandant chaudement. Ton opinion a pour moi une valeur inestimable. Dis-moi, s'il te plaît : quel genre d'homme est le chevalier Hector ? Serais-je bien avisée d'entamer des négociations avec lui ? Réponds-moi aussi promptement que tes activités le permettent.

Papá t'envoie son amour.

Alodia

J'ai l'impression qu'un rocher m'écrase la poitrine.

— Elisa ?

Je lève les yeux, le parchemin froissé dans mon poing. Ximena m'observe tandis que les gardes échangent des regards inquiets.

Tu t'en doutais, Elisa. Bien sûr qu'il va se marier, qui plus est avec un excellent parti. Qu'Hector devienne prince consort, c'est dans l'ordre des choses. Ne préfères-tu pas qu'Alodia épouse un homme qui fait déjà partie, en quelque sorte, de la famille ?

— Il me faut un parchemin. Une plume, et de l'encre.

Fernando se précipite vers mon bureau pour chercher ce que je réclame. Ximena esquisse un pas dans ma direction mais je me réfugie dans l'atrium. Je ne peux pas souffrir de croiser son regard ; avait-elle compris, depuis le début, que je tombais amoureuse d'Hector ?

Lorsque Fernando revient, je tente de contenir la vague de nausée qui monte en moi. *Contrôle-toi, Elisa.* Je prends une profonde inspiration, je me force à desserrer les mâchoires puis je pose l'encre et le parchemin sur la coiffeuse.

Mes mains tremblent, mon écriture est hachée.

Très chère Alodia,

Nul homme n'est à mon sens plus honorable qu'Hector. Ce serait l'époux idéal pour toi.

Elisa

J'enroule le parchemin aussi serré que possible, je le glisse dans le fourreau en cuir et j'ordonne à Fernando de l'envoyer sur-le-champ.

— Avez-vous besoin de vous étendre un instant ? me demande Ximena. D'un verre de vin, peut-être ?

— Je souhaiterais surtout être seule, Ximena.

Le front courbé, ma nourrice bat en retraite.

Toujours cernée par les gardes, je referme les rideaux du baldaquin et je pleure à petit bruit. L'aube blanchit l'horizon lorsqu'une idée endigue le flot de larmes.

17.

Je saute à bas du lit et je jette une robe de chambre sur mes épaules. Ximena est déjà debout. Assise près du balcon, elle travaille sur une tapisserie à la lumière du jour naissant.

— Un problème, ma perle ?

— Je dois m'habiller au plus vite. Pas le temps de prendre un bain.

— Vous devez vous rafraîchir le visage. Avec un peu de chance, les gens croiront que vous avez trop bu, pas que vous avez passé toute la nuit à pleurer.

— Mara est réveillée ?

— Elle n'est rentrée que très tard.

Ximena range son ouvrage dans un panier posé près de sa chaise.

— Laissons-la dormir quelques minutes encore. Il faudra la réveiller assez vite.

— Allez-vous me dire… ?

— Bientôt.

Je ne veux pas que mes gardes entendent les paroles qui vont être échangées entre ces murs. Le succès dépend notre discrétion.

L'un de mes gardes s'en va chercher le majordome tandis que Ximena explore ma garde-robe. Elle me présente ma tenue d'amazone – jupe fendue et gilet noir et ajusté. Je ne monte jamais à cheval, mais qu'importe : je la porte quand j'ai besoin de me sentir forte. J'approuve le choix de Ximena d'un signe de tête. Elle a décrypté mon humeur.

Je finis de m'habiller et Ximena me coiffe quand le majordome fait son entrée, chaussé de pantoufles. Il porte son peignoir de travers, ses cheveux ont été plaqués par l'oreiller sur le côté gauche de son crâne.

— Votre Majesté ? halète-t-il. Le garde m'a dit que vous vouliez me voir de toute urgence.

— Merci d'avoir répondu si vite à ma convocation. Dites-moi : Tristán de Selvarica est-il toujours au palais ?

— Il a rempli un avis de départ très tard dans la soirée, m'apprend le petit homme, soulevé de dégoût. Quel genre de personnage se permet de quitter le palais la semaine de la Délivrance ? Et le soir du Gala, pas moins ! C'était fort fâcheux, et j'ai…

— Mais il n'est pas encore parti ?

— Je l'ignore.

— Allez le chercher. Tout de suite. Et dites-lui que je requiers sa présence dans les plus brefs délais.

— J'y cours, Votre Majesté.

Une petite courbette et le majordome se sauve.

J'espère de toute mon âme que le comte n'a pas eu le temps de rassembler ses hommes et de prendre la route pour Selvarica.

Par chance, l'attente n'est pas très longue.

Lorsqu'un garde introduit Tristán dans l'atrium, il met un genou en terre et incline la tête, fuyant mon regard.

— Levez-vous.

Il s'exécute et je remarque alors ses habits de voyage : culotte de peau, ample tunique, ceinturon.

— Vous nous quittez déjà ?

— Oui, Majesté. Cela m'a semblé plus prudent.

— Vous comptiez partir sans un au revoir.

Il pose les yeux sur moi sans prendre la peine de camoufler sa méfiance, et j'insiste :

— J'avais pensé… ou espéré, plutôt, avoir trouvé avec vous une sorte d'affinité.

— Majesté, je… vous m'en voyez désolé, mais j'ai cru… hier soir…

— Votre Grâce, allons dans un endroit où nous pourrons discuter à notre aise. Quant à toi, Ximena, va réveiller Mara. J'ai besoin de votre chambre.

Ma nourrice quitte l'atrium en toute hâte. Nous lui emboîtons le pas, le comte et moi, sans nous presser.

Lorsque nous pénétrons dans la chambrette austère réservée aux domestiques, Mara, assise au bord de son lit, se frotte vigoureusement les yeux. Elle s'apprête à suivre Ximena dehors mais je referme la porte derrière moi.

— Restez, toutes les deux. Et ne parlez pas trop fort. Les gardes se tiennent aux aguets et je n'ai pas envie qu'ils entendent ce qui va suivre.

— Que se passe-t-il, Majesté ? s'étonne le comte. Pourquoi suis-je ici ? Si vous comptez me châtier, ou exercer votre vengeance, finissons-en au plus vite, je vous en implore.

Décidément, sa franchise me plaît. Je compte bien lui rendre la pareille. Mara et Ximena échangent un regard interloqué.

— Comte, j'ai besoin de votre aide.

— Oh ?

— Combien de personnes sont au courant de la relation que vous entretenez avec Iladro ?

— Très peu. Ma mère. Quelques domestiques.

— Parfait. J'ai besoin d'un prétexte pour… quitter la ville et me rendre dans le Sud. Je dois aussi convaincre le Conseil – non, le royaume tout entier – que je prends cette histoire d'épousailles très au sérieux.

— Vous voulez leur faire croire que nous sommes fiancés.

— Ou que nous entamons des négociations. Ce qui m'obligerait, cela va sans dire, à me rendre à Selvarica pour inspecter votre domaine.

— Oui, cela va sans dire. Et je suppose qu'après un laps de temps honorable nous parviendrons, la mort dans l'âme, à la conclusion que nous ne sommes pas aussi compatibles que nous l'avions espéré ?

— Un laps plus ou moins long. Oui.

— Et si je refuse cette comédie ? Vous révélerez mon petit secret ?

— Non.

Tristán n'a pas l'air convaincu.

— Révéler votre secret ne m'intéresse pas, comte. Si vous ne voulez pas m'aider, vous êtes libre de partir. Mais si vous parlez à quiconque de cette conversation, je vous anéantis.

Il affiche un sourire soulagé, ce qui n'est pas non plus pour me déplaire. Soudain, il se plonge dans ses pensées.

— Il ne vous a pas échappé, Votre Majesté, que des fiançailles rompues, c'est un coup dur pour mon statut. Tout le monde va imaginer le pire, une impuissance quelconque, une faille.

— Je suis prête à vous offrir une compensation.

— Je suis tout ouïe.

— Malgré notre incompatibilité amoureuse, vous et moi, nous nous découvrirons un profond respect mutuel, une grande affection. Le bon peuple de Selvarica m'aura tant impressionné par son caractère, par sa combativité, qu'après mon retour à Brisadulce j'installerai votre maison sur le siège vacant du Conseil.

Tristán me dévisage alors, bouche bée.

— Je… je ne sais que répondre.

— Je réclame également deux de vos votes en tant que membre du Conseil. À deux occasions choisies par mes soins vous devrez calquer votre vote sur le mien, quel que soit votre sentiment sur le sujet.

Le jeune comte fait les cent pas dans la chambre. Je me force à rester immobile – et muette – afin de lui laisser le temps de la réflexion. Mara a les yeux écarquillés. Surprise ? Inquiétude ? Je ne saurais le dire. Ximena, pour sa part, affiche un petit sourire approbateur et, lorsque nos regards se croisent, elle m'adresse un signe à peine perceptible.

Enfin, Tristán brise le silence.

— Ce siège au Conseil. Il sera permanent, n'est-ce pas ?

— À léguer à votre descendance. Seuls les sièges militaires ne sont pas transmis par héritage.

— Êtes-vous sûre d'obtenir assez de voix pour valider ma nomination ?

— Je me suis déjà assuré un vote. Il m'en manque un, mais j'ai quelques idées sur la manière de l'obtenir.

— Donc vous ne pouvez rien me garantir.

— Je peux vous garantir que je ne relâcherai pas mes efforts. Et si la nomination passe à l'as – ce qui paraît peu probable –, vous serez toujours celui qui a conquis la faveur de la reine.

— Nous pourrions nous marier pour de bon, vous savez. Rien ne vous oblige à m'offrir une position au Conseil. Nous pourrions être bons amis, vous et moi. Des unions se sont bâties sur des fondements moins solides.

— Et vous pourrez me donner un héritier ?

— Cela, je ne peux pas vous le promettre, assène Tristán.

Je lui lance un regard noir, il pousse un soupir.

— En résumé, des fiançailles fictives en échange d'une place au Conseil. Et deux votes si j'obtiens ce siège, récapitule-t-il.

— C'est mon offre.

— Marché conclu.

Nous nous serrons la main, échangeons un sourire. Le sien, radieux, illumine son visage tout entier. Quel malheur pour la gent féminine qu'il préfère les hommes…

J'ajoute alors :

— C'est un pacte secret, avec pour seuls témoins mes deux dames d'atours. Vous avez droit vous aussi à deux témoins. Souhaitez-vous que je répète mon offre devant d'autres personnes ?

— Je vous accorde toute ma confiance.

— Dans ce cas, nous sommes d'accord. Aurez-vous l'obligeance de reporter votre départ ? J'aimerais annoncer au Conseil nos fiançailles et donner à mes courtisans l'opportunité de vous flagorner.

— Bien entendu, Votre Majesté.

— Appelez-moi Elisa.

Le voyage n'exige pas de longs préparatifs. Nos deux caravanes, celle de Tristán et la mienne, se déplaceront en petit équipage. Mais il y a certaines précautions à prendre et Hector passe en revue, durant de longues heures, avec le comte, les trajets possibles, l'organisation du voyage, les membres de notre escorte.

Hector est le seul, parmi les gardes royaux, à savoir que les fiançailles ne sont qu'une mascarade.

Nous avons un débat houleux : Storm doit-il nous accompagner ? Ximena prétend qu'il attirera tous les regards sur nous, mais le père Alentín est d'avis que l'Invierno possède des connaissances trop précieuses pour être mis de côté. Pour ma part, je préfère garder un œil sur lui. À l'instant où Hector s'engage à le tenir confiné dans une voiture spéciale et où Tristán nous garantit la discrétion des personnes de son entourage, nous tombons tous d'accord : Storm doit venir. Et il accepte sans se faire prier.

J'annule la réunion du Conseil durant laquelle j'aurais dû expliquer mon incursion dans le donjon sous prétexte que je souhaite passer du temps avec mon futur mari. Au comte Eduardo, je raconte que le donjon a abrité nos rendez-vous secrets : le palais étant envahi d'invités pendant la semaine de la Délivrance, Tristán et moi avons voulu préserver notre intimité. Un mensonge cousu de fil blanc et, en voyant le comte plisser les yeux, je sais qu'il ne s'y est pas laissé prendre.

— Il n'est pas trop tard pour revenir sur votre décision et agir dans l'intérêt suprême du royaume, dit-il sans insister. Vous finirez par comprendre qu'un seigneur venu du Nord ferait un parti plus indiqué.

Le soir qui précède notre départ, j'accueille avec un soulagement indicible l'obscurité et la solitude. Le sommeil tarde à venir ; je reste longtemps éveillée et je pense à Alejandro. Les membres de la cour n'ont pas perdu de temps pour lui trouver un successeur. Une larme coule le long de ma joue. La présence de mon défunt mari se fait sentir partout autour de moi. Je le perçois dans le bois sombre et les couleurs chatoyantes de sa chambre, dans le portrait exposé depuis peu dans la Galerie des rois, dans le visage de son fils. Tout le monde a l'air d'avoir tiré un trait sur lui. Le jour où je me marierai pour de bon, son souvenir sera mort et enterré.

Une petite silhouette rampe jusqu'à moi et se glisse sous les draps. Rosario. Il se blottit contre moi.

— Elisa ?

— Ta nourrice sait-elle que tu es ici ?

Il hausse les épaules, ce qui signifie qu'il a fait une fugue. Je dépose un baiser sur son front.

— Tu vas encore partir loin, gémit-il.

— Oui.

— Je veux venir avec toi.

— Des gens méchants essaient de me faire du mal. C'est trop dangereux pour toi de voyager en ma compagnie. Il faut que tu restes ici, en sécurité.

— Ils vont te tuer ?

— J'espère que non. Je vais faire tout mon possible pour l'éviter.

— Hector va te protéger.

— Ça, c'est certain.

— Tu vas revenir ?

— Là aussi, je vais faire tout mon possible. Je te le promets.

— Tu tiens toujours tes promesses.

C'est une chose que je lui ai dite il y a bien longtemps. J'étais loin de me douter, à l'époque, que cela prendrait une importance capitale pour ce garçonnet qui n'a vu aucun adulte tenir les promesses qu'il lui a faites.

— C'est vrai.

Il reste silencieux un long moment, si bien que je le crois assoupi, puis il chuchote d'une toute petite voix.

— Je ne veux pas être roi.

C'est comme un coup de poignard en plein cœur. Bien sûr que Rosario ne veut pas être roi. Bien sûr qu'il est terrifié à cette perspective. Comment lui en vouloir ? Je sais combien il est difficile de vivre dans une peur perpétuelle. *Excuse-moi, mon petit Rosario.*

Il me faut un moment avant de reprendre contenance.

— Si tu changes d'avis, je suis sûre que tu seras le plus grand roi de l'histoire de Joya d'Arena. Mais je ne vais pas te forcer la main. Rien ne t'y oblige.

Mes conseillers seraient frappés d'apoplexie s'ils m'entendaient en ce moment. Je ne dis pourtant que la vérité.

— Promets-le-moi, renifle-t-il.

— Je te le promets. Mais tu dois me promettre quelque chose, toi aussi.

— Quoi ?

— Promets-moi de n'en parler à personne jusqu'à mon retour. Pas un mot. Et si tu as le moindre problème, ou si tu as peur de quelque chose pendant mon absence, va voir le capitaine Lucio, le commandant en second d'Hector, et fais tout ce qu'il te dit. Il t'aidera. Et si tu ne trouves pas Lucio, adresse-toi à Matteo. Il est avec la délégation de la reine Cosmé, dans les appartements de l'ambassadeur.

— D'accord, répond le garçonnet, les yeux brillants.

— Qui dois-tu aller voir s'il y a un problème ?

— Le capitaine Lucio ou Matteo.

Je tire l'édredon sur ses frêles épaules.

— C'est bien. Tu veux dormir ici cette nuit ?

— Pourquoi pas, riposte-t-il d'un air faussement nonchalant.

Le palais tout entier assiste à notre départ – domestiques, courtisans et soldats mêlés. Le carrosse du comte Tristán ouvre le cortège, suivi d'un peloton de cavaliers ; une deuxième voiture accueille les gens attachés à mon service, ainsi que les provisions, et le carrosse de la reine ferme la marche. Plus grand et plus fastueux que les autres, sa protection est assurée par une cohorte de fantassins. Pourtant, ce n'est pas moi qui ai pris place dans ce carrosse.

Je marche dans son sillage entourée des domestiques de Tristán, affublée d'un jupon en coton grossier, d'un corsage informe et d'une charlotte enfoncée jusqu'aux yeux. Ximena m'a poudré le visage pour éclaircir mon teint et tressé les cheveux – mon trait le plus distinctif – avant de fourrer la natte sous mon couvre-chef.

Le général Luz-Manuel et le comte Eduardo se tiennent sur un balcon qui surplombe la grille principale. Le général reste impassible, comme à son habitude, quand le comte semble bouillir de colère, tout son corps le trahissant : les yeux plissés, la mâchoire serrée, les bras croisés. Il est évident que cette expédition contrarie ses plans. Tandis que la troupe passe sous la herse, je me force à regarder droit devant moi, de peur d'attirer son attention.

Hector avance à quelques pas de moi et, vu de la foule, il donne l'impression de protéger le carrosse royal. À travers les voilages vaporeux se dessine la silhouette d'une jeune femme assise à l'intérieur, une couronne imposante sur la tête – la couronne au rubis, bien sûr. La mienne, celle incrustée de Pierres Sacrées, voyagera confortablement dans un coffret, sous le banc du carrosse.

C'est Hector qui a engagé cette jeune femme, pour sa ressemblance avec moi. Je ne sais pas qui elle est, ni où il l'a trouvée, et je ne veux pas le savoir. Elle salue la foule avec enthousiasme et je tremble pour elle, cette Elisa qui n'est qu'un leurre. J'étudie la foule des badauds, sur le qui-vive. Il existe d'innombrables façons d'expédier quelqu'un dans l'autre monde. Ce serait si facile.

Tout comme le jour de mon anniversaire, lors du défilé, nous descendons la Colonnade en nous dirigeant vers les portes de la ville. Sur ma gauche, un hôtel particulier nous surplombe, ses hautes fenêtres miroitant au soleil. Un archer qui se cacherait là pourrait percer le carrosse d'une flèche avant de s'évanouir dans la nature, à la faveur du chaos qu'il aura provoqué. Et même si la foule est moins dense que le jour de la parade, elle est assez nombreuse pour que je sente l'angoisse déferler.

Je comprends mieux ce que ressentent Hector et Ximena. Toujours inquiets, toujours méfiants, imaginant toujours des coutelas et de noirs desseins là où il n'y en a pas. Est-ce pour cette raison qu'Hector est si stoïque, si dur ? Que Ximena garde tant de pensées pour elle ? Parce que c'est la seule façon d'accepter que l'on flirte avec le désastre ?

Hector m'a dit que la souffrance est le prix à payer pour quiconque détient le pouvoir, mais un prix peut-être si élevé que d'autres devront le payer à leur tour. Lui et Ximena, par exemple. Mara. Rosario, qui a peur de devenir roi.

Nous marchons un long moment. Lorsque j'aperçois la porte et le désert qui s'étend au-delà, mon cœur se met à marteler ma poitrine, tant ma fébrilité est grande. J'ai hâte de franchir ces murs, de me noyer dans la lumière du soleil. Hâte de sentir mes pieds s'enfoncer dans le sable, de sentir l'air sec fouetter mes cheveux. J'espère que nous pourrons échanger nos chevaux contre des chameaux à un point du trajet. Leurs yeux aimables frangés de longs cils, leur pas pesant mais résolu me manquent. Même de l'odeur de leur bouse, qui sert à allumer les feux, je me languis, c'est dire si j'ai soif de liberté.

Enfin, nous traversons l'ombre que projettent les fortifications et nous nous engageons dans la lumière. La grand-route mène vers le sud en longeant la côte mais sur sa gauche se déploie le désert, vaste, doré, miroitant sous la chaleur. Mon cœur se dilate sous l'effet d'une émotion que je contiens à peine. Je me sens plus libre, plus légère, à chaque pas qui m'éloigne de Brisadulce. Je me contente de donner des coups de pied dans les cailloux de la route.

Hector se glisse jusqu'à moi.

— C'est la première fois que je vous vois sourire ainsi, déclare-t-il.

— Je suis contente d'être dehors, il faut croire. Et regardez-moi ce désert ! Magnifique, non ?

— Oui, murmure-t-il. Magnifique.

— Savez-vous que certains soirs, vous pouvez apercevoir la Sierra Sangre dans le soleil couchant ? Lorsque le soleil s'abîme dans l'océan, l'horizon rougeoie à l'est, aussi vif que du sang. C'est un spectacle merveilleux.

— Je l'ignorais.

— Vous devriez essayer ce soir. Et l'après-midi, lorsque la chaleur est insoutenable, toutes les couleurs du monde fusionnent là où le sable rencontre le ciel.

— Vous m'en direz tant.

Je scrute son visage, soudain méfiante. Se moquerait-il de moi ?

— Et vous, il y a bien un endroit que vous aimez plus que tout au monde ? Un endroit où vous aimez toujours revenir ? Où vous vous sentez vous-même ?

Tandis qu'Hector est plongé dans ses pensées, le cortège se décale vers la droite pour laisser passer un flux régulier de voyageurs – quelques cavaliers blancs de poussière, une modeste caravane de marchands... Ils observent le carrosse royal les yeux écarquillés et gardent une distance respectueuse. Un peu plus loin, Mara décide de quitter la voiture des domestiques, elle préfère marcher. Moi non plus, je n'aimerais pas cohabiter trop longtemps avec Storm.

— Oui, un tel endroit existe, répond Hector.

— En ma qualité de reine, je vous ordonne de m'en parler.

Je meurs d'envie d'exposer mon visage au soleil et au ciel, mais je n'ose pas ôter ma charlotte. Tous les membres de notre petite troupe connaissent ma véritable identité – leur participation à notre plan est cruciale –, mais la route est encore trop fréquentée.

— Puisqu'il s'agit d'un ordre, je vais vous parler de Ventierra, la propriété de mon père.

— Vraiment ? Votre petite parcelle de boue n'a sûrement rien à voir avec ce paysage grandiose, dis-je en indiquant les dunes, prête à le taquiner.

— Ma petite parcelle de boue, comme vous dites, est une région de collines et de coteaux, vert vif pendant la saison des pluies, dorée pendant la saison sèche. L'herbe est comme un océan, si drue qu'elle ondule les jours venteux. De loin elle chatoie, on croirait du velours. Des vagues s'écrasent sur les falaises du littoral, projetant des gerbes d'écume dans le ciel. Près de l'embouchure du fleuve se trouvent des petits étangs remplis par la marée – enfant, j'ai joué là-bas des heures durant. Mais rien n'est plus beau qu'un vignoble que l'on s'apprête à vendanger. Des rangées interminables de vignes lourdes de grappes…

— Ah. Ce tableau dans votre chambre…

— Oui. Je volais du raisin dès que mon père avait le dos tourné. J'étais triste pour lui parce qu'on l'écrasait, on le transformait en un liquide infect. Il me semblait que le raisin préférait être du raisin que du vin.

Je m'esclaffe.

— Qu'ai-je dit ? s'étonne Hector.

— Rien. C'est juste que c'est la première fois que je vous vois sourire ainsi.

Nos regards s'entremêlent et j'oublie le reste du monde.

— J'aimerais voir Ventierra un jour.

— Moi aussi.

— Cet endroit vous manque ?

Il se borne à hausser les épaules. Ses traits se sont durcis ; il tente de cacher ses émotions.

— Je ne me rendais pas compte que vous aviez le mal du pays.

— Je n'ai pas dit…

— Vous n'avez pas besoin de le dire.

— J'aime Brisadulce, aussi. C'est ma maison.

— J'en suis ravie.

Un peu plus loin, une main écarte les rideaux du carrosse et Ximena glisse sa tête dehors. Je lui adresse un sourire et un petit clin d'œil. Elle ébauche un sourire à son tour avant de voir que je me trouve en compagnie d'Hector. Elle se rembrunit alors et remet vivement le rideau en place. Je fronce les sourcils, décontenancée.

Le soir venu, alors que le soleil teinte le sable de reflets bronze, nous contournons un caravansérail où s'active une foule bariolée, entre les abris en pisé et les écuries au toit en palmes. Nous avons résolu d'installer notre campement un peu à l'écart, sur une dune.

Je vais chercher mes affaires dans le carrosse royal. Assise près de la fausse Elisa, Ximena me paraît guindée, pas vraiment à l'aise. Sous le poids de son voile et de la couronne, la jeune fille s'est effondrée. Des auréoles de sueur maculent sa robe. À sa vue, j'ai une grimace de pitié.

— Il me semble que la couronne n'est plus nécessaire. Ni le voile. Nous voici loin de la route. Pourquoi ne pas ouvrir les rideaux pour vous rafraîchir ?

Mon sosie dormira dans le carrosse cette nuit, où elle offrira une cible facile. Ximena ne la quittera pas d'une semelle.

— Merci Majesté, répond-elle, intimidée.

Je récupère mon bagage sous le banc du carrosse et je vais voir Hector.

— Où voulez-vous que je m'installe ?

— Nous allons établir un périmètre de sécurité tout autour de vous.

Je déroule la tente sur le sable et je me mets au travail. Les gestes me reviennent naturellement et je puise un grand plaisir dans ces sensations, le crissement du sable quand j'enfonce les piquets, la toile qui claque au vent. Je laisse un pan relevé, en guise de porte, en nouant les liens sur les côtés. J'explore le contenu de mon bagage, à la recherche de ma pierre à feu, puis je le jette à l'intérieur de la tente. Il est l'heure d'allumer un foyer, si Mara ne s'en est pas encore chargée.

Une ombre se dresse au-dessus de moi et je manque de faire tomber ma pierre à feu dans le sable.

Le comte Tristán m'observe, les yeux écarquillés.

— C'est bien la première fois que je vois quelqu'un monter une tente avec une telle célérité. J'ignorais que vous étiez capable d'un pareil exploit.

D'autres abris se dressent autour de moi, parmi lesquels un pavillon un peu plus grand que se partageront Belén et Alentín.

— Vous croyez que j'ai passé mes journées à la tête du Malficio à broder ? À composer des alexandrins en hommage au soleil du désert, peut-être ?

— Non. J'imaginais des tâches plus… administratives.

— Je sais aussi allumer un feu, écorcher un lapin, chercher des plantes comestibles, soigner des blessures superficielles. Sans oublier que je peux effrayer un ennemi en jetant un caillou sur lui, avec une précision variable, à l'aide d'un lance-pierres.

À quelques pas de là, Hector a retiré la selle d'un hongre pour le bouchonner. Il lève la tête et plante son regard dans le mien. Il est plutôt fier de moi, et sa réaction me réchauffe le cœur.

Un peu plus tard, assis autour du feu de camp, nous dégustons la soupe préparée par Mara – un bouillon léger concocté à partir de lentilles et de légumes secs – et le soleil s'enfonce dans l'océan. Je ne sais pas si le ciel rougeoie à l'horizon, comme je l'ai expliqué à Hector, car j'ai le regard fixé sur le nord. Même si nous sommes trop éloignés de Brisadulce pour distinguer ses murs, une sphère lumineuse se détache sur le ciel nocturne et marque son emplacement. Je pense aux milliers de lanternes et de bougies qui éclairent en ce moment même ma capitale et je constate, non sans tristesse, que je me sens plus heureuse, plus confiante, loin d'elle.

Le lendemain, Hector chuchote au creux de mon oreille :

— Je crois que nous sommes suivis.

Je lève la tête, puis je me force à me détourner d'Hector et à diriger mon regard ailleurs. Si nous sommes suivis, comme il le croit, il vaut mieux éviter que le commandant de la garde royale soit surpris en pleine discussion avec une domestique qui ressemble comme deux gouttes d'eau à la reine.

— Vous en êtes sûr ? Cette route est très fréquentée.

— Non. Mais il faut rester vigilant. Un groupe de cavaliers nous suit à distance constante depuis notre départ. Il n'y a pas de carrosse, personne n'est à pied. Ils devraient progresser beaucoup plus vite que nous.

— Il est de notoriété publique que je voyage vers le sud. Peut-être sont-ils poussés par la curiosité. En fait, je ne serais pas étonnée de croiser plus d'une caravane sur la route.

— Peut-être, répond-il sans conviction.

— Serait-il plus judicieux que je marche devant le carrosse plutôt que derrière ?

Le sable me fait suffoquer et j'ai dû nouer mon châle autour de mon visage.

— En effet. Même si cela m'ennuie que vous ne soyez plus camouflée par le sable. Personne ne pourrait vous reconnaître dans cet état, plaisante-t-il.

Je ne peux pas m'empêcher de le fusiller du regard. Son amusement s'évanouit très vite.

— Nous allons garder un œil sur eux.

— Non. Nous allons faire mieux que ça.

— Et comment ?

— S'ils sont toujours derrière nous quand nous installerons le campement ce soir, j'enverrai Belén en éclaireur.

— Vous avez décidé de lui accorder votre confiance ?

— C'est un éclaireur hors pair. Et j'ose espérer que la confiance viendra tout naturellement avec le temps.

Je repense au jour où Iladro a été empoisonné. Il m'avait semblé tout naturel, sur le moment, de réclamer l'aide de Belén. Les circonstances l'exigeaient et nous avons endossé nos anciens rôles comme si de rien n'était.

Lorsque le soir tombe, la troupe qu'Hector a repérée est toujours là, petites silhouettes noires qui se découpent sur l'horizon. Nous croisons d'autres voyageurs mais ces cavaliers-là s'arrêtent quand nous nous arrêtons, installent leur campement quand nous installons le nôtre. Leur feu de camp flambe tandis que le crépuscule se transmue en nuit.

J'ordonne que nous n'allumions aucun feu ce soir ; nous nous contenterons de bœuf séché, de dattes sèches, de galettes de pain. Je ne veux pas que l'on devine, même de loin, que nous tenons conseil.

Nous formons un cercle, éclairés à la lueur de la lune et des étoiles. Nous sommes une petite trentaine, en comptant les gens de Tristán. Même Storm prend le risque de quitter sa voiture pour se joindre à nous. Les autres lui laissent une petite place, une méfiance dans le regard. Il n'ôte pas son capuchon.

Je me mets debout.

— Belén, approche.

Belén m'obéit sans la moindre hésitation. Il met genou en terre – enfin, en sable.

— Souhaites-tu toujours me faire allégeance ?

Sa réaction m'indique que je l'ai pris par surprise.

— Oui.

— Dans ce cas, je t'accepte à mon service.

Il s'agrippe alors des deux mains à ma tunique comme s'il craignait que je change d'avis. C'est un geste intime et troublant, surtout quand il effleure ma Pierre Sacrée du pouce. À quelques mètres de moi, j'entends des soldats dégainer leur épée dans un chuchotis de cuir. C'est pourtant le geste rituel d'un vassal qui s'apprête à prêter serment.

— Je vous jure soumission et fidélité, clame Belén. Je jure de vous protéger, de vous honorer. Ordonnez, j'obéirai. Tant qu'il y aura un souffle de vie en moi, votre peuple sera mon peuple, vos mœurs mes mœurs, votre Destin mon Destin.

Ses mains dans les miennes, je l'invite à se relever tandis que les autres membres du groupe grommellent :

— Selah.

Il me dépasse de plusieurs têtes et mon regard s'attache au bandeau qui masque son orbite vide. Sur un coup de tête, je le serre contre moi.

— Merci Elisa, murmure-t-il.

Derrière lui j'aperçois Mara, dont les larmes brillent dans le clair de lune.

— J'ai besoin de ton aide. Ce soir.

— Je suis à votre service.

Lorsque je lui parle des cavaliers qui nous suivent il hoche la tête, sans exprimer aucune surprise. Je n'ai même pas à lui préciser ma pensée.

— Je serai de retour au matin, lance-t-il avant de s'enfoncer dans les ténèbres.

— Vous savez pour qui travaillent ces hommes ? me demande Mara.

— Je soupçonne le comte Eduardo. Il a désapprouvé ce voyage, et son objectif. Il veut à tout prix que j'épouse un seigneur originaire du Nord. Et il sait que je ne suis pas totalement franche avec lui.

— Sait-il que nous traitons ensemble ? siffle Storm.

— C'est l'une des choses que je lui ai cachées.

— Si ce sont les gens du comte, réplique Ximena, nous pourrions les utiliser à notre profit. Les lancer sur une fausse piste, par exemple.

— Exactement ce que je pensais.

— Et si ce sont des voleurs ? s'enquiert une voix féminine que je ne reconnais pas.

Hector laisse échapper un rire.

— Nous n'avons rien à craindre de voleurs pareils. Cinq contre tout notre équipage ?

Il a raison de prendre cette question à la légère. Lui et Tristán seraient de taille à venir à bout de cinq bandits de grand chemin. Ce qui m'inquiète, c'est que ces hommes pourraient être des assassins stipendiés. Ils nous observent, froids et patients, attendant le moment idoine pour s'introduire dans notre camp.

Hector doit penser la même chose car il déclare :

— Avant de connaître le fin mot de l'histoire, doublons les effectifs des guetteurs. Elisa, vous voyagerez demain dans la voiture des domestiques, afin de vous cacher aux regards.

— Fort bien.

Même si je préfère, et de loin, marcher, j'ai décidé de placer ma confiance en Hector. Une confiance aveugle. Et je me résous à poursuivre le voyage en compagnie de Storm.

18.

Je suis réveillée par une main plaquée sur ma bouche. Je me cambre pour échapper à mon agresseur, le pouls battant à mes tempes. Ce que je craignais pardessus tout est en train d'arriver…

— Elisa ! chuchote Belén. C'est moi.

Mes muscles se détendent d'un coup, il retire sa main. Je suis furieuse.

— Chut !

— Mais qu'est-ce qui te prend ?!

— Je voulais vérifier si je pouvais entrer dans votre tente sans me faire repérer des sentinelles de Tristán et des gardes royaux.

Je repousse ma couverture de voyage et je me redresse sur ma couche. Mes gardes sont la force armée la plus compétente du royaume. Comment Belén a-t-il pu échapper à leur attention ?

— Eh bien, je vois que c'est une réussite totale.

— Oui, on ne peut le nier.

Je n'arrive pas à le distinguer – il fait encore nuit noire –, mais j'entends le sourire dans sa voix.

— Qu'as-tu trouvé ?

Ma tente tangue dangereusement lorsqu'il la cogne en croisant les jambes.

— Cinq hommes qui essaient de se faire passer, d'après leur accoutrement, pour des nomades. Ils sont trop… soignés. Pomponnés, même. Et leurs chevaux sont des bêtes robustes, élevées dans des haras du bord de mer. Pas de couleurs, pas de marques, mais des selleries de grande qualité. Même le tissage des couvertures témoigne d'une certaine richesse.

— Ce pourrait donc être les hommes du comte. Ou du général.

— J'ai reconnu l'un d'eux. J'ignore son nom, mais je l'ai vu aux côtés du comte. Un homme de très haute stature, plus grand que moi. Des cheveux raides, plaqués sur le crâne. À première vue il semble jeune, mais je le soupçonne d'être plus âgé. Plus expérimenté.

— Cela ressemble beaucoup à Franco. Un homme insaisissable. Je crois que je ne lui ai jamais adressé la parole. As-tu pu entendre ce qu'ils se disaient ?

— Une plaisanterie de mauvais goût sur la mère de l'un d'eux, que je ne répéterai pas. Un autre a suggéré de rester encore plus loin en arrière demain. « Loin des regards », a-t-il dit. Mais le grand – Franco ? – a répondu : « Il faut qu'on la garde à l'œil. Elle va bientôt dévoiler ses intentions. »

— Nous pouvons donc en conclure qu'ils nous suivent sur l'ordre du comte.

— C'est ce que je pense aussi.

— Va dormir un peu. Nous en informerons les autres dans la matinée.

— Oui, Majesté.

— Et, Belén ?

— Oui, Majesté ?

— Humberto serait fier de toi. Il a toujours su que tu rallierais notre camp.

Prononcer le nom de mon premier amour à voix haute, cela me fait moins mal que je ne le craignais. *Humberto*, répété-je en mon for intérieur. *Humberto.*

Belén prend une légère inspiration avant de répondre :

— Il serait très fier de vous aussi. Il savait donner sa confiance aux autres bien avant qu'ils ne croient en eux-mêmes, pas vrai ?

La tente se referme. Il s'est volatilisé.

Au petit déjeuner, gâteaux de maïs frits dans l'huile d'olive. Ximena et Hector se divisent sur la marche à suivre. Les autres écoutent leurs arguments, mal à l'aise, tâchant de se fondre dans le décor.

Seul Storm ne s'est pas joint à nous : il craint trop de quitter sa voiture en plein jour.

— Si nous restons unis, vous ne risquez rien, assène Ximena. Cinq hommes contre notre garde royale et contre les soldats du comte Tristán ? Ils n'ont aucune chance. Et je ne suis pas convaincue qu'ils soient là pour chercher les ennuis. Je pense plutôt que le comte les a chargés de surveiller Elisa. Ce voyage ne rentre pas dans ses plans et il veut se convaincre qu'il garde la main sur la situation. La meilleure solution, c'est de rester ensemble. D'aller à Selvarica comme prévu. Plus nous collons au programme d'origine, moins nous éveillerons les soupçons. Mais si le groupe se scinde, Elisa est encore plus vulnérable.

Le comte n'est pas le seul à vouloir se convaincre que la situation ne lui échappe pas, me dis-je en mâchonnant mon gâteau. Coincée dans le carrosse avec une reine de pacotille, Ximena est incapable de garder un œil sur moi. La frustration la ronge.

— J'espère que vous ne vous trompez pas, dame Ximena, répond Hector. Mais s'il compte juste surveiller la reine, pourquoi n'a-t-il pas demandé que sa délégation voyage avec nous ? Cela n'a aucune logique. Et ce qui m'inquiète vraiment, c'est la présence de Franco. L'éminence grise d'Eduardo. Mon instinct me dit de rester sur le qui-vive.

— Nous aurions dû partir avec un groupe plus nombreux.

— Trop risqué. Ce serait attirer l'ennemi à l'intérieur plutôt que de le tenir à distance.

Tristán, qui se désaltère, nous écoute en silence. Il rebouche sa gourde, l'enfonce dans le sable et se met debout avec une grâce telle qu'il attire sur lui tous les regards. Le visage grave, il prend la parole :

— Mon père a été assassiné lors d'une expédition identique à celle-ci. Toutes les conditions sont réunies. Les responsabilités sont diluées. Et il n'y a pas de réel coupable. À ce jour, je ne sais pas qui a tué mon père.

Silence.

— Que nous conseillez-vous, comte ?

— La prudence, sûrement. Je pense que dame Ximena fait preuve d'un optimisme abusif en suggérant que le comte souhaite tout simplement vous garder à l'œil. Mais je ne pense pas non plus que scinder le groupe soit judicieux.

Je dois prendre une décision, une décision qui pourrait mener à la mort. La mienne, celle de la fausse Elisa ou encore de mes proches. À l'époque où je n'étais qu'une renégate, je prenais ce genre de décision cinq fois par jour. Je pensais qu'avec le temps je me serais endurcie.

— Tout est prévu pour le cas où le groupe se scinderait, j'imagine ?

— Bien sûr, répond Hector. Mais nous ne pouvons pas le faire en plein désert. Il faudrait atteindre un village, ou un comptoir de commerce. Ou mieux encore, un port comme Puerto Verde.

— Dans ce cas, ne changeons rien pour l'instant. Belén, tu iras espionner ces hommes chaque nuit, aussi longtemps que tu arriveras à passer inaperçu.

Belén baisse la tête, docile.

— C'est faisable.

— Je prendrai une décision lorsque nous atteindrons un comptoir.

Le petit déjeuner fini, nous levons le camp. Ximena regagne le carrosse royal, furieuse. Tandis que je replie ma tente, Hector s'approche de moi.

— Cette nuit, je dormirai devant votre tente. Nous verrons si Belén pourra me duper, moi aussi.

Humberto faisait de même à l'époque, pour me protéger des autres. Je scrute Hector ; son regard est déterminé mais impénétrable. Comme je ne réponds pas tout de suite, il ajoute :

— Si vous le permettez, bien sûr.

— Merci. Je dormirai mieux en vous sachant à mes côtés.

Et c'est l'entière vérité.

Voyager dans la voiture des domestiques, c'est un réel cauchemar. En quelques minutes à peine, mon dos et mon arrière-train sont réduits en bouillie à force d'être malmenés sur le banc en bois et la chaleur me monte à la tête, car nous avons choisi – en toute connaissance de cause – des véhicules dotés de très petites fenêtres. La sueur coule dans le sillon de ma gorge et plaque sur mon front des mèches qui se sont échappées de ma natte. Hector est assis à côté de moi et nos cuisses se touchent à chaque cahot. Lorsqu'une roue heurte un gros caillou, je glisse sur le banc et je me retrouve collée contre lui. La voiture se redresse immédiatement mais ni lui ni moi ne prenons la peine de reprendre notre position d'origine.

Cela me donne aussi l'occasion de discuter avec Storm pour la première fois depuis notre départ. Il est assis en face de nous, si grand que sa tête frôle le plafond. Il a abaissé son capuchon et la sueur fait miroiter cette peau presque parfaite. Il s'évente au moyen d'une feuille de palmier.

— Ce voyage est une partie de plaisir, vous ne trouvez pas ? dis-je sur le ton de la plaisanterie.

Il émet un sifflement et au fond de ses pupilles vertes jaillit une étincelle de fureur, voire de mépris. Je sens Hector se raidir mais l'Invierno ne me fait plus peur. Ce doit être sa franchise qui me le rend sympathique. C'est l'un des rares qui ne prend jamais la peine de maquiller ses opinions en ma présence. Le seul, peut-être.

— Ce désert est une calamité, lance-t-il.

— Votre peuple ne semble pas très adapté à ce climat.

— En effet. Notre peau sèche et pèle ; nos pieds se couvrent d'ampoules. Certains jours, j'ai l'impression que mon sang bout dans mes veines. Ma chère caverne me procurait un grand soulagement face à ce climat épouvantable.

— Et pourtant, vous avez traversé le désert à la tête d'une armée gigantesque pour tenter de nous envahir.

— Nous l'avons contourné par le nord et par le sud. Mais, oui, c'était un voyage très pénible. Des centaines de braves ont péri à cause de la chaleur.

— Les températures sont plus clémentes dans votre royaume, j'imagine ?

— Mon royaume ne peut se comparer à cette décharge à ciel ouvert sur laquelle vous régnez.

À ma grande surprise, j'éclate de rire.

Et ma surprise est plus grande encore quand je vois le fantôme d'un sourire flotter sur ses lèvres.

— Dites-moi, Majesté. Que me vaut le déplaisir de votre compagnie aujourd'hui ? m'interroge-t-il.

— Je me languissais de votre gentillesse et de votre bonne humeur.

— Le sarcasme, encore. Je pensais que vous alliez m'avouer que vous avez décidé de vous cacher ici, comme un lapin apeuré, du groupe qui nous a pris en chasse.

— Je me cache, certes, comme un lapin avisé.

— Les hommes du comte, croyez-vous ?

— Je le crois, même si je n'en suis pas certaine. L'un d'eux, un homme grand et mutique, a été vu à Brisadulce avec le comte.

Storm sursaute si brutalement que nos genoux se cognent.

Dans la seconde qui suit, Hector a planté la pointe de sa dague dans la gorge de l'Invierno.

— Recule. Tout de suite.

Storm s'exécute puis s'évente de plus belle à l'aide de la feuille de palmier. Il se compose un masque impassible, l'œil fixé sur la dague d'Hector.

— Décrivez-moi cet homme grand et mutique.

Et je fais de Franco un portrait aussi fidèle que possible à la description de Belén : grand, les cheveux plaqués sur le crâne, l'air jeune, un conseiller très proche. Storm se recroqueville sur lui-même au fur et à mesure. Lorsque je me tais, il me fait penser à un chat acculé contre un mur.

— Qu'y a-t-il ? Vous connaissez cet homme ?

— Il faut que je vous quitte. À la première occasion. Débarquez-moi au prochain caravansérail. Non, au prochain port. Il me faut un endroit assez grand où je pourrai disparaître.

— Storm ! Connaissez-vous cet homme ?

— Oui, je le connais. Franco, c'est ça ? C'est un nom d'emprunt. Son vrai nom, dans la langue du Destin, signifie « écoutez l'eau qui tombe car ses secrets creusent des ravins dans les cœurs de pierre ».

— Un Invierno !

— Un espion, marmonne Hector.

— Si Franco apprend que je suis ici, conclut Storm, il va me tuer.

— Le comte Eduardo fait travailler un espion à son service. Sait-il que Franco est un Invierno ?

— Comment le saurais-je ?

— Pourquoi ne m'avez-vous pas dit qu'un espion de votre bord est à la solde de l'un des membres de mon Conseil ?

— Vous ne m'avez pas posé la question. De plus, je vis dans la clandestinité depuis plus d'un an. J'ignorais qu'il avait réussi à infiltrer le cercle des intimes du comte.

— Y en a-t-il d'autres qui ont noyauté ma cour ?

— Pas à ma connaissance. Majesté, je vous conjure de me débarquer au prochain port.

La voiture fait une embardée et, d'instinct, je m'agrippe au genou d'Hector. Mon geste n'échappe pas à Storm, qui esquisse un sourire mauvais. Je retire ma main et j'en fais un poing que je pose sur mes genoux.

— Si j'accède à votre demande, vous laisserez passer l'occasion de nous accompagner au zafira. Il ne s'en présentera pas d'autres. Seule une Pierre Sacrée vivante peut nous y amener, l'avez-vous oublié ?

— Vous n'avez pas tort, admet-il.

— Pourquoi ne pas abandonner Storm dans le désert ? suggère Hector. Cela pourrait détourner l'attention de Franco, nous donner une chance de le distancer.

— Si nous vous laissons dans le désert, vous pensez pouvoir vous en sortir ?

— Non ! Pas si Franco me voit. Il ne reculera devant rien pour me tuer.

— Donc ils nous délaisseront un moment, afin de vous prendre en chasse.

Storm ouvre la bouche, la referme. Je distingue l'instant précis où il se rend compte que le piège s'est refermé sur lui.

— Ce Franco doit être très adroit pour que vous ayez peur de lui à ce point.

— Majesté, c'est un assassin professionnel.

Voilà qui me coupe le souffle. Un tueur mandaté par Invierne, dans mon propre palais, depuis le début. Sans que je nourrisse aucun soupçon. Au service d'un membre du Conseil. Et si c'était lui qui avait attenté à ma vie ?

Je me tourne vers Storm.

— Vous devriez rester caché dans la voiture. Comme un lapin apeuré, pour reprendre votre propre insulte.

Il se renfrogne.

— Ne vous alarmez pas. Je vais trouver quelqu'un pour vous tenir compagnie.

— Je préfère rester seul.

— Je sais.

J'affiche ce que j'espère être une imitation réussie de son rictus dégoulinant de mépris.

— Vous feriez mieux de rester cachée, vous aussi. Franco est rusé, et habile. Il est au meurtre ce que les animagi sont à la sorcellerie.

— Fort bien. Hector, il faut en informer les autres. Tout le monde.

— Oui, murmure-t-il, la main sur mon genou.

Lorsque nous nous arrêtons pour déjeuner, je révèle au groupe ce que j'ai appris de la bouche de Storm.

Personne n'est plus surpris, plus terrifié, que la fausse Elisa, qui se cramponne au bras de Ximena. Son voile estompe ses traits et je suis soulagée de ne pas voir la peur qui hante son regard, plus soulagée encore de ne pouvoir établir de contact visuel avec elle. Parce que je suis glacée d'angoisse, moi aussi.

— Je peux me charger de lui, affirme Belén. Cette nuit. Je me glisse dans leur campement et je lui tranche la gorge avec un poignard.

— Storm dit que Franco est assassin de profession. Tu vas trouver un adversaire à ta mesure.

— Je peux me charger de lui, répète-t-il.

Je sais de quoi Belén est capable. Un jour, Cosmé m'a raconté (elle a assisté à toute la scène) qu'il s'est introduit dans un campement invierno pour y égorger trois de leurs guerriers avant de disparaître comme une ombre. N'y a-t-il qu'un assassin pour régler le sort d'un autre assassin ? J'en sais si peu sur invierne. Franco est-il une anomalie dans leur société ? Ou, au contraire, l'incarnation d'une tradition séculaire d'excellence et de discipline, comme mes propres gardes royaux ? Je dois me renseigner auprès de Storm avant de prendre une décision.

— J'aimerais changer mon vote, annonce Tristán.

— Votre vote ? Que voulez-vous dire ?

— Je pense que notre groupe devrait se scinder. Au prochain port, vous et quelques autres pourriez partir à la recherche du zafira. Le reste tentera d'éloigner l'assassin. C'est une chance que vous ne devez pas laisser passer. Ils finiront par comprendre que nous les avons bernés, mais cela pourrait vous faire gagner des jours, voire des semaines, de tranquillité.

— Je suis d'accord, lance Ximena. Être pistés par les larbins du comte, c'est une chose. Un assassin à nos trousses, cela change la donne.

— Hector, quand pouvons-nous mener ce projet à bien ?

— Si nous arrivons à Puerto Verde, à quelques jours d'ici, je pourrai peut-être armer un bateau. Je connais un capitaine qui doit bientôt arriver au port avec une livraison de vin issu des premières vendanges.

Sûrement du vin de Ventierra, son pays natal.

— Quelqu'un en qui vous placez votre confiance ?

— Sur ma vie et sur mon honneur.

— Dans ce cas, cap sur Puerto Verde. Nous tiendrons à l'œil Franco et son groupe jusqu'à notre arrivée, en nous adaptant à la situation si nécessaire. À moins que l'un de vous n'ait une proposition concluante à m'offrir ?

J'interroge mes voisins du regard. Personne n'a rien à ajouter.

— Mettons-nous en route, alors.

Tandis que je remonte dans la voiture, épaulée par Hector, je projette mon regard vers le nord, sur la route qui ondule sous le soleil. Hormis le petit groupe qui pose ses pas dans les nôtres, aucun voyageur ne semble l'emprunter. Bizarre. Et inquiétant.

19.

Après un dîner à base de tilapia et de dattes séchés, je m'assieds en tailleur à l'intérieur de ma tente tandis que Ximena défait ma natte. Hector installe son tapis de couchage devant l'entrée. Il enfonce son paquetage dans le sable afin de le faire tenir debout. Je le dévore des yeux, fascinée par ses mouvements, par sa force, par l'assurance qu'il dégage.

Ximena m'attrape par le menton et vrille son regard dans le mien afin de rompre le charme.

— Ce n'est pas facile tous les jours d'être reine, ma perle.

C'est un avertissement. Elle l'a réservé à Alodia, après tout. Et elle a raison. Ils sont bien assortis.

La perspective de laisser Hector à une autre creuse un trou béant dans ma poitrine. Je hoche la tête, de peur que ma voix ne me trahisse. Elle plante un baiser sur mon front et me fausse compagnie, afin d'offrir ses services à sa fausse reine.

Sans prêter attention à Hector, je m'allonge sur mon matelas. Je reste étendue ainsi un long moment et je l'écoute respirer.

Quelques minutes – ou une heure, peut-être, je ne saurais le dire – s'écoulent dans une inertie totale. Je lève la tête et je chuchote :

— Hector ?

— Oui ? chuchote-t-il en réponse.

Il est à moins d'un mètre de moi. L'espace d'un souffle, pas plus. Ma gorge refuse de se dénouer.

— Ma sœur. Alodia. Elle a... Ma sœur m'a posé des questions à votre sujet. En rapport avec un accord de mariage potentiel.

Un long silence.

— Cela expliquerait pourquoi elle a entamé une correspondance avec, répond Hector.

Une douleur me prend la poitrine en étau. Alodia a donc entrepris certaines démarches avant de solliciter mon avis.

— Elle vous ressemble beaucoup, vous savez. Intelligente. Belle. Mais...

— Et comptez-vous... ou plutôt, envisagez-vous...

Je n'arrive pas à finir ma phrase. Je ne veux pas savoir quelle décision il a prise, en fin de compte.

— J'obéirai en toutes choses à ma reine.

Une émotion m'étreint, le désespoir peut-être, et je glisse ma main à l'extérieur de la tente. Mes doigts trouvent son poignet et, soudainement, la main puissante d'Hector enserre la mienne, qui paraît minuscule. Cette force tranquille me fait monter les larmes aux yeux.

Je suis à deux doigts de lui avouer mon amour, mais quelque chose me retient.

— J'ai dit à Alodia que je ne connais pas homme plus digne d'éloges que vous.

— Merci, murmure-t-il en retenant ma main.

C'est ainsi que je m'endors, ma main dans la sienne. Belén ne me rend pas visite cette nuit. Ou, s'il vient me voir, il préfère rester discret.

Deux jours plus tard, le désert cède la place à un paysage de collines. La mer n'est plus très loin. Ce paysage vallonné marque la frontière des propriétés du Sud, la région la plus tempérée de mon royaume. Au fur et à mesure de notre ascension, la route est bordée par une terre compacte d'où jaillissent çà et là herbes sèches et broussailles.

Au bout d'une journée de marche, nous atteignons Puerto Verde. Nous franchissons la crête d'une colline et la ville est là, déployée sous nos yeux, une vaste baie couleur turquoise ceinte de falaises qui protègent le port de la houle. Les navires de commerce pullulent ; j'en compte plus d'une vingtaine. Les embarcations plus modestes – dériveurs, bateaux de pêche, péniches de plaisance – sont encore plus nombreuses.

Une ville a pris d'assaut les falaises et part à la conquête de la mer, grâce à ses constructions sur pilotis. L'impression première, c'est que les quais en bois envahissent l'océan, comme autant de doigts crochus. Il y règne une atmosphère de ruche et, d'en haut, il me faut quelques minutes pour mettre de l'ordre dans toute cette agitation. Des négociants hurlent leurs prix, des marins chargent et déchargent les bateaux, des commis comptabilisent les marchandises. Tous s'affairent, le geste sûr, la voix forte. Aux antipodes de cette indolence qui rythme la vie à Brisadulce.

Mon peuple. Je règne sur cette ville aussi sûrement que sur ma capitale, et c'est pourtant la première fois que j'y mets les pieds.

La route creusée en corniche dans la falaise zigzague dangereusement et nous restons collés à la paroi pendant notre descente. Je n'ai jamais été sujette au vertige, mais je n'ose pas regarder par la fenêtre du carrosse en contrebas. Du coup, j'observe ce qui se passe de l'autre côté et la scène n'est pas moins intéressante : j'entrevois des plate-formes qui surgissent au-dessus de nos têtes, des mécanismes complexes, poulies et treuils, qui servent à hisser les marchandises à différents paliers de la falaise.

Le temps d'arriver au niveau de l'eau, la nouvelle se propage – l'équipage de la reine approche ! – et sur la ville s'abat un silence respectueux. Mes mâchoires se verrouillent et les muscles de mes épaules se contractent. Les regards se font pesants.

Nous nous arrêtons devant une auberge baptisée Le Nœud marin. Une petite foule s'est amassée sur le perron pour nous accueillir : les employés de l'auberge, je suppose. Je vois des sourires, des attitudes nerveuses, quelques fanions sur lesquels ont été brodées, à la va-vite, les armes royales. Notre itinéraire officiel annonce une halte de deux jours dans cet hôtel.

Mais notre itinéraire officiel, tout comme la reine-leurre, sert à lancer les malveillants sur de fausses pistes.

Pourtant, tandis que nous nous éloignons, je suis prise de remords : l'incompréhension et la déception se lisent sur les visages. Ces gens se sentent trahis.

Nous tournons le coin de la rue et nous arrivons à notre destination réelle, l'Auberge du Roy. Le comte Tristán a porté son choix sur cet établissement parce que le troisième étage offre une vue imprenable sur les bâtiments alentour et parce que sa localisation, un peu en retrait de l'artère principale, rend son entrée moins visible.

Notre caravane s'engage dans une ruelle qui mène à une immense écurie plongée dans la pénombre. Hector et moi, nous quittons notre voiture – Storm y restera, pour sa part, jusqu'à la tombée du jour – et mes gardes s'empressent d'établir un périmètre de sécurité. Pendant ce temps, les hommes de Tristán détellent les chevaux et commencent à décharger les bagages. Lorsque la fausse Elisa quitte le carrosse royal, les quelques entêtés qui nous ont suivis jusqu'ici l'accueillent à grands cris.

— Reine Elisa ! hurle une voix.

— Votre Majesté ! s'écrie une autre.

Quelqu'un veut franchir le cordon de sécurité, mais mes hommes l'en empêchent.

Pour toute réaction, la fausse Elisa rabaisse son voile. Devancées par Belén et par le père Alentín, mes suivantes la guident vers la porte de derrière. Je mets mon sac en bandoulière et j'attrape une malle, jouant mon rôle jusqu'au bout. Je pénètre dans l'auberge, poursuivie par la honte d'abandonner mon peuple dehors, ignoré, dédaigné.

L'aubergiste, un vieil homme ratatiné, crâne chauve et sourire nerveux, se plie en quatre pour nous, il accepte de nous préparer des bains chauds et de servir les repas dans nos chambres. La fausse Elisa lui adresse de vagues sourires et marmonne des remerciements. Lorsqu'il nous laisse seules, elle va faire un somme et je m'offre mon premier bain en plusieurs jours.

— Ah, j'adore les bains.

— Je sais. Pourtant, Elisa, vous n'avez pas besoin qu'on vous dorlote, plaisante Mara. Vous semblez parfaitement à l'aise dans votre tenue de nomade, couverte de poussière et de sueur, brûlée par le soleil.

— Je serais à l'aise, comme tu dis, si je n'étais pas inquiète pour ma vie et pour la vie de ceux qui m'entourent.

Ximena s'approche de moi armée d'une brosse et de plusieurs épingles.

— Pourrais-tu laisser mes cheveux détachés ? Juste pour ce soir ? Tu m'as fait des nattes très serrées ces derniers jours, cela m'a donné mal à la tête.

L'air mécontent, elle délaisse ses épingles à contrecœur tandis que Mara m'essuie les cheveux à l'aide d'une serviette avant de défaire les plus gros nœuds en s'aidant de ses doigts. J'ai toujours connu ma nourrice stoïque – un trait qu'elle partage avec Hector –, mais depuis quelque temps, elle est devenue revêche.

Un peu plus tard, mes cheveux ont séché et ondulent jusqu'à ma taille ; j'ai revêtu une tunique en lin propre et un pantalon en cuir. Les membres de notre groupe se présentent peu à peu dans ma chambre. Deux soldats restent à l'extérieur pour surveiller la porte tandis que les autres s'entassent et prennent place, qui sur un tapis, qui sur le lit. Hector arrive bon dernier et, lorsqu'il m'aperçoit, il se fige et gagne rapidement une place vide au pied du lit de la fausse Elisa.

— Je sais que votre naïveté en matière de sentiments est désarmante, chuchote Mara dans mon oreille, mais vous venez de le couper dans son élan.

— J'allais me dire que mon imagination me jouait des tours.

Elle lève les yeux au ciel alors que Tristán se plante au milieu de la pièce.

— Notre séjour va s'étaler sur deux jours. Je dois officiellement rencontrer le bailli de Puerto Verde demain. La reine douairière, la grand-mère de Rosario, habite non loin d'ici, elle possède une propriété dans les dunes, mais sa santé est paraît-il fragile et elle ne peut pas nous offrir l'hospitalité. Je vais malgré tout tenter de lui rendre visite, par souci des convenances. Sa Majesté, la reine Elisa, a le plus grand mal à digérer des huîtres avariées et ne pourra recevoir personne.

Sa trouvaille déclenche des petits rires amusés.

— Mais nous devons parer à toute éventualité, ce qui signifie rallonger notre séjour, ou même le raccourcir. Je demande à chacun d'entre vous de garder l'œil ouvert, et le bon. Compris ?

Je me surprends à hocher la tête, comme tous les autres. Tristán a vraiment beaucoup de charisme.

— Hector ?

Tristán laisse la parole au commandant de ma garde et va s'asseoir à côté d'Iladro, qui le dévore des yeux avec une admiration non dissimulée. Maintenant que je sais qu'ils sont amants, je me demande comment j'ai pu ne pas le remarquer plus tôt.

Hector se met debout.

— On m'a confirmé qu'un navire doit arriver à quai cette semaine, annonce-t-il. Demain, ou d'ici quelques jours, en fonction des conditions météorologiques. C'est un navire que je connais bien, je sais que le capitaine et son équipage protégeront la reine au péril de leur propre vie. Je suggère de l'attendre avant de couper le groupe en deux. L'autre solution, ce serait de louer un bateau, ou même une caravane.

Tous mes compagnons se tournent vers moi.

— Belén, peux-tu partir à la pêche aux informations cette nuit encore ? J'aimerais savoir si nos amis nous ont suivis jusqu'ici, et s'ils logent à proximité.

— Bien sûr.

— Ensuite nous attendrons le navire d'Hector, à moins que Franco ne passe à l'action.

— Ou qu'il ne disparaisse du décor, ajoute Hector.

— S'il est capable d'échapper à l'œil vigilant de Belén, je considérerai cela comme un changement notable.

— Mon offre de le tuer tient toujours. Vous n'avez qu'à donner l'ordre.

— Merci. Mais mettre le comte Eduardo sur une mauvaise piste, c'est une occasion à ne pas manquer.

— Majesté, avez-vous choisi qui allait vous accompagner une fois le groupe scindé ? me demande Tristán.

Je prends une profonde inspiration. Le moment que je redoutais tant est arrivé.

— Tristán, vous et Iladro, vous poursuivrez votre route avec la caravane, bien entendu.

— Bien entendu.

Il me faut des compagnons habitués aux expéditions au long cours, en qui j'ai une totale confiance.

— Nous serons cinq, le nombre sacré de la perfection. Mara, tu viens avec moi. Et Belén. J'avoue que je ne sais pas trop quoi faire de vous, père Alentín. J'aimerais avoir un prêtre à mes côtés pour partir en quête du zafira. Vos connaissances, votre fine perception de la Pierre Sacrée, pourraient s'avérer cruciales. Mais en tant qu'ambassadeur de Cosmé, votre absence frapperait les esprits.

Le prêtre hoche la tête avec lassitude en massant son moignon, comme pour apaiser une douleur fantôme.

— Je veux plus que tout vous aider à trouver le zafira, mais les années pèsent sur mes épaules et Sa Majesté, la reine Cosmé, sera déçue d'apprendre que je n'ai pas traversé le royaume en compagnie de votre remplaçante et de votre promis. Ma loyauté doit d'abord aller à Basajuan, vous comprenez.

J'ébauche un pâle sourire. Nos chemins se séparent à partir d'ici.

— Dans ce cas, restez avec la caravane. J'insiste.

— Je prierai pour vous tous les jours, murmure-t-il.

— Merci.

— Que fait-on de Storm ? demande Ximena.

— Ses connaissances peuvent nous être utiles. Et il se tiendra à carreau, tant qu'il restera sur la piste du zafira. Il vient avec moi.

— En voilà un qui ne passera pas inaperçu.

— Je vais lui donner l'ordre de se couper les cheveux et de les teindre ce soir. Cela devrait éloigner les regards curieux.

— Et je viens moi aussi avec vous, ajoute Ximena. En ma qualité de gardienne…

— Non.

Voilà. Je l'ai dit.

Ma nourrice ouvre grand les yeux. Ce n'est pas la surprise que son visage exprime, mais la colère. Et la frustration.

— Tu es la suivante la plus connue de la reine. Mara est ma dame d'honneur depuis moins d'un an mais toi, tu es avec moi depuis le début. Tu dois être vue avec la fausse Elisa.

— Il faut que je vienne. Il en va de mon devoir. C'est pour cela que j'ai reçu l'ordination au monastère d'Amalur. Elisa, c'est la volonté du Destin.

Voilà qui provoque une bouffée de colère en moi.

— Tu protégeras ma remplaçante comme s'il s'agissait de ma propre personne. Au péril de ta vie.

J'ai détaché chaque syllabe, la voix tranchante. Ximena est au bord de l'explosion et Tristán a la sage idée de s'immiscer dans notre échange :

— Ce sera donc vous, Mara, Belén et Storm. Et le commandant Hector, je présume ?

— Oui, Hector. C'est lui qui a le plan en tête. Nous sommes cinq.

— Nous nous glisserons dehors au crépuscule déguisés en marchands, explique Hector. Un petit chariot nous attend à l'écurie, chargé d'un peu d'affaires. Nous nous rendrons aux docks, où nous sommes censés faire du négoce avec l'un des bateaux mais, bien entendu, nous resterons à bord. Si le moindre problème se présente, j'ai prévu une fuite en urgence grâce au réseau d'égouts sous l'auberge.

— Beurk, réagit Mara.

— Espérons qu'il ne faille pas en arriver là. Et d'ici quelques semaines, nous nous retrouvons tous ensemble à Selvarica après avoir trouvé le zafira.

— Parfait. Allez tous vous offrir une bonne nuit de repos. Tous, sauf Belén.

Belén me répond d'un sourire aussi vif que l'éclair. Il est le premier à franchir la porte de ma chambre. Les autres suivent son exemple à un rythme plus tranquille.

J'entends Ximena dire à Hector :

— Puis-je avoir un mot avec vous ?

Il la suit dans un coin obscur de la chambre. Elle s'adresse à lui calmement, les poings sur les hanches, mais son regard traduit sa détermination.

— Vous avez pris la bonne décision, chuchote Mara.

— Oui.

Je touche ma Pierre Sacrée du bout des doigts et je commence à prier. *Destin, dis-moi, ai-je pris la bonne décision ?* Ximena est ce qui se rapproche le plus d'une mère pour moi. Elle a toujours voulu pour moi ce qu'il y a de mieux. J'éprouve une sensation étrange à l'idée de l'avoir repoussée. Une sensation qui se teinte aussi de liberté.

— Que lui dit-elle, à ton avis ?

Mara pouffe derrière sa main.

— Je parierais tout le safran que contient mon cartable qu'elle le menace de le pendre par les orteils s'il se permet, ne serait-ce qu'une fois, d'enlever vos vêtements.

— Oh !

Mara parle de ces choses-là avec une aisance déconcertante. J'étudie avec intérêt, avec le plus grand intérêt, l'attitude d'Hector. Il s'est redressé de toute sa hauteur, le regard dur.

— Vous pourriez donner l'ordre à Ximena de vous le dire, suggère Mara.

— Elle n'hésitera pas à mentir.

Hector est en train de secouer la tête. Ximena plante un index dans son sternum et siffle quelque chose. Il fronce les sourcils, lui crache une réponse au visage puis quitte la pièce en trombe.

Écarlate, Ximena semble hors d'haleine. De ma vie je ne l'ai vue aussi furieuse. Il y a encore un an, sa réaction m'aurait plongée dans la terreur.

Son regard s'adoucit lorsqu'il se pose sur moi et j'aimerais lui faire comprendre que cette séparation temporaire ne veut pas dire que je l'aime moins.

— Ximena, je veux bien que tu me fasses ma natte maintenant, si ça ne te gêne pas.

— Très bien, ma perle.

Secouée par l'épaule, je me réveille. Quelqu'un pose un index sur mes lèvres et murmure :

— Chut, Elisa.

— Belén ?

— Franco débarque. Dans les minutes qui viennent.

Catastrophe.

— Les autres le suivent, mais à distance. Il va s'introduire dans l'auberge et ses complices vont bloquer les issues, afin d'empêcher toute fuite. Majesté, nous sommes en état de siège.

— Où est Storm ?

— Il est entré dans l'auberge peu après notre réunion.

— Combien de temps avant le lever du soleil ?

— Environ trois heures.

Mon cœur se met à tambouriner dans ma poitrine. Nous y voilà. L'heure est venue. Je jette un coup d'œil à la fausse Elisa, plongée dans un profond sommeil sur la couchette attenante au mur. Elle sera peut-être morte avant ce soir. *Destin, éloigne de nous le danger, je T'en implore.* La Pierre Sacrée répond à ma prière par une onde de chaleur qu'elle diffuse dans ma colonne vertébrale. Elle ne s'est pas recroquevillée dans une gangue de glace, c'est déjà beaucoup.

— Va chercher Hector. Je vais réveiller les femmes.

— Ne vous approchez pas des fenêtres, me conseille Belén.

Sur ces mots il se volatilise, aussi insaisissable que la brise.

Je réveille Ximena et je lui explique la situation. Aussitôt, elle explore le contenu de son bagage et en tire un stylet argenté. Je réprime un haut-le-cœur. Un stylet, ce n'est pas un couteau de cuisine ; sa seule fonction, c'est de blesser, et même de porter un coup fatal, en transperçant n'importe quelle armure. Elle saisit la poignée avec une aisance qui vient d'une longue familiarité.

— Réveillez Mara, ordonne-t-elle. Et allez vous cacher dans le coin, près de l'armoire.

Je désigne la fausse Elisa, qui ronfle doucement.

— La fille ?

— Laissez-la dormir.

Laissez-la servir d'appât, voilà ce qu'elle n'ose pas dire.

— Comment… vas-tu réussir…

— Grâce à une échelle de corde par la fenêtre, mais il faut d'abord les attirer dans cette chambre. Vous devrez être déjà partie à ce moment-là.

Je suis en train de secouer Mara lorsque le bouton de la porte tourne. Ximena s'en approche d'un pas résolu, le stylet à la main. Ce n'est qu'Hector, talonné par Tristán.

— Storm et Belén nous retrouvent au cellier, déclare le commandant. Votre bagage ?

— Près de la porte, à côté de vous.

Nos paquetages, à Mara et à moi, sont appuyés contre le mur. Toujours prêts, au cas où, une habitude que nous avons gardée du désert.

Tristán bouscule Hector et se dirige vers mon leurre. Il se glisse dans le lit, à côté d'elle. Elle se réveille en sursaut mais il lui fait signe de ne pas paniquer, puis il entoure ses épaules de son bras et chuchote, afin de maintenir l'illusion :

— Je suis ici pour vous protéger, ma dame.

Je prends la parole en lieu et place de la fausse Elisa.

— Tristán, merci pour tout. Et soyez prudent. Eduardo s'oppose à notre union, j'en suis certaine. S'il ne peut me tuer, c'est vous qu'il liquidera.

— Contentez-vous de trouver le zafira. Joya d'Arena en a besoin, réplique Tristán.

Ximena me serre sur son cœur.

— Ne prenez pas de risques, ma perle. Ni de décisions à la va-vite. Souvenez-vous des mots du Destin dans le *Guide spirituel de l'homme du peuple* : « Béni soit celui qui place le bien commun avant ses propres désirs. »

Même dans les moments les plus douloureux, elle ne peut s'empêcher de me mettre en garde contre Hector. Je lui réponds à voix basse.

— Je sais que tu le veux pour Alodia.

Elle se raidit dans mes bras.

— C'est un bon parti.

— Elisa ! s'irrite Hector depuis le seuil. Il faut y aller ! Maintenant !

— Oui. Un bon parti. Ximena, porte-toi bien. Et protège la fille.

Mara et moi récupérons nos paquetages respectifs et franchissons la porte au pas de charge.

20.

À l'extérieur, nous croisons quatre soldats de la garde royale.

— Que le Destin vous protège, Majesté, me dit l'un d'eux, et j'ai à peine le temps de le remercier d'un signe qu'Hector me pousse dans le couloir.

— Elisa, le temps presse !

Quelque chose me tracasse. Notre réussite dépend trop de l'habileté, de la discrétion des uns et des autres, du hasard.

Je me tourne vers le soldat qui m'a adressé ses encouragements.

— Toi ! Va chercher le bailli de Puerto Verde. Réveille-le. Dis-lui que sa reine exige sa présence sans tarder. Qu'il amène tous ses gens. Sa reine ne tolérera pas une minute de retard.

— Oui, Majesté.

Il s'éloigne à grands pas. Je m'adresse ensuite à l'un de ses camarades :

— Quant à toi, réveille tous les occupants de l'auberge. Fais du bruit. Beaucoup de bruit. Et n'hésite pas à déchaîner le chaos. Vous deux, restez ici et surveillez cette porte. Où sont les gardes de Tristán ?

— À l'étage du dessous, m'apprend Hector.

Je me dirige vers l'escalier à petites foulées, le sac bondissant sur mon dos. Hector et Mara se précipitent derrière moi. Lorsque nous atteignons le niveau inférieur, je frappe les murs et les portes du plat de la main. Hector suit mon exemple et les martèle du pommeau de son épée, produisant un vacarme à réveiller les morts.

Belén nous rejoint, aussi furtif qu'un spectre.

— J'ai perdu la trace de Franco. Il est peut-être à l'intérieur. C'est votre idée de rameuter des renforts ?

Inquiet, il désigne les portes qui s'ouvrent à la volée et les gens qui se déversent dans le couloir, encore ensommeillés.

— Cela fait plus d'obstacles pour un assassin.

Convaincu, il cogne du poing sur une porte en hurlant :

— Le feu !

— Les écuries sont ravagées par le feu ! Belén, va mettre le feu aux écuries. Il faut faire régner la panique dans toute la ville.

— Rendez-vous dans le cellier, répond-il avec un sourire qui me fait dresser les cheveux sur la tête.

Nous dévalons l'escalier, remontons un autre couloir, ouvrons la porte des cuisines. Tête baissée, nous évitons les casseroles en cuivre qui pendent au plafond, contournons un énorme four à pain en pierre et trouvons, pratiquée dans le plancher, la trappe qui mène au cellier.

Hector se saisit de l'anneau en acier et soulève l'abattant, révélant une série de marches qui s'enfoncent dans l'obscurité. Cela empeste le poisson mariné et le vin aigre.

— Mara, toi d'abord, ordonne-t-il et mon cœur se serre : s'il lui a donné l'ordre de descendre la première dans le cellier, c'est pour s'assurer que l'ennemi n'y est pas embusqué.

Elle s'exécute et, au bout d'un moment, nous parvient un murmure :

— Personne à part Storm !

Hector me pousse vers l'avant, m'emboîte le pas et referme la trappe sur lui. Nous sommes cernés par des ténèbres impénétrables. Je négocie les marches avec précaution, les explorant du bout du pied.

Je distingue le claquement d'une pierre à feu et un éclat de lumière m'éblouit avant de s'éteindre. La clarté revient, plus douce, plus assurée. Storm se tient en bas de l'escalier, une torche brandie à bout de bras, Mara à son côté. Sa tête encapuchonnée touche presque le plafond.

— Vous m'avez forcé à me couper et à me teindre les cheveux, grogne-t-il.

— Je me suis dit que cela allait vous rendre irrésistible.

— Les cheveux courts, c'est signe de honte. Vous m'avez grandement humilié.

— J'allumerai un cierge ce soir à leur mémoire.

— Où est Belén ? demande-t-il, de plus en plus soucieux.

— Occupé à déclencher le chaos. Nous l'attendons.

L'attente semble durer une éternité, la chaleur devient insoutenable, nous manquons cruellement d'espace. Le cellier sert ici de garde-manger : j'identifie autour de nous quelques barriques de vin, des centaines de jarres scellées hermétiquement, des pièces de viande crue suspendues à des crochets. Face à l'escalier, une ouverture a été pratiquée dans le mur : le vide-ordures, qui débouche sur les égouts et sur l'océan.

— Hector, le bateau que vous attendiez est-il à quai ?

— Non, mais son pavillon a été aperçu hier soir. Dès que le vent se décidera à souffler, il sera là.

— Nous gagnons la haute mer et nous confions notre sort à la chance, si je comprends bien ?

La réussite de notre plan ne semble tenir qu'à un fil. J'espère que Tristán et Hector, ces âmes nobles et courageuses, ont envisagé tous les scénarios.

— Je peux leur envoyer un signal, déclare Hector. Nous allons prendre la mer et ramer à sa rencontre. Cela ne pose aucun problème, tant que la mer est calme.

— Vous devez très bien connaître ce navire et son équipage. Pour être capable d'échanger des signaux. Pour connaître leur itinéraire précis.

— Oui, répond-il, sibyllin.

Au-dessus de nos têtes, la trappe grince sur ses gonds.

— Éteignez la torche ! siffle Hector.

Les ténèbres engloutissent le cellier. Hector se plante devant moi, faisant bouclier de son corps.

— Reculez, chuchote-t-il dans mon oreille. Derrière l'escalier.

Sa dague lance une lueur sinistre, prête à frapper. La trappe se referme avec un bruit sourd et la voix de Belén brise le silence.

— Le désordre règne dans l'auberge, mais je n'ai pas réussi à trouver Franco. J'imagine qu'il va nous suivre.

Storm rallume sa torche.

— Il est peut-être capable de sentir la Pierre Sacrée de Sa Majesté.

Une prière empreinte de panique me vient spontanément aux lèvres et mon estomac, par réflexe, se réchauffe. Je comprends alors que je dois me retenir coûte que coûte de prier car cela fait de moi une cible aisément repérable. Je me tais aussitôt. La prière est pour moi chose naturelle, instinctive, et je vais devoir me faire violence pour museler ma foi.

Hector indique les tonneaux alignés au pied du mur.

— Belén, dispose-les devant le vide-ordures pendant que je guide les autres. Cela nous fera gagner quelques secondes.

— Le vide-ordures ? répète Mara.

— Vous d'abord, ma dame. Vous allez glisser sur un toboggan avant d'atterrir dans l'eau. Elle vous arrivera à la taille. Si vous vous enfoncez, ne paniquez pas. Vous avez largement pied. Allez-y !

Elle ferme les yeux puis, tenant son précieux cartable à épices au-dessus de la tête, elle se précipite, les pieds en avant, dans l'ouverture.

Belén fait rouler un tonneau qui lui servira à camoufler le vide-ordures tandis qu'Hector s'empare de la torche que tient Storm.

— À votre tour. Vite !

Storm émet un grondement sourd. Il s'engouffre dans le vide-ordures à la suite de Mara. Sa disparition est suivie d'un éclaboussement, lointain, comme un écho.

— Elisa ? À vous.

Destin, j'implore Ton aide.

Je passe mes jambes dans l'ouverture – des effluves de poisson et de légumes pourris me saisissent à la gorge – et je prends mon élan, les mains sous les cuisses.

Je glisse, mais lentement. Mon pantalon s'enlise dans la boue et me ralentit. Les mains sur les parois du tunnel, je tente de me propulser vers l'avant et mes doigts s'enfoncent dans une substance aussi visqueuse que non identifiée.

J'avance en me tortillant et, soudain, un tourbillon d'air m'absorbe. Pas le temps d'être surprise : mes talons frappent la surface de l'eau, je m'élance. Le sol se dérobe sous mes pieds et une eau glaciale me submerge. Je me remets d'aplomb et j'émerge en recrachant ce que j'ai avalé.

— Mara ?

— Par ici.

J'avance péniblement – l'eau est moins froide que je le craignais –, guidée par la seule voix de mon amie. Difficile de progresser avec mes bottes et mes nombreuses couches de vêtements. J'espère que le canot prévu pour notre fuite n'est pas loin.

Une gerbe d'eau retombe en pluie près de moi, accompagnée d'une faible lumière. Suivie, quelques secondes plus tard, d'un nouveau plongeon.

— Tout le monde est là ? Pas de blessés ? demande Hector en comptant les effectifs.

— Ma cape a rendu l'âme, marmonne Storm.

Son capuchon est retombé et, dans la lumière projetée par la torche, je vois ses cheveux, désormais taillés ras, d'un noir d'encre. Du coup, ses joues paraissent encore plus creuses. On dirait un chat sauvage.

— Vous n'en mourrez pas. Et à notre retour…

Ma Pierre Sacrée devient glaciale. Je lâche un cri étranglé.

— Il faut partir d'ici ! Il est tout proche.

— Belén, protégez les arrières de la reine, commande Hector en s'emparant de sa torche.

Il s'enfonce à toutes jambes dans la galerie et enfonce dans l'eau croupie la torche, qui s'éteint avec un sifflement. L'obscurité nous enveloppe.

Fuir un assassin dans une eau qui vous arrive à la taille, chaussé de bottes et vêtu de pied en cap, c'est l'une des épreuves physiques les plus difficiles qu'il m'ait été donné d'accomplir. Aussi difficile que de fouler le sable du désert, que d'escalader une falaise. Mes poumons me brûlent et le froid engourdit peu à peu mes membres car la Pierre Sacrée continue à diffuser ses mises en garde glacées dans mes veines. Je n'ose pas me réchauffer par la prière. J'imagine Franco en train d'explorer le cellier.

Une seule consolation : pendant que Franco est occupé à nous traquer, il ne menace pas Ximena. J'espère que la ville entière a pris l'auberge d'assaut.

Les contours du tunnel se dessinent enfin dans la pénombre, aussi flous qu'un fantôme ; cela signifie que nous approchons de la sortie. Je claque des dents, mes lèvres sont engourdies par le froid, je progresse trop lentement. La silhouette d'Hector s'éloigne.

— Hec… Hec… tor…

Il se précipite vers moi. Dans son sillage, des vaguelettes lèchent les parois du tunnel.

— Qu'y a-t-il ? chuchote-t-il. Êtes-vous…

À tâtons, il cherche mon visage ; sa main entre en contact avec ma joue.

— Vous êtes glacée. Belén. À toi de jouer.

Du coin de l'œil, je distingue une faible lueur lorsque Belén bloque sa dague entre ses dents, prend une profonde inspiration puis s'enfonce sous la surface de l'eau.

Je fourre mon visage dans le cou d'Hector, avec l'espoir de capter sa chaleur. Il me frictionne vigoureusement les bras.

— Est-ce la Pierre Sacrée ?

Je fais un signe affirmatif de la tête.

— Pas possible. De prier.

Storm et Mara retiennent leur souffle tandis que nous attendons Belén. Et s'il y avait plus d'un poursuivant ? Comment Belén s'en sortira-t-il dans le noir ?

Hector me serre plus fort contre lui. Un éclat de chaleur qui n'a rien à voir avec la Pierre Sacrée irradie au creux de mon estomac. Comme doués d'une vie propre, mes bras se glissent autour de sa taille et se nouent sous son paquetage. Je l'attire vers moi, tout près. Ce serait si facile de poser mes lèvres sur sa gorge, sur le galbe de sa mâchoire. Presque accidentel.

Un grognement. Une gerbe d'eau putride.

Hector me relâche et tire des poignards affûtés des brassards fixés à ses avant-bras.

Mon corps, irrigué par ce sang neuf, retrouve peu à peu une température normale.

— Ça va mieux. Le froid est parti.

Je prononce une brève prière, à la fois pour me réchauffer et pour exprimer ma gratitude.

Quelques secondes plus tard, la silhouette de Belén se découpe dans le clair-obscur. Son visage est zébré d'une substance brune.

— Il était seul. Pas Franco, mais l'un de ses hommes.

Storm pousse un soupir de soulagement.

— Si la chance est avec nous, poursuit Belén, ils ne trouveront jamais le corps. Seulement si la chance s'est rangée de notre côté. Je suggère donc de ne pas faire de vieux os.

— Elisa, pouvez-vous bouger ? me demande Hector.

Dans mon dos, j'entends Mara chuchoter à Belén :

— Tu es blessé ?

— Non.

La puanteur devient insoutenable ; j'imagine des latrines qui débordent, de la viande en putréfaction. Le tissu mouillé de mon pantalon frotte contre mes cuisses, mes bottes s'enfoncent dans la boue à chaque pas. J'ai la sensation que je vais mariner dans cette crasse jusqu'à la fin de mes jours.

Les ténèbres cèdent peu à peu la place à un demi-jour qui me permet de lire sur le visage de mes compagnons. Nous finissons par atteindre une grille en fer. De l'autre côté, l'eau miroite au clair de lune.

— Il va falloir passer en dessous, explique Hector. Il y a un trou sur la gauche. Mara ?

— Vous me donnerez le cartable à travers la grille ?

Hector attrape sa besace.

— Il y a suffisamment de place si vous plongez bien profond.

Mara avale une grande goulée d'air et disparaît dans l'eau. Elle m'assène un violent coup de talon dans le tibia, puis plus rien. Je trompe mon angoisse en comptant les secondes qui s'écoulent. *Un, deux, trois, quatre, cinq, six…*

Sa tête apparaît de l'autre côté de la grille.

— Les doigts dans le nez, halète-t-elle.

Sans attendre, elle récupère son bien, le cartable à épices.

Storm suit le même chemin, imité par Belén. Je me retrouve seule avec Hector, qui m'empoigne par la taille et m'entraîne dans un recoin obscur.

— Hector ? Qu'y a-t-il…

— Vite, chuchote-t-il. C'est peut-être la dernière fois que nous pouvons parler seul à seul. Ximena m'a mis en garde hier soir, vous auriez une fâcheuse tendance, d'après elle, à nouer des liens très forts avec les gens qui vous sont proches.

— Des gens comme vous.

— Je lui ai dit que vous étiez plus forte et plus intelligente qu'elle ne semblait le croire. Elle voulait me faire promettre de ne pas me rapprocher de vous, affirme-t-il, le regard posé sur ma bouche. Nous nous sommes querellés devant vous. C'était un manquement terrible au protocole, et je m'en excuse.

— Hector ? Majesté ? chuchote une voix.

— Ximena a raison, vous savez. Vous pensez que cela me rend plus faible ? De m'attacher un peu trop aux autres ?

Nos deux corps sont si proches qu'ils pourraient presque fusionner.

— Non. Au contraire.

— Moi non plus. Cela me fait souffrir davantage, tout simplement.

Sans crier gare, Hector m'attire brutalement vers lui et m'embrasse.

Je me liquéfie sur place et je réponds de tout mon cœur, de toute mon âme, à son baiser, avant qu'il ne se détache de moi. Nous échangeons un regard stupéfait. Sur son visage, je lis de la consternation. À croire qu'il a du mal à digérer son audace.

— Elisa ?

C'est la voix de Mara, inquiète.

Avant que mes pensées ne me rattrapent, avant que le regret qu'affichent ses traits ne m'inspire une souffrance infinie, je prends une profonde inspiration et je m'enfonce. L'eau se referme au-dessus de moi et je cherche la grille à l'aveuglette. Mes doigts s'accrochent à des algues. Je plonge encore plus loin, plus loin… ça y est ! Je trouve l'ouverture, que je franchis d'un coup de pied. Mon paquetage s'accroche à un barreau, je sens la panique me submerger une fraction de seconde et je me débats avant de me libérer. Enfin, me voici à l'air libre.

Je chasse l'eau de mes yeux et remarque que nous nous trouvons dans une crique étroite, abritée par des brise-lames en pierre. L'océan se déploie à perte de vue. La mer est d'huile, la lune déverse des flots de lumière sur la surface aussi polie qu'un miroir. Sur notre droite se dresse la structure imposante d'un ponton auquel doivent s'amarrer des navires gigantesques.

Hector se matérialise à mes côtés. Il s'essuie lui aussi le visage et désigne l'embarcadère du doigt.

— Il y a un bateau ici, chuchote-t-il. Attaché par une corde aux pilotis. Nous devons être le plus silencieux possible ; par une nuit aussi calme, le moindre bruit porte très loin.

Il ouvre la marche, nous lui emboîtons le pas en longeant furtivement le brise-lames. Les ténèbres se sont éclaircies – à croire que toutes les bougies et toutes les lampes de Puerto Verde ont été allumées pour éclairer le port. Et peut-être est-ce le cas, avec le désordre que nous avons causé. J'espère de tout cœur que Ximena est sauve. Ainsi que Tristán. Et mon sosie.

Le brise-lames tombe en ruines, faute d'entretien. Tandis que nous le contournons, je me cogne les orteils sur les éboulis – cailloux, blocs de mortier ou moellons qui se sont détachés de la digue. J'avance avec précaution, par crainte de me fouler la cheville.

Nous nous réfugions sous l'abri qu'offre l'embarcadère. Là, le terrain est en pente raide, voire abrupte ; j'ai l'impression de m'aventurer au bord d'un précipice. Je me cramponne aux pilotis et des patelles m'entaillent les doigts.

Nous slalomons entre les pilotis, de l'eau jusqu'au torse. Je distingue une forme dans l'obscurité. Un petit bateau de pêche, dirait-on – ou un canot aux dimensions respectables –, capable d'accueillir huit personnes.

Hector aide Mara à grimper à l'intérieur et le canot manque de chavirer lorsqu'elle bascule par-dessus le bord.

— Les mains sur la coque, m'explique-t-il en m'agrippant par les hanches. Quand je pousse, appuyez-vous et passez vos jambes de l'autre côté.

Il me hisse, je grimpe tant bien que mal. Mon genou heurte le bord mais je parviens, par miracle, à grimper à l'intérieur. Je me décale afin de laisser une place à Storm, qui proteste quand Hector lui prête main-forte. C'est ensuite au tour d'Hector et de Belén de nous rejoindre.

Hector dénoue la corde qui nous retient au pilotis et l'enroule à la proue. Il se saisit alors d'une rame, Belén l'imite aussitôt. Il s'en sert comme d'une perche, pour écarter le bateau de l'embarcadère. Hector donne le cap. Les rames fouettent l'eau. En joignant leurs efforts, ils nous éloignent habilement de l'embarcadère et se dirigent vers le large.

Quel soulagement d'être parvenus si loin du rivage. Il fait bon et je sais que mes frissons vont très vite s'atténuer, même si je suis trempée jusqu'aux os. Devant nous, la baie fourmille de dizaines d'embarcations, de la plus modeste à la plus monumentale. Un bateau de plus ne devrait pas éveiller les soupçons.

À mes pieds je trouve une toile de voile enroulée sur elle-même, un filet, un chapeau à large bord et une caisse en bois qui contient l'équipement du parfait pêcheur : un poignard, des hameçons en os, du fil, des poids. Hector a loué un chalutier.

— Doit-on faire semblant de pêcher ?

— En pleine mer, peut-être, répond Hector. Si nous restons à bord un certain temps.

Je m'apprête à lui réclamer quelques détails – combien de temps serons-nous pris au piège dans ce bateau, par exemple – quand une odeur âcre me pique les narines. Je jette un coup d'œil par-dessus mon épaule et l'affolement me gagne.

La ville que nous laissons derrière nous est ravagée par les flammes. Une fumée noire prend le ciel d'assaut et reflète le rouge incandescent de l'incendie.

Pas étonnant que notre fuite n'ait rencontré aucun obstacle. Mon plan – provoquer le chaos – a trop bien fonctionné.

— Qu'ai-je fait ?

Mara, qui s'est retournée pour voir ce qui a attiré mon attention, laisse échapper un petit cri d'alarme.

— Ce qu'il fallait pour effacer nos traces, me console Belén. Ce ne sont que des dégâts matériels.

Un examen plus poussé me montre que trois bâtiments seulement sont en proie aux flammes, quatre dans le pire des cas. Pourtant, je tremble pour les gens qui vivent et qui travaillent là. Sont-ils pris au piège dans le brasier ? Suffoqués par la fumée ? Même s'ils ont pu s'en tirer sains et saufs, j'ai détruit leur principale source de revenus. L'Auberge du Roy existait depuis plus d'un siècle.

Je tourne le dos aux flammes. À présent que nous sommes à une certaine distance du refuge que représentaient le brise-lames et le ponton, je distingue des cris, peut-être des hurlements. Et si l'incendie dévastait toute la ville ?

J'envisage de donner à Hector l'ordre de rebrousser chemin, de faire face à mes responsabilités, de réparer cette catastrophe, mais le zafira est toujours prioritaire. J'espère simplement que la liste des péchés à expier ne sera pas trop longue.

Nous traversons le port en esquivant les bateaux imposants. Des silhouettes s'affairent sur les ponts et escaladent les gréements, alors que l'aube ne s'est pas encore levée. D'autres observent l'incendie, accoudés au bastingage. Ils vont nous repérer d'une seconde à l'autre, à coup sûr.

Tandis que nous quittons le port et voguons vers le sud, en suivant le tracé du littoral, le ciel se teinte d'indigo. Des propriétés magnifiques se devinent en ombre chinoise au sommet des collines verdoyantes, avec leurs treillages fleuris, leurs statues de marbre, leurs terrasses. Nous les laissons bientôt derrière nous. La mer est d'huile, pas un navire à l'horizon.

Nous sommes seuls, et insignifiants.

La respiration d'Hector devient laborieuse. Lorsque le soleil affleure au ras des collines, il déverse ses rayons sur la fine pellicule de sueur qui recouvre son front et ses épaules. Il ferme les yeux, serre les dents et rame sans suspendre son effort. Belén lutte, lui aussi. La sueur strie son visage et se mélange au sang séché, formant une patine macabre aux reflets rouges et noirs.

Quand ont-ils dormi pour la dernière fois ? Je me le demande. Pas cette nuit, c'est certain : Belén était sur la piste d'un espion d'Invierne, Hector organisait une fuite qui est arrivée trop vite.

Je me penche vers lui et je pose une main sur son poignet.

— Hector.

Il lève la tête, surpris, en clignant des yeux.

— Reposez-vous. Tous les deux. Nous sommes en sécurité, pour le moment.

— Il faut continuer. Le bateau de Felix va…

— Je vous ordonne de prendre du repos. Vous devez garder l'esprit vif. Mara et moi, nous allons prendre les rames. Si un bateau arrive, nous vous réveillerons.

Il s'essuie les yeux à l'aide de sa tunique. L'émotion forme une boule dans ma gorge. Il pose la rame en travers de ses genoux et roule des épaules afin de se détendre.

— Vous avez déjà ramé ?

— Non.

— Mara ?

— Non plus.

— Je refuse de ramer, grogne Storm.

— Nous allons nous débrouiller. Fermez les yeux, pour ne pas voir à quel point nous sommes maladroites. Cela nous évitera beaucoup d'embarras.

— Mettez-vous à ma place, suggère-t-il.

Nous nous redressons et le bateau tangue. Hector s'accroche à moi pour que je ne perde pas l'équilibre et nous réussissons à passer d'un banc à l'autre. Enfin assise, la rame bien en mains, je m'adresse à Hector :

— Il y a plein d'eau dans mon paquetage. Servez-vous. Vous allez sûrement devoir rincer la gourde d'abord ; elle est couverte d'ordures.

Il étanche sa soif pendant que Belén et Mara échangent leurs places, puis il se faufile sous le banc, s'étire et ferme les yeux, mon paquetage en guise d'oreiller. Belén s'installe à côté de lui. Mara saisit sa rame et, après quelques éclaboussures qui ne mènent à rien, nous poussons lentement le bateau vers le sud.

Tandis que le soleil atteint son zénith, la surface de l'eau réverbère sa lumière, à tel point qu'elle nous aveugle. Comment trouver un navire dans cette immensité ? Et si cela nous prenait plusieurs jours ? Avons-nous prévu assez d'eau pour tenir aussi longtemps ? Paradoxalement, nous pouvons mourir de soif, comme au beau milieu du désert le plus aride.

Au bout de quelques minutes, tout me brûle, dos, épaules, poignets. Frottée par le bois de la rame, la peau de mes doigts est à vif. À chaque mouvement, je suffoque. Je permute souvent avec Mara, afin de maltraiter d'autres muscles, mais ce répit n'est que de courte durée.

Afin de conjurer la douleur, j'étudie Hector. Il dort d'un sommeil de plomb, les lèvres entrouvertes ; son torse se soulève au gré de sa respiration et ses cheveux dessinent des boucles sur ses tempes. Le souvenir de son baiser chatouille mes lèvres. Un baiser désespéré, tendre et totalement inattendu.

Plus tard, quand nous aurons trouvé ce mystérieux navire dont Hector nous a parlé, quand nous serons en sécurité, quand j'aurai le luxe de me reposer et de cogiter dans un coin où nul ne me dérangera, je me souviendrai froidement que je suis reine, et qu'être reine implique de faire des choix stratégiques. Et je penserai à expédier l'homme que j'aime au loin, pour qu'il épouse ma propre sœur. Je répéterai la scène dans ma tête, peut-être. Afin de m'y habituer.

Mais pas maintenant. Pour l'instant, le souvenir du baiser d'Hector flottant sur mes lèvres, je savoure le bonheur de le regarder dormir.

21.

C'est Storm qui aperçoit le bateau à l'horizon.

— Regardez !

Je me retourne, la main en visière. Le rivage s'enroule au sud-est et dissimule en partie le navire, mais j'aperçois un long beaupré, une poulaine rouge vif et ce qui ressemble fort à une misaine qui pend mollement car il n'y a pas un souffle de vent. Me voici tiraillée entre espoir et inquiétude.

Je T'implore, ô Destin. Fais que ce soit le bon.

Je tire Hector du sommeil en le secouant par l'épaule. Il se réveille et porte la main à sa dague, d'instinct.

— Attention à votre tête, dis-je en plaçant ma main entre son front et le rebord du banc. Il y a un bâtiment là-bas, vers le sud. Je doute qu'ils nous aient vus. C'est celui que vous attendiez ?

Les sourcils froncés, Hector quitte sa couche improvisée et observe l'horizon sans mot dire.

— J'en ai l'impression, répond-il. Il va falloir nous rapprocher pour en être sûrs.

Je ramasse le chapeau à large bord et je le lance à Storm, qui le visse sur son crâne et rentre la tête dans ses épaules. Il a peur : dans l'espace confiné d'un navire, il sera immédiatement repéré, malgré sa nouvelle coiffure.

Hector et Belén reprennent les rames et le canot fend les flots à une vitesse impressionnante. J'échange avec Mara un regard écœuré.

Le navire apparaît fragment par fragment. C'est une *caravela* somptueuse à trois mâts, un bijou en acajou aux reflets roux, orné de moulures écarlates. Des roses sacrées peintes à même le bois, en trompe-l'œil, s'enroulent autour de la proue. Leurs pétales semblent se transformer en gouttes de sang et sombrer dans l'océan.

— C'est elle, murmure Hector. L'*Aracely*.

— Doit-on leur envoyer un signal ?

— J'avais inventé tout un système pour leur envoyer des signes de loin. Mais la mer est si calme, tout ce que nous avons à faire, c'est de ramer jusqu'à elle.

— Enfin quelque chose qui s'avère plus facile que prévu pendant ce maudit voyage, peste Storm.

Je me tourne vers Hector pour lui demander :

— Le capitaine, l'équipe. Doivent-ils connaître mon identité ?

— Le capitaine, oui. Nous lui parlerons d'abord, puis nous prendrons une décision.

Pendant nos manœuvres d'approche, je vois Storm se recroqueviller sur son banc. Mes propres inquiétudes ne tempèrent pas ma fébrilité. J'ai étudié la science navale et la navigation, mais je n'ai jamais mis le pied sur un navire de cette taille.

Des hommes apparaissent sur le pont. Deux casse-cou sont accrochés aux cordages, un autre nous observe du sommet de la grand-voile, sur la hune de vigie. Je l'imagine ballotté par le vent et par la houle à cette hauteur et mes cheveux se dressent sur ma nuque.

La proue n'est plus qu'à quelques mètres de notre embarcation lorsque Hector agite les bras.

— Ohé, du bateau ! s'exclame-t-il.

Le tintement d'une cloche file sur l'eau et ce signal déclenche une agitation à bord. D'autres têtes surgissent au-dessus du bastingage. Un groupe hétéroclite, dépenaillé et épuisé par le voyage – longues queues de cheval, barbes de deux semaines, mines patibulaires.

— Ohé, chalutier ! Les provisions commencent à nous manquer, et nous avons encore moins de marchandises à vendre. Tu serais plus avisé de retourner à Puerto Verde.

— Nous souhaitons nous entretenir avec le capitaine Felix, s'exclame Hector.

Certaines têtes disparaissent, les autres échangent des regards méfiants. Quelques instants plus tard, un autre homme fait son apparition, à la mise plus soignée que celle de ses camarades : une chemise de batiste propre et un gilet noir au tissu épais sanglent son torse puissant. Ses yeux offrent un contraste saisissant avec sa peau tannée. Les perles qui parsèment sa barbe captent les rayons du soleil et renvoie des éclairs améthyste et aigue-marine. Sur son cou de taureau, des tendons saillants. Il agrippe le bastingage des deux mains ; il manque deux phalanges à l'auriculaire de sa main droite.

— C'est bien toi, comme je le craignais, gronde-t-il d'une voix aussi noire que la nuit. Matelots, hissez-les sur le gaillard d'arrière !

Hector affiche un sourire de gamin lorsqu'il nous rapproche de la caravelle avec l'aide de Belén. L'équipage de l'*Aracely* nous jette d'épaisses cordes en chanvre ; Hector en saisit une et plonge dans l'eau, ce qui fait tanguer le chalutier. Il surgit aussitôt de l'autre côté, la corde à la main. Il répète deux fois cet exercice et, secondé par Belén, il fait une série de nœuds compliqués. Hector adresse un signe aux marins et, un compte à rebours et un « Ho ! hisse ! » repris en chœur plus tard, nous sommes soulevés dans les airs.

À mi-chemin, Hector bondit et s'agrippe à un filet suspendu au bastingage, qu'il remonte à la force du poignet. Belén l'imite et le bateau, ainsi allégé, s'élève plus rapidement. Lorsque nous arrivons au niveau du platbord, Hector est déjà là, la main tendue vers moi. Avec son concours, je bascule de l'autre côté du bastingage et j'atterris sur le gaillard d'arrière.

Tandis qu'il porte assistance à Mara et à Storm, je promène mon regard sur le pont. La plupart des membres de l'équipage sont occupés à hisser le chalutier, tirant de toutes leurs forces sur les cordages. Les autres m'étudient avec un intérêt non dissimulé. Certains avec méfiance, d'autres avec gloutonnerie, comme s'il avaient devant eux un chou à la crème enrobé de miel. L'instinct me pousse à reculer d'un pas, mais je me cogne contre le parapet et je comprends que je suis prise au piège.

— Une demoiselle ! chuchote l'un d'une voix rauque.

— Deux demoiselles, corrige un autre alors que Mara grimpe à bord.

Ils nous mangent du regard, sans accorder la moindre attention à Storm.

— Je ne vois aucune demoiselle ici, tonne le capitaine. Et vous non plus. Au boulot, tas de fainéants.

Les hommes qui sont aux cordes renversent le chalutier sur la poupe et l'amarrent solidement à des anneaux en fer.

Le capitaine nous guide de ses bras puissants.

— Par ici. Dans ma cabine, tout de suite, ordonne-t-il d'une voix rocailleuse.

Nous descendons les marches qui mènent au gaillard d'avant au pas de course et nous franchissons une porte battante équipée de vitres en verre véritable. Le capitaine referme la porte derrière nous et abaisse le loquet.

Sa cabine est basse de plafond, revêtue d'acajou poli. La lumière se déverse par des hublots, deux à bâbord, deux à tribord. Un immense bureau disparaît sous les documents, les encriers, les petits instruments en métal dont j'ignore l'usage. Un lit gigantesque recouvert d'une courtepointe en soie de la couleur de la grenade occupe toute une partie de la cabine. Un tapis, dont le motif représente une couronne de feuilles de vigne – le sceau de Ventierra – protège le parquet.

Le capitaine nous fait face et un sourire éclaire son visage. J'ai le souffle coupé. Ce sourire, je le connais. Je l'ai déjà vu sur un autre visage.

— Hector ! lance-t-il en ouvrant les bras, et le commandant de ma garde royale se précipite vers lui.

Les deux hommes s'assènent de vigoureuses tapes dans le dos. Le capitaine observe ensuite Hector d'un œil critique, lequel, pour sa part, sourit d'une oreille à l'autre.

— Regarde-toi, marmonne-t-il. Un membre du Conseil.

— Vous êtes le frère d'Hector.

Il pose son regard sur moi, plisse les yeux et me toise de la tête aux pieds : mon visage crasseux, ma natte dépenaillée, ma poitrine, mes jambes, mes pieds. Une étincelle s'allume dans ses pupilles. Les joues cramoisies, je refuse de détourner le regard.

— Et vous, vous êtes sa jeune reine, lance-t-il. Bienvenue à bord de l'*Aracely*, Majesté.

Et il met un genou en terre, avec une grâce que sa carrure ne laissait pas supposer.

— Merci. Levez-vous, je vous prie.

Il se redresse et lance un regard noir à Hector.

— C'est une chose très dangereuse que tu me demandes là, petit frère. Les cales sont pleines, le navire est trop lesté. Et nous sommes trop proches des côtes. J'espère que tu as une bonne raison ?

— Tu as peut-être entendu que Sa Majesté est en route vers le sud pour négocier un contrat de mariage avec Selvarica ?

— Oui, on ne parle que de ça dans le royaume.

— C'est une invention pure et simple.

Le capitaine a l'air sceptique.

— Nous nous dirigions vers le sud, c'est vrai, poursuit Hector. Mais un espion d'Invierne, un tueur à gages, s'est collé à nos pas. Et après les récentes tentatives d'assassinat sur Sa Majesté, nous avons jugé plus prudent de disparaître de la circulation.

Le capitaine croise les bras.

— Tu me demandes de vous conduire dans le Sud.

— Oui.

— Impossible. Pardonnez-moi, Votre Majesté, mais j'ai une cale remplie de vin fraîchement vendangé, les premières vendanges dignes de ce nom depuis la tempête d'il y a trois ans. Je dois le décharger au port pour payer mes hommes et rapporter chez moi des vivres dont nous avons grand besoin.

Le visage d'Hector est impénétrable mais je distingue l'instant précis où il se résigne à une action radicale. Il va prendre le commandement du navire de son frère. Il en a le droit, en sa qualité de membre du Conseil, mais jamais son frère ne le lui pardonnera. Je décide de m'interposer, afin de l'empêcher de prendre une décision qu'il regrettera toute sa vie, et je me tourne vers le capitaine.

— Pouvez-vous vendre votre cargaison à Puerto Verde ?

— Oui. Mais nous n'en tirerions que la moitié du prix. Ce sont les Orovalleños qui sont prêts à payer le prix fort.

— Je n'en doute pas. Le vin de Ventierra était fort prisé à la cour de mon père. Cela vous dérange si nous nous asseyons un instant ?

— Je vous en prie.

Je me laisse tomber sur le premier coussin venu avant de déclarer :

— C'est un long périple, se rendre à Orovalle et en revenir. Et il coïncide avec la saison des ouragans.

— C'est l'une des raisons pour lesquelles la vie de marin me plaît tant. N'êtes-vous pas d'avis, Majesté, que dans les moments où l'on flirte avec la mort l'on se sent pleinement vivant ?

— Comment le saurais-je ? Je côtoie la mort depuis toujours. Depuis que j'ai quitté le palais de mon père. Je l'ai frôlée en d'innombrables occasions. Et mon statut d'Élue me condamne à une mort prématurée. Vous voyez, la mort est une compagne de chaque instant.

Le capitaine cache dans sa barbe un sourire amusé.

— Que me proposez-vous, Majesté ? demande-t-il.

J'ai une intuition à son sujet. Quel genre d'individu quitte le confort d'une vie luxueuse pour partir à l'aventure sur les mers ? Quel genre d'individu sacrifie sa jeunesse au soleil, au vent, aux éléments déchaînés ? Une tête brûlée qui chérit les grands espaces et le danger. Qui a hâte de découvrir ce qui se cache derrière l'horizon. De percer certains mystères. Je crois savoir ce qui va le motiver.

— Mon honneur m'impose de vous mettre en garde. D'affreux périls nous menacent pendant notre expédition, et notre destination est toujours inconnue.

— Vraiment ?

— Il me faut un capitaine et un équipage en qui je peux avoir entière confiance. Car il s'agit d'un voyage confidentiel. En dehors de ces murs, seule une poignée d'initiés sont dans le secret.

Voilà qui devrait le titiller. Comme prévu, son sourcil se fait circonflexe.

— J'ai l'impression qu'on est prêt à me payer très cher pour m'engager dans pareille aventure.

— Et moi, j'ai l'impression que la discrétion que je demande ne peut être achetée à aucun prix. Dites le vôtre, on ne sait jamais.

Le capitaine salive presque à la perspective des sommes qu'il peut me soutirer. Excellent.

— Commençons par la cargaison qui sera forcément gâtée, enchaîne-t-il. Cela mérite un petit dédommagement.

— Ce n'est que justice.

— Et il me faudra du matériel supplémentaire.

— Il vous faudra le même matériel que pour Orovalle. Vous changerez de direction, voilà tout.

— Et une indemnité pour ces « terribles périls » que vous avez mentionnés, et pour m'assurer la loyauté de l'équipage.

— La loyauté de l'équipage va à l'or, pas à son capitaine ?

— Leur loyauté va à moi, parce que je tiens mes promesses quand je leur promets de l'or. Vous avez apporté de quoi les satisfaire ?

J'hésite. Je n'ai rien à lui proposer. Ni or, ni chevaux…

Il interroge Hector du regard, puis lève les bras dans une démonstration d'agacement surjoué.

— J'ai du safran, intervient Mara. Assez pour remplir les poches de tous vos hommes.

Je me tourne vers elle, estomaquée par son sacrifice.

— Mara, tu es sûre ?

Pour toute réponse, elle tire une petite fiole en porcelaine de son cartable et la présente à Felix. Ce dernier fait mine de s'en désintéresser, mais c'est le regard brillant qu'il y plonge son nez.

— Je vous suggère de vendre votre cargaison à Puerto Verde. Même à perte. Le safran couvrira largement la différence.

Comment dédommager le capitaine pour les risques qu'il va faire courir à son navire et à son équipage ? Les lèvres pincées, je réfléchis tandis que Felix débouche le flacon et en inspecte le contenu d'un œil expert.

Soudain, une idée me traverse l'esprit. J'ai beau avoir les poches vides, je possède, en tant que reine, quelque chose de beaucoup plus précieux.

— Et pour vous récompenser de nous avoir emmenés là où nous souhaitons aller, avec courage et loyauté, j'écrirai une lettre à mon maître queux, authentifiée par mon propre sceau, dans laquelle je déclarerai Ventierra vigneron officiel de la Couronne.

Les yeux du capitaine Felix s'écarquillent et sa voix fébrile contredit la nonchalance qu'il simule lorsqu'il s'adresse à Hector.

— Il faudrait sortir tous les stocks pour répondre à la demande. Et vendre les plus vieux tonneaux au prix fort pour ne pas nous retrouver à court. Et replanter le vignoble au sud du domaine.

— En effet, répond Hector qui m'observe perplexe. Il faudrait faire beaucoup de choses.

Je m'impatiente :

— Alors, marché conclu ? Sinon, vos hommes doivent mettre notre embarcation à la mer avant d'être trop éloignés du rivage.

Le capitaine ploie le genou et piège mes mains dans les siennes, pareilles à des battoirs. Il remarque les ampoules qui criblent mes paumes et se fige un instant.

Je réprime une grimace de douleur et, au lieu de faire ma petite nature, je broie ses mains dans les miennes. Une lueur de respect éclaire son regard.

— Marché conclu, Majesté.

Sa barbe me chatouille les phalanges lorsqu'il me fait le baisemain.

— Vous ne m'avez même pas demandé où nous allons !

— Plus tard, réplique-t-il le nez froncé. Avant toute chose, un bain pour tout le monde. Je n'ai que de l'eau de mer à vous offrir, mais j'y tiens. Vous puez autant qu'une charogne.

— À part l'huile de poisson dont tu enduis ta barbe, ironise Hector, je ne sens rien.

Felix explose d'un rire franc et massif, aux antipodes de son frère cadet. Avant de quitter la cabine, il l'attrape par l'épaule.

— Ta reine s'est jouée de moi comme on joue d'une vihuela, pas vrai ?

— Oui, concède Hector.

— Restez ici pendant que je m'organise, lance le capitaine à la cantonade. Je dois jauger mes hommes et voir si certains d'entre eux doivent être débarqués, avant que vous ne fassiez des apparitions régulières sur le pont.

La porte se referme sur lui et Hector se tourne vers moi.

— Merci, Elisa.

— Je vous en prie.

— Je crois qu'il n'a pas remarqué Storm, dit Mara.

L'Invierno est recroquevillé sur un coussin derrière moi, dissimulé en partie par le bureau massif du capitaine.

— Oh, rien ne lui a échappé, murmure Belén.

— Felix me fait confiance, réplique Hector, mais le regard qu'il lance à Storm trahit sa méfiance.

Et le regret d'avoir fait monter cet oiseau de mauvais augure sur le navire de son frère.

22.

Après un bain en règle et un repas pris sur le pouce – du porc en salaison et du pain trop sec trempé dans un bouillon d'oignons –, Felix déclare qu'il nous cédera, à Mara et à moi, sa cabine. Il ira dormir avec ses hommes dans la cabine la plus spacieuse, située sous la dunette.

Le lendemain, en milieu de matinée, j'essaie de décrypter les cartes marines du capitaine quand j'entends des hourras retentir sur le pont, suivis d'une cavalcade. Le navire fait une embardée. Je me rue vers un hublot et je découvre, ravie, que la mer est agitée par une forte houle. Le vent s'est levé.

Il faut deux jours entiers pour décharger les tonneaux, les vendre et faire l'acquisition de provisions pour renflouer le stock. Ces deux jours, je les passe à faire les cent pas dans la cabine comme un lion en cage.

Felix rapporte des nouvelles fraîches, le regard pétillant.

— La reine et le comte ont repris la route de Selvarica. Apparemment, la ville est plongée dans la honte depuis que l'auberge dans laquelle elle séjournait a été réduite en cendres, et rien n'a pu la convaincre de rester, pas même leurs excuses. Ils appellent déjà cet incident le « Grand Déshonneur ».

— Ils sont sains et saufs, donc. Rien sur un assassin ?

— Rien.

— Bien. Très bien.

— Alors, quelle destination, Majesté ?

— Le Sud, vers les îles. J'en saurai plus… plus tard.

Tandis que Felix prend congé, je me pose la question : en saurai-je vraiment plus ? Il faut croiser les doigts, voilà tout.

Je me pince l'arête du nez et je chuchote, à titre d'expérience :

— Zafira.

Ma pierre se met à vibrer, au comble de la joie.

Je me tiens à la proue du navire, agrippée au bastingage, fascinée par la grâce que met l'*Aracely* dans ses déplacements. Le vent cinglant a défait ma natte, les embruns me piquent les yeux et me gercent les lèvres. Au-dessus de ma tête, la misaine se bombe.

Les hommes de l'équipage ont accepté Hector et Belén sans la moindre réserve et restent bouche bée devant Mara. Storm se terre dans la cabine des passagers. Moi, ils m'évitent, trop effrayés, ou trop intimidés par leur reine. Peut-être ont-ils reçu des ordres très stricts de la part du capitaine. Je n'en prends pas ombrage, au contraire. Un peu de solitude, cela ne se refuse pas dans un espace aussi exigu.

Je sens une présence derrière moi. Le capitaine Felix m'étudie, l'air pensif.

— Vous avez trouvé votre pied marin, observe-t-il.

— Trouvé, pas vraiment. J'ai l'impression de l'avoir toujours eu.

Pour une fois que quelque chose me vient naturellement, je suis ravie. Storm ne peut quitter sa couchette sans être pris de nausées. Il paraît que ce n'est que temporaire.

— Cela se passe ainsi parfois. C'est ce qui s'est passé pour moi.

— C'est pour cela que vous êtes devenu marin ?

— En partie.

— C'est l'autre partie qui m'intéresse. Vous avez renoncé à la vie confortable d'aristocrate pour embrasser une carrière dangereuse. Du peu que je sais de la famille d'Hector, je doute qu'ils vous aient jeté à la rue. Vous vous êtes enfui, je suppose ?

— Hector m'avait averti, il vous a présentée comme la jeune femme la plus intelligente que je croiserai sur mon chemin. Je comprends à présent.

— Que comprenez-vous ?

— Pourquoi Hector est resté à vos côtés.

Ébahie, je m'agrippe au bastingage mouillé par les embruns. Je dois me détendre si je ne veux pas, en serrant trop fort, crever mes ampoules qui se soignent pourtant sans problème.

— Vous n'êtes pas au courant, semble-t-il.

— Expliquez-moi.

Le capitaine s'accoude au bastingage et plonge son regard dans l'océan. Sa voix se teinte de nostalgie.

— Je devais hériter du comté de Ventierra mais j'avais cette vie en horreur. Le faste, les guerres larvées entre nobles, et tous ces fichus sacrements, la paperasse. Un jour, à l'âge de dix-sept ans, mon père et moi, nous nous sommes querellés. J'ai oublié le motif de cette querelle mais oui, je me suis enfui et j'ai gagné les chantiers navals. Là, j'ai proposé mes services en tant que matelot sur un navire marchand en échange d'une maigre pitance et d'un hamac.

— Et vous êtes tombé amoureux de la mer.

— Pas seulement.

— Pourquoi ne pas retourner à Ventierra ? Vous êtes toujours le premier héritier, en théorie.

— Non. Vous comprenez, je me suis aussi amouraché d'une demoiselle des docks, et j'ai eu un fils avec elle.

Il me suffit d'une fraction de seconde pour comprendre qu'une « demoiselle des docks », c'est une prostituée, une fraction de seconde supplémentaire pour me souvenir que les hommes de l'équipage nous ont appelées, Mara et moi, « demoiselles » lorsque nous sommes montées à bord de l'*Aracely*. Je suis plongée dans l'embarras.

— Quand mon père a appris la chose, poursuit Felix, il s'est rendu à Brisadulce pour m'arracher des griffes de ce qu'il voyait comme des décisions catastrophiques. Quand on m'a dit que mon père était en ville, ni une ni deux, j'ai traîné Aracely devant un prêtre et j'ai fait d'elle une honnête femme.

— Vous avez donné à votre caravelle le nom de votre femme !

— Oui. Quand vous dites à votre chère et tendre que vous allez prendre la mer plusieurs mois d'affilée, en lui souhaitant bien du plaisir avec un nourrisson brailleur, ce genre de délicate attention peut apaiser bien des colères.

— Vous êtes un homme d'une grande sagesse.

— C'est ce que je serine sans cesse à ma femme !

— Au fait, quel rapport avec Hector ?

— Quand j'ai épousé Aracely, mon père a placé ses espoirs dans mon frère cadet, Ronin. Ronin a trouvé la mort pendant la guerre contre Invierne. Le jour où vous avez écrasé les sorciers. Il s'est rallié au comte Eduardo pour protéger le front sud et une flèche lui a transpercé la poitrine.

La douleur tord ses traits, si frappante que j'ai un mouvement de recul.

Hector a perdu un frère à la guerre. Il y a sept mois à peine. Et je l'ignorais. Pourquoi ne m'a-t-il rien dit ?

— Toutes mes condoléances, capitaine.

— Ce qui nous laisse Hector. Pour hériter de Ventierra. Mes parents lui ont écrit en le suppliant de rentrer à la maison. Moi aussi, je lui ai envoyé une lettre. Son roi était mort, après tout, et Hector a toujours été le plus valeureux de la fratrie. Un meneur d'hommes, né pour régner. Il nous a répondu. Pour nous dire qu'il allait rentrer au bercail le plus tôt possible. Que Ventierra lui manquait, plus que les mots ne pouvaient l'exprimer, qu'il démissionnerait de son poste de commandant de la garde royale et laisserait tomber le Conseil. Mais il y a eu un couac.

C'est moi, le couac. Moi qui l'ai forcé à changer d'avis. Je me souviens de ce jour comme si c'était hier. Hector était venu poser une lettre de démission sur mon bureau.

Je lui ai demandé de réexaminer la question, je lui ai proposé de devenir mon garde personnel. Et, plus récemment, après avoir rendu visite à Storm jeté aux fers dans le donjon, il m'a demandé de le renvoyer. À l'en croire, il avait failli à son devoir. Mais peut-être, c'est une éventualité, une hypothèse, souhaitait-il aussi retourner parmi les siens.

— J'ignorais tout cela.

— Il a renoncé à son statut de comte pour vous, Majesté. Et à l'endroit qu'il aime le plus au monde. Je me suis toujours demandé ce qui lui était passé par la tête. À présent, je comprends.

Le silence se prolonge. Je proteste :

— Hector est d'une loyauté sans faille, avec un sens très aigu du devoir. Il n'a qu'un seul souci : servir au mieux son pays. Je le connais bien.

— Personne ne peut prétendre connaître Hector.

La réponse de Felix, je ne l'entends pas : ma Pierre Sacrée a bondi.

— Majesté ?

Le joyau est parcouru de picotements, puis je sens quelque chose m'effleurer le ventre, comme les ailes d'un papillon.

— Ma Pierre Sacrée ! Elle… Oh, ça alors !

Les ailes du papillon deviennent plus palpables, elles poussent, elles pressent. Des doigts fantômes s'enfoncent dans mon estomac, s'enroulent autour de ma pierre et se mettent à tirer.

— Dois-je appeler Hector ? s'inquiète le capitaine.

— Non. Tout va bien.

La sensation s'atténue mais elle est toujours présente, en sourdine. Les doigts me tirent dans une direction bien précise.

— Je crois que je l'ai trouvé. Le cap. Je sais dans quelle direction nous allons voguer, capitaine.

Ce dernier pose sur moi un regard sceptique. Je le comprends. Cela semble ridicule. J'ai du mal à le croire moi-même.

— Par là.

— Bien sûr que c'est par là. Dans la direction du vent.

Il se tourne vers ses hommes, résigné, les mains en porte-voix.

— Virez vent debout !

Je regagne aussitôt ma cabine car il vaut mieux ne pas déranger des marins en plein travail. L'*Aracely* est un labyrinthe semé d'écueils : cordes, crochets, poutres et objets de toutes sortes, mais j'y déambule avec l'aisance d'un vieux loup de mer. Et ce bois ! Poli, entretenu, bichonné. Jamais je n'ai vu autant de bois dans un seul et même endroit.

Mara est assise sur le lit, seule, sa besace grande ouverte devant elle. Mon arrivée a l'air de la surprendre.

— Je l'ai trouvé, Mara. Le zafira. Ma pierre l'a capté.

— Fantastique ! s'exclame-t-elle en refermant la besace. J'ai senti que le bateau avait viré de bord, je me demandais pourquoi.

— Je suis désolée que nous ayons dû vendre ton safran. Tu as pris tellement de précautions pour qu'il reste au sec.

— Ce n'est pas le safran que je voulais garder au sec, avoue-t-elle la mine réjouie.

— Ah bon ? Mais quel…

Hector déboule dans la pièce.

— Felix m'a dit que vous l'avez fait changer de cap.

— Oui ! Hector, j'ai senti le zafira. Il m'a appelée. Comme l'a prédit le *Blasphème*.

— C'est une excellente nouvelle.

— Oui, excellente. Mara, j'aimerais avoir un moment avec Hector…

— Je vais faire un petit tour chez Storm, déclare-t-elle. Rien que pour l'agacer.

Elle ramasse sa besace et, face à mon regard interrogateur, elle chuchote :

— Plus tard.

Lorsqu'elle referme la porte, je me retrouve seule avec mon garde. Aucun n'ose réduire la distance qui nous sépare.

Hector s'appuie au bureau de son frère et croise les chevilles, ses doigts pianotant sur le bord biseauté. C'est une faille microscopique dans son sang-froid habituel, mais cela suffit pour que je l'étudie plus attentivement. Il scrute le tapis comme si ses motifs renfermaient toute la sagesse du monde, nerveux. Pourquoi cette nervosité ?

Ah. Le baiser que nous avons échangé. Il croit que je l'ai retenu pour lui parler de cela.

Je m'éclaircis la voix. Cela va être plus dur que je ne le pensais, mais je ne peux pas souffrir l'idée que je le retiens contre sa volonté.

— Felix m'a raconté… après la mort d'Alejandro, vous auriez pu hériter de Ventierra.

Mes paroles sonnent comme une accusation. Elles restent en suspens, se dressent entre Hector et moi, et il garde longtemps le silence, si longtemps que je crains de l'avoir vexé.

—J'ai choisi de renoncer à cet héritage, finit-il par répondre.

— Le regrettez-vous ?

Il hésite un instant, et cette infime hésitation me dit tout ce que j'ai besoin de savoir.

— C'était le bon choix.

— Ce n'est pas la question que je vous ai posée.

— Non, c'est vrai.

— Hector, je me réjouis que vous soyez resté à mon service. Il n'y a personne en qui j'aie plus confiance. Et... dont j'apprécie autant la compagnie. Mais quand tout cela sera fini, quand nous aurons trouvé le zafira, je vais vous donner la possibilité de rentrer chez vous. Alors, pesez bien vos options.

Mes yeux doivent refléter ce que mon cœur n'ose exprimer autrement. Un nuage noir semble se lever de son visage.

—Je pensais que vous alliez me marier à votre sœur et m'expédier à Orovalle. Je suis un très bon parti, à en croire Ximena.

Dans sa voix perce une pointe d'amertume qu'il ne prend pas la peine de déguiser.

— Il est fondamental de vous trouver une compagne à la hauteur. Mais jamais sans vous consulter. Je sais ce que c'est, d'être mis à l'écart. Hors de question que je vous inflige cela.

— Ce serait très plaisant, de revoir mon pays, dit Hector d'un ton songeur.

— Vous savez déjà, alors, quelle décision vous allez prendre ?

— Non. Mais je vous remercie de me laisser le choix.

Le soleil s'abîme derrière l'horizon. Mara et moi, nous sommes seules dans la cabine du capitaine Felix.

— Storm m'a dit quelque chose qui devrait vous intéresser, m'apprend-elle tout en défaisant ma natte.

— Ah oui ?

— Il m'a dit que le gardien de la porte vous sentirait arriver. Qu'il vous mettrait à l'épreuve.

— À l'épreuve ? Qu'est-ce que cela signifie ?

— Je l'ignore. Mais la logique voudrait que la porte ait un gardien, non ?

— Peut-être.

Je me renfrogne : j'aurais dû penser à glisser dans mon paquetage mon propre exemplaire du *Blasphème*, afin de l'étudier de mon côté. C'est Ximena qui l'a chargé dans le carrosse de la reine. Pour ma part, je ne l'ai jamais vu. Peut-être était-ce son intention dès le départ, d'ailleurs : ne jamais me le montrer.

— Le père Alentín a parlé d'une mise à l'épreuve, d'un moyen de prouver mon mérite, mais il n'a pas dit le moindre mot sur un gardien.

— Vous devriez rendre une petite visite à Storm. Lui poser quelques questions.

— Je n'y manquerai pas. Mais d'abord, je veux savoir ce que tu caches dans ce sac. Mara, que peux-tu transporter qui a plus de valeur que le safran ?

Elle se plante face à moi, ses yeux pétillent.

— Un petit quelque chose que j'ai rapporté pour nous.

J'ai toutes les peines du monde à contenir mon impatience quand je la regarde poser sa besace sur le lit et tirer d'une poche une figurine en argile. C'est un buste de femme, nue, aux courbes voluptueuses. Elle croise les mains sur son ventre, comme pour le protéger.

Mara lui retire la tête, qui cède avec un bruit de bouchon, l'incline légèrement et verse quelques graines dans sa paume.

— Le Voile de la Vierge. J'en ai deux fioles, une pour moi, une pour vous. J'ai dû les cacher de Ximena. Je savais qu'elle n'irait pas fouiner dans mon sac à épices.

À la vue de mon air ahuri, elle pousse un soupir.

— Ximena ne vous a jamais parlé du Voile de la Vierge ?

— Non.

Il y a beaucoup de choses dont Ximena s'est bien gardée de me parler.

Elle remet les graines à l'intérieur du petit flacon, qu'elle rebouche, et me le fourre dans la main.

— Prenez huit à dix de ces graines par jour. Pas plus. Mâchez-les bien et avalez. Grâce à ça, vous ne tomberez pas enceinte.

Ma main se referme sur la fiole comme un poing.

— Ah oui.

— Vous n'êtes pas obligée d'en prendre, bien sûr. Mais je me suis dit, eh bien, comme on partait en voyage et qu'il était question de se séparer, et je savais qu'Hector nous accompagnerait, et les regards que vous vous lancez parfois pourraient transformer le sable en lave, et… vous ne me trouvez pas trop impudente ?

— Non. En fait, je ne sais pas.

J'étudie la figurine. Elle s'exhibe au creux de ma paume. Sensuelle. Impudique.

— Vous pourriez avoir une première fois avec un homme que vous aimez, et en qui vous avez une totale confiance, ajoute Mara en baissant d'un ton.

Je lui lance un regard interloqué. Ainsi donc, elle sait ce que je ressens à l'égard d'Hector. Si elle sait, Ximena sait aussi, c'est évident.

— Il n'a peut-être pas envie de moi.

— Elisa, il a envie de vous. Comme un fou.

— Je crois qu'il regrette d'être resté sous mes ordres. Il a le droit de prendre congé après que nous aurons trouvé le zafira. De rentrer chez lui. Et ma sœur, la princesse Alodia, a exprimé son intérêt, elle aimerait l'épouser. Tu vois, notre relation est condamnée. Nous n'avons pas d'avenir ensemble.

— Mais vous l'aimez.

Cette simple affirmation brise toutes mes barrières.

— Oh, Mara, c'est vrai. Je l'aime de toute mon âme. J'aime son attachement à l'honneur et au devoir. J'aime quand ses sentiments se dévoilent sans pudeur alors qu'il fait tout son possible pour les masquer. J'aime ses cheveux qui bouclent quand ils sont mouillés, son sourire un peu réticent, son parfum. Quand il rit, son rire résonne jusque dans ma moelle… bon sang, je raconte n'importe quoi.

— Oui. Un peu, dit-elle d'une voix rieuse.

— Il m'a embrassée. Dans les égouts.

— Par la barbe du Destin. Le moment était mal choisi.

— Très mal.

— Et ça ne ressemble pas à Hector.

— Ça ne lui ressemble pas, non.

— Franchement, vous devriez commencer à prendre les graines. On ne sait jamais.

Je me redresse et je prends une profonde inspiration.

— Ximena voulait lui faire promettre de ne nouer aucun lien avec moi.

— Ximena est une femme merveilleuse et elle vous aime beaucoup, mais c'est une harengère qui fourre son nez dans ce qui ne la regarde pas.

Je m'étrangle de rire – et de stupeur.

— C'est à vous de prendre cette décision, Elisa, ajoute Mara. Pas à Ximena. Que voulez-vous ?

— Je veux Hector.

Voilà. Je l'ai dit.

— Même s'il en épousera une autre.

— Je n'en sais rien.

Mara se place derrière moi et me tresse les cheveux. Le vent fait tanguer le bateau ; nous nous balançons au gré du rythme apaisant imprimé par les vagues. L'*Aracely* se transforme en berceau.

— Mara, tu m'as dit que tu as ramené deux fioles. Une pour toi, une pour moi.

— Oui. Belén et moi… il est si beau. Et si habile. Calme et fougueux tout à la fois. Nous avons tous les deux beaucoup changé. Lui aussi a une cicatrice maintenant. Peut-être qu'il ne verra pas d'inconvénient à ce que je… même après tout ce qui s'est passé entre nous, je me suis dit… peut-être…

— On ne sait jamais.

— On ne sait jamais.

Ce soir-là, je décide de ne pas prendre le Voile de la Vierge mais j'emmaillote la fiole dans ma tunique de rechange et je la range au fond de mon paquetage. Le sommeil me fuit longtemps car une question me trotte dans la tête : qu'y a-t-il de plus ridicule, se tenir prête pour un événement qui ne se produira peut-être jamais, ou ne pas se préparer à quelque chose qui risque fort de se produire ? Seul l'avenir me le dira.

23.

Les vagues sont d'humeur joueuse aujourd'hui. Elles secouent l'*Aracely* comme un prunier et je dois me cramponner quand je descends les marches qui mènent à la cabine des passagers. C'est là que Storm se terre.

Je frappe à la porte et j'entends un grommellement qui pourrait s'apparenter à un « Entrez », même si je n'en jurerais pas.

Des relents fétides de vomissures me prennent à la gorge.

— Il faut vraiment que vous aériez cette cabine.

— Allez-vous-en, marmonne Storm.

Il est allongé sur la couchette inférieure, une jambe ballante, un bras en bandeau sur les yeux. Une mouche exécute des cercles nonchalants autour d'un seau de toilette posé par terre.

— Vous devriez prendre l'air sur le pont. Il sera plus plaisant de vider votre estomac par-dessus bord que de vomir dans ce seau.

La caravelle penche sous l'assaut de la houle et il lâche un grognement. Je lui annonce :

— J'ai senti le zafira. Nous avons mis le cap dessus.

L'Invierno se redresse dans un sursaut d'énergie.

— Vous en êtes sûre ?

— J'ai l'impression qu'il m'appelle…

Je n'ai pas le temps de finir ma phrase. Storm se plie en deux au-dessus du seau, qui déborde. J'évite de justesse quelques éclaboussures répugnantes.

— Beurk. Je pourrais demander à quelqu'un de nettoyer tout ça.

— Non, souffle-t-il en s'essuyant de la manche. Cela m'a débarrassé d'Hector et du capitaine. Ils dorment dans la cale.

J'hésite entre rire et dégoût.

— Vous allez être mise à l'épreuve, ajoute-t-il. Plus nous en approchons, plus ce sera dur.

— C'est de cela que je suis venue vous parler. Mara m'a dit que vous avez mentionné l'existence d'un gardien.

— En effet, oui.

— Dites-moi tout ce que vous savez sur lui.

— Apportez-moi de l'eau. Cela donne soif, de rendre tripes et boyaux.

Je soupire, exaspérée de devoir lui tirer les vers du nez.

— Les renseignements d'abord, l'eau après.

— C'est une vieille légende d'Invierne. Le gardien de la porte est choisi parmi l'ensemble des animagi. Seuls les plus puissants se disputent cet honneur. Il y a une sorte de compétition et le vainqueur est envoyé surveiller le zafira.

— Vous ne m'avez jamais parlé de tout cela avant.

— Vous ne m'avez jamais posé la question. Et je ne suis pas tout à fait sûr que le gardien existe. Mais ce dont je suis certain, c'est que mon peuple aura édifié un système de défense autour de sa plus grande ressource. Pourquoi ne pas faire appel à l'animagus le plus puissant ? Et comme le zafira transmet la vie et le pouvoir, un sorcier en contact direct avec lui pourrait vivre éternellement.

— Mais votre peuple est coupé du zafira depuis très longtemps. Il doit avoir des centaines et des centaines d'années.

— Des milliers, plutôt.

— Impossible. Lorsque le Destin a installé des humains dans ce monde, il a fallu attendre longtemps avant que nous ne formions plusieurs nations.

— Vous êtes d'une stupidité abyssale.

— Pardon ? Pourquoi ?

Le bateau fait une embardée et Storm est pris d'un haut-le-cœur. Je m'éloigne du seau avant de répéter ma question.

— Pourquoi croyez-vous que je suis…

La cloche du château d'avant se met à carillonner, d'abord faiblement, et le signal s'amplifie lorsque les autres cloches le reprennent. Une voix résonne dans le couloir.

— Tout le monde sur le pont ! Tout le monde sur le pont !

Des marins passent à toute vitesse devant la porte.

— Je reviens ! dis-je à l'Invierno avant de quitter la cabine au triple galop.

Un autre navire nous a-t-il hélés ? Allons-nous toucher terre ? Un homme est-il tombé par-dessus bord ?

Je fais irruption sur le pont principal dans une lumière qui m'aveugle. L'équipage s'agite, occupé à des tâches dont l'utilité m'échappe. On dirait des fourmis en proie à la panique. Deux des hommes escaladent les cordages, un poignard entre les dents. Se préparent-ils à couper les voiles ?

— Elisa !

Hector se tient au pied de l'escalier qui mène à la poulaine. Il me fait signe de le rejoindre. Je traverse le pont au pas de course, il me saisit par la main et grimpe les marches quatre à quatre. Le capitaine Felix est déjà à son poste, le regard fixé sur le sud-est.

Un chapelet de nuages noirs assombrit l'horizon, un déferlement de ténèbres dans un ciel pourtant azur.

— C'est une tempête. Peut-être même un ouragan. Nous en saurons plus d'ici quelques heures.

L'air me paraît différent. Alourdi. Comme s'il retenait son souffle. Tandis qu'un éclair teinte les nuages d'un reflet verdâtre qui n'annonce rien de bon, je proteste :

— Ce n'est pas la saison des ouragans.

— C'est trop tôt d'un mois, au moins, acquiesce Felix sans quitter le danger des yeux. Et il vient de la mauvaise direction. De toutes mes années en mer, c'est la première fois que j'en vois un qui arrive du sud. Ce n'est pas normal.

Ces mots me glacent le sang.

— Pouvons-nous accoster ?

— Le prochain port est à plusieurs jours de distance. L'*Aracely* a réussi à surmonter de sacrées tempêtes, mais un ouragan nous naufragerait. Si nous tenons assez longtemps, nous pourrons exploiter la violence des éléments et nous jeter sur les récifs. L'*Aracely* n'y survivra pas, mais certains d'entre nous pourront peut-être atteindre le rivage. C'est un bon bateau. Le meilleur bateau au monde, murmure-t-il en caressant le bastingage.

Je suis émue aux larmes par cette résignation mêlée de bravoure. Soudain, le zafira resurgit et me tire comme un poisson fixé à un hameçon. Je résiste à l'envie de plonger du haut de la proue et de nager dans la direction qu'il m'indique, en plein dans l'ouragan.

J'ouvre les yeux et je remarque que les nuages se rapprochent déjà, plus massifs et plus sombres qu'il y a quelques secondes à peine. Tandis que le vent plaque mes vêtements sur mon corps et que ma Pierre Sacrée sombre dans un froid éloquent, je me rends compte que le capitaine Felix a raison. Cet orage n'est pas naturel.

— Storm m'a dit que je serai mise à l'épreuve.

— Vous pensez que le Destin vous envoie une tempête pour que vous fassiez vos preuves ? s'étonne Hector.

— Pas le Destin. Le gardien de la porte. Et le père Nicandro m'avait avertie, je dois affirmer ma détermination. Ma foi va être mise à l'épreuve.

— Que voulez-vous dire au juste, Majesté ? demande Felix d'une voix blanche.

J'émets un soupir qui ressemble à un sanglot. C'est une chose d'être l'Élue du Destin, d'être en danger à chaque instant, d'accomplir une mission nébuleuse. C'en est une autre de mettre en péril un bateau entier, rempli d'hommes valeureux.

— Je suis le champion, d'après l'*Afflatus*. Et je ne dois pas fléchir. Vous avez forcément entendu la prophétie un jour. « Il ne pouvait savoir ce qui l'attendait aux portes de l'ennemi et il fut mené, comme un porc sous le couteau du boucher, dans le royaume de la sorcellerie. » Si le champion tient bon, il sera victorieux grâce au pouvoir de la miséricordieuse main droite du Destin.

Hector se pince l'arête du nez et lâche un grognement.

— Quoi ? gronde Felix. Je rate quelque chose ?

— Nous devons traverser l'ouragan. En ligne droite. Sans que notre résolution vacille.

— Vous plaisantez.

Hector se tourne vers son frère.

— Il n'y a pas deux semaines, j'ai été frappé par la flèche d'un assassin.

Il soulève sa tunique et se retourne pour montrer une minuscule cicatrice blanche en dessous de son omoplate. On dirait que la blessure date de plusieurs années. Felix l'étudie avec intérêt.

— La pointe a atteint mon poumon. J'ai dû continuer à me battre et j'ai perdu beaucoup de sang. Le temps que je reçoive de l'aide, il était trop tard. J'étais un homme mort. Et Elisa m'a guéri. Avec le pouvoir de sa Pierre Sacrée. J'ai souffert pendant quelques jours mais je suis totalement rétabli. Pas même un élancement. La reine m'a sauvé la vie. Cela lui a demandé beaucoup d'efforts, plus que ce qu'elle veut bien m'avouer, mais elle a réussi. Donc, quand elle dit qu'il faut faire route vers l'ouragan, je la crois sur parole.

— Vous me demandez de mettre en grave danger plus de vingt vies, rétorque Felix. Sans parler de mon bateau. Si je l'échoue sur les récifs, je pourrai peut-être en sauver une partie. Une très grande partie. Je ne sais pas si vous l'avez remarqué, Majesté, mais votre pays offre un spectacle de dévastation. Le travail est de plus en plus rare. De ce navire dépend la vie de dizaines de familles – pas uniquement celles de mes hommes, mais aussi des tonneliers qui fabriquent nos barriques, de la couturière qui raccommode nos voiles tous les ans, du paysan qui nous vend ses salaisons.

— Oh, je le sais. Je sais tout cela, et plus encore. Il y a eu quatre émeutes à Brisadulce au cours du seul dernier mois, à cause d'une augmentation d'impôts que je n'ai pas décidée. Le peuple gronde, et il a raison. Les Bas-Fonds se trouvent dans une situation plus désespérée encore car les prix du marlin bleu ont dégringolé la saison passée. Savez-vous que la production de la guilde des tanneurs a été réduite de trente pour cent ? Ma faute, vous comprenez. J'ai permis à Basajuan de faire sécession et nous n'aurons pas accès à leurs peaux de mouton tant que nous n'aurons pas signé un accord commercial avec Cosmé.

Je tourne le dos à l'orage et je m'appuie au bastingage. Felix ne cache pas son inquiétude. Peut-être pense-t-il que je vais réquisitionner sa caravelle.

— Joya d'Arena doit se rétablir. Et c'est possible. Il nous faut de toute urgence du bois pour démarrer la reconstruction. Il y a une petite fortune à se faire en ramenant des palétuviers et des cyprès des îles du Sud. Sauf que personne n'osera prendre ce risque. À cause de la guerre qui vient à peine de s'achever, à cause de la menace de l'animagus et à cause… à cause de moi, parce que je manque de poigne, tout le monde a peur. Les gens sont cloîtrés chez eux, les rideaux tirés, rongés par la faim et le désespoir.

« J'ai un besoin impérieux du zafira, capitaine. C'est le seul et unique moyen de neutraliser pour de bon la menace que présente Invierne et de consolider mon propre pouvoir. Comprenez, je vous prie, que j'ai un royaume entier sur les épaules. Et oui, votre bateau vaut qu'on prenne ce risque.

— Vous croyez fermement que nous devons nous jeter tête la première dans un ouragan, soupire Felix en triturant une des perles tissées dans sa barbe.

— Oui.

— Pouvez-vous me garantir que personne ne sera blessé ? Que le Destin nous prêtera main-forte ?

— Je ne vais pas vous mentir. Il y a toujours un prix à payer. Ma seule certitude, c'est que nous accomplirons la volonté du Destin.

— C'est de la folie.

— C'est la foi.

— Si je m'engage dans cette aventure, je revendique le droit de tout révéler à mes hommes sur le zafira. Ils doivent savoir pourquoi nous prenons tant de risques, au nom de quoi ils mettront leur vie en péril.

— Entendu.

Il exécute une révérence et regagne le pont principal – « Avec votre permission, Majesté » – pour s'entretenir avec ses hommes.

Hector s'appuie à son tour au bastingage et nous contemplons l'océan ensemble, épaule contre épaule.

— Je ne permettrai pas qu'il vous arrive quelque chose, lance-t-il. Vous survivrez à cette épreuve.

— Vous aussi. C'est un ordre. Je me suis donné un mal fou pour vous sauver, ce n'est pas pour vous laisser mourir maintenant.

— Un mal fou, dites-vous, Elisa ? Que s'est-il passé le jour où vous m'avez sauvé la vie ?

— Je... je n'ai pris aucun risque inconsidéré, si c'est ce qui vous inquiète.

— Vous avez cru mourir en me sauvant, alors oui, cela m'inquiète.

Le tonnerre gronde dans le lointain tandis que je fais glisser ma main sur le bastingage. Je serre ses doigts dans les miens, il ne me repousse pas.

— J'espère être un jour... capable de vous le dire.

— Je ne devrais pas insister. Vous n'êtes pas obligée de me dire quoi que ce soit. Vous êtes ma reine.

Ses mots me font mal, inexplicablement, et je dois refouler mes larmes. Je retire ma main tandis qu'un éclair zèbre l'horizon.

— Je dois aller voir Mara pour lui dire ce qui se passe.

Et il me suis du regard tandis que je descends l'escalier.

24.

La nuit tombe tôt, amenée par l'ouragan. Les hommes de l'équipage allument les lanternes et fixent les caisses au pont en silence, vérifiant sans relâche la solidité de leurs nœuds. Leur fatalisme éveille mon admiration. Ils s'entêtent à m'éviter mais je me sens obligée de lier contact avec eux, impressionnée par leur puissance de travail. Accompagnée d'Hector, je leur tape sur l'épaule, je leur demande leur nom, je les remercie. De près, il est plus facile de débusquer la peur dans ces visages tannés. Ils arrivent encore à incliner la tête et marmonner quelques maladroits « Vot' Majesté ».

Déjà, les lanternes se balancent sur leur crochet tandis que le bateau plonge dans les flots. Des paquets d'écume se déversent sur le pont à intervalles réguliers et mouillent tout ce qui se trouve à leur portée. Nous avons rabattu la voilure et plusieurs marins se sont attachés aux cordages, prêts à couper les voiles si les mâts décident de se briser.

Je me tiens à la barre avec Felix et Hector car les risques sont grands de dévier de notre cap. Aucun navire ne peut partir à l'assaut d'un ouragan. La meilleure solution, c'est de progresser sur l'eau en traçant des zigzags et en attaquant de front les vagues pour éviter de chavirer. Ma Pierre Sacrée fait office de boussole et nous montre l'axe à suivre tandis que nous nous efforçons de corriger notre trajectoire. Hector tient entre ses mains un rouleau de corde, prêt à m'attacher dès que les vagues menacent de nous balayer par-dessus bord.

J'ai toutes les peines du monde à garder l'équilibre. En pleine nuit, les vagues se réduisent à une monumentale masse noire, de l'écume moutonnant sur la crête, qui enflent plus haut que le plat-bord. À l'ultime seconde, systématiquement, la proue ouvre une brèche dans la muraille d'eau et mon cœur remonte dans ma gorge quand l'*Aracely* dévale le versant opposé de la vague.

Felix m'explique qu'il est encore trop tôt pour avoir peur et que l'*Aracely* a traversé des intempéries bien plus impressionnantes.

— Nous ne sommes encore qu'au début de la tourmente, Majesté, me dit-il avec un rictus de dément. Le pire est à venir.

Un vieil homme à barbe grise – et à l'oreille amputée de son lobe – accourt et annonce au capitaine :

— La sentine est remplie jusqu'à la moitié de la première marque.

— Qu'est-ce que cela veut dire ?

— Ça veut dire que les paquets d'eau qui s'abattent sur le navire commencent à remplir la cale, explique Hector. Un homme se charge de pomper à tout moment, mais si l'eau atteint un certain niveau, il va falloir écoper avec des seaux. Et si elle dépasse la troisième marque, le bateau est perdu.

C'est alors que les nuages crèvent, une pluie diluvienne nous arrose.

Le pont devient glissant. Je m'agrippe à une rambarde dressée au milieu du pont. Un éclair illumine le ciel comme en plein jour avant que le tonnerre ne me déchire les tympans.

Montre-nous la voie, ô Destin, et tiens-nous à l'écart du danger.

Une volute de chaleur s'enroule autour de moi. Hector se retourne, comme aimanté.

— Vous venez de prononcer une prière, n'est-ce pas ? J'arrive à le deviner à chaque fois. Votre visage change.

Il esquisse un petit sourire, comme si nous partagions, lui et moi, un secret. La lumière d'une lanterne souligne les méplats de son visage. Le navire tangue brusquement et le mouvement me projette contre lui. Il enroule un bras autour de mes épaules et me bloque contre la rambarde.

— Peut-être que rester sur le pont n'est pas une si bonne idée que ça. Vous avez entendu ce qu'a dit Felix. La situation va s'empirer.

— Il faut que j'aide à tenir le cap !

— Viendra un moment où tenir le cap n'aura plus aucune importance. Il nous faudra penser à survivre.

— Hector, il faut que je vous dise…

— Non, ne dites rien. Pas d'adieux, pas de confessions. Parce que nous allons survivre à cette épreuve. Vous et moi. C'est la foi, n'est-ce pas ?

Un éclair zèbre le ciel derrière lui, comme pour ponctuer sa tirade.

— Oui. La foi.

Hector a raison. Je dois me préparer à vivre, pas à mourir. Même s'il me faut mourir au service du Destin, peut-être ce soir, nul ne peut le prévoir.

Je suis soudain prise d'un besoin frénétique de faire quelque chose – n'importe quoi – pour me prouver que je ne vais pas mourir, que je peux me dérober à un sort écrit d'avance. Il serait si facile de me pendre au cou d'Hector, de coller mes lèvres aux siennes et de l'embrasser à perdre haleine…

Non, échanger un baiser inopportun avec Hector, cela ne me suffit pas. J'ai d'autres désirs, d'autres ambitions, et je serre les poings, enfonçant mes ongles dans ma paume. Ce que le Destin a en réserve pour moi peut sombrer dans les profondeurs de l'océan – et, avec lui, tout ce que les autres veulent m'imposer –, je m'en contrefiche.

— Elisa ?

— Je reviens tout de suite !

Je traverse le ponton comme une flèche et je dévale l'escalier pour gagner la cabine du capitaine Felix. J'ouvre la porte à la volée. Recroquevillée par terre, au pied du lit, Mara lève la tête. Elle a les joues baignées de larmes.

— Elisa ? dit-elle d'une voix chevrotante.

Je traverse la pièce en laissant des empreintes trempées sur le tapis et j'attrape mon paquetage avant de m'asseoir à côté d'elle. J'y puise la figurine qui contient le Voile de la Vierge.

— Mais que faites-vous ? demande-t-elle, et je lui réponds en débouchant la fiole :

— Je me prépare à vivre.

— Attendez. Moi aussi.

Elle récupère sa propre fiole dans ses affaires rangées sous le lit.

— Prête ?

Je débouche ma fiole et verse quelques graines dans le creux de ma main. Mara m'imite. Nous les avalons en renversant la tête en arrière et j'entreprends de les mâcher. Je les trouve amères, dures sous la dent ; leur goût me rappelle un peu le zeste du citron.

Le navire tangue à nouveau et je m'étrangle à moitié. La chaise du capitaine glisse sur le parquet avant de basculer à nos pieds. Mon amie pousse un petit cri plaintif. Je la prends dans mes bras et elle me serre contre elle, malgré mes vêtements détrempés. Je ne devrais pas m'attarder, mais je rechigne à abandonner mon amie en pleine tourmente.

— Ne restez pas ici, dit-elle en se détachant de moi.

Je me mets debout, revigorée.

— Ne bouge pas. Je ne voudrais pas qu'une vague t'emporte.

— Faites attention à vous, Elisa.

J'ouvre la porte, découvrant le déluge qui s'abat à l'extérieur. L'eau entre à flots dans la cabine. Hector est déjà là, comme s'il faisait le guet, et il m'aide à refermer la porte, qui résiste contre les bourrasques.

Mes remerciements sont noyés par le vent tandis que nous patinons sur le pont pour rejoindre le capitaine Felix, qui s'est posté à la barre.

— J'ai besoin d'un cap, Majesté ! hurle-t-il.

Je m'accroche au bastingage et je ferme les yeux. Le vent me fouette le visage et il s'écoule un long moment avant que je ne sente la saccade. Elle est là, constante et sûre. Ce sera tribord.

— Par ici.

Ce que je ne dis pas au capitaine, c'est que ma pierre s'est glacée au creux de mon nombril.

Felix aboie des ordres et manœuvre le gouvernail tandis que ses hommes ajustent les voiles. Lentement mais sûrement, nous luttons contre le vent et les vagues pour ce nouveau cap.

L'heure qui suit, la mer se déchaîne. Mes mains s'engourdissent sous l'effet du froid et j'ai de plus en plus de mal à me retenir au bastingage, tant le roulis est fort. Je me laisse glisser sur le pont et j'enroule une jambe autour du garde-corps. Hector m'attache aussitôt au bastingage en nouant une corde autour de ma taille.

Il tire ensuite une longue dague de son brassard et la plante dans une planche, à côté de moi.

— S'il m'arrive quelque chose, crie-t-il, vous pourrez vous libérer en coupant la corde.

Je hoche la tête. *Faites qu'il n'arrive rien à Hector.*

Un éclair strie les ténèbres et embrase le nuage le plus étrange qu'il m'ait été donné de voir. On dirait un long doigt qui s'enfonce dans la surface tourmentée de l'océan, produisant une sorte de geyser.

J'attire l'attention d'Hector en tirant sur son pantalon. Il me lance un regard où je lis l'incompréhension.

— Attendez l'éclair. Regardez !

Lorsque l'éclair frappe une nouvelle fois, le nuage est plus proche encore, assez pour que je saisisse sa nature divine, et tente de mater une mer déchaînée qui nous secoue comme une vulgaire boîte d'allumettes.

— Une tornade ! hurle Hector, et d'autres reprennent son cri, leur voix couverte par les vociférations du vent et la pluie.

La caravelle tangue si fort qu'Hector tombe lourdement sur le pont et glisse sans réussir à se remettre debout.

— Hector !

J'essaie de le retenir, mais la corde m'en empêche. Hector se rattrape aux planches du bout des doigts mais l'*Aracely* se balance de plus belle. Des paquets d'eau se déversent sur lui, il ne peut pas tenir très longtemps.

— Felix, à l'aide !

Le tonnerre engloutit mon cri de détresse et le capitaine ne m'entend pas, trop occupé avec son gouvernail.

Je saisis la dague à deux mains et je la dégage de la planche. Je commence à couper la corde qui me retient à la taille quand me vient une meilleure idée.

— Hector !

Je brandis la dague afin d'attirer son attention. Il hoche la tête, une fois, les veines enflées par l'effort.

Je vise aussi justement que possible, puis je lance la dague dans sa direction. Il tend le bras pour l'attraper au vol, la retourne et fiche la lame de toutes ses forces dans le bois.

Je respire plus aisément, consciente qu'il tiendra plus longtemps. Assez longtemps, je l'espère, pour franchir la crête de cette vague.

Tous les hommes sont agrippés au bastingage, se servant de leur corps comme d'un levier pour empêcher l'*Aracely* de chavirer. Felix est toujours accroché au gouvernail ; il montre les voiles avec des gestes paniqués. Je lève les yeux et je comprends instantanément le problème : l'artimon ne s'est pas tourné dans le bon sens, à l'inverse des autres voiles. Le mécanisme a dû se casser et il nous entraîne dans le sens contraire à la vague. Deux marins courageux, suspendus aux gréements comme des araignées, coupent les cordes qui retiennent la voile.

Hector entreprend de ramper dans ma direction en utilisant la dague pour se hisser – ce qui signifie qu'il ne se retient que d'une main lorsqu'il repositionne sa dague. Je lui ordonne d'arrêter mais un paquet d'eau de mer me tombe dessus. Quelque chose résonne, comme un roulement de tambour, et l'artimon s'abaisse une fraction de seconde avant d'être arraché par le vent. Il ne reste plus qu'un homme sur les cordages. Où est passé l'autre ?

Catastrophe. *Il a été englouti.*

Le navire se retourne avec une lenteur intolérable, la proue s'élève et l'eau se déverse sur mon visage. Je tousse et je crache tandis que le beaupré perce la vague. Et nous tombons, nous tombons en chute libre. Je sens les bras d'Hector autour de moi quand le bateau finit par se stabiliser.

Merci, merci, ô Destin. Hector s'appuie contre moi, exténué. Il s'accroche à moi pour reprendre des forces au lieu de m'en donner, pour une fois.

— Majesté ! hurle le capitaine. Un cap !

Je pointe l'index, à bâbord cette fois-ci, tandis qu'un éclair embrase le ciel. Je désigne sans détour la tornade qui va bientôt nous avaler.

Le capitaine m'observe, paralysé par la panique. Sa barbe est plaquée sur son visage et j'ai l'impression de fixer du regard une version plus sombre, plus sauvage d'Hector. Il s'apprête à protester mais un marin se précipite vers lui.

— La sentine est pleine jusqu'à la troisième marque ! Nous ne pouvons pas écoper assez vite !

Les traits de Felix se radoucissent. Il ferme les yeux, caresse le gouvernail et prie à voix basse. Je sais qu'il se prépare à mourir.

Un bras autour d'Hector, je pose ma main sur mon estomac. La corde me gêne et je tire dessus pour révéler ma Pierre Sacrée. *Que suis-je censée faire ? Comment pouvons-nous réchapper d'une tornade d'eau ? Je sais que je dois garder la foi, mais là, Destin, il nous faudrait un miracle.*

Le bateau reste immobile, même si l'écume nous fouette de toutes parts. La tornade, plus puissante encore que les vagues, impose le calme aux flots avant de les aspirer.

Hector change de position et je m'assieds entre ses jambes. D'une main, il s'accroche au bastingage et, de son autre bras, me colle contre lui. Comme s'il pouvait me protéger du monstre qui s'apprête à nous engloutir. Je me penche et lui crie à l'oreille :

— Priez avec moi.

— C'est ce que je fais.

Je trouve sa main, que je guide vers mon nombril.

— Béni soit celui qui arpente le chemin du Destin. Il ne déviera ni sur la gauche ni sur la droite, car la miséricordieuse main droite le guide jour après jour.

Hector prie lui aussi, entre ses dents, avec insistance. Il y a de la puissance là-dedans, dans cette prière à deux, main dans la main ; je la sens grandir en moi. Une vague de chaleur me submerge – mon corps vibre, je suis pareille à une coupe qui va bientôt déborder – et je poursuis :

— Le champion ne doit pas vaciller. Le champion doit tenir le cap. Oui, même s'il doit franchir d'aveugles ténèbres il ne doit pas céder à la crainte, car la miséricordieuse main…

Un fracas, plus bruyant encore que la tempête. J'ouvre les yeux pour constater que la tornade a brisé le beaupré en deux. Des aiguilles d'eau me piquent les pommettes et les yeux. D'ici quelques secondes, nous serons mis en pièces.

Hector glisse sa main sous ma blouse ; ses doigts courent sur ma peau, trouvent la Pierre Sacrée et se posent doucement dessus. Je prends sa main dans la mienne.

— La championne ne doit pas vaciller, me glisse-t-il à l'oreille. Oui, même si elle doit franchir d'aveugles ténèbres elle ne doit pas céder à crainte, car la miséricordieuse main droite du Destin saura la soutenir et lui donner une nouvelle vie victorieuse.

La chaleur se transforme en brasier. Mon corps tout entier brûle de passion, de désir, de désespoir. La Pierre Sacrée vrombit sous l'impulsion d'un pouvoir laissé en friche. *Destin, je veux vivre. Je veux que nous vivions tous. Que dois-je faire ? Pourquoi nous as-Tu conduits jusqu'ici ?*

Un autre craquement, une voile déchirée de haut en bas. La caravelle commence à pivoter sur son axe.

C'est alors que je les sens, ces minuscules tentacules qui forment des spirales en moi, comme autant de feux follets emportés par le vent. Je les connais bien, je vis avec eux depuis le jour de ma naissance.

Ces tentacules, ce sont les prières qui s'élèvent de ce bateau en perdition. Et ces pensées disparates, empreintes de désespoir, voltigent vers moi et alimentent ma pierre, dont la puissance augmente peu à peu.

La tornade broie la coque de l'*Aracely*. Des planches et des éclats de bois volent en tous sens. La prière d'Hector faiblit. Il se raidit avant de resserrer son étreinte, plus féroce que jamais. Ses lèvres froides effleurent ma joue.

— Je vous aime, Elisa.

Quelque chose se brise en moi. Une lumière fulgurante m'aveugle en incendiant les éléments du décor – les débris du bateau qui se déversent sur nous telle une pluie mortelle, une vague dont les dimensions dépassent l'entendement – remplacée par l'obscurité, le silence et une immobilité qui ressemble à s'y méprendre à la mort.

Je suis aveugle, sourde, paralysée. Comme si j'avais cessé d'exister, malgré mes pensées qui tourbillonnent dans un néant insondable.

Puis un cœur qui bat, concret, incontestable. Non, deux cœurs, le mien et celui d'Hector, battant au même rythme.

Puis plus rien.

25.

Je suis couchée sur le flanc, la joue écrasée contre le pont. Hector s'est ramassé autour de moi afin de me protéger.

Tout est immobile et lumineux, si lumineux que je cligne des yeux. Une brise tiède caresse mon visage, charriant un parfum d'hibiscus. Une mouette pousse un cri perçant.

Une mouette !

Le souffle coupé, je me redresse.

Les hommes de Felix gisent tout autour de moi. Je crains d'abord qu'ils ne soient plus que des cadavres quand mon œil est attiré par un mouvement à côté du gouvernail. Felix. Sa barbe hirsute tressaute lorsqu'il marmonne quelques mots. D'autres remuent, émergeant de leur léthargie.

Vivants. Tous autant que nous sommes.

J'observe Hector. Il semble si paisible. Si jeune. Poussée par une pulsion irrésistible, je dessine son sourcil du bout des doigts, sa pommette sur laquelle perle une goutte de sang. Une écharde a dû se ficher dans son visage lorsque la tornade a frappé l'*Aracely*.

Inquiète, je m'assure qu'il respire toujours. S'il y a une écharde, rien n'exclut qu'il y en ait d'autres. Enfoncées plus profondément encore…

Ses paupières papillonnent. Miracle.

— Hector ?

Il ouvre les yeux et frémit de soulagement à ma vue.

— Nous sommes vivants, murmure-t-il.

— Parce que je vous ai donné l'ordre de vivre.

— Comment avons-nous pu en réchapper ?

— Je l'ignore. Sûrement grâce à la prière collective canalisée par ma Pierre Sacrée. Ne bougez pas. Il faut que je retire ça.

Tenant son menton d'une main, je commence l'opération. Un petit fragment de l'écharde dépasse, juste assez pour que je l'attrape entre le pouce et l'index. Je tire dessus, doucement mais sûrement, en essayant de ne pas trembler.

Hector m'observe sans broncher.

L'écharde est plus longue que je le pensais et la retirer provoque un afflux de sang. Je m'apprête à l'éponger le sang mais Hector me saisit la main, la porte à ses lèvres et m'embrasse le bout des doigts.

— J'ai bien cru que nous allions mourir malgré tout. Juste à la fin.

Je repense à la façon dont il m'a tenue dans ses bras, à la prière que nous avons prononcée ensemble. À ses mains sur ma pierre, sur ma peau. Je repense aussi à ce qu'il m'a dit, et je ravale mes larmes.

— Je crois que c'est vous qui m'avez sauvée. Qui nous avez tous sauvés. Je ne sais pas encore comment fonctionne la Pierre Sacrée, ni comment nous avons pu survivre, mais vous m'avez aidée à garder ma concentration.

— Je ne devrais pas faire ça..., souffle-t-il, le regard vrillé sur ma bouche.

— Au contraire.

Ses lèvres rencontrent les miennes, tendres et veloutées, comme s'il me dégustait. Comme s'il partait à ma découverte. Mais il ne s'attarde pas, non, il porte ensuite son attention sur le coin de ma bouche, sur ma joue, sur la pointe de mon nez, puis il s'écarte pour me contempler.

— Je ne regrette pas de vous avoir dit ce que je vous ai dit, déclare-t-il, le regard limpide.

— Tant mieux, parce que je ne peux pas oublier ce que vous m'avez dit.

Il hausse le sourcil, amusé par ma réponse.

— Et moi, je ne peux pas oublier mes sentiments. Ils ne vont pas affecter la façon dont je travaille, je m'y engage. Même si les choses s'annoncent... difficiles.

— Oh oui. Très difficiles.

— Terre ! hurle quelqu'un. Tout droit !

Nous sautons sur nos pieds. Autour de nous, la vie reprend, peu à peu. La tempête n'est plus qu'un mauvais souvenir. Le ciel est d'un bleu cristallin et l'eau miroite, ridée par une douce brise. J'arriverais presque à me convaincre que j'ai imaginé tout ce qui a précédé.

L'*Aracely* est dans un piteux état. La coque est éventrée à bâbord, là où la tornade a arraché les planches. Seule une voile est restée intacte et nous prenons dangereusement l'eau. Au loin, une bosse bleutée se dessine sur l'horizon et la Pierre Sacrée est irrésistiblement attirée dans sa direction. Espérons que la caravelle ne se disloquera pas avant de toucher terre.

— Nous devrions faire le compte des survivants.

— Allez voir Mara, suggère Hector. Je vais chercher Storm et Belén.

Nous nous séparons à contrecœur et nous gagnons, moi la cabine du capitaine, lui le pont inférieur.

La cabine offre un spectacle de désolation. Tableaux et meubles brisés jonchent le sol, des traces d'eau maculent les lambris, la vitre d'un hublot est brisée. Le soleil ricoche sur les éclats de verre.

Mara est prostrée au milieu du lit.

— Vous êtes vivante, souffle-t-elle.

Une alarme se déclenche en moi. Je me précipite vers elle et je repousse les cheveux collés à son front.

— Qu'y a-t-il, Mara ? Tu es blessée ? Nous avons traversé une tornade et…

— Belén ? Est-ce qu'il va bien ?

— Hector est parti aux nouvelles. Mara, dis-moi.

— Ma cicatrice. Elle s'est rouverte. Le bateau s'est penché si fort que j'ai dû m'accrocher au lit…

— Laisse-moi regarder.

— J'ai peur de bouger. Elisa, je crois que c'est grave.

Elle décolle la main plaquée sur son ventre et me montre l'étendue des dégâts. Du sang, du sang partout.

— Je vais essayer de la recoudre, dis-je la gorge nouée. J'ai vu Cosmé suturer des plaies assez souvent. Ou Belén ! Il a fait ça des dizaines de fois. Tu as apporté ton onguent ?

— Dans le paquetage.

Je cherche ses affaires avec des gestes fébriles. La tempête a-t-elle dispersé ses affaires, le contenu du sac est-il intact ? Je repère mon propre sac, coincé entre une chaise et une étagère réduite en fragments. Je repense, inquiète, à la fiole de Voile de la Vierge. Pourvu qu'elle soit en un seul morceau.

— Tu te souviens où tu l'as vu la dernière fois ? Je n'arrive pas…

C'est alors qu'une idée germe dans mon esprit.

Je prends une profonde inspiration, choquée par ma propre audace. Suis-je capable de guérir Mara ? Comme j'ai guéri Hector ?

— Mara, donne-moi tes mains. Je vais tenter quelque chose.

Elle m'obéit sans la moindre méfiance. J'essaie de faire abstraction du sang, qui a rendu ses mains froides et poisseuses.

— Ferme les yeux et détends-toi. Hector était inconscient quand j'ai fait ça.

Fais marcher ta cervelle, Elisa !

Le jour où j'ai guéri Hector, j'ai senti le pouvoir grandir en moi après avoir été capté par la Pierre Sacrée. J'essaie de revivre mentalement cette sensation. *Destin, apporte-moi Ton aide. Je T'en supplie.*

Le pouvoir surgit à la façon d'un raz-de-marée et le soulagement me coupe le souffle. C'est d'une facilité déroutante cette fois-ci. Naturel, spontané.

— Car la miséricordieuse main droite du Destin est une main qui guérit ; béni soit celui qui cherche le renouveau, car il sera restauré.

Échec retentissant.

La dernière fois, j'ai agi par désespoir. Et par amour. C'est peut-être l'amour, l'ingrédient secret.

Concentrée au maximum, je décortique ce que Mara signifie pour moi. Je salue en mon for intérieur le courage dont elle fait preuve face au danger, la détermination qu'elle met à devenir une dame d'atours irréprochable. J'ai vu la petite villageoise timide se transformer en jeune femme résolue à croquer la vie à pleines dents. Mara compte beaucoup pour moi. Je l'aime, elle aussi.

— Car l'amour est plus beau que les rubis, plus doux que le miel, plus parfumé que le vin des rois. Et il n'existe pas amour plus fort que l'amour de celui qui donne sa vie pour un ami.

Le pouvoir se projette à l'extérieur de mon corps avant même que j'aie fini de réciter ma prière. Mara étire les jambes et s'arc-boute, les traits tordus par une grimace de douleur, et je suis certaine d'avoir aggravé sa blessure. Elle se détend ensuite, reprend son souffle et affiche un sourire apaisé.

— Je crois que ça a marché, souffle-t-elle en palpant son estomac. Ça m'a fait mal, mais ça a l'air d'avoir marché.

Je pousse un soupir de soulagement. C'était un jeu d'enfant cette fois-ci. Grâce à la proximité du zafira. Ou grâce à mon expérience, qui grandit de jour en jour.

— Très bien. C'est très… il faut que je m'allonge un peu.

Prise de vertige, je m'effondre sur le lit.

Je me réveille cernée par une mer de visages. Un battement de paupières et je reconnais Hector, Felix, Mara, Belén.

— Laissez-moi respirer.

Tous s'écartent d'un bond, sauf Hector, qui demande :

— Est-ce que vous vous sentez bien ?

— Parfaitement bien. Fatiguée, mais c'est tout.

Je me redresse et me perche au bord du lit.

— Mara ?

— La blessure s'est refermée, m'annonce-t-elle émerveillée. Et ma cicatrice… elle est toujours là, mais plus discrète. Plus saine, je trouve.

Le soulagement est si intense que je sens mes genoux fléchir. La fatigue, peut-être.

— Vous vous sentez capable de guérir tout le monde à bord ? demande le capitaine en se frottant la barbe. On a une jambe cassée, quelques mauvaises entailles. L'un de mes hommes n'arrive pas à recracher l'eau de ses poumons.

— Hors de question, rétorque Hector. Tu as vu combien ça l'a épuisée.

— Je n'en suis pas certaine. Je crois que ça ne fonctionne que quand… que pour ceux que je… ça ne marche que pour les gens pour qui j'ai une profonde affection.

L'espoir illumine le visage d'Hector. Je pourrais lui avouer mes sentiments. Je pourrais lui mentir, prétendre que notre amour aura une fin heureuse. Autant instaurer immédiatement une distance. En évitant du mieux possible son regard, je saute à bas du lit.

— Et Storm ? Comment se porte-t-il ?

— En pleine forme, répond Belén. Et cela fait des heures que je ne l'ai pas entendu émettre une seule plainte.

— Des heures ? Combien de temps suis-je restée…

— Des heures entières, confirme Mara. Nous étions très inquiets. Nous avons presque accosté l'île.

Je franchis la porte en trombe et je monte les marches quatre à quatre. Ce que je vois me plonge dans l'émerveillement.

Nous nous engageons dans une crique dont l'eau aigue-marine est bordée par une plage à la blancheur de cristal. Derrière cette langue de sable immaculé, une forêt de palmiers que fait danser le zéphyr. Au-delà de cette vue paradisiaque, une chaîne de montagnes escarpées, ou des tours, ou peut-être les doigts du Destin qui se dressent dans le ciel et piègent les nuages autour de leur dernière phalange. Ces montagnes semblent noyées sous une végétation luxuriante, veinées de cascades. Des oiseaux blancs sillonnent le ciel, rendant cette immensité plus majestueuse encore.

L'attraction exercée sur ma pierre est plus forte que jamais. Je la calme du bout des doigts, comme pour l'empêcher de s'arracher à mon nombril et de plonger dans l'océan.

— Je n'ai jamais vu cet endroit auparavant, m'apprend Felix en s'accoudant près de moi au bastingage. Personne ne l'a jamais vu, d'ailleurs. Il n'apparaît sur aucune carte. J'imagine que nous nous trouvons quelque part au sud de Selvarica, un peu vers l'ouest, mais je ne suis pas sûr de retrouver l'itinéraire une seconde fois.

— Peut-être que franchir une tempête déclenchée par un sorcier, c'est le seul moyen de l'atteindre.

— Peut-être. J'espère que nous pourrons partir d'ici plus facilement que nous y sommes venus.

Je plonge mon regard dans l'eau limpide que fend la caravelle. Des poissons argentés s'écartent à toute vitesse du bateau qui progresse sans se soucier de ces nouveaux compagnons de route, de longues algues vert foncé ondulent au gré du courant. J'ai l'impression que tout se déroule au plus près de la surface, mais je sais que ce n'est qu'une illusion d'optique.

— Et l'*Aracely* ? Quelle est l'étendue des dégâts ? Pouvons-nous la réparer ?

— L'*Aracely* ne prend plus l'eau, du coup la sentine va se vider bien assez tôt. Je vais envoyer des plongeurs vérifier l'état de la coque quand nous jetterons l'ancre. Le beaupré est perdu. Seule la grand-voile a tenu le coup. J'ai une petite voile de remplacement dans la cale qui peut faire office d'artimon. Il a l'air d'y avoir des arbres sur l'île, assez pour réparer la brèche à bâbord. Cela risque de nous occuper deux ou trois semaines mais je pense que nous allons nous en sortir, à condition que le beau temps se maintienne. Une autre tempête signerait notre perte, alors priez pour que le soleil brille.

Deux ou trois semaines. C'est beaucoup trop long. Jamais Ximena et Tristán n'arriveront à jouer la comédie avec la fausse Elisa aussi longtemps. Notre ruse va être éventée et une reine ne peut manquer à l'appel trop longtemps, sous peine de voir le chaos s'installer dans le royaume et des comtes rongés par l'ambition – Eduardo, pour ne pas le nommer – asseoir leur propre pouvoir.

— Ce qui me tracasse le plus, poursuit Felix, ce sont les réserves de vivres. Nous n'allons pas manquer d'eau potable, c'est certain, mais nous avons perdu un tonneau entier de porc en salaison et l'une des barriques de blé a été gâtée par l'eau de mer. Il va nous falloir faire de la cueillette et pêcher, pendant ces petites vacances, mais aussi en prévision du retour.

Je veux lui demander des nouvelles des hommes blessés quand Hector nous rejoint, le pas presque sautillant.

— C'est magnifique, n'est-ce pas ? remarque-t-il.

— Que d'eau ! Cet endroit a l'air vivant. C'en est presque inquiétant.

— Vous êtes restée trop longtemps dans le désert, plaisante-t-il.

— Je regarde ces cascades et j'y vois une richesse incommensurable.

— C'est peut-être ce qu'elles représentent. Sentez-vous quelque chose ? Continue-t-il à vous guider ? s'enquiert-il, le regard dirigé vers mon ventre.

— C'est très fort à présent. Et guérir Mara était beaucoup plus facile. Le pouvoir a répondu dès que je l'ai invoqué, même si... même si...

Hector me regarde chercher mes mots, puis il complète :

— Même si le besoin était moins pressant ? La blessure de Mara n'était pas aussi grave que la mienne.

J'acquiesce d'un signe de tête.

Un homme d'équipage surgit au sommet des marches.

— Capitaine ! Quinze mètres au dernier sondage.

— Jetez l'ancre ! tonne Felix.

— Prête à explorer l'île ? demande Hector.

J'observe l'île, sauvage et menaçante, et je mens :

— Prête.

26.

Je regagne à pas précipités la cabine du capitaine pour y récupérer mes affaires – non sans m'assurer que la fiole de Voile de la Vierge est intacte. Mara me montre son paquetage et hoche la tête, signe que son flacon a survécu à l'ouragan.

Le dériveur de l'*Aracely* a rendu l'âme pendant la tempête mais, par un miracle que personne ne s'explique, le canot est resté attaché au gaillard d'arrière.

— Laissons un autre groupe prendre les devants, conseille Hector.

J'arpente le pont tandis qu'un groupe d'éclaireurs composé de huit hommes rame en direction de la plage. À quelques mètres du rivage, ils sautent à l'eau, tirent l'embarcation vers la rive, la déchargent et s'enfoncent dans la jungle. Une éternité semble s'écouler avant qu'ils ne reparaissent pour signaler au reste de l'équipage qu'ils ne risquent rien. Deux hommes regagnent l'*Aracely* tandis que leurs camarades entreprennent d'établir un campement.

Mara, Belén, Storm, Hector et moi, nous faisons partie du deuxième groupe. Tandis que nous prenons place dans le canot, la force exercée par le zafira sur ma Pierre Sacrée provoque une douleur d'ordre physique. Afin de me changer les idées, je trempe mes doigts dans l'eau claire tandis que nous traversons la baie. Les poissons me stupéfient par leur beauté. J'aperçois des taches d'or pur, des rouges éclatants, des bleus aussi subtils que celui de ma pierre. Si je m'écoutais, je me baignerais volontiers.

Lorsque nous avons pied, je bondis hors du canot et je patauge, soulevant des gerbes d'eau sans me soucier de l'état de mes vêtements. Nous charrions le canot sur la plage et j'ai les jambes qui flageolent, comme si le sable tanguait sous mes pieds.

— Vous allez très vite vous réhabituer à la terre ferme, affirme Hector avec un grand sourire.

Les marins qui ont débarqué les premiers ne se débrouillent pas très bien. Ils ont déjà creusé une fosse pour y allumer un feu et dressé une tente. Le problème, c'est qu'ils s'y prennent mal. Très mal. Ces hommes qui ont bourlingué sur tous les océans n'ont eu que très rarement l'occasion d'établir un campement. Pour ma part, j'ai toute l'expérience nécessaire et je prends les choses en main.

— Vous, là-bas. Hissez donc les vivres plus haut dans les arbres. Il nous faut un abri qui nous protégera du vent et des embruns. Et vous, trouvez un autre endroit pour le feu, vous voulez bien ? Un endroit où les étincelles ne risquent pas d'enflammer les feuilles de palmier qui ont séché sur les branches. Belén, as-tu repéré un bon endroit où creuser…

— Une fosse d'aisances ? enchaîne Belén. Contre la falaise, juste ici. À l'opposé du vent, et assez loin du cours d'eau.

— Parfait.

Je fais signe à un marin qui a gagné, je le sais, la confiance de Felix.

— Vous, savez-vous lire et écrire ?

— Oui, Majesté.

— Dressez l'inventaire de toutes nos réserves – équipement de pêche, vivres, outillage, matériel qui pourra servir à réparer le navire, tout ce qui vous semble utile.

— Très bien, Majesté.

J'étudie le ruisseau, l'œil critique. Le courant a créé un petit banc de sable qui le protège à marée basse, sans élargir l'embouchure.

— Il nous reste sûrement assez de filets en bon état pour les fixer en travers du ruisseau, ce qui pourvoirait à nos besoins en poisson.

Lorsque je tourne la tête, je découvre qu'Hector me considère d'un air pensif.

— Ai-je oublié quelque chose ?

Il s'approche de moi et me saisit l'avant-bras.

— Si vous vous comportiez avec autant d'assurance, autant de lucidité, à Brisadulce, nul ne songerait à défier votre autorité.

C'est de la part d'Hector plus un encouragement qu'une critique, et la pression que sa main exerce sur mon épaule me transmet toute son affection ; pourtant, la pilule est dure à avaler, parce qu'il a raison. Un pays, c'est mille fois plus vaste, mille fois plus complexe qu'un village peuplé de réfugiés ou un campement temporaire sur une île.

— Peut-être me suis-je mal exprimé, tempère Hector, mais je pense sincèrement que vous avez l'étoffe d'une grande reine.

— Merci pour vos conseils.

— Bon, la fosse d'aisances ne va pas se creuser toute seule.

— Hector, attendez. Je dois vous dire que jamais vous n'êtes sorti de votre rôle avec moi. J'attends toujours de vous une honnêteté et une franchise absolues.

— Et je vous les promets, réplique-t-il avec fermeté, et il m'offre un sourire qui me liquéfie sur place.

Nous décidons d'établir le campement dans une petite clairière, à bonne distance du rivage, où les palmiers cohabitent avec de vigoureuses bougainvillées roses et des banians au tronc solide. Des lierres les enserrent, dévidant leurs chapelets pourpres. Des belles-de-nuit aux fleurs jaunes s'entortillent autour d'eux ; difficile de voir où l'un se termine, où les autres commencent. Au crépuscule, les feuilles de lierre se refermeront en tortillons tandis que les belles-de-nuit se déploieront, baignant le campement d'une douce lumière.

En conclusion d'un déjeuner tardif – viande de bœuf séchée, pistaches et mangue fraîche –, j'annonce que je me lancerai à la recherche du zafira demain matin à la première heure, pendant que les hommes de Felix se chargent de réparer l'*Aracely*.

— Savez-vous dans quelle direction porter vos pas ? me demande Hector.

— Oui. C'est très… insistant, dis-je en effleurant ma pierre.

— Je préfère faire un tour d'abord. L'île semble être déserte, mais j'aimerais m'en assurer.

— Après-demain, alors ?

— Cela vaudrait mieux, oui.

Je fais mine de me ranger à son avis, tout en cachant mes réelles intentions.

L'ouragan n'est pas la seule épreuve que j'aurai à traverser, j'en suis certaine. Storm m'a mise en garde : plus je toucherai au but, plus ma quête deviendra ardue. J'ai déjà fait courir trop de risques à mes compagnons. Nous avons perdu deux hommes au cours de la tempête. Je ne pourrai pas supporter de perdre Mara, ou Belén. Ou encore Hector.

J'ai exigé une honnêteté totale de sa part sans rien lui donner en échange. Demain, je vais abuser de sa confiance. Tandis qu'il explorera les environs, je vais partir en quête du zafira – seule.

Quand j'ose enfin le regarder, il me scrute avec méfiance. Assise à côté de moi, Mara s'essuie les mains sur son pantalon, la bouche pleine de mangue :

— J'ai grand besoin d'un bain. Et de nettoyer mes vêtements. Nous pourrions peut-être trouver un coin tranquille en amont du ruisseau ?

— Excellente idée. Mes bottes empestent l'égout.

— Je pars en éclaireur avec Belén, déclare Hector.

Mara et moi échangeons un regard exaspéré, sans prendre la peine de nous cacher.

Nous allons avertir Felix, puis le petit groupe se met en marche. Nous progressons difficilement à travers une jungle impénétrable, tapissée d'une boue glissante. Plus nous nous aventurons à l'intérieur des terres, plus le terrain devient accidenté. Je prends un maximum de précautions.

Enfin, le ruisseau cède la place à un étang bordé par des rochers noirs et des palmiers au tronc courbe. Au centre du plan d'eau, je remarque une grosse pierre plate.

— Voilà qui est parfait ! s'exclame Mara.

Hector et Belén vont jouer aux explorateurs pendant que Mara et moi vidons notre paquetage et rinçons scrupuleusement tout ce qu'il contient : vêtements de rechange, couteaux, gourdes. Même le coffret qui contient ma couronne. Le bois en est voilé et blanchi par le sel, le velours imbibé d'eau ; quant à la couronne, elle s'avère en parfait état. Je la plonge dans l'étang, je l'essuie avec soin à l'aide de ma tunique de rechange, puis je la pose sur mon sac pour qu'elle sèche au soleil.

Lorsque nous n'entendons plus les garçons crapahuter dans la jungle, nous sortons les fioles de Voile de la Vierge et avalons la dose prescrite. Mara affiche un large sourire, ravie du petit tour que nous jouons à nos prétendants respectifs. Pour ma part, je me sens mal à l'aise. Je ne sais toujours pas ce que je vais faire. Et Hector occupe une place trop importante pour être l'objet des gloussements de deux filles qui jouent à être amoureuses.

Les deux éclaireurs reviennent et déclarent la zone sans danger.

— Nous ne sommes pas loin, déclare Hector tout en regagnant le ruisseau en compagnie de Belén.

— Ça, j'en suis certaine, marmonne Mara.

— Tu crois vraiment qu'ils vont nous… nous espionner ?

— Ils aimeraient bien, soupire-t-elle. Mais ils n'oseront pas. Trop à cheval sur l'honneur. Cependant n'allez pas croire qu'ils n'y ont pas pensé.

J'esquisse un pâle sourire. La perspective de m'exposer ainsi me remplit d'une fébrilité teintée de désespoir. Je me suis réconciliée avec mon corps mais cela me plonge quand même dans une certaine angoisse. Me retrouver nue devant Mara, néanmoins, ne me pose aucun problème ; elle est ma dame d'atours, après tout.

— La première dans l'eau a gagné.

L'une et l'autre, nous arrachons presque les lacets de notre tunique, nous jetons au loin nos bottes et notre pantalon, puis nous plongeons dans l'étang. L'eau est profonde et le froid me saisit tout entière lorsque j'émerge. Elle est surtout pure, et délicieuse, et il ne nous en faut pas plus pour nous éclabousser entre deux éclats de rire, oubliant que nous sommes venues d'abord pour faire un brin de toilette.

Nous barbotons un long moment, puis Mara va chercher un savon et, très vite, une mousse parfumée envahit tout – notre peau, nos cheveux, nos vêtements. Nous suspendons notre lessive à des branches avant de nous allonger, côte à côte, sur la pierre plate, absorbant la chaleur de cet après-midi qui touche à sa fin.

— Ta cicatrice. Elle a vraiment meilleure allure.

— La vôtre aussi. On fait un drôle de couple, pas vrai ?

Le soleil s'échoue derrière les montagnes et les grenouilles entament leur récital nocturne lorsque nous nageons jusqu'à la rive et enfilons nos vêtements encore humides. Nous retrouvons Hector et Belén un peu plus bas. De toute évidence, ils ont fait eux aussi leur toilette car d'eux émane le parfum discret du savon.

— Pardon de vous avoir fait attendre aussi longtemps. Nous avons perdu la notion du temps.

— Ça ne pose aucun problème, répond Hector, la voix cassante.

Je détourne le regard, vexée par son attitude. Nous revenons sur nos pas dans un silence de mort.

Les belles-de-nuit ont déployé leurs pétales lorsque nous regagnons le campement. Nos tentes semblent flotter dans un jardin d'étoiles. Une brise fait frissonner les feuilles des palmiers.

Après un dîner rapide – du poisson d'eau douce cuit sur les braises –, je me réfugie sous ma tente et je dénoue la natte que Mara a tressée à la va-vite après notre baignade. Je défais les liens de ma tunique lorsque la portée de ce que je m'apprête à accomplir demain me frappe de plein fouet. Mes connaissances sur le zafira sont limitées. J'ignore tout de ce que je vais trouver sur mon chemin. J'ignore même si je vais m'en sortir vivante. Et si je ne voyais plus jamais Hector ?

Quittant ma tente à quatre pattes, je pars à sa recherche.

Je le trouve sur la plage, à la lisière des palmiers. Il est assis sur une vieille souche, un long bâton à la main, dont il appointit l'extrémité au moyen de son poignard. Je ne comprends pas tout de suite qu'il fabrique une lance.

Il lève la tête, une expression impénétrable sur le visage.

— Puis-je vous tenir compagnie ?

D'un mouvement du menton, il m'invite à m'asseoir près de lui. Je m'installe sur la souche et je me penche vers l'avant, les coudes sur les genoux. Je respire les parfums que transporte la brise, j'écoute le clapotis des vagues qui viennent lécher le sable et le son feutré de la lame du poignard qui sculpte le bois.

— Que faites-vous ici, Elisa ? me demande Hector d'une voix où perce la lassitude.

— Je… je n'avais pas l'intention de vous déranger. Si vous préférez rester seul…

— Êtes-vous venue me tourmenter ?

— Pardon ? Je sais que vous êtes fâché contre moi, mais je ne comprends pas pourquoi.

Il se cramponne à son poignard. Le coup suivant décapite la pointe qu'il a sculptée et il pousse un soupir.

— Je ne suis pas fâché contre vous. Contre moi, oui.

— Contre vous-même ?

Il s'acharne sur son bâton. Un souci lui trotte dans la tête, cela se lit sur son visage.

— Une honnêteté absolue, c'est bien ça ?

— Oui.

— Ç'a été difficile pour moi aujourd'hui de veiller sur vous. De vous entendre rire et patauger avec Mara, tout en sachant que vous étiez… en pleine toilette. Très…

— Oh. Je comprends.

— Ma mission la plus importante, c'est de vous protéger. Au péril de ma vie. Mais vous rendez cette tâche très délicate. Sans le faire exprès, parfois. Un peu moins innocemment à d'autres moments.

— Je ne comprends pas. J'ai suivi tous vos conseils. Je prends moins de risques…

Hector laisse tomber lance et poignard dans le sable, le regard brûlant.

— Je ne peux pas me défendre contre vous.

Mon cœur tambourine contre ma poitrine. Je vibre de tout mon corps, les lèvres entrouvertes.

— Je vous ai dit que mes sentiments n'auraient aucune influence sur mon travail, poursuit-il. Mais chaque fois que vous me souriez, et surtout quand vous me regardez de la façon dont vous me regardez en cet instant même, le reste n'existe plus. Dans ces moments-là, je ne réponds plus de rien, tant je suis submergé par l'intensité de ce que j'éprouve pour vous.

Il recule.

Prise de panique, je bredouille :

— Mara dit que je devrais vous prendre comme amant.

Hector s'étrangle comme si je lui avais planté un poignard en plein cœur. Je rougis jusqu'aux oreilles, embarrassée par ma propre faiblesse. *Je veux que tu deviennes mon amant*, voilà ce que j'aurais dû lui dire, voilà la vérité qui aurait dû franchir mes lèvres. Mais le courage me manque : j'ai trop peur qu'il me repousse.

Il est trop intelligent pour tomber dans le piège.

— Et vous, Elisa, voulez-vous que je sois votre amant ?

La panique et l'espoir se livrent en moi une bataille féroce. La décision m'appartient, comme elle m'a toujours appartenu. Je peux le lui avouer, comme je peux me taire.

— Oui, je le veux. Hector, je…

D'un geste vif, il m'enserre la nuque et presse sa bouche sur la mienne. J'ai l'impression de plonger dans un précipice tandis que je m'abandonne à son étreinte.

Il enserre ma taille de son bras et m'attire vers lui, tout contre lui. Je me cambre, hors d'haleine. Avant, ses baisers étaient doux et patients. À présent, la douceur a laissé la place à une fièvre animale, presque désespérée.

Il plonge ses doigts dans mes cheveux et s'écarte. Je laisse échapper un petit cri, déçue de devoir me détacher de lui, quand ses lèvres courent jusqu'au creux de ma gorge.

— Elisa, murmure-t-il, cela fait une éternité que je rêve de ce moment.

Cet aveu me propulse dans une enivrante spirale de bonheur. J'appuie mes lèvres sur son front, les yeux fermés, comme pour graver cet instant dans ma mémoire. L'odeur de ses cheveux – une odeur particulièrement musquée, l'odeur d'Hector – me grise. Ses lèvres effleurent mon omoplate et s'aventurent plus bas, vers ma poitrine. Je glisse les mains sous sa tunique et je m'apprête à la retirer quand il s'immobilise.

— Hector ?

— Elisa… je…

Pourquoi s'est-il arrêté ? Ai-je fait quelque chose de travers ?

Hector prend une profonde inspiration et ouvre des yeux voilés de larmes.

— Je ne peux pas. Je ne veux pas.

Il s'écarte définitivement et le fossé qui se creuse entre nous me paraît infranchissable. Ce que je craignais tant est arrivé. Mon amour-propre est en lambeaux.

— Il faut que je m'explique, ajoute-t-il.

— Non, vous ne me devez aucune…

— J'ai dit qu'il fallait que je m'explique.

— Très bien.

— Vous avez sur moi un pouvoir incalculable. Le pouvoir d'une amie chère à mon cœur, le pouvoir absolu qu'une femme détient sur l'homme qui l'aime et, point capital, le pouvoir d'une reine. Vos désirs sont pour moi des ordres.

— Vous avez beaucoup de pouvoir sur moi, vous aussi.

Mais Hector ne m'entend pas : tout se passe comme si un barrage avait cédé, une digue, il a besoin d'épancher ce qui le torture depuis si longtemps.

— Vous ai-je déjà parlé de mes parents ? me demande-t-il. Ils sont liés par une amitié indéfectible. Je les ai observés toute ma vie. Entre eux, aucune hypocrisie, aucun artifice. L'un commence une phrase, l'autre la termine. Il leur suffit d'échanger un regard pour savoir ce que l'autre pense. Il n'y a aucune hiérarchie ; ils fonctionnent comme deux moitiés d'un tout. Et ces vies qui s'entrelacent, ces deux êtres, c'est merveilleux à voir. Être amants… cela paraît énorme, pas vrai ?

Oui, trois fois oui ! ai-je envie de hurler.

— Mais ensemble, ils sont plus que ça, bien plus. Et l'amour qui les lie, c'est le seul et unique amour que j'envisagerais avec vous. Autrement, je me sentirais rabaissé… je refuse de devenir la marionnette ou le divertissement temporaire de ma reine.

Une douleur indicible éclate dans ma cage thoracique. Je commence à comprendre tandis qu'il enchaîne :

— Il vous faut faire preuve de la plus grande prudence dans les alliances que vous nouez, j'en ai bien conscience. À notre retour à Brisadulce, vous épouserez quelqu'un d'autre. Et moi aussi. Votre sœur, peut-être.

Nous pourrions organiser un rendez-vous clandestin de temps à autre et, je l'avoue, une partie de moi m'ordonne de tout mettre en œuvre pour cela, tout. Mais cela ne suffirait pas. Vous ne comprenez pas, Elisa ? Je vous aime comme un homme qui se noie a un besoin éperdu d'air.

Je réprime un sanglot. C'est la plus cruelle des tortures : Hector m'aime profondément mais il refuse, dans le même temps, de céder à ses désirs. Avec une tendresse intolérable, il essuie une larme qui a roulé sur ma joue.

—Je suis heureux, cependant, d'apprendre que vous pensez à moi de cette façon. Je ne l'oublierai pas.

Le chagrin menace de me suffoquer.

—Je viens de commencer à prendre du Voile de la Vierge. C'est grotesque, n'est-ce pas ?

Mes mains dans les siennes, il m'aide à me lever.

— Vous y avez beaucoup réfléchi.

— Au moins autant que vous.

—J'en doute fort.

Soudain, nous scellons nos lèvres dans un second baiser, un baiser plus long, plus langoureux.

J'aimerais qu'il dure éternellement, ce baiser, mais c'est impossible, bien entendu. Cette fois-ci, lorsque Hector s'écarte de moi, je ne suis pas surprise. Je détache mes bras de ses épaules et je les rabats le long de mon corps.

Il recule d'un pas et nous échangeons un regard empreint de gravité.

— C'est la dernière fois que je vous embrasse, déclare-t-il.

Ma vue se trouble. *C'est la dernière fois que je vous embrasse.* Humberto m'a dit la même chose, une fois. Il a perdu la vie peu de temps après.

Hector m'a tourné le dos et il s'éloigne à grands pas. Comment peut-il me quitter si vite quand ses paroles me poursuivront toute ma vie, quand ma peau, encore brûlante, ne s'est toujours pas remise de son contact ? Quand mon cœur est en mille morceaux, aussi sûrement qu'une ancienne Pierre Sacrée ?

Une émotion indéfinie enfle en moi. Le désespoir, peut-être, d'avoir aimé et perdu une nouvelle fois l'être qui m'est cher. Ou la terreur de le voir mourir… Mais non, ni l'un, ni l'autre. En réalité, je bouillonne de rage.

Les poings serrés, je hurle :

— Hector !

Il se retourne aussitôt.

— Je ne vous ai jamais, jamais considéré comme une simple distraction.

— Le mot n'était pas très bien choisi, concède-t-il. Je vous prie de m'ex…

— Et vous m'embrasserez à nouveau. Et plus encore. Comptez là-dessus.

Ses pupilles s'embrasent.

Je cours me réfugier dans ma tente.

27.

Une ondée matinale nous réveille, mais le ciel s'éclaircit très vite et de nos tentes chauffées par le soleil s'élève une vapeur qui empeste la chèvre mouillée. Hector se hisse avec l'agilité d'un singe sur le tronc d'un palmier voisin et cueille plusieurs noix de coco qu'il laisse tomber sur le sable. Mara perce des trous dans leur coque et parfume leur lait de cannelle et de miel. Nous nous asseyons autour du feu, qui prend mal à cause de l'humidité, un lait de coco en guise de petit déjeuner.

Un groupe de marins équipés de haches se dirige vers un bosquet d'acacias pour abattre les arbres qui leur fourniront de quoi réparer l'*Aracely*, tandis que d'autres sont chargés d'explorer l'île. Hector range une gourde dans son paquetage tout en me dispensant ses conseils :

— Restez toujours bien en vue. N'allez nulle part sans escorte. Si vous vous sentez en danger, demandez à quelqu'un de vous aider à quitter le camp. Je serai de retour à la tombée de la nuit.

Je hoche la tête ; je sais d'avance que je vais faire l'inverse exact de ce qu'il me recommande. J'aimerais tant l'embrasser une dernière fois ou, à défaut, lui avouer mes sentiments. Il mérite de savoir.

Je ne sais pas ce qui me noue la langue. La culpabilité, peut-être.

— Hector… ne prenez pas de risques inutiles.

— Vous non plus, réplique-t-il.

Et il s'éloigne à pas précipités, épaulant son paquetage.

Storm se matérialise derrière moi.

— Laissez-moi vous accompagner, chuchote-t-il. Je vous en prie. Je sens aussi le zafira, vous savez. Pas aussi fort que vous, je le reconnais. Ensemble, nous pourrions le trouver avant la fin du jour.

Sur son visage, nulle trace de moquerie, son arrogance habituelle s'est évaporée.

— Qu'est-ce qui vous fait croire que je vais chercher le zafira seule ?

— Vous tenez trop à vos compagnons, petite reine. Vous ne voulez pas les mettre en danger. C'est votre seule chance d'échapper à leur vigilance. Il ne vous quitte jamais des yeux, vous savez. Comme un homme qui meurt de soif dans le désert, et vous êtes ce mirage ondoyant qui reste hors de sa portée.

— Storm !

Dans sa bouche, l'amour que me porte Hector devient absurde.

— Ce doit être dur pour vous, continue l'Invierno. De poursuivre votre projet, tout en sachant qu'il ne vous le pardonnera peut-être jamais.

Je suis prise entre l'envie de l'étrangler et le soulagement de comprendre qu'il me reste une personne que je n'ai pas besoin de tromper.

— N'avez-vous jamais aimé personne, Storm ? À part vous-même ?

Il incline la tête, exprimant quelque chose qui ressemble à du regret.

— Si. Si, hélas.

— Dans ce cas, vous devez comprendre mon dilemme.

— Cela veut dire que je vous accompagne ?

— Hector ne vous fait pas confiance.

— Mais vous, si.

Je pousse un soupir. C'est vrai, en grande partie. Et s'il arrive à sentir le zafira, lui aussi, rien ne pourra l'empêcher de quitter le campement en catimini.

— Oui, vous pouvez venir. Ne prenez pas de paquetage. Remplissez vos poches de nourriture, autant qu'elles peuvent en contenir. Je vous retrouve en amont du ruisseau d'ici quelques minutes. Essayez de ne pas vous faire remarquer.

J'ai autant le droit qu'un autre de déambuler à travers le campement, mais j'ai l'impression que tous les yeux sont braqués vers moi lorsque je regagne ma tente. Je puise dans mon paquetage ma gourde, que j'accroche à mon ceinturon, quelques sachets de bœuf et de dattes séchés qui vont directement dans ma poche et mon poignard, que je glisse dans ma botte. J'hésite un instant à prendre ma couronne. Elle est faite de Pierres Sacrées, après tout. Peut-être me sera-t-elle utile. Mais où la cacher ? À contrecœur, j'y renonce.

Je ne me sens pas très discrète lorsque je prends la direction du ruisseau.

Mara est assise à califourchon sur un affleurement rocheux. Elle tient dans sa main un galet dont elle se sert pour broyer une racine de couleur beige. Une odeur épicée me chatouille les narines.

— Du gingembre ! s'exclame-t-elle. J'en ai trouvé plein le long du ruisseau. Je vais le faire sécher et en rapporter chez nous.

— Ce sera un ajout précieux à ton cartable à épices.

— Il y a un problème, Elisa ? Vous avez l'air bizarre.

— Non. Mais j'ai négligé ma vie spirituelle ces derniers temps et je vais m'isoler pour prier en amont du ruisseau.

— Je viendrai vous chercher quand le déjeuner sera prêt.

— Non ! Ça risque de durer un peu plus longtemps. Je suis très préoccupée en ce moment.

— Dans ce cas, je vous mettrai une part de côté, répond-elle en haussant les épaules.

— Merci.

J'aimerais prendre Mara dans mes bras et la serrer sur mon cœur mais je n'ose pas éveiller les soupçons en transformant un au revoir somme toute banal en adieux grandiloquents. Lorsque je lui tourne le dos, j'entends le *grat-grat* de son galet sur la pierre.

J'ai à peine quitté le camp que Storm se détache des arbres et me rejoint. Sans mot dire, nous remontons péniblement le ruisseau et franchissons la végétation touffue avec une lenteur insupportable. Nous longeons la piscine naturelle dans laquelle, Mara et moi, nous avons fait notre toilette et le terrain devient instable.

Nous escaladons des rochers couverts de mousse en nous aidant des pieds et des mains et en nous accrochant aux palmiers qui ont plongé leurs racines dans des crevasses profondes.

Le zafira m'appelle. Je le sens aussi sûrement que je sentirais un lasso autour de ma taille, qui me tirerait plus fermement à chaque pas. Je prie tout en progressant et une douce chaleur se déploie dans mon abdomen, émoussant la douleur.

Le ruisseau se conclut de manière abrupte par un petit lac à l'ombre d'une montagne. Une cascade dévale le flanc de la montagne et plonge avec fracas dans le lac. Je lève la tête, plus haut, toujours plus haut – mais la source est cachée parmi les nuages. Je pose mon regard sur les falaises qui nous surplombent, consternée. Le zafira continue à m'aimanter.

— Une autre épreuve, affirme Storm.

— J'ai déjà escaladé des falaises, mais celle-là est impraticable. Trop glissante, trop escarpée. Trop haute.

— Ne dites pas n'importe quoi.

Je m'apprête à répondre à son insulte par une autre mais je me retiens. Il a raison. Je dois adopter une autre perspective.

Avec une profonde inspiration, je focalise mon énergie sur ma pierre. D'après ses indications, je dois traverser le lac et me diriger vers les falaises nuageuses. Les contours d'une saillie se dessinent, vaguement, derrière le rideau de brume. Des rochers, encore. Sur lesquels nous pourrons nous percher afin d'avoir une meilleure vue.

— Il va falloir contourner le lac. Pour atteindre l'autre côté.

— Oui. C'est aussi ce que je pense, rétorque Storm.

Cernés par cette exubérance végétale, ses yeux sont plus verts que jamais, semblables à des émeraudes. Je frémis de tout mon corps en reprenant ma marche.

Les rochers qui bordent le lac sont noirs, poreux et déchiquetés, leurs arêtes me déchirent les mains pendant notre ascension. Un mouvement attire mon regard. J'étudie l'eau cristalline – elle est parcourue d'ombres mais quelque chose nage sous la surface, quelque chose d'imposant. Une créature massive qui disparaît dans un renfoncement.

— Un problème ? demande Storm.

— C'est un endroit très étrange.

Je poursuis ma route sans quitter l'eau du regard.

Les gouttelettes que projette la cascade se déposent sur mes cheveux et mes vêtements. La brume se transforme peu à peu en bruine, puis l'eau se déverse sur moi et forme devant moi un paravent. La visibilité est si réduite que j'avance presque à tâtons. La cascade nous enveloppe dans un vacarme d'enfer et nous sommes fouettés par des bourrasques qui n'ont rien à envier à la plus violente des tempêtes. J'avance avec précaution sur les rochers glissants afin de m'aventurer plus loin.

Enfin, nous nous retrouvons sur une petite saillie entre la falaise et le lac, face à la cascade. Nous voilà bloqués. Aucun moyen de poursuivre l'escalade. Storm me crie quelque chose, mais sa voix est emportée par les cataractes d'eau.

Fais marcher ton cerveau, Elisa.

Je scrute la face de la falaise en clignant les yeux, aveuglée par le déluge. La muraille est noircie par l'humidité, avec quelques bancs de mousse çà et là. Des fougères s'aventurent à l'extérieur de crevasses, en quête de lumière. Du lierre étouffé par des belles-de-nuit parasites dégouline le long de la paroi et se balance au gré des bourrasques provoquées par la cascade.

Le lierre. Une obscurité se déploie au-delà – une obscurité plus sombre encore que la roche mouillée. Je repousse la végétation qui bloque le regard.

C'est une caverne, ou peut-être une galerie, creusée dans la falaise, qui s'enfonce dans des ténèbres impénétrables. La Pierre Sacrée est catégorique : il faut nous engager à l'intérieur.

Nous allons devoir progresser à l'aveugle, en nous fiant aux indications de ma pierre. Ce n'est pas censé être une promenade de santé, après tout.

Mais non, il y a une source de lumière. J'attrape une poignée de lierre, je tire dessus jusqu'à ce qu'elle se détache de la paroi et j'enroule la liane autour de mon avant-bras. Storm m'imite, puis nous pénétrons dans le tunnel.

Le bruit de la cascade se répercute sur les parois, plus assourdissant encore. Au bout de quelques pas, nous franchissons un mur d'eau vive. La lumière du jour pénètre à peine et donne un lustre diapré à cette chute d'eau ; j'aimerais qu'Hector soit à mes côtés pour voir pareille merveille.

Les dents serrées, je tourne le dos à la cascade pour m'enfoncer dans le tunnel, qui s'assombrit à mesure que nous progressons. Je peux à peine me tenir debout, ce qui signifie que Storm doit se plier en deux. Peu à peu, les belles-de-nuit enroulées autour de mon bras ouvrent leurs pétales et émettent une lumière, simple lueur au début, qui s'intensifie et nous permet, en fin de compte, de voir à plusieurs pas.

Ce tunnel a de toute évidence été creusé par la main de l'homme. Les parois sont trop lisses, le sol, en pente douce, trop uniforme, trop plat. Des filets d'eau roulent à nos pieds pour approvisionner, sans doute, un lac en contrebas.

La galerie s'oriente vers la gauche. Nous tournons le coin et les belles-de-nuit éclairent quelques aspérités sur la paroi. Mon cœur se met à battre la chamade. Cet endroit ne m'est pas inconnu.

Du lichen qui a poussé sur les saillies dessine des cercles brun et jaune. De l'ongle, je gratte cette strate et je révèle des lettres gravées dans la pierre. La Lengua Classica. Des caractères anciens. *La porte qui mène à la vie est étroite, et rares sont ceux qui la trouvent.* Je me tourne vers Storm et ma voix se répercute sur les parois.

— C'est le même. Le même tunnel qui mène à votre grotte sous les Bas-Fonds.

— En effet. Ce passage est associé depuis une éternité au zafira. À une époque, je grimpais à l'intérieur du tunnel et j'étudiais ce message sacré. Je restais assis là des heures durant, dans l'espoir que le Destin m'apporte une révélation.

Je le fusille du regard. Storm vient de m'avouer que ce n'est pas la première fois qu'il met les pieds dans ce tunnel. Je remarque, sans comprendre ce qui attire mon regard à ce moment-là, que les racines de ses cheveux teints renvoient des reflets dorés dans la lumière. Il continue, comme s'il avait lu dans mes pensées :

— Oui, je sais que le tunnel de notre grotte mène aux catacombes du palais. Et non, je ne suis pas celui qui a tenté de vous tuer ce jour-là. Je vous le répète, je suis le sujet loyal de Sa Majesté.

— Connaissez-vous l'identité de l'assassin ?

— Non.

— Mais vous cherchez le zafira depuis longtemps. Même durant votre exil, c'était une obsession.

— Oui.

— Est-ce votre rédemption, Storm ? Espérez-vous regagner la confiance de votre peuple en trouvant le zafira ? Être honoré en tant que héros ? Échapper au châtiment ?

— Je l'ignore. Peut-être.

— Et vous me trahiriez dans ce dessein ? Si vous livriez aux vôtres la seule et unique Pierre Sacrée vivante, seriez-vous accueilli en héros ?

Storm me bouscule sans ménagement et poursuit sa marche. Je sais qu'il refuse de me répondre afin de ne pas mentir. Transie d'horreur, je me hâte de le rattraper.

La pente est de plus en plus raide. Nous heurtons des marches creusées dans la roche, tout en lacets et en dents de scie. Mes mollets me brûlent, mon cœur est à deux doigts de lâcher et je suis à bout de souffle. L'air est plus sec, des bestioles détalent sur notre passage. Des crabes, j'imagine. Des scorpions. Ou des rats, dotés de griffes assez longues pour réduire la pierre en poussière. Quoi qu'il en soit, ils disparaissent avant que le cercle de lumière ne les atteigne.

J'ai l'impression que des heures s'écoulent ainsi, voire des jours entiers. Ma démarche épouse le rythme des battements de mon cœur. Mes poumons sont en feu, ma Pierre Sacrée m'évoque un volcan en ébullition. J'espère que nous n'allons pas tarder à atteindre le sommet de la montagne. Le sommet de l'univers.

Nous négocions un autre virage et une lueur lointaine nous frappe la rétine. Nous nous précipitons dans sa direction, impatients de laisser ces murs oppressants derrière nous. La lumière s'affirme. Un virage encore et elle explose, elle nous aveugle littéralement. Je ferme les yeux, les bras en visière.

Les belles-de-nuit se referment aussitôt. Petit à petit, ma vision s'adapte et je baisse le bras.

Mon regard embrasse alors une vallée, verdoyante et vallonnée, cernée par des pics qui piègent les nuages. Ce sont ces mêmes montagnes que j'ai aperçues du bateau. À présent je les contemple de plus près, dans toute leur majesté.

Cinq pics, ni plus ni moins, trouent le ciel – cinq, le chiffre sacré de la perfection. L'un d'eux est un peu plus court, un peu plus large que ses quatre frères, et je me rends compte qu'en les regardant sous un certain angle, on pourrait croire que l'on a sous les yeux la miséricordieuse main droite du Destin. Les ruisseaux qui sillonnent la vallée ne seraient rien d'autre que les lignes de sa paume. C'est une version gigantesque de la Main du Destin sculptée par Lutían.

Storm porte la main à sa poitrine, le souffle coupé par l'émotion. Les angles parfaits de son visage se déconstruisent sous l'effet de l'émerveillement, il en devient presque beau.

— Vous sentez très fort la présence du zafira.

— Oui. C'en est presque douloureux. Nous sommes censés descendre dans cette vallée.

J'observe le versant, en proie au désarroi. Trop escarpé pour que nous descendions sans risquer de nous briser le cou. En nous accrochant au lierre et aux fougères, peut-être arriverons-nous à parvenir au pied progressivement.

— Regardez. Des marches creusées dans la pierre, ajoute Storm.

Des marches, c'est beaucoup dire. Il s'agit plutôt de fentes creusées dans la roche et infestées de mousse. Après avoir arraché de mon bras les belles-de-nuit déjà fanées, je m'accroupis au bord de la paroi, je loge les talons dans les encoches et je m'agrippe aux plantes qui s'accrochent à la pierre.

Une douleur pénétrante me transperce l'index et je retire brusquement la main. Une goutte de sang perle à mon doigt. Je repousse les fougères afin de voir ce qui m'a piquée. Une rose, encore en bouton, dont le rouge profond tranche avec le vert des feuilles. Des épines ornent la tige, plus longues et plus dures que les épines des roses classiques.

Des larmes jaillissent de mes yeux : le Destin m'a envoyé un signe.

Il n'y a pas de prêtre pour guider mes prières, pas d'autel pour accepter mon sang, pas d'acolyte pour nettoyer ma plaie avec de l'eau d'hamamélis. Pourtant, je sens que ce moment est crucial et je décide de faire ce que j'ai toujours fait jusqu'ici lorsque j'ai été piquée par une rose sacrée : prier.

Par le passé, j'ai réclamé le courage. Ou la sagesse. Cette fois-ci, je ferme les yeux et je marmonne :

— Je T'implore, ô Destin. Donne-moi le pouvoir.

Et je laisse la goutte de sang se détacher de mon doigt pour entamer sa longue chute jusqu'à la vallée.

Je distingue un grondement et la terre tremble. L'air se met à onduler et, une fraction de seconde, je distingue des anneaux constitués d'une lumière chatoyante, aussi fins qu'un fil, qui fuient tous azimuts entre les montagnes, à travers la vallée, pour se croiser à un point focal, où ils sont absorbés par le sol.

Je cligne des paupières et la vision s'évanouit. Je reste le souffle court, stupéfaite, apeurée.

— Que s'est-il passé ? demande Storm. Vous avez donné à la terre une goutte de votre sang. Je l'ai sentie bouger.

— Je n'en sais trop rien. J'ai vu quelque chose d'étrange. Des lignes de pouvoir. Mais elles ont disparu.

Il me lance un regard méfiant.

— Allons-y. Je perds patience.

Il nous faut peu de temps pour atteindre le fond de la vallée et je ne peux que m'en réjouir : mes jambes tremblent d'épuisement. Il n'y a pas de palmiers ici, uniquement des cyprès tentaculaires, d'imposants eucalyptus et un arbre que je vois pour la première fois – je pourrais m'envelopper tout entière dans l'une de ses feuilles. Des oiseaux volettent de branche en branche ; des taches de lumière dansent sur leur plumage et renvoient des éclats colorés. Ce spectacle est si étrange que je les scrute de plus près.

Non, ce ne sont pas des oiseaux, mais des insectes géants, aussi grands que des balbuzards, à l'abdomen tapissé d'un fin duvet blanc et aux ailes arachnéennes.

Cet endroit, dans toute son étrangeté, nous inspire le silence. Nous avançons sans mot dire, comme aux aguets, ou mus par le respect. Des amas de pierres, qui m'évoquent des autels éboulés, jonchent la forêt, pour la plupart de la même taille que moi. Un cyprès se cramponne à l'un des autels, ses racines fichées dans la pierre, qu'elles ouvrent comme un fruit mûr.

Le sentier que nous arpentons dessine un coude et nous tombons nez à nez avec un autre empilement, aussi haut qu'un arbre et de forme cubique, doté de lucarnes. Un bâtiment en ruines. J'observe les autres monticules, qui m'inspirent un respect mêlé de crainte. Des ruines, partout. Cet endroit était à une époque une cité, la voici rongée par le soleil, le vent, la végétation et le temps.

— Cela doit dater de plusieurs siècles.

— Plusieurs millénaires, corrige Storm avec une tristesse que j'entends pour la première fois dans sa voix.

— Impossible. Le Destin a amené l'humanité sur cette terre…

— Oui oui, Il vous a sauvés d'un monde à l'agonie grâce à Sa miséricordieuse main droite il y a moins de deux mille ans. J'ai déjà entendu cette fable avant. Petite reine, ne comprenez-vous pas ? Nous, les Inviernos, nous sommes ici depuis la nuit des temps.

Je fixe Storm du regard, frappée par la justesse de ses paroles. Derrière lui, l'un des oiseaux-insectes zigzague entre les branches d'un eucalyptus, se pose au sommet de ruines et entreprend de nettoyer son aile irisée à l'aide d'une patte noire et grêle.

— Votre peuple est venu, armé d'une magie que nous n'avions jamais vue. Ils nous ont transformés, ils nous ont affaiblis. Ils se sont métamorphosés eux aussi, ainsi que le rapporte la légende, même si j'ignore comment, ou pourquoi. Ils se sont dispersés sur ce territoire désormais baptisé Joya d'Arena et nous les avons fuis dans les montagnes. Sur leur lancée, ils ont changé le monde entier. Votre pays n'a pas toujours été un désert, vous savez.

Je secoue la tête, mal à l'aise. Si Storm ne ment pas, mes ancêtres étaient en réalité des parasites. Non, des voleurs. Peut-on traiter de voleur une personne qui se borne à accepter ce que le Destin lui donne ? Le Destin nous a offert ce monde. C'est ce que prétendent les textes, en tout cas. Peut-être Storm dit-il vrai. Peut-être avons-nous créé ce désert, d'une façon ou d'une autre.

— Cela n'a aucun sens. Jamais le Destin ne permettrait…

Ma pierre fait un bond soudain et j'ai l'impression qu'une lame fouaille mes entrailles.

— Je n'aime pas la douleur, grogne Storm, qui souffre lui aussi.

Je me plie en deux, la main sur le ventre et je m'agrippe à l'épaule de Storm pour le pousser vers l'avant.

— Continuez… ne vous… arrêtez pas…

J'ai du mal à poser un pied devant l'autre et je donnerais cher pour pouvoir me laisser tomber au sol et me coucher en chien de fusil. Peut-être est-ce de cela que parlait le père Nicandro quand il m'a annoncé que ma détermination allait être mise à l'épreuve.

Et la détermination, je n'en manque pas.

Au bout de quelques pas, l'étau qui broie mon ventre se resserre et je tombe à genoux, pantelante. Je vais ramper, si c'est la seule solution. Je vais…

— C'est pire pour vous, n'est-ce pas ? s'agace Storm.

J'acquiesce, la gorge nouée. Il m'observe un long moment puis il pousse un soupir, s'accroupit, enroule mon bras autour de son épaule et se met debout en me redressant dans le même élan.

— Encore un petit effort, Majesté.

Réprimant ma surprise, je redouble d'efforts tandis qu'il me traîne sur le sentier.

À l'instant où je me dis que la douleur a atteint son paroxysme, nous pénétrons dans une petite clairière. En son centre, un autre bâtiment délabré, une tour ronde à peine plus haute qu'un homme.

Un bruit de chaînes qui s'entrechoquent.

Un visage blafard, aux prunelles couleur de brume, surgit de derrière la tour. Deux rideaux de cheveux blancs, séparés d'une raie au milieu d'un crâne brûlé par le soleil, coulent jusqu'au sol. Le gardien de la porte.

28.

Il possède le visage parfait d'un animagus, mais ses épaules voûtées et ses yeux chassieux donnent l'impression qu'il est aussi vieux que les montagnes alentour.

— Deux ! s'écrie-t-il d'une voix aiguë. Deux apprentis ! Je dois avoir les faveurs spéciales du Destin, pour être ainsi béni.

Il parle une Lengua Classica épaisse et confuse, comme s'il mâchait des cailloux.

Lorsqu'il sort de sa cachette, il nous donne à voir des vêtements en haillons dont la teinte reste indéterminée et des pieds nus et crasseux que retiennent des menottes rouillées. La peau de ses chevilles est enflée, si bien que l'on dirait que chair et métal ont fusionné. Je dois détourner le regard.

— Qui êtes-vous ? s'enquiert-il. Cela fait des heures que je vous sens venir. Ou des années ?

J'ouvre la bouche mais le supplice que je subis m'empêche de répondre. Il claque des doigts et la douleur disparaît. Une vague de soulagement me submerge. Encore un peu et je me mettrais à bafouiller des remerciements. Pourtant, je me retiens et je bombe le torse.

— Êtes-vous le gardien de la porte ?

— Toi d'abord ! répond-il en tapant dans ses mains. Dis-moi qui tu es. Et approche, approche-toi. Que je te voie mieux.

Je m'avance avec prudence. Il se précipite vers moi et j'ai un mouvement de recul, mais ses menottes le retiennent. Il est enchaîné, je m'en rends compte, à la tour. Il pousse alors un cri de frustration et tape du pied, comme un enfant capricieux, avant de reprendre contenance.

— Je crois que tu t'apprêtais à me révéler ton identité ? lance-t-il avec un calme surnaturel.

Je prends garde à rester hors de sa portée lorsque je lui réponds :

— Je suis l'Élue. Et je suis reine.

Il tapote ses lèvres d'un doigt crochu.

— Et pas très brillante dans les deux domaines, hein ? Ton cœur trahit ton incompétence. Et toi ? demande-t-il à Storm, lequel se redresse de toute sa hauteur.

— Un prince du royaume d'Invierne.

Je le dévisage, bouche bée.

— Vous ne m'avez jamais demandé, répond-il à ma question muette.

Le vieillard se penche vers nous et, sur un ton de conspirateur :

— Mais un prince en bien piteux état, non ? L'ombre de l'homme que tu étais avant.

Et il nous adresse un sourire, comme s'il s'amusait follement. Ses dents, aussi pointues que des crocs, sont abominablement gâtées et je frémis d'horreur.

— Souhaitez-vous voir le zafira ? Je peux vous le montrer, oui, bien sûr. Il absorbera un peu de votre force, puis il décidera si vous devez vivre ou mourir.

J'échange un regard inquiet avec Storm.

— Donc vous êtes le gardien de la porte ? Comment vous appelez-vous ?

— Je vous l'ai dit des centaines de fois, vous n'écoutez rien ! Je suis Tenez-Compte-de-la-Feuille-Tombée-de-l'Arbre-Pourrissant-à-Petit-Feu-car-Elle-Nourrira-les-Tulipes-du-Printemps.

— Mais c'est bien sûr. Mille excuses. Je crois que je vais vous appeler, tout simplement… Feuille.

Il est fou à lier, tout simplement fou. Et Pourrissant, c'est un petit nom qui lui irait mieux que Feuille.

— Feuille ! Très bien, appelez-moi Feuille. Montrez-moi vos pierres. Et vite ! Je dois les voir pour vous laisser entrer.

De mauvais gré, je soulève ma tunique et je révèle la pierre logée dans mon nombril.

À son tour, Storm plonge la main sous sa tunique et en tire un cordon en cuir auquel est suspendue une petite cage en fer qui abrite une Pierre Sacrée.

— Comment avez-vous… Quand… ?

— Je l'ai depuis toujours. Depuis ma naissance.

— Mais ma pierre ne s'est jamais réchauffée en sa présence ! Elle n'a jamais réagi. Elle sent toujours les autres Pierres Sacrées. Toujours.

— C'est que la mienne est morte, explique Storm en perdant de sa superbe. Elle est tombée alors que j'avais quatre ans. J'ai voulu devenir animagus, pour apprendre à en tirer profit, mais ce fut un échec cuisant.

Soudain, les pièces du puzzle s'agencent et tout devient clair dans mon esprit.

— Les Inviernos naissent avec des Pierres Sacrées.

— Quelques-uns seulement. Elles tombent très tôt. Et nous sommes séparés de la source du zafira depuis si longtemps qu'elles ne servent plus à grand-chose.

— Les animagi ont brûlé ma ville, brûlé mon mari. Elles vous servent toujours.

— C'est une magie qui sert à la destruction. Rien de très compliqué, pour un animagus. C'est la magie créative, comme les cercles de protection, le soin porté aux plantes ou aux êtres, qui est délicate.

— Je peux guérir les gens.

— Quoi ? Vraiment ? s'étonne Storm, les pupilles rétrécies. Vous ne me l'avez jamais dit.

— Vous ne m'avez jamais posé la question. Gros malin.

La stupéfaction de l'Invierno se mue très vite en rire désespéré.

— Et vous n'arrivez même pas à convoquer le feu de votre pierre, le pouvoir le plus facile, le plus fondamental. Vous êtes encore plus minable que moi.

Le regard de Feuille, visiblement ravi, passe de l'un à l'autre.

— Vous êtes ennemis ! Comme c'est drôle ! Tenez, voici la mienne.

Il écarte ses vêtements en lambeaux pour révéler une peau à la blancheur de pétale et des côtes saillantes.

Une Pierre Sacrée est cousue à l'intérieur de son nombril. Des fils de chanvre ou d'herbe séchée s'entrecroisent et la maintiennent en place. La peau est plissée et marquée de cicatrices, à force d'avoir été percée par l'aiguille. Un fil qui pendouille se balance dans la brise. Je réprime un haut-le-cœur.

— Vous allez nous montrer le zafira ? réclame Storm, qui retient difficilement son impatience.

— Par ici, répond Feuille avant de disparaître derrière la tour, ses chaînes cliquetant à tout-va.

Je suis de moins en moins rassurée, et Storm aussi.

De l'autre côté des ruines, un passage voûté s'ouvre sur une salle obscure. Feuille attrape sa chaîne, qui semble plus lâche, et la hisse sur son épaule.

— Prêts ?

J'hésite à le suivre. Les doigts appuyés sur ma pierre, je prononce une courte prière afin de lui demander sa protection. Je me brûle presque, tant sa chaleur est insoutenable. La sensation de pouvoir qui me pénètre à cet instant me stupéfie. C'est dans cet objectif que je suis venue jusqu'ici. Je prends une profonde inspiration et j'entre à l'intérieur de la tour.

Après m'être habituée à la pénombre, je distingue un escalier en colimaçon qui s'enfonce dans la terre. Il règne une odeur de terre mouillée. Assez rapidement, les marches se trouvent éclairées par une lueur bleutée qui s'intensifie à mesure de notre descente. Les murs se teintent de cette couleur si particulière dans laquelle nous baignons. Ma Pierre Sacrée vibre doucement, comme si elle fredonnait à l'oreille d'un amant.

Lorsque l'escalier débouche sur une vaste caverne, je tombe à genoux, le souffle coupé.

Les murs sont tapissés de Pierres Sacrées. Elles se comptent par milliers, par dizaines de milliers. Une source coule au fond, le long du mur, une source faite de lumière pure qui s'écoule au ralenti, d'un bleu presque fluorescent, aussi nébuleux qu'un nuage. *Le zafira.* L'éclat qu'elle émet se répercute sur les murs revêtus de joyaux ; la grotte semble tout entière creusée dans un saphir géant.

Ma Pierre Sacrée chante joyeusement, comme si elle saluait la source de lumière. Une volute de vapeur bleue s'en détache alors, rampe sur le sol à la façon d'un tentacule, se glisse le long de ma jambe et entre en contact avec la pierre – à croire qu'elle lui souhaite la bienvenue.

On entend un cliquetis, on dirait les rouages d'un mécanisme qui s'agencent. L'énergie flamboie avec gaieté en moi et je me sens reliée au cosmos tandis que le zafira me transmet sa vie et son énergie via ma pierre. La tête me tourne, mes membres sont parcourus de picotements et je suis partagée entre frayeur et ravissement.

— Oh, il vous aime, il vous adore, oui, murmure Feuille. Avez-vous déjà donné à la terre quelques gouttes de votre sang ?

— Oui. Sur le chemin. J'ai trouvé une rose sacrée et j'ai prié…

J'ai prié pour qu'on me donne le pouvoir. Et me voici, reliée à l'origine de la magie universelle. Mon corps est parcouru d'un courant énergétique, je me sens capable de soulever des montagnes. Je pourrais guérir mille personnes. Dompter un ouragan. Mais puis-je emporter ce pouvoir loin d'ici, avec moi, pour régner sur mon royaume ?

Storm étudie les parois de la grotte.

— C'est un tombeau, m'apprend-il. Un mausolée qui contient les dépouilles des animagi.

— Mais oui, acquiesce Feuille. À une époque, ils venaient ici pour mourir. Ou, s'ils mouraient avant leur heure, ils faisaient porter leur cadavre ici. Mais seules leurs pierres sont restées. Cela fait des lustres que personne n'est venu mourir ici. Personne, jusqu'à aujourd'hui !

Il tape à nouveau dans ses mains et nous montre ses chicots répugnants.

La peur provoque une décharge en moi. Je sursaute, l'œil fixé sur l'escalier, et je me demande si Storm et moi, nous pouvons prendre la fuite si cela tourne au vinaigre. Mais non, je ne fuirai pas.

— Nous sommes venus pour en apprendre plus sur le zafira, Feuille. Pas pour mourir.

— Oui, très certainement ! Mais d'autres sont fatigués de vivre. Moi, par exemple. J'ai vécu beaucoup trop longtemps. L'un de vous va prendre ma place ici, en tant que gardien de la porte. Le Destin est d'une bonté infinie : il m'a offert deux candidats à départager !

Le vieillard secoue sa chaîne, qui est lovée à ses pieds à la façon d'un serpent, et plonge l'une des extrémités dans la source de lumière.

— L'un de vous, s'il survit, sortira d'ici en véritable sorcier, explique-t-il, connecté au zafira. Et oui, le Destin est capricieux. C'est amusant de jouer aux devinettes. Qui va vivre, qui va mourir ? Je tombe juste une fois sur deux.

Mais l'autre… l'autre devra rester ici et je pourrai enfin me reposer. Je suis éreinté. Commençons, vous voulez bien ?

Il danse une gigue joyeuse, lève les bras, joint les mains et marmonne des paroles inintelligibles. Un point lumineux s'élève du ruban de brouillard et se loge entre ses paumes avant de grossir, d'enfler, en tourbillonnant sur son axe.

Je sais ce que cette sphère représente car j'en ai produit une moi-même, le jour où j'ai détruit les animagi avec l'aide de mon amulette. Elle attire le pouvoir à elle, elle l'absorbe avant de provoquer une explosion qui produit, à son tour, une vague d'énergie.

La panique prend ma poitrine en étau. Il faut que j'agisse. L'énergie que le gardien récolte entre ses mains flamboie, éclaire chaque recoin de la caverne, révèle un plafond perforé par les racines des arbres qui se dressent dans la vallée, au-dessus de nos têtes.

Storm cède à la peur et se précipite vers l'escalier.

— Tu essaies de t'enfuir, petite souris ? siffle Feuille.

Une longue flamme bleue s'élève de la source, s'enroule autour de l'Invierno à la façon d'une corde et le projette par terre. Storm tombe lourdement sur le dos et suffoque comme un poisson qui manque d'air.

Fais marcher ta cervelle, Elisa ! J'ai déjà dompté ce pouvoir. À l'aide de mon amulette, et toute seule, je suis capable de grandes choses.

Fermant les yeux, je touche ma pierre du bout des doigts et je visualise le pouvoir du zafira qui se déverse en moi.

C'est ce qui se produit aussitôt, à la façon d'un raz-de-marée, et je tournoie sur moi-même. Mes cheveux forment une auréole autour de ma tête, mes doigts fourmillent d'une énergie qui me vient naturellement, avec facilité. La terre se vaporise sous mes pieds.

En ouvrant les paupières, je découvre que je plane à plusieurs centimètres du sol et que la flamme apaisante du zafira s'est enroulée autour de moi, comme les bras d'un amant.

— Intéressant, commente Feuille alors que sa sphère lumineuse crachote des étincelles blanches. Tu seras peut-être une adversaire redoutable, avec ta pierre vivante.

Et, manipulant son soleil miniature, il projette un éclair de feu bleu dans ma direction.

J'imagine le brassard d'Hector, je revois la façon dont il m'a protégée lorsqu'une pluie de flèches s'est abattue sur nous dans un couloir du palais à Brisadulce. Une barrière chatoyante se forme alors devant moi et l'éclair de feu ricoche contre cette surface, rendu inoffensif. Un jeu d'enfant ! La magie à portée de main, exactement ce que je recherchais.

Feuille pouffe de plaisir. Il décoche une série d'éclairs, si rapides qu'ils laissent des traînées lumineuses dans leur sillage, mais je pompe derechef l'énergie du zafira et les faisceaux magiques se heurtent à mon bouclier.

— Et maintenant, j'essaie de tuer ton ennemi ! hurle-t-il avant de porter son attention sur Storm qui gît sans défense par terre.

— Non !

Je veux envoyer mon bouclier à Storm, mais trop tard : un éclair se fiche dans sa jambe. Il pousse un hurlement quand le tissu de son pantalon se déchire et un cercle noir s'imprime sur sa peau. L'odeur familière de la chair brûlée me prend à la gorge.

Je serre les poings, déçue. Mon pouvoir est désormais infini, mais il me manque le savoir-faire, la compétence, pour le maîtriser et l'exploiter à bon escient. Je ne peux pas nous défendre tous les deux, Storm et moi. Je ferme les yeux et je me concentre sur les racines qui se tordent au-dessus de nos têtes. Je pense à leur écorce, à leur pulpe tendre, et je les imagine grandir.

Un autre éclair vise Storm, mais il s'écarte à temps en effectuant un tonneau. Feuille s'apprête à frapper à nouveau, plus fort. Je sais ce qu'il prépare : il va faire exploser la sphère et engendrer une onde de choc si violente qu'elle va tout ravager sur son passage.

Grandissez. Je vous en supplie, grandissez.

Des tentacules se faufilent le long de mes bras, s'élèvent vers le plafond, s'enroulent autour des racines, les allongent pour les mettre à ma portée. Soudain je ne fais plus qu'un avec elles, elles deviennent une extension de mon propre corps. J'attrape Feuille, je m'enroule autour de lui, je l'arrache au sol et je le suspends dans les airs.

Sa sphère s'éteint. Il me fixe un long moment puis il assène des coups de pied à un ennemi invisible. Sa chaîne rend un bruit de ferraille.

— Très bien. Votre apprentissage est achevé. Vous êtes une sorcière en bonne et due forme. C'est officiel.

Le vieillard ferme les yeux et grommelle dans sa barbe. Une secousse vrille ma poitrine alors que mes racines le relâchent. Il tombe par terre et atterrit à côté de Storm avec un craquement inquiétant. Mes genoux flagellent, mais je tiens bon. La jambe de Feuille est pliée, formant un angle anormal.

— Ah, je me suis encore cassé la jambe, gémit-il. Mais pas de guérison, cette fois-ci. Veux-tu être ma remplaçante ?

— Euh, non, merci.

— C'est ce que je craignais. Tu es reine, après tout. Et quand on est reine, on a quantité de choses à faire, non ? Il y a aussi peu de chances que je puisse te forcer la main, avec ta pierre vivante. Tant pis. Je vais prendre cette petite souris, aussi faible soit-elle. Et maintenant, mon prince, le pouvoir dont tu as toujours rêvé est à toi.

Ceci dit, Feuille plaque ses doigts grêles sur le visage de Storm.

— Non !

J'envoie des tentacules de lumière vers l'Invierno pour le tirer vers moi tandis que les menottes qui enserrent les chevilles de Feuille se volatilisent.

Storm rampe dans ma direction, mais ses efforts ne servent à rien. Des anneaux fantômes se forment autour de ses pieds avant de devenir aussi durs, aussi palpables que du fer.

Feuille vacille sur ses jambes et sa joue frappe violemment le sol. Il suffoque dans la poussière, même si un sourire danse à la commissure de ses lèvres.

— Enfin libre ! murmure-t-il. Tu mettras ma pierre dans le mur, d'accord ? Avec les autres ?

Son visage s'affaisse, il ne reste de lui qu'un squelette au rictus sinistre. Ses cheveux noircissent tandis qu'il se dissout en un nuage de poussière qui se transforme en pluie fine et forme sur le sol un petit tas de cendres. Une pierre scintille au sommet de ce monticule macabre.

— Je vais rester coincé ici, chuchote Storm. Coincé pour l'éternité.

— Non. Nous trouverons un moyen de vous libérer. Une hache, peut-être ? Je suis sûre que le capitaine Felix a un forgeron parmi son équipage.

— Les chaînes sont magiques. Aucun forgeron n'est capable de les briser.

— Peut-être que je peux…

— Vous ne maîtrisez que la magie de création. Vous ne pouvez pas détruire ces chaînes.

— Je vais trouver une solution.

Il se redresse avec difficulté, résigné.

— Majesté, allez-vous-en. Laissez-moi. Même si vous trouviez un moyen de me libérer, vous n'en feriez rien. Le zafira a établi un contact avec vous. Je l'ai vu de mes propres yeux. À partir d'aujourd'hui, vous êtes capable de convoquer son pouvoir. Quel que soit l'endroit où vous vous trouvez. Comme les animagi d'antan, à l'époque lointaine où nous avions tous nos pouvoirs. Vous êtes l'Élue, nul ne peut le contester.

Il a raison. Encore maintenant, je sens cette toute-puissance vibrer en moi, je suis capable d'accomplir des miracles. C'est merveilleux de percevoir pareille force en soi. Vertigineux.

— Mais le zafira exige un sacrifice, poursuit Storm. Sans le gardien, il ne vous est d'aucune utilité.

— Storm, je n'avais pas l'intention…

— Vous m'avez dit que votre vie avait priorité sur la mienne, vous vous en souvenez ? Sauvez-vous. Laissez-moi seul. Vous savez que je préfère la solitude à votre irritante compagnie.

— Comment comptez-vous…

— Le zafira subviendra à mes besoins. En ce moment même, il guérit mes brûlures. Promettez-moi simplement que, la prochaine fois que vous affronterez Invierne – et ce jour arrivera –, vous leur raconterez mon histoire.

— Que voulez-vous que je leur dise ?

— Dites-leur que l'homme qui n'était pas digne d'être animagus, digne d'être prince, digne d'être ambassadeur, a trouvé le zafira et restauré son honneur en lui sacrifiant sa vie.

— Votre honneur, vous l'avez toujours piétiné ! Vous vous en passiez très bien, du moment que cela vous permettait de rester en vie.

— C'est tout ce qui me reste. Je vous en implore.

Je hoche la tête, muette. Storm s'assied par terre, en tailleur, et ferme les yeux.

— Partez, Elisa. Allez devenir la reine que vous ne seriez jamais devenue sans le zafira.

Je tourne les talons tandis que sa dernière phrase me brûle l'esprit au fer rouge. *Allez devenir la reine que vous ne seriez jamais devenue sans le zafira.* J'ai obtenu ce que je suis venue chercher. Un pouvoir qui dépasse l'entendement, qui irrigue mes membres.

Comment expliquer, dans ce cas, que je me sente comme une coquille vide ?

J'ai franchi le seuil et posé mon pied sur la première marche quand soudain je me fige.

Canaliser toute la magie que recèle le monde, cela ressemble fort à nommer un régent ou à nouer une alliance en désespoir de cause. Il s'agit d'une béquille… La voix d'Hector, grave et familière, résonne sous mon crâne. *Si vous vous comportiez avec autant d'assurance, autant de lucidité, à Brisadulce, nul ne songerait à défier votre autorité.*

Le zafira, je peux m'en passer. La priorité, c'est de faire mes preuves en tant que reine.

29.

C'est le cœur au bord de l'implosion et les genoux tremblants que je pense à la décision que je vais prendre. Est-ce le bon choix ? Aucune réponse ne me parvient, hélas. Ce choix, je dois le faire sans compter sur la voix du Destin.

— Storm, venez avec moi.

— Quoi ?

— À la surface. Avant que je change d'avis.

Storm se met debout d'un bond et se rapproche de moi clopin-clopant, aussi vite que le permettent ses entraves.

— Comment enlèverez-vous ces chaînes ? Et si vous y arrivez, vous perdrez le zafira pour toujours. Nous le perdrons tous. Que se passera-t-il…

— Vous voulez moisir ici des milliers d'années ?

— Non.

— Dans ce cas, taisez-vous et suivez-moi.

Avant de m'engouffrer dans l'escalier, je balaie une dernière fois du regard ce magnifique mausolée. *Pensez comme une sorcière*, m'a dit Storm. Je suis reine, je dois penser comme une reine. Et comme les pierres brillent de mille feux, plus étincelantes encore que des saphirs, j'en arrive à une conclusion logique : elles sont trop précieuses pour prendre la poussière dans cette caverne.

Aussitôt, je détache une pierre encastrée dans le mur. Elle se décolle sans aucune difficulté et je la glisse dans ma poche. D'autres pierres connaissent le même sort.

— Allons-y.

Ensemble, les chaînes cliquetant derrière nous, nous gravissons l'escalier et retrouvons la lumière du jour.

— Et maintenant ? halète Storm.

J'étudie la petite clairière. Ma pierre se glace soudain et un grondement qui semble issu des entrailles de la terre nous parvient. Storm s'immobilise sur le seuil de la tour mais je l'incite à se presser.

— Hâtez-vous !

J'espère que ma décision de ne pas l'abandonner à son sort n'a pas provoqué de cataclysme.

Nous traversons la jungle à toute allure et gagnons la falaise, pourchassés par les craquements des rochers qui se fendent tandis que la terre s'ouvre sous nos pieds. Pendant notre ascension, qui se fait dans une atmosphère de panique, je m'interdis de jeter un regard par-dessus mon épaule et je me force à concentrer mon attention sur les marches creusées dans la roche. Mais lorsque nous atteignons le sommet, je cède à la tentation et je me retourne. Ce que je vois m'arrache un cri d'horreur.

Les arbres environnants s'inclinent lentement vers le centre de la vallée, comme s'ils se prosternaient devant le Destin Lui-même. Une série de bruits sourds résonnent dans l'air alors que les racines de ces mastodontes se détachent de leur point d'ancrage ; ils basculent dans le trou béant et des nuages de poussière restent en suspens.

La vallée s'effondre sur elle-même, formant un cratère géant à l'endroit où se dressait la tour de Feuille. Un ruisseau est détourné de son lit et en heurte un autre dans une déflagration d'eau et de boue. Leurs forces jointes balayent des rochers et déracinent d'autres arbres pour les expédier dans l'abîme.

Mes dents s'entrechoquent tandis que la vallée est parcourue de mugissements. Non, c'est la montagne tout entière qui va s'écrouler sur nous. Qu'ai-je fait ?

— Il faut partir, déclare Storm. Et vite.

Ses paroles font l'effet d'un aiguillon et je me précipite vers la bouche grande ouverte du tunnel.

— Nous avons besoin de lumière. Vous voyez des belles-de-nuit quelque part ?

— Aucune, à part celles que nous avons jetées à l'aller. Presque fanées.

— Cela fera l'affaire.

J'attrape les fleurs flétries qui gisent par terre. Faisant appel au zafira, je m'insinue à l'intérieur de leur tige et, à force de cajoleries, je les ramène à la vie. Le pouvoir me quitte peu à peu, à mesure que les feuilles se gorgent de sève et que les pétales se défroissent. Enfin, ma force s'éteint totalement mais les pistils, eux, émettent une lumière constante. Je m'autorise un moment de chagrin, savourant le parfum des fleurs qui m'évoque celui du chèvrefeuille, puis je m'enfonce dans la galerie.

C'est un déluge de poussière et de cailloux qui s'abat sur nous et nous contraint à accélérer le pas. Par deux fois, je glisse et je manque de perdre l'équilibre mais Storm me rattrape de justesse et me redresse avec une force que je ne lui soupçonnais pas.

Nous n'osons pas marquer d'arrêt à la cascade, la montagne est encore trop proche. Le crépuscule gomme les contours des rochers que nous escaladons, nous risquons à tout instant de tomber dans une crevasse, de nous perdre dans les ombres.

Il fait nuit noire lorsque nous atteignons le ruisseau et des belles-de-nuit en pleine floraison se déploient dans les arbres à la ronde. Le fracas de la vallée s'atténue et j'ose espérer que nous sommes en sécurité. Nous nous autorisons une pause afin de reprendre notre souffle. Storm se plie en deux et avale l'air à grandes goulées. Son visage et ses habits sont incrustés d'une boue que la lumière des belles-de-nuit colore d'un bleu lugubre. J'imagine que j'offre un spectacle aussi désolant que lui.

— Pourquoi ? demande-t-il entre deux hoquets. Pourquoi m'avez-vous sauvé ? Mes propres frères m'auraient abandonné sans remords. Imbécile. Vous n'avez plus aucun pouvoir.

— Parce que vous êtes l'un de mes loyaux sujets… par ailleurs, je vous fais remarquer qu'il me reste encore mes pouvoirs. J'ai toujours ma Pierre Sacrée et j'ai accès à sa magie, même limitée. Il y a encore des choses que je peux accomplir en faisant appel à l'énergie qui circule sous la surface de la terre. Et je m'ai, moi. C'est amplement suffisant.

Le campement est plongé dans le silence, et presque désert, lorsque Storm et moi parvenons à la lisière de la forêt tropicale. Seule Mara est assise près du feu. Elle va planter ses dents dans un poisson fumant embroché sur une baguette quand elle nous avise. Elle laisse tomber son repas dans les braises et saute sur ses pieds.

— Elisa ? chuchote-t-elle avant de me prendre dans ses bras. Oh, je savais que vous étiez partie toute seule, que personne ne vous avait enlevée, mais quand j'ai entendu ce vacarme tout à l'heure, je me suis dit que... peut-être...

Je la serre sur mon cœur, presque férocement.

— Excuse-moi.

Elle se détache de moi et recule d'un pas.

— L'avez-vous trouvé ?

— Oui.

— Et que s'est-il passé ? Avez-vous...

— Tu permets que je te raconte tout un peu plus tard ? J'ai besoin de... réfléchir.

Son regard se pose sur les menottes de Storm, puis sur mon visage. Elle semble troublée, presque meurtrie.

— Où sont les autres ?

— Partis à votre recherche. Hector est malade d'inquiétude.

Je redoute l'instant où je vais devoir faire face à l'homme que j'aime.

— J'ai besoin de marcher. Je vais aller faire un tour sur la plage.

— Vous voulez d'abord grignoter un morceau ?

— Non, merci.

La lune projette des particules dorées sur la surface de l'océan. Au loin, je distingue la coque mutilée de l'*Aracely*, sa grand-voile avachie sur le mât. Il fait chaud, la mer est d'huile.

Prise d'une impulsion soudaine, je me débarrasse de mes bottes et de ma tunique crasseuses. Vêtue en tout et pour tout d'une culotte et d'un caraco de batiste, je m'aventure dans une eau à la température idéale.

Et là, miracle. Lorsque l'eau entre en contact avec mon corps, il émane d'elle une lueur aussi bleue que ma Pierre Sacrée. Je fais la planche en agitant les bras, à titre d'expérience. La lumière forme un bouclier, un halo qui adhère à mon corps. J'éclate de rire, saisie de ravissement face à cet océan dont irradie une lumière surnaturelle.

C'est alors que la vérité m'apparaît : le zafira est partout. J'ai peut-être détruit l'accès à sa forme la plus concentrée, mais il a conquis l'univers tout entier en se diluant.

Je perçois un mouvement sur la plage. Une forme se détache des arbres et je retiens mon souffle. Je reconnaîtrais la démarche d'Hector entre mille. Je brûle d'envie d'être près de lui, de plonger mon regard dans le sien, d'écouter sa voix douce et grave, même si je sais que cela ne peut que mal se terminer.

Je nage vers la rive jusqu'à ce que j'aie pied, puis je quitte l'eau miroitante pour aller à sa rencontre.

Il me scrute tandis que j'approche, les traits indéchiffrables, comme autrefois.

— Hector, je vous présente mes excuses.

Il m'étudie, pensif. Son regard se promène – lentement, délibérément – sur mon cou, ma poitrine, mes hanches, mes jambes. Mes joues me brûlent. Ma lingerie colle à mon corps comme une seconde peau, ne laissant que peu de place à l'imagination.

— Des excuses ? répète-t-il, et sa voix est d'une froideur glaciale.

— Pour être partie sans vous avoir prévenu.

— Une reine n'a pas à donner d'excuses à son garde.

— Quand même, j'aurais dû…

— Vous êtes ma reine, Elisa. Vous n'avez aucune justification à me donner. En revanche, si nous étions amants, poursuit-il, je serais furieux que vous ayez exigé de moi une franchise absolue tout en me refusant la vôtre. Je me sentirais insulté que vous ayez choisi de vous jeter dans la gueule du loup sans tenir compte de ma mission. Et je serais étonné que vous n'ayez pas eu le courage de me faire face.

Jamais je ne me suis sentie aussi méprisable. Une partie de moi veut fuir, échapper à son regard impitoyable, une autre se pendre à son cou et implorer son pardon.

Il ne peut pas s'empêcher d'ajouter :

— Alors tant mieux si nous ne sommes pas amants, n'est-ce pas ?

C'est comme s'il me mettait un coup de poignard. Cruel, et indigne de l'Hector que je connais. Pourtant, ma colère se dissipe aussi vite qu'elle est apparue.

— J'avoue que j'ai été faible. Lâche. Indigne de ma position. Mais j'ai appris certaines choses quand j'ai cherché le zafira, et vous aviez raison. Raison sur tout. Je suis forte. Assez pour pouvoir me passer de vous. Même si vous me manquerez terriblement.

Hector titube et la souffrance que trahit son visage me tord le cœur.

— Vous me désarmez toujours, répond-il. Depuis le début… et je n'aime pas ça. Je n'aime pas ça du tout.

— Vous vous trompez.

Je veux lui dire combien je l'aime. Il mérite de le savoir. Mais les risques seraient trop grands dans ce contexte. Je lui donnerais l'impression de quémander sa charité, ou de lui dire ce qu'il a envie d'entendre afin de désamorcer sa colère.

Et je le laisse seul avec ses pensées. Je regagne le campement, résolue à faire face à Mara et à tout lui raconter, dans l'espoir de sauvegarder notre amitié.

30.

Nous consacrons la semaine suivante à réparer le bateau et à reconstituer nos stocks de nourriture. Sur un râtelier fait en racines de palétuvier, nous mettons des poissons à sécher au soleil. La pile de noix de coco prend peu à peu les dimensions d'une montagne. Comme je suis adroite couturière, je me porte volontaire pour rapiécer l'une des voiles. Le bruit des haches et des maillets résonne tout autour de nous. Personne ne chôme.

Hector fait toujours preuve envers moi d'une politesse irréprochable, mais ce regard qui s'attardait sur mon visage, le sourire qui illuminait son visage lorsque j'arrivais à l'amuser par une plaisanterie, tout cela n'est plus que de l'histoire ancienne. Nous reprenons nos leçons d'autodéfense sur la plage. Il énumère les zones du corps humain les plus sensibles à la douleur ; il me montre comment envoyer un adversaire à terre, comment tuer instantanément un homme en lui enfonçant, ni plus ni moins, le nez dans le crâne – je dois m'entraîner sur une noix de coco. Et pendant ces leçons, il réussit l'exploit de ne pas me toucher. Pas une seule fois.

Et même s'il garde le silence sur ce sujet, je suis certaine qu'il a décidé de quitter mon service et de retourner à Ventierra. Il s'investit trop dans ses leçons, comme s'il voulait me transmettre son savoir avant que nos chemins se séparent.

Je redoute de quitter l'île, car je ne suis guère pressée de retrouver tous les problèmes que j'ai laissés derrière moi. Notre ruse aura certainement été éventée, à l'heure qu'il est. J'espère que la fausse Elisa est sauve, que Ximena se porte bien, que Rosario ne court aucun danger. Et je ne doute pas qu'Eduardo a placé ses pions en mon absence, qu'il a trouvé un moyen de tourner la situation à son avantage.

Trop tôt, le capitaine Felix nous déclare prêts à prendre la mer. Nous levons l'ancre et nous cinglons en direction de Selvarica. Postée sur le gaillard d'arrière, je regarde l'île disparaître à l'horizon tandis que le vent fouette mes cheveux. Depuis ce poste d'observation, je note que l'une des cinq montagnes est plus courte qu'à notre arrivée : sa cime est déchiquetée, elle n'est plus qu'un vestige ravagé du cataclysme que j'ai provoqué dans les profondeurs de la vallée.

Au cours du voyage, nous tentons de briser les menottes qui enserrent les chevilles de Storm. Tout le monde se casse les dents dessus. Le forgeron n'arrive pas à les faire fondre, le tonnelier n'arrive pas non plus à les sectionner et la magie de la Pierre Sacrée ne peut en venir à bout, même si elle parvient à les faire rougeoyer.

Storm grommelle tout au long de nos tentatives et finit par nous chasser.

— À tous mes malheurs, je dois ajouter mon échec en tant que gardien du zafira, soupire-t-il avec l'outrance d'un acteur.

— Je crois que vous dramatisez.

— Oui, je dramatise, je l'avoue. En fait, je porterai ces chaînes avec fierté. J'exige cependant que l'on me fournisse un onguent et des bandes de tissu qui serviront à protéger mes chevilles. Des bandes en soie, bien entendu.

— Moi, j'y vois une nette amélioration. Vous ne pourrez plus vous faufiler furtivement derrière moi.

— Je vous hais.

— Ne croyez pas que je l'ignore.

Le vent nous est favorable et il faut moins de deux semaines pour atteindre Selvarica. L'endroit est tel que nous l'avait décrit Tristán : une nature luxuriante, fort semblable à celle qui définissait l'île que nous venons de quitter.

À peine avons-nous accosté que nous sommes accueillis par une escouade de soldats. La mine solennelle, ils sont armés jusqu'aux dents.

— Que se passe-t-il ?

— Le comte Tristán nous a chargés de vous escorter, Majesté. Par ici, je vous prie. Vite.

Nous remontons l'embarcadère au pas de course. Le boucan que produisent les chaînes de Storm attise la curiosité des ouvriers des docks et des pêcheurs, qui interrompent leur tâche et dévisagent l'Invierno. Un carrosse nous attend, l'un des soldats nous annonce que nos bagages nous seront livrés un peu plus tard, puis il frappe de la main la croupe d'un cheval et adresse un signe au cocher.

Une cohorte encadre le carrosse qui remonte une route assez raide ; les soldats progressent à petites foulées. En observant le paysage qui défile, je remarque des fortifications le long de la route – d'immenses boucliers équipés de meurtrières. Ces barricades, pour l'instant rangées sur le bas-côté, peuvent être déplacées en un tour de main pour barrer la route.

— Tristán se prépare à la guerre, fais-je remarquer.

— Je vois aussi les couleurs du comte Eduardo, signale Hector. Tristán n'est peut-être plus aux commandes de sa propre garnison.

Nous atteignons un relais de diligence. On nous fait sortir du carrosse et on nous guide jusqu'aux chambres des domestiques. Nous traversons ensuite une cour intérieure – j'admire les fontaines en marbre, les allées pavées, les plantes innombrables – pour pénétrer dans une immense salle où trône une table aux dimensions imposantes, laquelle ressemble fort à celle qui meuble l'espèce de caveau où se réunit le Conseil.

Les quelques personnes assises autour de cette table sur des coussins lèvent la tête à notre arrivée. Tristán, Iladro, certains de mes gardes, ils sont tous là… Je fouille consciencieusement la pièce du regard. Elle aussi, elle est là ! Ximena se rue sur moi, les bras tendus, les yeux mouillés de larmes. L'émotion m'étreint.

— Je suis si heureuse de vous voir saine et sauve, ma perle !

Sa joue est barrée d'une balafre écarlate : une vilaine plaie, recousue sans soin, qui va lui laisser une cicatrice à vie.

— Ximena, qu'est-il arrivé ?

— Je vous expliquerai plus tard, répond-elle en m'invitant à m'asseoir.

— Et ma doublure ?

— Morte. Je suis désolée.

La consternation me noue la gorge. Une innocente qui vient s'ajouter à la longue liste des victimes que je laisse dans mon sillage…

Hector salue ses hommes en leur distribuant des tapes viriles. Il noue ensuite son avant-bras dans celui de Tristán tandis que Mara et Ximena s'embrassent. Enfin, nous prenons place autour de la table.

— Racontez-moi ce qui s'est passé.

Tristán prend le premier la parole.

— Franco a assassiné la jeune femme qui jouait votre rôle, en public, en lui plantant une flèche en pleine carotide. Nous n'avons eu d'autre choix que de révéler sa véritable identité et d'assurer à vos sujets que la reine était toujours indemne. Le père Alentín a ensuite fait circuler la rumeur parmi les prêtres que le Destin en personne vous avait confié une mission.

— Et Franco ?

— Volatilisé.

— A-t-il agi seul, ou sur l'ordre d'Eduardo ?

— C'est une question qui reste sans réponse.

— Le comte Eduardo s'est rendu dans le Sud, peu de temps après notre départ, explique Ximena. Il a voulu savoir si vous aviez abandonné Joya d'Arena. Il s'est prétendu consterné par votre choix de courtiser un seigneur du Sud avant de disparaître dans la nature. Et grâce à sa langue de vipère, il a réussi à convaincre beaucoup de monde que vous aviez offensé le Sud de manière irréparable.

Les décisions que j'ai prises ces derniers mois pèsent comme un boulet autour de mon cou. Inutile de poursuivre ce compte rendu : tout devient clair dans mon esprit, clair comme de l'eau de roche, et cela ne me dit rien qui vaille.

— Les territoires du Sud accusent le Nord et ses régions arides de s'accaparer les ressources du royaume. Ils envisagent de suivre l'exemple des territoires de l'Est et de faire sécession.

— Quelle triste affaire, commente Tristán.

— Eduardo rêve d'une guerre civile. Il veut prendre les rênes du royaume. Il a envoyé des assassins à mes trousses et, quand je leur ai échappé, il a fait tout son possible pour saper mon autorité. Ce qui explique pourquoi il insistait tant pour que j'épouse un seigneur du Nord – il voulait m'empêcher de consolider ma relation avec le Sud. Ce qui explique aussi pourquoi le général Luz-Manuel a fait exécuter Martín – pour semer la démotivation parmi mes gardes. Les deux doivent être de mèche. C'est le général qui a ordonné ces fortifications ?

Le silence qui fait écho à ma question est lourd de sens.

— Et Rosario ? Est-il sain et sauf ?

— Nous l'ignorons, Majesté.

— Le capitaine Lucio aura assuré sa sécurité, me garantit Hector. Au moindre problème.

— Quelle décision comptez-vous prendre, Majesté ? demande Tristán.

Je me mets à faire les cent pas. Il me faut des alliés. Des ressources. Je dois m'attacher l'opinion publique, assez longtemps pour bloquer le comte dans ses manigances, pour bâtir mes propres fortifications.

Ma première décision sera d'annoncer la nomination du comte Tristán au Conseil des Cinq. Dans l'espoir que cette annonce fasse en partie oublier l'« insulte » dont a parlé ce fourbe d'Eduardo. Mais cela ne suffira pas.

Et après, Elisa ? Tu vas devoir apporter une preuve de ton attachement indéfectible au Sud. Une preuve solide. Tu vas devoir…

Je suis frappée par un éclair de lucidité.

Je vais devoir épouser Hector.

Héritier d'un territoire mille fois plus riche que celui de Tristán. Héros de guerre. Meneur d'hommes. Maintenant que mon royaume est à deux doigts de se désagréger, une alliance publique entre lui et moi serait le ciment qui assemblerait mon peuple.

— Elisa, que se passe-t-il ? lance-t-il d'une voix douce.

Je pourrais le demander en mariage. Sans attendre. Même s'il risque de me repousser. C'est un risque infime, mais il existe. Et si je lui imposais le mariage, jamais il ne me le pardonnerait.

Comment une reine propose-t-elle de lier sa vie à l'élu de son cœur ? Y a-t-il des règles à observer ? Un document à signer ? Je jette un regard paniqué à mes voisins de table qui me retournent mon regard, perplexes.

Soudain, des cris, un martèlement de bottes, le tintement de deux morceaux de métal qui se heurtent. Des soldats arborant les couleurs du comte Eduardo – rouge et or – se déversent dans la salle.

Mes gardes se mettent debout d'un bond et dégainent leurs armes tandis qu'un bras puissant me cravate. La pointe glacée d'une dague s'enfonce dans ma gorge.

— Lâchez vos armes, siffle une voix dans mon oreille.

— Faites ce qu'il dit. Obéissez.

Mes hommes s'exécutent, à contrecœur, et posent leur épée avec fracas sur la table. Me voici, enfin, face à mon ennemi.

— Bonjour, Franco.

— Ravi de vous rencontrer, Majesté. Cela n'a pas été une mince affaire de vous retrouver. Je vous remercie chaleureusement pour le plaisir que cette traque m'a procuré.

— Comment m'avez-vous localisée ici ?

— Nous avons suivi la vieille femme, votre gouvernante. Nous savions que vous finiriez par la retrouver, tôt ou tard.

— Vous allez me tuer ?

— Peut-être. Ou peut-être pas.

Franco recule d'un pas et me lâche. Je lui fais face. De près, il est évident que c'est un Invierno. Ses traits réguliers et sa haute taille le trahissent. Dans ses yeux dansent des paillettes dorées. Personne à Joya d'Arena ne ressemble à ça. Comment a-t-il pu passer inaperçu à la cour ?

Peut-être est-ce pour cela qu'il n'a jamais répondu à ma convocation. Plus que quiconque, j'aurais été capable de le démasquer.

— Que voulez-vous de moi, Franco ?

Tout en posant ma question, je prononce une prière muette qui me permet d'absorber le pouvoir qui circule sous terre, au cœur de ma Pierre Sacrée. Il me parvient lentement, goutte à goutte.

— Ne tentez rien de la sorte, grogne Franco. Si vous essayez de faire appel au pouvoir de votre pierre, je tuerai toutes les personnes présentes dans cette pièce. Toutes sans exception.

D'un coup, tout mon pouvoir se dissipe. Je ne suis plus qu'une coquille vide, réduite à l'impuissance.

— Voilà qui est mieux. Maintenant, si vous ne voulez pas avoir sur la conscience la mort de vos gens, vous devez m'accompagner.

— Vous accompagner où ?

— À Invierne, bien sûr, où vous serez offerte en sacrifice. Il est essentiel que vous veniez de votre plein gré, en accord avec la volonté du Destin. Si vous refusez, je vous tue. Et, cette fois-ci, je ne vous raterai pas.

Je ne comprends pas le rôle que ma volonté doit jouer dans cette histoire, mais je suis frappée par la récurrence du mot « sacrifice », dans la bouche de Feuille, puis dans celle de Franco.

— C'est vous qui tirez les ficelles depuis le premier jour, n'est-ce pas ? Invierne voulait m'affaiblir en m'envoyant l'un de ses martyrs et allumer l'étincelle d'une guerre civile. Diviser pour mieux régner.

— Vous saviez que nous vous attaquerions comme un fantôme dans un rêve. Nous vous avions prévenue.

— Eduardo sait-il que vous êtes un espion envoyé par Invierne ? Que vous le manipulez ?

— Il le sait. Mais son ambition s'en accommode. Je lui ai promis de le débarrasser de vous, la dernière d'une longue lignée de souverains sans poigne. L'imbécile pense qu'il vous trahit pour le bien de son pays. Alors, Majesté, acceptez-vous de me suivre ?

C'est alors que Ximena se met debout. Elle est aussitôt cernée par plusieurs épées mais elle lève les mains, afin de montrer qu'elle n'est pas armée.

— J'ai une meilleure idée, déclare-t-elle. La reine ne manque pas de soutiens. Si vous l'emmenez, Joya d'Arena prendra les armes contre Invierne. Prenez Hector, le capitaine de la garde royale, à sa place. Si vous l'emmenez, elle vous suivra. De son plein gré. Elle l'aime.

Je dévisage ma nourrice, choquée. Que fait-elle ? Quelle mouche l'a piquée ?

— Est-ce vrai, petite reine ? persifle Franco. Aimez-vous cet homme ? Le Destin sera ravi que vous échangiez votre vie contre la sienne. « Nul ne fait preuve d'un amour plus profond que celui qui donne sa propre vie. »

Franco n'a pas le droit de citer ce verset, celui que j'ai récité pour tirer Hector des griffes de la mort. La pointe des épées ennemies sur son cou, Hector m'adresse un signe de tête presque imperceptible. Il veut que j'accepte ce marché. Il espère ainsi qu'ils l'enlèveront en me laissant derrière, saine et sauve. « Ne sacrifiez jamais votre vie pour la mienne », m'a-t-il dit un jour. Il est loin de se douter que je suis prête à mourir pour le sauver.

— Oui. Je l'aime. Assez pour le suivre, où qu'il aille. Mais sachez qu'Hector est membre du Conseil. Le prendre en otage, c'est une déclaration de guerre.

— Idiote. Nos deux pays sont en guerre depuis la nuit des temps. Invierne n'a fait que perdre une bataille.

Les soldats qui cernent Hector lui tordent le bras et le forcent à quitter la table. Il n'offre aucune résistance.

— Vous avez deux mois, précise Franco. Si vous tenez à ce qu'il s'en tire vivant. Deux mois pour vous présenter en personne aux portes de notre capitale. C'est là que vous serez sacrifiée. Vous êtes autorisée à venir accompagnée d'une escorte très restreinte, mais pas de soldats.

— Si vous le tuez, je vous détruis.

Franco reste de marbre.

— Allons-y, ordonne-t-il à ses hommes. Si les soldats du comte Tristán nous suivent, notre prisonnier le regrettera amèrement.

La petite troupe a presque franchi la porte lorsque je m'exclame :

— Attendez ! Me permettez-vous de lui dire au revoir ? Une dernière fois ?

Amusé, Franco hausse les épaules et ses soldats libèrent l'homme que j'aime. Je me jette dans ses bras ; il me serre de toutes ses forces contre lui, me caresse les cheveux, appuie ses lèvres sur ma tempe, chuchote des mots inintelligibles.

— Je viendrai vous chercher.

— Elisa, non. Laissez-moi faire mon travail. Suivez mon conseil.

— Il faut que vous surviviez à cette épreuve. Restez en vie pour moi, Hector. Et tenez-vous prêt.

Puis ils l'arrachent à moi, ils l'emmènent, et j'ai l'impression d'avoir reçu un coup de poing en plein sternum. Je tombe à genoux, les mains sur le ventre. *Qu'ai-je fait pour mériter une douleur pareille, ô Destin ?*

Une main se pose sur mon épaule.

—Je suis très triste pour vous, ma perle, déclare Ximena avant de m'écraser sur sa poitrine, comme elle le faisait quand j'étais petite fille.

Accrochée à son corsage, j'inspire son odeur si familière.

—J'espère que vous puiserez une consolation dans le fait qu'il s'est sacrifié pour vous. J'étais certaine qu'il s'y résoudrait. Par amour pour vous.

Je me détache d'elle, abasourdie. Ses paroles me donnent la chair de poule.

— La douleur va s'émousser, ma merveille, je vous le garantis. Tout comme elle s'est émoussée pour le garçon que vous avez rencontré dans le désert. Je sais que c'est difficile à comprendre, mais un destin glorieux vous attend, Elisa. Vous êtes l'Élue, vous êtes reine. Doublement favorisée par le Destin. Un jour, tout cela paraîtra dérisoire.

Et ma nourrice m'ouvre à nouveau ses bras.

Je me redresse en essuyant des larmes que je ne me souviens pas avoir versées. Ximena est ce qui se rapproche le plus d'une mère pour moi. J'ai l'impression de la voir prosternée à mes pieds.

— Ximena, tu as tué pour moi. Tu m'as caché des choses. Tu as livré à l'ennemi l'un de mes amis les plus chers. Sans prendre une seconde ma volonté en considération.

—Je n'avais que votre intérêt à l'esprit ! Vous avez dix-sept ans ! Vous ne pouvez pas...

— Je suis une femme adulte désormais, et reine. Et je te congédie. Retourne à Orovalle, Ximena. Je suis sûre que Papá et Alodia te reprendront volontiers à leur service.

— Hors de question ! Je suis votre gardienne ! Elisa, ma perle, j'aime…

— Tristán, pouvez-vous demander à vos hommes d'escorter mon ancienne nourrice jusqu'à un navire en partance ?

— À vos ordres, Majesté, répond froidement Tristán avant de donner l'ordre à ses hommes d'encercler Ximena, qui se lève et défroisse son jupon sans perdre son sang-froid. Tandis qu'ils la conduisent à l'extérieur de la salle, elle me lance :

— Je serai toujours votre gardienne. Quoi qu'il arrive. Telle est la volonté du Destin.

Je lui tourne le dos, écœurée. J'en ai assez que les gens qui veulent influer sur ma vie se réclament du Destin.

— Tristán, êtes-vous toujours d'accord pour devenir membre du Conseil ?

— Oui, Majesté.

Je plonge une main dans ma poche, où j'attrape l'une des Pierres Sacrées dérobées dans la caverne de Feuille. Elle scintille plus que tout autre joyau, même si aucun souffle de vie ne la traverse.

— Prenez-la. Elle devrait atteindre un prix assez élevé et vous permettre de financer une garnison. J'attesterai volontiers, s'il le faut, qu'il s'agit d'une authentique Pierre Sacrée par un certificat portant le sceau royal.

Ses doigts restent en suspens un instant au-dessus de ma main avant de saisir le joyau.

— Merci.

Je fais signe à Fernando d'approcher, puis je lui confie une autre pierre.

— Porte-la au capitaine Lucio. Recrute des gardes qui défendront le palais, si l'ennemi ne l'a pas encore envahi. Autrement, tu dois entrer en clandestinité et rebâtir la garde royale dans le plus grand secret. Me constituer une armée.

— À vos ordres, Majesté, répond Fernando, le poing serré.

— Belén ! À partir de maintenant, je fais de toi mon garde personnel. Ton rôle consistera à assurer ma sécurité.

Il acquiesce, le visage grave.

— Vous préparez une fois encore un projet périlleux et brillant.

En dépit de mon chagrin, je lui réponds d'un sourire. Décidément, je n'ai aucun secret pour lui : les fils d'une stratégie s'entrelacent en ce moment même dans mon esprit et je suis grisée par la puissance que cela me procure.

— Je veux que des messagers soient mandatés auprès de la princesse Alodia et de la reine Cosmé. Ils seront chargés de les convier au premier parlement des reines, dans trois mois, à Basajuan.

« Je vais aussi envoyer un message à Ventierra, pour donner l'ordre au père d'Hector de réinstaurer Hector comme son seul et unique héritier. Mara, ma cire et mon sceau ont-ils survécu au voyage ? Très bien… Et j'annonce aussi, dans la foulée, mes fiançailles avec le chevalier Hector, héritier de Ventierra.

Cela devrait calmer les ardeurs du comte Eduardo, qui souhaite tant me discréditer auprès des nobles du Sud. Et m'accorder un peu de temps.

Mara bat des mains.

— Félicitations, Elisa ! Même si le moment est mal choisi…

— Hector va entrer dans une colère noire quand il apprendra que je nous ai fiancés d'autorité.

— Oui, mais il ne boudera pas très longtemps.

— Quand partons-nous ? m'interroge Belén.

— Nous ?

— Nous allons à Invierne avec vous, bien sûr, répond Mara.

Les larmes me montent aux yeux. Mes amis n'hésitent pas à se porter volontaires pour aller au-devant de l'ennemi, comme s'ils avaient fait vœu de mourir à mes côtés.

— Laissez-moi quelques jours pour régler certains préparatifs. Ensuite, nous prendrons la route.

Le cliquetis des chaînes résonne dans la salle lorsque Storm se met debout. À l'abri sous son capuchon, il s'est fondu dans le paysage et il est resté presque invisible tout au long de l'échange avec Franco.

— Je viens aussi. Vous aurez besoin d'un guide. Et il est grand temps que j'arrête de me cacher comme un lapin craintif.

J'accepte son offre d'un hochement de tête. Storm agit par amitié – par loyauté, même. En fin de compte, j'ai eu raison de lui accorder ma confiance.

— Nous sommes quatre, donc.

— Vous devriez être cinq ! proteste Tristán. Afin de vous assurer la protection du Destin. C'est le chiffre sacré.

Je me redresse de toute ma hauteur et c'est d'une voix claire que je déclare :

— La cinquième place revient à Hector.

DÉJÀ PARUS

LA 5e VAGUE

de Rick Yancey

Tome 1

1re Vague : Extinction des feux. 2e Vague : Déferlante.
3e Vague : Pandémie. 4e Vague : Silence.

À L'AUBE DE LA 5e VAGUE, sur une autoroute désertée, Cassie tente de *Leur* echapper... *Eux*, ces êtres qui ressemblent trait pour trait aux humains et qui écument la campagne, exécutant quiconque a le malheur de croiser *Leur* chemin. *Eux*, qui ont balayé les dernières poches de résistance et dispersé les quelques rescapés.

Pour Cassie, rester en vie signifie rester seule. Elle se raccroche à cette règle jusqu'à ce qu'elle rencontre Evan Walker. Mystérieux et envoûtant, ce garçon pourrait bien être son ultime espoir de sauver son petit frère. Du moins si Evan est bien celui qu'il prétend...

Ils connaissent notre manière de penser. *Ils* savent comment nous exterminer. *Ils* nous ont enlevé toute raison de vivre. *Ils* viennent maintenant nous arracher ce pour quoi nous sommes prêts à mourir.

Le premier tome de la trilogie phénomène,
bientôt adapté au cinéma par Tobey Maguire
et les producteurs de *Word War Z*, *Argo*, *Hugo Cabret*,
***The Aviator*, *Gangs of New york*, *Ali*.**

Tome 2 à paraître en mai 2014

LE PRINCE D'ÉTÉ

de Alaya Dawn Johnson

Sur la côte de ce que l'on appelait jadis le Brésil, ce sont les femmes qui dirigent la légendaire ville-pyramide de Palmares Três. La Reine ne cède le pouvoir à un homme qu'une fois tous les cinq ans, à un Roi d'été dont l'histoire enfiévrera la cité l'espace d'une année.

Pour June Costa, la vie n'est qu'Art. Ses œuvres impressionnent ses professeurs autant que ses camarades. Elle rêve de remporter le prestigieux Trophée de la Reine. Un rêve qu'elle n'avait jamais remis en question... jusqu'à ce qu'elle rencontre Enki.

Fraîchement élu Roi d'été, Enki est le garçon dont tout le monde parle. Mais lorsque June le regarde, elle voit bien au-delà de ses fascinants yeux d'ambre et de sa samba ravageuse : elle reconnaît en lui un artiste total. Follement amoureuse, June décide alors de créer avec lui un chef-d'œuvre qui restera gravé à jamais dans les mémoires. Mais le temps leur est compté. Car, comme tous les Rois d'été qui l'ont précédé, Enki va devoir être sacrifié.

« *Un roman sublime, mené tambour battant,*
dont les héros prennent tous les risques
au nom de l'Amour et de l'Art, dans un monde
à la fois imaginaire et magnifiquement réel ! »

Scott Westerfeld,
auteur de la série best-seller *Uglies*

PARALLON

de Dee Shulman

Tome 1

Un gladiateur romain
Une jeune fille du XXIe siècle
Deux mille ans les séparent
Un mystérieux virus va les réunir...

152 après J.-C.

Au sommet de sa gloire, Sethos Leontis, redoutable combattant de l'arène, est blessé et se retrouve aux portes de la mort.

2012 après J.-C.

Élève brillante mais rebelle, Eva a été placée dans une école pour surdoués. Un incident dans un laboratoire fait basculer sa vie à jamais.

Un lien extraordinaire va permettre à Sethos et Eva de se rencontrer, mais il risque aussi de les séparer, car la maladie qui les dévore n'est pas de celles qu'on soigne, et leur amour pourrait se révéler mortel...

Leur passion survivra-t-elle à la collusion de deux mondes ?

Tome 2 à paraître en septembre 2013

Composé par Nord Compo Multimédia
7, rue de Fives, 59650 Villeneuve-d'Ascq

Cet ouvrage a été imprimé en France par CPI Bussière
à Saint-Amand-Montrond (Cher) en octobre 2013
N° d'édition : 53183/01 – N° d'impression : 2004271
Dépôt légal : octobre 2013